A PASSA-ESPELHOS

LIVRO 4

Christelle Dabos

A TEMPESTADE DE ECOS

MORROBRANCO
EDITORA

Copyright © Gallimard Jeunesse, 2019
Copyright © Christelle Dabos, 2019
Publicado em comum acordo com Gallimard Jeunesse, representada por Patrícia Natalia Seibel

Título original: *La Passe-miroir. Livre 4: La tempête des échos*

Direção editorial
Victor Gomes

Acompanhamento editorial
Aline Graça

Tradução
Sofia Soter

Preparação
Giovana Bomentre

Revisão
Cintia Oliveira

Design de Capa: © Gallimard Jeunesse
Ilustrações: © Laurent Gapaillard
Imagens Internas: © Shutterstock

Adaptação de Capa
Jéssica Dinia

Diagramação
Beatriz Borges

Esta é uma obra de ficção. Nomes, personagens, lugares, organizações e situações são produtos da imaginação do autor ou usados como ficção. Qualquer semelhança com fatos reais é mera coincidência.

Todos os direitos reservados. Proibida a reprodução, no todo ou em partes, através de quaisquer meios. Os direitos morais do autor foram contemplados.

Dados Internacionais de Catalogação na Publicação (CIP)

D115t Dabos, Christelle
A tempestade de ecos / Christelle Dabos; Tradução Sofia Soter. –
São Paulo: Editora Morro Branco, 2021.
p. 480; 14x21cm.
ISBN: 978-65-86015-29-4
1. Literatura francesa. 2. Fantasia. I. Soter, Sofia. II. Título.

CDD 843   Impresso no Brasil / 2025

Todos os direitos desta edição reservados à
EDITORA MORRO BRANCO
Alameda Santos, 1357, 8º andar
01419-908 – São Paulo, SP – Brasil
Telefone (11) 3373-8168
www.editoramorrobranco.com.br

Cet ouvrage, publié dans le cadre du Programme d'Aide à la Publication année 2021 Carlos Drummond de Andrade de l'Ambassade de France au Brésil, bénéficie du soutien du Ministère de l'Europe et des Affaires étrangères.

Este livro, publicado no âmbito do Programa de Apoio à Publicação ano 2021 Carlos Drummond de Andrade da Embaixada da França no Brasil, contou com o apoio do Ministério francês da Europa e das Relações Exteriores.

LEMBRANÇAS DO TERCEIRO VOLUME

A MEMÓRIA DE BABEL

Depois de passar três anos se lamentando, Ophélie encontra indícios de que Thorn está em Babel, uma arca cosmopolita e extremamente moderna. Ela viaja com a ajuda de Gaelle, Raposa e Archibald, que estão há meses em busca de Arca-da-Terra por meio das Rosas dos Ventos.

Ao chegar na arca dos gêmeos Pólux e Hélène, Ophélie entra na academia da Boa Família, usando um nome falso para investigar a verdadeira identidade de Deus. Ela se depara então com os onipotentes Lordes de LUX e com a lei do silêncio que reina, paradoxalmente, dentre a elite da informação. Enquanto Ophélie investiga, mortes estranhas acontecem: pessoas congeladas em expressões de puro horror…

Os estudos implacáveis de Ophélie permitem que finalmente reencontre Thorn no seio do Memorial de Babel, uma biblioteca imensa considerada "a memória do mundo", onde ele se escondeu para tentar localizar Deus. Contrariando todas as expectativas, é nos livros infantis que sua identidade se esconde: Eulalie Deos, autora profissional. A deformação do nome a levou pouco a pouco a se tornar Deus.

Se Deus é Eulalie, quem é então o Outro, o *alter ego* que Ophélie vê no espelho e que provocará o desmoronamento definitivo das arcas? E o que são os ecos que Lazarus, um dos aliados de Deus, considera a chave de tudo?

PERSONAGENS

OPHÉLIE

Ophélie, nascida na arca de Anima, recusou dois pedidos de casamento antes de ser obrigada a se casar com Thorn, do Polo. A variação do poder familiar da jovem permite que ela *leia* o passado dos objetos e que se desloque através de espelhos. Por conta de um acidente de travessia na infância, Ophélie é excepcionalmente desajeitada, fala com fragilidade e tem uma propensão assustadora para se meter em problemas. Baixinha, ela esconde a timidez atrás dos óculos de lentes retangulares cuja cor reflete seu humor e do velho cachecol tricolor contaminado pelo animismo, do qual nunca se separa. Sua família reclama dos vestidos austeros e antiquados que ela usa, e as luvas de *leitora*, por mais preciosas que sejam, vivem descosturando, pois a proprietária as rói de nervosismo. Contudo, para passar despercebida na arca de Babel, a jovem sacrifica os cachos castanhos e cheios, adotando um penteado curto e indomável, além de esconder o casaco e o cachecol para vestir o uniforme azul-escuro dos arautos.

Sob a aparência discreta, Ophélie esconde uma determinação e uma resiliência à prova de tudo: desamparada no início em face à crueldade do Polo, ela não perde a dedicação profunda à justiça e à verdade, e se recusa a se dobrar aos desejos dos outros quando vão contra os próprios. Teimosa e voluntariosa, passou mais de dois anos em busca de pistas de Thorn, o marido desaparecido, e atravessou as arcas para poder enfim confessar os sentimentos e transformá-lo em seu principal aliado. Ophélie se mostra cada vez mais intrépida e engenhosa na investigação da identidade de "Deus" e da origem do cataclisma que dividiu o mundo antigo em múltiplas arcas.

THORN

Thorn, intendente do Polo, aparenta ser um simples contador brusco e mau-humorado, tão alto e sólido quanto Ophélie é baixa e delicada. É um descendente bastardo do clã dos Dragões sob proteçao da tia Berenilde e também herdou da mãe o poder dos Cronistas, um clã indigno dotado de memória excepcional. A silhueta de Thorn reflete sua personalidade: reservada e fria como o gelo que cobre a arca; profundamente misantropo, só respeita os números e não suporta desordem. Cada ação é cronometrada pelo ponteiro do relógio de bolso que carrega para todo lado; e o peso de uma infância difícil parece puxar o sorriso para baixo. Entretanto, ele revela pouco a pouco uma verdadeira repulsa por violência, uma dedicação feroz a proteger aqueles que ama e uma enorme inflexibilidade frente ao dever. Obcecado pelo desejo de reabilitar a família, contava com os poderes de *leitora* de Ophélie para descobrir os segredos do Livro de Farouk, espírito familiar do Polo. Contudo, a situação saiu do controle: o horrível complô no qual enfiou sua noiva, sua tia e seus parentes os aproxima da morte mais de uma vez.

Decidido a nunca mais envolver Ophélie contra a vontade dela, Thorn escolhe desaparecer para conduzir a investigação sobre a identidade de "Deus" e a força implacável que parece gerir em segredo a vida nas arcas. No entanto, é quando se junta a Ophélie que ambos revelam o melhor de si mesmos, como se seus defeitos e suas inseguranças fossem curados pelo olhar um do outro. O corpo ferido e coberto de cicatrizes de Thorn é o contrapeso de uma mente genial e a prova dos votos inabaláveis de fazer o bem, o melhor, pelos seus e pelo mundo em que vive.

ARCHIBALD

Membro do clã da Teia, dotado de uma variação dos poderes familiares do Polo no campo da telepatia, Archibald é embaixador do Polo, sem que se saiba exatamente qual é sua função, já que um certo caráter diplomático é esperado de quem ocupa o cargo... Bem, ele se dedica de corpo e alma a fazer exatamente o contrário: desleixado, desenvolto e mulherengo, também tem o hábito de nunca mentir e nem sempre se preocupa com os sentimentos dos interlocutores. Em contradição, é também extremamente respeitado e desprezado por seus métodos heterodoxos. Talvez sua beleza angelical o ajude a ser perdoado pelos deslizes, ou sua posição na corte e o medo respeitoso inspirado pela família lhe confiram um prestígio que ele se esforça para desmerecer. Não obstante, o aspecto irreverente de Archibald esconde uma inteligência astuta e uma melancolia profunda. Sob a aparência despreocupada, o embaixador é um estrategista político admirável e leva jeito para dar a impressão de servir somente a si próprio, apesar de a maioria dos gestos dele ajudarem Ophélie, Berenilde e até Thorn a sobreviverem aos inimigos. Depois de ser sequestrado em pleno Luz da Lua, conhecido como o lugar mais seguro da Cidade Celeste, perdeu a conexão com a Teia. Archibald, apartado de todas as referências, se torna um elétron livre capaz de encontrar passagens entre Rosas dos Ventos, portas que permitem viajar de um lado ao outro do mundo...

ROSELINE

A tia Roseline não pediu nada a ninguém quando foi enviada ao Polo como acompanhante de Ophélie. Resmungona e rígida como uma dobradiça emperrada, se destaca pelo realismo inabalável. Sob o coque austero se escondem um instinto protetor impetuoso e uma moral incorruptível, mesmo em ambiente hostil. A variação do poder familiar lhe dá uma especial afinidade com o papel, então não é raro ver tia Roseline se distrair do tédio e do nervosismo restaurando todos os livros e as tapeçarias que param nas mãos dela. Detesta o frio glacial do Polo, mas ama profundamente a afilhada Ophélie e adora Berenilde, com quem desenvolveu uma amizade forte e sincera. Quando foi obrigada a voltar a Anima, tendo cumprido o dever de acompanhante, sentiu saudades enormes da arca e da amiga, mesmo que prefira engolir os queridos papéis a admitir esse fato. Assim, quando a oportunidade surge, tia Roseline pula sem hesitar na primeira Rosa dos Ventos que aparece para se juntar à família escolhida e apoiá-la nos momentos difíceis.

BERENILDE & VICTOIRE

Linda e impiedosa são as primeiras palavras que vêm à mente para descrever a estonteante Berenilde, única sobrevivente do clã dos Dragões e tia de Thorn. Favorita de Farouk, é adorada pela beleza e temida pelas manipulações no coração da Cidade Celeste. A discórdia entre clãs e as intrigas da corte tiraram a vida do marido, Nicolas, e dos três filhos: Thomas, Marion e Pierre. Alimentada pela fúria, dor e necessidade de ser mãe de novo, Berenilde não recua perante obstáculo algum para firmar a própria posição na corte. O humor caprichoso dela costuma colocar Ophélie em situações delicadas, mas, por trás dos modos às vezes rudes, Berenilde é profundamente apegada à jovem.

A gravidez a põe em uma posição especial, pois dará à luz a primeira descendente direta de um espírito familiar em muitos séculos. Apesar de aparentar desprezo, tem uma fé cega na lealdade e bondade de Archibald, que escolhe como padrinho da filha, Victoire. Dizem que Berenilde e Victoire são as únicas duas pessoas com quem Farouk de fato se preocupa. Felizmente, pois o novo poder de Victoire dá a ela a capacidade de se desdobrar em duas, mandando vagar uma cópia astral que só "Deus" e Farouk parecem capazes de enxergar... Para salvar a única filha que lhe resta, Berenilde não hesitará antes de mostrar as garras...

GAELLE & RAPOSA

Raposa, cujo nome verdadeiro é Renold, é empregado em Luz da Lua, a serviço da dama Clothilde, avó de Archibald. É um ruivo enorme, de personalidade tão colorida quanto a cabeleira. Quando Ophélie chegou a Luz da Lua disfarçada como Mime, pajem de Berenilde, Raposa a adotou para ensiná-la os truques da corte em troca das dez primeiras ampulhetas verdes. Quando ele perde o emprego por causa da morte de Clothilde, a jovem o contrata como conselheiro. Raposa é um amigo fiel, um guia leal e um ombro firme no qual se apoiar. Há anos, ele nutre um carinho cheio de admiração por Gaelle, a mecânica de Luz da Lua.

Protegida da Madre Hildegarde, Gaelle é a única sobrevivente do clã dos Niilistas, que tinha o poder de anular os poderes alheios. Para disfarçar as origens, ela pinta o cabelo curto de preto e usa um monóculo opaco para cobrir o que chama de "olho ruim". Mais reservada do que Raposa, ela corresponde aos sentimentos dele sem nunca os confessar de verdade. Fundamentalmente honesta, Gaelle odeia as intrigas da corte e oferece a Ophélie um apoio inabalável.

ELIZABETH & OCTAVIO

Elizabeth, aspirante a virtuose, é líder da divisão de aprendizes de arauto à qual Ophélie se junta em Babel. Alta e esbelta, com o rosto salpicado de sardas, não entende nada de humor, mas tudo de informação, sendo especializada em bancos de dados. Afilhada de Hélène, é de origem sem-poderes, mas se mostra uma das raras aliadas de Ophélie em meio aos arautos.

Octavio, por sua vez, é descendente de Pólux. Ele faz parte da família dos Visionários: como a mãe, Lady Septima, professora da Boa Família, tem uma visão precisa e inigualável. Estuda para se tornar aspirante a virtuose na companhia dos arautos. Enquanto a mãe planeja torná-lo o melhor da divisão, Octavio quer merecer o posto por conta própria. Alheio por completo às manipulações de Lady Septima, ele desenvolve uma amizade com Ophélie e decide provar à jovem que é "uma pessoa de bem", mesmo que se envolva em situações perigosas no processo.

AMBROISE & LAZARUS

Lazarus viaja de arca em arca, fazendo jus à fama de explorador. Ele conta que, um dia, tentou pular da beira do mundo usando um escafandro, mas precisou voltar, tendo visto apenas nuvens... Quando não está peregrinando ao redor do mundo, se dedica às invenções: é graças a ele que Babel tem vários autômatos para lutar contra "a domesticação do homem pelo homem". Infelizmente, o semblante brincalhão e amigável esconde a lealdade por "Deus". As intenções dele talvez não sejam tão puras quanto aparentam.

Ao contrário do pai, o filho Ambroise é a inocência e a bondade encarnadas. Nascido com uma deficiência, ele tem o braço esquerdo no lugar do direito e as pernas também são invertidas. Portanto, se desloca de cadeira de rodas e tem a ambição de se tornar ta-chi, carregando passageiros por toda Babel. É o primeiro a acolher e ajudar Ophélie quando ela chega nessa arca desconhecida. Contudo, está ciente da existência de "Deus" e do envolvimento do pai na vasta conspiração que rege a ordem mundial. Quando Ophélie entra na Boa Família e manda mensagens desesperadas, os telegramas do jovem se tornam raros e lacônicos. Ela acredita, então, que fora abandonada; de seu lado, manipulado pelo pai, Ambroise acha que a garota é o "Outro", o ser misterioso responsável pelo desmoronamento das arcas.

ESPÍRITOS FAMILIARES

Não se sabe exatamente como nasceram os espíritos familiares, nem que catástrofe tirou a memória deles. Existem há séculos, imortais e todo-poderosos, tendo como única referência os Livros, exemplares antigos feitos de um material semelhante à pele humana: preocupantes, misteriosos, escritos em uma língua que mais ninguém entende, contendo segredos que nem os *leitores* mais competentes de Anima conseguiram decifrar. Eles transmitiram os poderes aos descendentes humanos e reinam, cada um ao próprio modo, as respectivas arcas, das quais nunca saem.

Ártemis, a gigante ruiva que vigia Anima, se refugia nas estrelas, seu objeto de fascinado estudo. Ela tem pouco contato com os descendentes, mas é vista por eles como espírito bondoso. Parece ter um enorme desinteresse por tudo que diz respeito ao passado.

Farouk, espírito do Polo, é caprichoso e instável como uma criança. Tem uma memória tão limitada que ele registra tudo que pensa e decide em um caderninho sob os cuidados de um ajudante de memória, mas a força dos poderes psíquicos dele é imensa. Nunca se preocupou em controlá-los e, frequentemente, as ondas mentais que emite provocam enxaquecas em sua comitiva. Farouk, como quase todo espírito familiar, tem uma beleza estonteante, mas tão fria que parece entalhada em mármore. Ele se mostra quase sempre prostrado, indiferente a tudo. Tem apenas um objetivo: desvendar os segredos do Livro e do próprio passado.

Em Babel, os gêmeos **Pólux** e **Hélène** formam uma dupla complementar. Pólux é a beleza; Hélène, a inteligência. Diferentemente dos outros espíritos familiares, a forma física de Hélène é feia e desproporcional, e ela se locomove com a ajuda de uma anágua de rodinhas e membros automatizados. Como não pode ter descendentes, se dedica à proteção dos sem-poderes, chamados de Afilhados de Hélène. Pólux, por sua vez, tem um interesse quase paterno pela sua prole, chamados de Filhos de Pólux.

Apaixonados pelo conhecimento, Hélène e Pólux dirigem o estabelecimento da Boa Família, que forma a elite da nação, e supervisionam o Memorial, a imensa biblioteca que contém todos os livros e saberes acumulados desde o Rasgo. Eles governam a arca mais cosmopolita e também militarizada das que Ophélie explorou. Enquanto a vida em Anima é leve e a em Polo, composta de intrigas e devassidão, em Babel está submetida ao respeito implacável às leis e à busca pelo conhecimento. Entretanto, os Lordes de LUX parecem mexer os pauzinhos nas sombras – àqueles que se meterem demais nessa história, cuidado!

DEUS

Ele pode reproduzir a aparência e o poder de todos os seres humanos de quem se aproxima.
 Quer obter o último poder que lhe falta, o domínio sobre o espaço dos Arcadianos.
 Era, originalmente, uma autora de literatura infantil de Babel.
 Seu nome verdadeiro é Eulalie Deos.
 Ele não tem reflexo.
 Ele procura o Outro.

O OUTRO

Ninguém, além de Deus, sabe quem ele é de fato, ou qual é sua aparência.
 Ophélie o libertou ao atravessar um espelho pela primeira vez.
 Ele destruiu quase inteiramente o mundo antigo.
 E, agora, recomeçou.

Para você, mamãe.
Sua coragem me inspira.
C. D.

— Você é impossível.
— *Impossível?*
— Improvável, se preferir.
— ...
— Ainda está aí?
— *Sim.*
— Que bom. Estou me sentindo um pouco sozinha.
— *Um pouco?*
— Muito, na verdade. Meus suspensórios... superiores... não costumam descer para me visitar. Ainda não falei de você.
— *De você?*
— Não, não de mim. De você.
— *De mim.*
— Isso. Não sei se eles te estenderiam... entenderiam. Nem eu tenho certeza se te entendo. Já é difícil me entender.
— ...
— Você ainda não me disse seu nome.
— *Ainda não.*
— Mas acho que estamos me caçando... começando a nos conhecer melhor. Eu sou Eulalie.
— *Eu sou eu.*
— Resposta interessante. De onde você fala?
— ...
— Tá, minha pergunta foi um pouco esquisita. Onde você está agora?
— *Aqui.*
— Onde é aqui?
— *Atrás.*
— Atrás? Mas atrás do quê?
— *Atrás atrás.*

RECTO

NOS BASTIDORES

Ele olha o espelho; não há reflexo. Não tem problema, só o espelho importa. É simples, não tão grande, nem bem alinhado na parede. Parece Ophélie.
O dedo desliza pela superfície refletora sem deixar rastros. É aqui que tudo começou ou, dependendo do ponto de vista, acabou. De qualquer forma, é aqui que a história ficou de fato interessante. Ele se lembra da primeira vez em que Ophélie atravessou um espelho como se fosse ontem, naquela noite memorável.
Ele anda um pouco pelo quarto, dá uma olhada nos velhos brinquedos conhecidos que se mexem nas prateleiras e para em frente ao beliche. Ophélie dormia lá com a irmã mais velha, depois com o irmão mais novo, antes de ir embora correndo de Anima. Ele sabe bem; faz anos que a observa com atenção dos bastidores. A jovem sempre preferiu o colchão de baixo. A família deixou a cama desfeita, lençóis bagunçados e travesseiro amarrotado, como se esperasse que a garota fosse voltar para casa de repente.
Ele se curva para examinar, sorrindo, os mapas das 21 arcas principais pregadas na parte de baixo da cama de cima. Presa ali pelas Decanas, Ophélie procurou por um longo período o marido perdido.
Ele desce a escada e atravessa a sala de jantar, onde os pratos cheios de comida esfriam. Não tem ninguém ali. Todo mundo

saiu no meio da refeição – por causa do buraco, claro. Nos cômodos vazios, ele quase se sente presente, como se estivesse ali de verdade. Até a casa parece se incomodar com a intrusão: os lustres estremecem quando passa, os móveis rangem, o relógio badala em suspeita. É o que ele acha mais divertido em Anima. No fim, não dá para saber quem é dono de quem, entre objetos e proprietários.

Ao sair, sobe a rua com tranquilidade. Não tem pressa. Tem curiosidade, certo, mas nunca pressa. Entretanto, as horas estão contadas; para todo mundo, inclusive ele.

Junta-se à aglomeração de vizinhos ao redor do que chamam de "buraco", se entreolhando com nervosismo. Lembra um bueiro no meio da calçada, mas, quando apontam as lanternas, não entra luz alguma. Para sondar o fundo, alguém desenrola uma bobina cujo fio logo acaba. O buraco não estava lá durante o dia – foi uma Decana que alertou a cidade, depois de quase cair lá dentro.

Ele não contém um sorriso. Isso, minha senhora, é só o começo.

Encontra ali a mãe e o pai de Ophélie; como de costume, eles não o veem. Nos olhos arregalados do casal, brilha a mesma dúvida silenciosa. Não sabem onde a filha se esconde – nem que aquele abismo no meio da rua é, em parte, culpa dela –, mas é fácil notar que pensam nela mais do que nunca. É por isso, também, que abraçam os outros filhos com força, sem conseguir responder às perguntas. Filhos grandes e bonitos, cheios de saúde. As luzes da rua fazem cintilar com sincronia aqueles cabelos dourados.

Ele nunca deixa de se impressionar com a diferença marcante entre eles e Ophélie, com razão.

Continua a caminhada. Dois passos e chega à outra ponta do mundo, ao Polo, entre os andares superiores e o fundo da Cidade Celeste, na mansão de Berenilde, na soleira da porta. Este terreno, mergulhado naquele outono perpétuo, lhe é tão familiar quanto a casa de Anima. Aonde Ophélie ia, ele ia também. Quando ela serviu Berenilde como pajem, ele estava presente. Quando ela se tornou vice-contista de Farouk, ele estava presente. Quando ela investigou os desaparecidos em Luz da Lua, ele estava presente. Ele assistiu ao espetáculo de desventuras com cada vez mais curiosidade, sem nunca sair dos bastidores.

Ele gosta de visitar com regularidade os lugares marcantes da história, a grande história, de todos. O que teria acontecido com Ophélie se, entre todas as *leitoras* de Anima, Berenilde não a tivesse escolhido como noiva do sobrinho? Nunca teria cruzado o caminho daquele que chamam de "Deus"? Claro que teria. A história teria apenas escolhido outro caminho. Todos devem cumprir o papel, como ele cumprirá o próprio.

Passando pelo vestíbulo, escuta uma voz vinda da sala vermelha. Espia pela persiana entreaberta. Pelo campo de visão estreito, vê a tia de Ophélie andando em círculos pelo tapete exótico, tão ilusório quanto os quadros de caça e os vasos de porcelana. Ela cruza e descruza os braços, agita um telegrama endurecido pelo efeito do animismo, fala de um lago escoado como um bidê, chama Farouk de "cesto de roupa suja", Archibald de "sabonetinho", Ophélie de "relógio cuco" e os médicos todos de "latrinas abertas". Sentada numa poltrona, Berenilde não a ouve. A mulher cantarola baixinho, penteando o cabelo branco e comprido da filha, cujo corpo diminuto está largado sobre o seu. Nada parece chegar aos ouvidos além da respiração entre as próprias mãos.

Ele desvia o olhar. É o que faz toda vez que a situação é pessoal demais. Sempre foi curioso, nunca bisbilhoteiro.

Só então vê o homem ao lado dele, sentado no chão do corredor escuro, apoiado na parede, limpando furiosamente o cano de uma espingarda. Parece que as mulheres arranjaram um guarda-costas.

Ele continua a viagem. Com um passo, abandona o vestíbulo, a mansão, a Cidade Celeste, o Polo, e chega a outro canto do mundo. Eis Babel. Ah, Babel! O campo de estudo preferido dele. A arca onde a história e o tempo chegarão ao fim, o ponto de convergência de todas as coisas.

Era noite em Anima, então aqui é manhã. Cai uma chuva forte nos telhados.

Ele percorre os passeios da Boa Família, como fez Ophélie durante o treinamento de arauto. Ela estava prestes a ganhar asas e se tornar cidadã de Babel, o que abriria as portas para a próxima investigação. No entanto, a jovem falhou – felizmente, para ele. Afinal, este fracasso só tornou a observação dos bastidores ainda mais interessante.

Ele sobe a escada em espiral de um mirante. Lá de cima, apesar da chuva, vê ao longe as arcas menores vizinhas. O Memorial à frente, o Observatório dos Desvios atrás. Ambos terão um papel essencial nesta história.

A uma hora dessas, os aprendizes de virtuose da Boa Família já deveriam estar uniformizados, usando os fones de ouvido para as aulas radiofônicas; Filhos de Pólux de um lado, Afilhados de Hélène, do outro. Entretanto, estão todos misturados nas muralhas da arca menor. Os pijamas encharcados da chuva. Gritam, horrorizados, apontam para a cidade por cima do mar de nuvens. Até a diretora, Hélène em pessoa, a única dos espíritos familiares a não ter descendentes, se juntou a eles sob um guarda-chuva enorme, observando com atenção a anomalia.

Do posto privilegiado, ele os observa. Ou, na verdade, tenta ver através dos olhos assustados de todos; ver, como eles, o vazio que se espalhou hoje.

De novo, não consegue conter o sorriso. Já aproveitou bem os bastidores, é hora de entrar em cena.

O VAZIO

Ophélie lembrava-se com vivacidade do jardim botânico de Pólux. Era o primeiro lugar que visitara em Babel. Via os andares de terraços imponentes e inúmeros degraus da escada que precisou subir para sair da selva.
Ela se lembrava dos cheiros. Das cores. Dos sons.
Não restava mais nada.
Um deslizamento de terra jogara tudo no vazio, até a última folhinha. Engolira também uma ponte inteira, metade da feira vizinha e várias arcas menores. Bem como todas as vidas ali contidas.
Ophélie deveria se sentir horrorizada, mas estava apenas em choque. Contemplou o abismo através da grade improvisada na nova fronteira entre terra e céu. Tentou, pelo menos. A chuva tinha parado, mas o mar de nuvens começara a alagar a cidade. Essa maré efervescente, além de tornar a visão aleatória, enevoava os óculos dela.
— O Outro existe mesmo — constatou. — Até aqui, era uma noção abstrata. Por mais que me dissessem e repetissem que era uma tolice libertá-lo, que ele provocaria o desmoronamento das arcas e a culpa seria minha, que estávamos conectados mesmo que eu não quisesse, eu não tinha me preocupado tanto assim. Como poderia ter arrancado uma criatura apocalíptica do espelho do meu quarto sem nem lembrar direito? Nem sei que cara ele tem, como age e por que está fazendo isso.

A névoa era tão densa ao redor de Ophélie que a jovem se sentia como uma voz incorpórea no meio do nada. Agarrou-se à grade quando uma fenda revelou um fragmento de céu entre as nuvens, onde antes ficava o bairro noroeste da cidade.

— Não tem mais nada. E se Anima... talvez até o Polo...

Deixou a frase em suspenso. Homens, mulheres e crianças tinham caído no vazio que a encarava, mas ela pensava primeiro na própria família.

Um turbilhão de pássaros perdidos buscava as árvores desaparecidas. Onde iam parar as coisas que caíam da beirada? Todas as arcas, maiores e menores, gravitavam sobre um oceano gigantesco de nuvens no qual nenhuma forma de vida se aventurava. Diziam que a Semente do mundo era apenas uma concentração de tempestades perenes. Nem Lazarus, o famoso explorador, chegara até lá.

Ophélie esperava que ninguém tivesse sofrido.

Na véspera, se sentira tão satisfeita. Tão completa. Descobrira a identidade verdadeira do Deus de mil caras que controlava a existência de todos. *Eulalie Deos*. Saber enfim o nome, descobrir que fora originalmente uma autora idealista, entender que essa mulher nunca tivera o poder legítimo de decidir o que era bom e ruim: tudo isso tirara um peso enorme de Ophélie! Só que o inimigo mais temível não era quem esperava.

"Você me levará a ele."

— O Outro me usou para fugir do controle de Eulalie Deos e agora Eulalie Deos me usa para encontrar o Outro. Já que esses dois me metem nos crimes deles, acho que é uma questão pessoal.

— Conosco.

Ophélie virou-se para Thorn, sem enxergá-lo. Na bruma, ele não passava de um murmúrio distante, um pouco sinistro; mas ela sentia aquela voz com mais firmeza do que o chão sob as sandálias. Com uma única palavra, fora tranquilizada.

— Se esse Outro estiver ao mesmo tempo conectado ao Rasgo do velho mundo, os desmoronamentos das arcas e a transformação de uma simples humana em um ser todo-poderoso — continuou

Thorn, com seu tom professoral —, ele é um componente essencial da equação que tento resolver há anos.

Um clique de metal. Era o barulho do relógio de bolso, abrindo e fechando a tampa para mostrar a hora. Desde que se animara, adotara as manias do proprietário.

— Continua a contagem regressiva — disse Thorn. — Para os reles mortais, um desmoronamento desses é uma catástrofe natural. No entanto, sabemos que não só não é o caso, como vai continuar. Não podemos contar para ninguém até sabermos em quem confiar e em que prova nos basear. Devemos, portanto, estabelecer a natureza específica da relação que conecta Eulalie Deos ao Outro, entender o que eles querem, o que são, onde estão, como e por que fazem o que fazem, e depois usar todo o conhecimento contra eles. E, de preferência, precisamos ser rápidos.

Ophélie estreitou os olhos. A maré de nuvens se dispersava ao redor deles, empurrada pelo vento e, sem transição alguma, a luz os banhou em uma cascata fervente.

Ela enxergou Thorn em detalhes. Assim como Ophélie, ele estava voltado para a grade, segurando o relógio, o olhar perdido no céu infinito, extremamente aprumado, excessivamente alto. As decorações douradas do uniforme brilhavam demais sob o sol, mas nem isso a convenceria a desviar o rosto. Ao contrário: ela arregalou os olhos, para que toda a luminosidade a invadisse. Thorn emanava uma determinação palpável como um choque elétrico.

Ophélie sentiu com o corpo inteiro o que ele se tornara para ela, o que ela se tornara para ele, e nada no mundo parecia mais sólido.

Mesmo assim, se conteve e não se aproximou. Não via ninguém de patrulha – a área fora evacuada pelas autoridades –, mas mantinham entre si a distância protocolar que mostravam em público. Cada um estava em uma ponta da estratificação social. Desde que fracassara no conservatório da Boa Família, Ophélie não valia nada em Babel. Thorn, ao contrário, era "Sir Henry", um respeitável Lorde de LUX.

— Eulalie Deos tem milhares de identidades diferentes, mas o Outro não tem nenhuma — acrescentou ele. — Não sabemos que aparência terão quando nossos caminhos se cruzarem, mas devemos estar preparados para o confronto antes de encontrá-los. Ou de sermos encontrados.

Thorn reparou enfim na insistência com que Ophélie o encarava. Ele pigarreou.

— É impossível arrancar você deles, mas posso arrancá-los de você.

Dissera praticamente a mesma coisa no Secretarium do Memorial, com menos formalidade. O que preocupava Ophélie era que ela acreditava. Thorn sacrificara o próprio nome e livre-arbítrio para livrá-la de uma vez por todas da vigilância da qual tivera tanta dificuldade de sair e à qual podia voltar no primeiro passo em falso. Ela sabia que Thorn era capaz de renunciar a tudo, desde que atingisse aquele único objetivo. Ele até aceitara a ideia de que Ophélie se pusesse em perigo ao lado dele, desde que a escolha fosse *dela*.

— Não estamos sozinhos, Thorn. Contra eles, quero dizer. Agora mesmo, Archibald, Gaelle e Raposa estão procurando Arca-da-Terra. Talvez já tenham até encontrado. Se conseguirem convencer os Arcadianos a nos ajudar, podem fazer toda a diferença.

Thorn franziu as sobrancelhas, cético. Ophélie já abordara o assunto na véspera, antes de serem arrancados da cama pelas sirenes e pelos alarmes, mas o nome de Archibald causava sempre a mesma reação.

— Ele é a última pessoa no mundo a quem darei minha confiança.

O parêntese de sol se fechou; a maré de nuvens os cobriu mais uma vez.

— Vou embora primeiro — anunciou Thorn, o relógio estalando de impaciência. — Tenho outra reunião com os Genealogistas. Conhecendo o estilo deles, a próxima missão que me darão será diretamente conectada ao assunto que nos diz respeito. Nos encontramos à noite.

Um rangido mecânico indicou a Ophélie que ele começara a andar. O exoesqueleto o impedia de mancar, mas era a única coisa boa que os Genealogistas trouxeram à vida dele. Thorn esperava se aproximar dos segredos de Eulalie Deos por meio deles, já que tinham o desejo comum de acabar com seu reino, mas trabalhar para os Genealogistas era fazer malabarismo com bombas. Como tinham fornecido a identidade falsa de Thorn, poderiam arrancá-la com igual facilidade; sem o disfarce de Sir Henry, ele voltaria a ser um simples fugitivo.

— Tome cuidado.

Os passos de Thorn se interromperam e Ophélie distinguiu o contorno pontudo da silhueta.

— Você também. Mais que isso, até.

Ele se afastou até ser completamente absorvido pela bruma. Ophélie entendera o aviso. Ela revirou os bolsos da toga. Lá estavam as chaves da casa de Lazarus que Ambroise lhe oferecera e o bilhetinho que recebera de Hélène, antiga diretora educacional dela: *Venha me ver quando possível, você e suas mãos.*

A jovem enfim encontrou o que procurava: uma placa de alumínio. Lá estavam gravados os mesmos arabescos que compunham os Livros dos espíritos familiares, um código inventado por Eulalie Deos e até então indecifrável. Aquela placa, perfurada por uma bala de fuzil, era tudo que restava do velho faxineiro do Memorial. Ophélie sentiu uma onda de náusea só de pensar nele. O faxineiro se mostrara um espírito familiar inteiramente único, o guardião do passado de Eulalie Deos, que tentara aterrorizar Ophélie até o momento em que morreu. O filho do Sem-Medo-Nem-Muita-Culpa a salvara, na intenção de vingar a morte do pai. Para a sorte dela, ele visara a cabeça, onde a placa estava aparafusada. Assim que o código foi rompido, o velho faxineiro se dissipara, como um pesadelo. Uma vida contida em simples linhas... Thorn não gostara nada dessa história quando Ophélie a compartilhara.

Ela jogou a placa pela grade. O alumínio brilhou uma última vez antes de se perder sob as nuvens e se juntar aos pobres coitados que caíram no vazio.

Ophélie pensou, angustiada, nos documentos falsos. *Eulalie.* Sem saber, escolhera o mesmo nome da inimiga. Pior ainda: às vezes era tomada por lembranças desconhecidas. Onde começava a memória de Eulalie e acabava a sua? Como construir um presente se o passado era um quebra-cabeças? Como pensar no futuro se o mundo desmoronava? Como sentir-se livre se o próprio caminho estava destinado a se cruzar com o do Outro? Ela o libertara, sentia o dever de se responsabilizar, mas odiava os dois – Eulalie Deos e esse tal de Outro – de privá-la de quem poderia ser sem eles.

Ophélie soprou a névoa para afastá-la. Exploraria todas as pistas presentes nessa segunda memória, para descobrir os pontos fracos. Era em Babel que começara a história de Eulalie, do Outro, dos espíritos familiares e do novo mundo. Desmoronando ou não, ficaria nesta arca até o último segredo ser arrancado.

Ela deu meia-volta, deixando o vazio para trás.

Alguém se encontrava bem ao lado dela. Uma sombra indeterminada por causa da neblina.

O bairro estava proibido ao público. Desde quando aquela pessoa estava ali? Teria entreouvido a conversa um pouco antes? Ou estaria em reclusão inocente no lugar da catástrofe?

— Olá?

A sombra não respondeu, mas se afastou na bruma a passos lentos. Ophélie deixou que se distanciasse e decidiu segui-la por entre as silhuetas das barracas abandonadas. Talvez estivesse paranoica, mas se esse curioso – ou essa curiosa – estivesse os escutando de propósito, ela queria ao menos ver o rosto.

Reinava na feira enevoada, rachada ao meio pelo desmoronamento, uma atmosfera de fim dos tempos. Esquecido ali, um jornaleiro autômato estava parado como uma estátua no meio da praça, brandindo o exemplar do dia anterior. O mais perturbador no silêncio eram os mínimos barulhos que Ophélie não ouviria normalmente. O gorgolejo da água na sarjeta. O zumbido das moscas ao redor das mercadorias deixadas para trás. O som da própria respiração. Por outro lado, não escutava nada da sombra que começava a perder de vista.

Ela apertou o passo.

Quando uma lufada de ar dissipou o nevoeiro, sobressaltou-se, encarando o próprio reflexo. Mais um passo e daria de cara com uma vitrine.

VIDRAÇARIA: VIDROS & ESPELHOS

Ophélie olhou para todos os lados, mas não viu mais ninguém. A sombra escapara; dane-se.

Ela se aproximou da entrada da vidraçaria. O comerciante, assustado pelo desmoronamento, fora embora sem sequer fechar a porta. Lá de dentro emanava o burburinho de um aparelho de rádio ligado:

— ... está conosco no *Diário oficial*. Cidadão, você é parte das raras testemunhas da tragédia... da tragédia que deixou Babel de luto ontem de manhã. Conte como foi.

— Ainda não acredito, mas eu vi, *really*. Quer dizer, não vi. É complicado.

— Apenas diga o que aconteceu, cidadão.

— Eu estava no meu lugar. Tinha montado a barraca. Chovia como nunca. Uma tempestade vinda do céu... do céu. Estava pensando se era melhor guardar tudo de novo. Aí, senti uma espécie de soluço.

— Um soluço?

— Um sobressalto bem levinho. Não vi, não ouvi, mas senti, isso sim.

— E depois, cidadão?

— Depois, entendi que todo mundo também sentira. Saímos todos das barracas... barracas. Que choque! O comerciante ao meu lado: desaparecido. Não restava nada, só nuvens. Poderia ter sido eu.

— Obrigado, cidadão. Caros ouvintes... ouvintes, vocês estão escutando o *Diário oficial*. Os Lordes de LUX proibiram a circulação pelo setor noroeste, por motivos de segurança. Recomendam também que não leiam os folhetos proibidos que perturbam a ordem. Lembramos também que um censo... censo está sendo organizado no Memorial.

Ophélie desistiu de ouvir o resto; os ecos a incomodavam. Esse fenômeno, raro e ocasional dois dias antes, agora afetava todas as transmissões. Antes de embarcar em nova viagem, Lazarus afirmara que os ecos eram a "chave de tudo". Por outro lado, também dissera que era um *invertido*, assim como ela, que explorava as arcas em nome de Deus e criara os autômatos para aperfeiçoar ainda mais o mundo. Enfim, Lazarus dizia todo tipo de besteira, mas dispunha de uma bela moradia no centro da cidade, onde Thorn e ela tinham se instalado.

Ophélie sustentou o próprio olhar no reflexo da vitrine. Da última vez em que atravessara um espelho, dera um salto enorme no espaço, como se o poder familiar tivesse amadurecido junto com ela. Atravessar espelhos a tirara de muitas encrencas, mas o mundo estaria melhor se ela tivesse se abstido desde o começo. Se ao menos conseguisse se lembrar do que exatamente acontecera no espelho do quarto na infância! Só guardava migalhas do encontro com o Outro. Uma presença sob o reflexo. Um chamado que a acordara de madrugada.

Liberte-me.

Ela o libertara, mas por onde ele saíra, e com que forma? Até onde sabia, ninguém em Anima, ou em qualquer outro lugar, notara o surgimento de uma criatura apocalíptica.

Ophélie arregalou os olhos. Algo estava errado com o espelho da vitrine. Ela se via de cachecol, apesar de ter certeza de que o deixara na casa de Lazarus. O código indumentário de Babel a proibia de vestir cores em público, e ela não queria chamar atenção. Notou, então, que não era a única anomalia no reflexo. A toga estava ensanguentada, os óculos, despedaçados. Estava morrendo. Eulalie Deos e o Outro estavam ali também, sem forma precisa e, ao redor deles, para todos os lados, só restava o vazio.

— Documentos, *please*.

A jovem virou o rosto, assustada. Um guarda estendia a mão, autoritário.

— O setor está proibido para civis.

Enquanto ele examinava os documentos falsificados, Ophélie olhou o espelho de relance. O reflexo voltara ao normal. Nada de cachecol, de sangue ou de vazio. Quando morava no Polo, fora atacada por ilusões. Primeiro a sombra, depois o reflexo: seria vítima de uma alucinação? Ou, pior, de uma manipulação?

— Animista de oitavo grau — comentou o guarda, devolvendo os documentos. — A senhorita não é nativa da cidade, srta. Eulalie.

Patrulhar o desmoronamento tão de perto era desconfortável para o guarda. As orelhas compridas viravam de um lado para o outro como as de um gato agitado. Cada descendente de Pólux, espírito familiar de Babel, tinha um sentido hiperdesenvolvido. O guarda era Acústico.

— Mas tenho moradia — respondeu Ophélie. — Estou liberada?

Ele a encarou intensamente, como se procurasse algo faltando.

— Não. A senhorita não está regular. Não ouviu os avisos? Deve ir ao Memorial para o censo. *Now.*

A ASSINATURA

O bondalado estava lotado. Mesmo assim, o guarda empurrou Ophélie para dentro logo antes de as portas se fecharem. Ela não podia mudar de posição sem esmagar um pé alheio. O ar parecia uma sauna e o fedor de suor era ainda mais forte do que o já pungente odor dos pássaros gigantes no teto. Tinha um bebê berrando em algum lugar. Ao redor, todo mundo parecia mergulhado na mesma confusão. Por que estavam sendo levados ao Memorial? Que história era essa de censo? Tinha a ver com o deslize de terra? Apesar do incômodo, ninguém ousava erguer a voz. Guiada pelo código indumentário, Ophélie via apinhados ali Totemistas, Florais, Adivinhos, Heliopolitanos, Metamorfos, Necromantes e Fantasmas, homens e mulheres vindos dos quatro cantos das arcas, como era comum em Babel. Cada invenção da cidade era fruto dos conhecimentos familiares combinados, começando pelo bondalado no qual estavam sufocando e que demorava a decolar.

Estavam todos nervosos, mas Ophélie estava ainda mais. Ela não queria ser recenseada de jeito nenhum, muito menos com documentos falsificados e um apocalipse a impedir. O reflexo no espelho da loja, imaginário ou não, mexera com ela.

Esmagada contra o vidro da porta, contemplou a multidão lá fora. Um comerciante amarrava os tapetes numa carroça, uma senhora manobrava uma minivan lotada de crianças e um zebu no meio da rua bloqueava a circulação. Não era só do bairro afetado pelo desmoronamento que fugiam: era da beira, do vazio. Estavam todos com medo. Ophélie não os culpava; o Outro poderia ser qualquer um... Supostamente estava conectada a ele, mas não saberia reconhecê-lo na calçada.

Um autômato surgiu de bicicleta. Era um espetáculo peculiar ver o manequim sem olhos, nariz, nem boca pedalar direitinho enquanto uma voz de disco arranhado saía da barriga dele:

— SEI ARRANCAR ERVAS-DANINHAS, ENGRAXAR COURO, AMACIAR MOCASSINS... MOCASSINS... E NÃO ME CANSO NUNCA. CONTRATE-ME PARA ACABAR COM A DOMESTICAÇÃO DO HOMEM PELO HOMEM.

O olhar de Ophélie cruzou o de um senhor do outro lado do vidro, sentado em uma mala muito pesada. Ele tinha a expressão abatida dos que não sabem onde passarão a noite. O homem gritou para Ophélie e todos os passageiros do bondalado:

— Procurem outra arca! Deixem Babel para os cidadãos de verdade!

O bondalado enfim saiu da estação. Ophélie estava perturbada, para além da turbulência do voo. Ela passou o trajeto inteiro evitando olhar o vazio sob o mar de nuvens. Só respirou direito quando as portas se abriram em frente ao Memorial.

Ela ergueu o olhar o mais alto possível para abarcar a loucura arquitetônica que lembrava ao mesmo tempo um farol e uma biblioteca, tão colossal que devorava toda a arca menor – exceto por algumas acácias. Passara dias, até noites, entre aquelas paredes, catalogando, analisando, classificando e perfurando.

Ali era de certa forma seu lar.

A guarda familiar de Pólux dava ordens.

— Desça, *please*! Ande, *please*! Aguarde, *please*!

Os passageiros mal tinham desembarcado quando foram substituídos por uma multidão de civis, já recenseados, que voltariam para a cidade de bondalado. Todos estavam marcados por uma estranha mancha na testa.

Ophélie ficou presa em uma fila de espera interminável, sob o sol a pino. Invejava o velho Radioestesista atrás dela, que andava com uma nuvenzinha de chuva sobre a cabeça.

Ela ficou um bom tempo parada em frente à estátua do soldado sem cabeça, tão antiga quanto o resto do local. O Memorial já existia no velho mundo. Fora ali mesmo que Eulalie Deos educara os espíritos familiares. Será que encontrara o Outro naquele lugar? Seria onde tinham dado início ao Rasgo, juntos? O Memorial trazia a marca. Uma metade desabara no vazio e a outra passara por uma reconstrução ambiciosa acima do mar de nuvens. Sempre que Ophélie encarava o edifício, se perguntava como não caía.

De repente, não viu mais nada. O vento jogara um folheto laranja contra os óculos dela.

VAMOS BEBER. VAMOS FUMAR.
VAMOS TRANSGREDIR TODA PROIBIÇÃO.
E VOCÊ, COMO FESTEJARÁ O FIM DO MUNDO?

Ophélie virou o folheto. Do outro lado, só havia uma linha impressa:

JUNTE-SE AOS DELINQUENTES DE BABEL!

O Sem-Medo-Nem-Muita-Culpa estava morto, mas os asseclas estavam deitando lenha na fogueira.

Um guarda arrancou o folheto das mãos dela.

— Entre, *please*!

Ela cruzou finalmente as portas do Memorial. Como sempre, se sentiu minúscula a princípio, frente ao espaço gigante, ao átrio imenso, aos andares altos anelados, aos corredores verticais do transcendium, aos salões de leitura instalados no teto, ao globo terrestre do Secretarium que flutuava sob a cúpula e, talvez ainda mais do que o resto, à quantidade de bibliotecas transbordando de saber. Em seguida, passada a primeira impressão esmagadora, Ophélie sentiu-se imensa, acrescentada ao uníssono daquelas páginas, vozes silenciosas que pareciam sussurrar que ela também merecia ser ouvida.

A fila de espera se ramificou em várias outras menores que se estendiam até o fundo do átrio. Os raros memorialistas que notava nos andares andavam com furtividade, olhando para baixo, como se constrangidos pelo censo praticado ali. Ophélie procurou o rosto conhecido de Blasius entre eles, mas logo constatou que ele não estava ali: o coitado do funcionário sofria de tal azar que nunca passava despercebido. Por outro lado, o lugar estava cheio de autômatos, que iam e vinham, carregando máquinas de escrever portáteis.

— Ah, não — deixou escapar depois de uma eternidade, ao enfim enxergar a qual guichê a fila levava.

Quem o comandava era uma arauta alta e magra, cujo cabelo arruivado estava preso em um rabo de cavalo negligente.

Elizabeth.

Aquela jovem era responsável pela divisão da qual participara. Ophélie apreciava a originalidade e admirava a inteligência dela, mas se exasperava com a lealdade inabalável à elite que dirigia a cidade. Se os documentos falsificados criassem problemas, Elizabeth não a ajudaria por bondade.

— Você de novo? — disse Elizabeth, quando Ophélie se apresentou. — Bem-vinda ao guichê de não-nativos de Babel.

Ela não sorria, como de costume. As pálpebras espessas e cinzentas cobriam metade dos olhos, como abajures. Nem a quantidade de sardas iluminava tal palidez. Ophélie, de tanto pegar sol, já parecia mais Babeliana do que a garota.

— Você não está muito apresentável — acrescentou Elizabeth, apontando com a caneta para o nariz de Ophélie, que pingava de suor.

— Você também não está lá com uma cara muito boa — retrucou Ophélie.

Era fácil; Elizabeth nunca estava com uma cara muito boa. A arauta ergueu de leve as sobrancelhas, certamente surpresa com o tom casual de Ophélie, mas pareceu se lembrar de que não era mais a superior dela e relaxou.

— Somos proibidos de usar maquiagem. Nosso dever é apresentar total transparência ao exercer nossas funções. Passe para cá seus documentos, para que eu verifique sua transparência também, Eulalie.

— O que está acontecendo? Por que fomos convocados para cá?

— Hmm? — reagiu Elizabeth, sem erguer o olhar dos documentos que analisava. — Os Lordes de LUX decidiram conduzir um procedimento de censo obrigatório para todos e todas que chegaram a Babel há menos de dez anos. Isso dá um monte de gente, pode acreditar — insistiu, indicando as filas de espera que se perdiam ao longe com um gesto lento. — Eu me ofereci para ajudar como voluntária. É temporário, claro, pois logo deverei saber para onde serei transferida. Já recebi várias propostas.

Naquele instante, Ophélie se preocupava mais com o próprio futuro do que com o de Elizabeth. Os documentos falsificados tinham sido feitos de qualquer jeito por Archibald. Bastava um carimbo fora do lugar para revelar a farsa.

— Mas por quê? — insistiu ela. — Por que os Lordes estão fazendo o censo?

— Por que não fariam?

Ophélie estava desconfiada; mesmo depois de ser promovida ao novo posto, Elizabeth não era iniciada. Como todos os Babelianos, a arauta não sabia que os Lordes de LUX agiam em segredo a serviço de Eulalie Deos. Organizar um procedimento tão amplo no dia seguinte ao desmoronamento não poderia ser coincidência. Estavam tramando alguma coisa.

— Elizabeth — murmurou Ophélie, se aproximando do guichê —, você soube de deslizamentos de terra fora de Babel?

— Hmm? Por que eu saberia?

— Porque é uma arauta.

A expressão impassível em resposta exasperou Ophélie. Precisava de uma fonte melhor de informações. Virou a cabeça na direção dos outros guichês.

— Octavio também está por aqui?

Não era só o filho de Lady Septima, a qual era membro da casta de LUX, que queria ver. Era acima de tudo uma pessoa em quem confiava – o que era irônico, considerando que ela e Octavio tinham uma desconfiança educada um do outro durante o estudo na Boa Família.

— Ele acabou de começar um trabalho em meio período no *Diário oficial* — respondeu Elizabeth. — E não é nossa responsabilidade mantê-la informada. Vou fazer algumas perguntas para completar sua ficha; responda com o mínimo de palavras possível.

Ophélie respondeu ao interrogatório mais extenso que já fora submetida. Quando chegara a Babel? Por que se instalara lá? De que arca vinha? Qual era seu poder familiar? Estava empregada? Tinha antecedentes judiciais? Era parente de alguma pessoa com deficiência física ou mental? Em uma escala de um a dez, qual era seu grau de apego à cidade? Qual era sua marca de doces preferida?

Por mais que Ophélie tivesse se preparado para ser questionada sobre as origens inventadas, precisou de muito sangue-frio para responder. Foi especialmente difícil quando viu se aproximar um casal que, por apenas aparecer, propagou um silêncio respeitoso por todas as filas de espera: todo mundo parou na mesma hora de cochichar, se irritar, bocejar, tossir. Ophélie só vira os Genealogistas de longe, na cerimônia de formatura que ocorrera ali mesmo no Memorial, mas os reconheceu sem dificuldade: vestiam um traje inteiro de ouro, chegando a ter o cabelo e a pele pintados de dourado. Caminhavam tranquilos e sorridentes, lado a lado, de dedos entrelaçados, como se fosse tão comum passear em meio a um centro burocrático como em um parque.

Thorn tinha reunião com eles, mas não estava ali, o que a preocupou. Será que ele a esperava na casa de Lazarus, como combinado? Ophélie tinha esperança de que ele tivesse se metido em menos confusão do que ela. Os Genealogistas eram escoltados por uma jovem Faro que tinha sobressaltos sempre que eles tocavam o braço dela ou lhe dirigiam a palavra.

Ophélie ficou tensa quando eles se aproximaram. Por que, de todos os guichês do Memorial, se interessavam logo por aquele onde ela estava?

Os Genealogistas se curvaram, um de cada lado de Elizabeth.

— O que a ganhadora do prêmio de excelência está fazendo em um cargo tão indigno? — lamentou o homem.

— A senhorita revolucionou a base de dados do Memorial por conta própria — continuou a mulher. — Suas competências estão sendo subutilizadas aqui, cidadã!

Por menos expressiva que fosse, Elizabeth estava visivelmente desconcertada por ser alvo de tal atenção. Ela se levantou para bater continência e cumprimentá-los com a saudação obrigatória – "O conhecimento serve à paz!" –, mas eles a convidaram a sentar, tocando-a nos ombros.

— Não queremos interrompê-la, jovem *lady*. Só nos diga se refletiu sobre nossa proposta.

— É que não tive tempo de...

— Um simples "sim" basta — disse a mulher.

— É totalmente a sua praia — disse o homem.

— E seria um enorme serviço à cidade! — concluíram os dois, em uníssono.

Ophélie não sabia do que se tratava, mas ficou feliz por não estar no lugar de Elizabeth, cujo rosto corara num instante. Agora que observava os Genealogistas de perto, notou a textura estranha da pele deles sob o ouro em pó com que se pintavam, como se estivessem sempre arrepiados. Táteis. Ela não sabia nada dessa variação do poder familiar de Pólux.

— *In fact*, minha primeira escolha foi o cargo de assistente pessoal de Lady Hélène — explicou Elizabeth, com respeito. — Sem ela, eu estaria na rua. Devo a ela todos meus distintivos.

Os Genealogistas trocaram um olhar cúmplice.

— É uma história *very* emocionante, cidadã, mas seu trabalho no Observatório também dirá respeito a Lady Hélène.

A senhorita não poderia servi-la melhor do que ao aceitar esta oferta!

A máscara imperturbável de Elizabeth se partiu. Ophélie olhou de relance a jovem Faro que fingia se manter distante da conversa, encarando as sandálias. Era fácil adivinhar o papel dela naquela entrevista surpresa. O charme dos Faros permitia que modulassem com sutileza as emoções alheias, para que se tornassem mais suscetíveis. Em geral, trabalhavam na área médica, acalmando pacientes, mas essa obviamente não era a função daquela ali.

— Você não precisa decidir agora.

Ophélie não foi capaz de conter o aviso, vendo Elizabeth perdida em hesitação, mas se arrependeu de imediato. Os Genealogistas, que até então nem a tinham olhado, se viraram na direção dela com um movimento fluido conjunto. Até os cílios deles eram pintados de ouro.

— Tem algo a dizer, *miss*? — perguntou o homem, consultando os documentos falsificados.

— Alguma alteração a indicar na ficha, talvez? — sugeriu a mulher, acariciando o formulário.

Eles inspiraram uma antipatia tão visceral em Ophélie que ela recuou. Desde que casara com Thorn, dividindo os poderes familiares um do outro, ela herdara as garras de Dragão. Apesar de não serem muito perigosas, apareciam sem aviso quando sentia raiva. Os Genealogistas não a conheciam, mas ela os conhecia. Eles não queriam o bem da cidade; mas se tornar o mesmo que Eulalie Deos. Ophélie deveria continuar uma estrangeirinha insignificante aos olhos deles, para evitar causar problemas com Thorn e consigo.

Ela engoliu a saliva, o orgulho e as garras.

— Não.

— Então? — insistiram os Genealogistas, de volta a Elizabeth. — Aceita nossa oferta, cidadã?

— *Milady, my lord...* Seria uma honra.

A mulher tirou do decote um contrato que desenrolou sobre o guichê. O homem entregou uma caneta-tinteiro para a arauta.

Ela assinou.

— *Good girl.*

Com essas palavras, sussurradas em uníssono nos dois ouvidos de Elizabeth, os Genealogistas se afastaram de mãos dadas, capas douradas flutuando, seguidos à distância pela jovem Faro.

Ophélie se deu conta de que ficara com a boca seca na presença deles.

Elizabeth secou a testa, onde o cabelo tinha grudado no suor.

— Eu... talvez tenha assinado rápido demais.

— Que oferta foi essa? — perguntou Ophélie.

Uma sinfonia de protestos soou no mesmo instante. Assim que os Genealogistas se distanciaram, todo mundo na fila perdeu a paciência. O velho Radioestesista ameaçou começar uma tempestade; Elizabeth, por sua vez, ainda estava atordoada.

— É confidencial, não posso falar. Assinei mesmo rápido demais.

Ela piscava com um ar tão desorientado que Ophélie sentiu até pena.

— Aquela Faro ajudou.

— Espero, por sua segurança, que não esteja insinuando o uso de qualquer manipulação — avisou Elizabeth, devolvendo os documentos com seriedade. — Estamos falando de Lordes de LUX. É uma acusação bastante grave, especialmente vinda de alguém cuja ficha não está dentro dos conformes. Você vai precisar se apresentar ao tribunal.

Antes que Ophélie pudesse reagir, a arauta se curvou sobre o guichê e carimbou a testa dela.

— Brincadeira. Está tudo certo por enquanto. É só fazer a visita médica e voltar para casa.

A CASA

— Pelo menos a senhorita não é nada comum. Sentada em um banquinho, Ophélie olhou para o rosto embaçado do médico. Ela precisara tirar os óculos para o exame, então só enxergava dois olhinhos brilhando na escuridão. Várias cabines médicas tinham sido improvisadas na área de reprografia do primeiro andar do Memorial. Ophélie estava de roupa de baixo em meio a mimeógrafos e fotocopiadoras. Sem as luvas de *leitora*, agora dispostas na bandeja de um autômato com o resto dos pertences, ela se sentia vulnerável.

Elizabeth dissera que estava tudo certo por enquanto. Era o "por enquanto" que a preocupava. O que aconteceria se decidissem que ela não estava dentro dos conformes desejados pela administração babeliana? O sol se punha por trás das janelas, e Ophélie começava a se questionar seriamente se esse censo chegaria ao fim. Queria encontrar Thorn para começarem a investigação.

— Posso ir? Tenho compromisso.

O médico se aproximou. Os olhos de Visionário, iluminados como lâmpadas, valiam mais do que qualquer aparelho médico de imagem. Não a tocara nenhuma vez desde que ela chegara, nem mesmo para sentir o pulso, mas seu olhar era um pouco perturbador.

— A senhorita já foi vítima de algum acidente? — perguntou ele, lendo os documentos.

Ele pronunciou a palavra "acidente" com uma entonação especial que não se devia apenas ao sotaque de Babel.

Ophélie franziu as sobrancelhas. Seria uma alusão aos cortes pelo corpo, deixados pelos cacos de vidro que os Adivinhos jogaram nela durante o banho? À cicatriz no rosto, mais antiga e causada pela meia-irmã de Thorn? Aos ossos fraturados inúmeras vezes nos últimos anos?

Ela entendeu que seria melhor não se mostrar frágil. Apesar do carimbo de Elizabeth na testa, só se sentiria tranquila ao sair dali.

— Alguns — respondeu, evasiva. — Nunca me impediu de fazer nada.

O médico assentiu. Ophélie notou então que os olhares mais indiscretos eram dirigidos ao baixo-ventre dela.

— Estava pensando em um acidente mais... peculiar — disse ele, escolhendo as palavras com cuidado. — Senhorita Eulalie, de acordo com a ficha, não está comprometida, do ponto de vista matrimonial. Pode confirmar esta informação?

— É particular.

Ela não gostava nada do caminho dessa conversa. Na verdade, não gostava de nada que tinha sido obrigada a fazer desde que fora arrastada até o Memorial. A administração de Babel se aventurava cada vez mais fundo na intimidade dela, e a atitude intrusiva desse médico era insuportável.

— Vou me vestir.

— A senhorita sofre de uma malformação, *miss*.

Ophélie, que se levantara do banquinho para pegar as roupas com o autômato, voltou a se sentar, devagar. Ela vestiu as luvas e pôs os óculos, como se a ajudassem a ouvir melhor.

Os olhos do médico brilharam com mais intensidade, observando-a com certo fascínio.

— Já observei algumas curiosidades, mas nada assim. É um pouco como se todas as partículas de seu corpo fossem... *I don't know...* viradas do avesso. Não sei bem que tipo de acidente provocaria tal resultado.

"Um acidente de espelho", respondeu Ophélie em silêncio. O primeiro. O que libertara o Outro.

— Também não sei como a senhorita é capaz de coordenar seus movimentos — continuou o médico, cujos olhos se apagaram como lâmpadas. — Deve ter ocorrido quando a senhorita era jovem, pois seu organismo conseguiu se recuperar quase *completely*. Quase — repetiu, com uma bondade condescendente. — Entende aonde quero chegar, querida?

— Sou invertida. Já sei, já me...

— A senhorita não poderá ter filhos — interrompeu ele.

— É fisicamente impossível.

Ophélie viu o médico preencher a ficha. Entendera as palavras, mas não faziam sentido algum. Não encontrou nada para responder além de:

— Posso ir?

— A senhorita deveria consultar o Observatório dos Desvios. Não podem fazer nada para ajudá-la, mas com certeza estarão interessados em estudá-la de perto. Casos como o seu são a especialidade da instituição. Vista-se — acrescentou, com um gesto tranquilo. — O exame acabou.

A jovem tentou amarrar os sapatos várias vezes até conseguir, como se as mãos não fossem mais capazes de obedecê-la. Por fim, saiu da cabine, deixando-a para a próxima pessoa. O primeiro andar do Memorial estava lotado de homens e mulheres esperando sua vez. Todas aquelas testas carimbadas a faziam pensar num abatedouro. A guarda familiar juntava as pessoas que já tinham passado pelo exame médico, para conduzi-las até a saída. Ophélie não tinha a menor intenção de ser enfiada em outro bondalado.

Precisava de isolamento. Imediatamente.

Não havia escada nem elevador no Memorial, mas ela já se acostumara à gravidade artificial dos transcendiuns. Foi discreta ao entrar em um corredor vertical que a afastou da multidão, se refugiando no banheiro. Exceto por um macaco bebendo água da pia, estava enfim sozinha.

Ophélie se olhou de frente no espelho. Não tinha mais medo de ver coisas inexistentes, como na vidraçaria. Tinha medo do que não via, mas que de fato estava lá.

Tocou a barriga com precaução, como se arriscasse se estragar ainda mais com um aperto forte. O Outro não se contentara com rasgar o mundo. Rasgara o corpo dela também. Por que, então, não sentia nada? Nenhuma revolta, só silêncio.

— Nunca quis ser mãe e Thorn odeia crianças — murmurou, olhando nos olhos do próprio reflexo. — Então não tem problema.

Ela subiu na pia, desajeitada, pensou "casa" e mergulhou no espelho.

Estava desnorteada. Literalmente. Ao entrar no espelho do Memorial, pretendia sair pelo da casa de Lazarus. No entanto, sentiu uma queda vertiginosa e incompreensível, como se caísse de baixo para cima.

Tudo ao redor se embaçou.

Imagens.

Sons.

Pensamentos.

De repente, Ophélie se deu conta de que alguém segurava a mão dela com força. Teve a sensação de ser arrastada, passo a passo, por um ambiente indefinido. Tentou se concentrar nos fragmentos de realidade captados pelos sentidos. Uma estátua. A estátua do soldado sem cabeça. A estátua do soldado sem cabeça quando ainda tinha cabeça. Estava, portanto, de volta à entrada do Memorial, na época em que ainda não era o Memorial.

A escola militar.

Associar palavras aos objetos a ajudava a delineá-los. A construção à qual se dirigia não tinha ainda o ar majestoso criado pelos arquitetos de Babel no futuro distante, mas já era imponente. O azul e o dourado dos arredores eram do oceano e das acácias. Uma ilha. Quase sentia o cheiro atordoante e agridoce. Quase. Estava com o nariz entupido, dificultando a respiração.

Degraus. A mulher que segurava a mão dela a levava ao portão. Uma mulher? Isso, essa voz murmurando para que se apressasse era feminina. Ela falava numa língua que não era a de Ophélie, mas que a jovem seria capaz de entender se não estivesse embaralhada pelo ambiente distorcido.

A mulher a fez sentar-se no que supunha ser o hall; os arredores estavam embaçados demais para ter certeza. Ophélie sentia que entrara numa aquarela encharcada por um copo d'água derrubado. Chocou-se um pouco ao notar que os pés não atingiam o chão. Tinha diminuído? Aonde fora a mulher? Não sentia mais a mão contra a sua e a voz vinha de longe. Naquele momento, não se dirigia a ela. Com muito esforço, foi enfim capaz de traduzir a conversa que ouvia em palavras compreensíveis:

— Ainda tenho que cuidar dos meus filhos, como vou alimentar mais uma? Meu marido foi para a guerra, o que quer que eu faça, sem dinheiro? Além disso, estou falando sério: ela é trabalhadora, educada, inteligente e tudo! Muito inteligente. Sim, sim, fala perfeitamente. Várias línguas, até. O passatempo preferido dela, acredite se quiser, é inventar outras línguas, imagine só! E olha que ela datilografa que nem adulto. Às vezes tem umas oscilações de humor, sabe, mas coitada... Perdeu os pais, os irmãos, as irmãs, os tios, as tias, os primos: todo mundo deportado! Uma família de tipógrafos, acho. Devem ter imprimido o que não deviam, mesmo que as coisas lá estejam feias. É um milagre que ela tenha fugido. Como? Deos. Não, não, não é Deus! *Deos*, com "o". É, é um nome de lá, por aqui todo mundo erra. Enfim, sei que estão procurando crianças com... como foi que disseram? Com *muito potencial*, não é? Não sei dessas coisas que nem vocês, mas essa menininha aqui tem o que oferecer e só vive pedindo para ajudar nos esforços de guerra.

Ophélie ergueu a cabeça quando alguém se aproximou. Não era mais a mulher, mas um homem. Mesmo que a jovem enxergasse mal, ele passava uma sensação familiar. Um instinto a fez entender que deveria segui-lo, então o acompanhou por escadas labirínticas e tão distorcidas quanto o resto. O homem marchava em passos militares, usava um turbante e resmungava de um jeito esquisito. Ophélie tinha certeza de que o conhecia. Concentrando a atenção nele, desligando-se de si própria, como fazia durante uma *leitura*, viu a silhueta ganhar precisão. O tecido do turbante tentava esconder, sem muito sucesso, a parte de baixo do rosto, onde uma ferida horrível, sem dúvida recente e mal cicatrizada, arrancara parte do maxilar. Era o velho porteiro. O velho porteiro, antes de ser velho.

Ophélie foi então levada a um espaço, no último andar, que lhe causou um sentimento agridoce. Passaria muitas e muitas noites ali.

Casa.

Meninos e meninas de todas as idades se aglomeraram ao redor dela, ao mesmo tempo curiosos e desconfiados. Órfãos, como Ophélie. Não via rosto nenhum, mas ouvia as perguntas.

— Como você se chama?

— De que país você veio?

— Você é espiã?

— Você viu a guerra?

Ouviu-se responder com enorme seriedade, com uma voz que era dela, ao mesmo tempo que não era:

— Eu me chamo Eulalie e vou salvar o mundo.

Os órfãos sumiram numa nuvem de poeira. Ophélie tossiu sem parar, engolindo teias de aranha a cada tentativa de inspirar. Estava caída em um chão de madeira, farpas espetavam a pele dela.

Encarou o espelho do qual caíra, atordoada. A visão que tivera já começava a se dissipar. A dona de casa, o porteiro, os órfãos: foram todos comprimidos em uma minúscula fração de segundo, o tempo necessário para uma passagem simples.

Desta vez, não era alucinação nenhuma. Ela assistira a uma cena que acontecera de verdade, muitos séculos antes.

Ophélie se levantou. O espelho, suspenso no ar, era o único móvel do cômodo onde se encontrava. Nada de porta, nem de janela: só um minúsculo orifício no teto deixava entrar um pouco de luz. Ela conhecia aquele lugar. Era um cômodo secreto, inteiramente contido no globo flutuante no coração do Secretarium, que por sua vez flutuava no meio do Memorial de Babel. A jovem se aproximou do espelho suspenso, que devolveu a imagem empoeirada. Como da primeira vez, via os contornos deixados na parede na qual um dia estivera pregado. Ophélie sabia, pois já tinha *lido* o espelho, que Eulalie Deos vivera ali na época antes de se tornar Deus. Pensou de novo naquela mulherzinha, tão parecida e tão diferente dela, datilografando as histórias infantis. Entendeu que aquela sala era muito mais do que um escritório de escrita para Eulalie Deos. Antes de ser a escola da paz onde criara os espíritos familiares, o Memorial fora o orfanato militar no qual ela passara a infância.

Casa.

Era isso que Ophélie desejara antes de entrar no espelho do banheiro. Assim, fora parar ali, acordando nela uma memória de outra pessoa.

— Não é minha casa — reclamou com o próprio reflexo, como se não se entendessem mais. — Não sou ela.

A constatação a atingiu no mesmo instante em que pronunciou essas palavras. Quando estivera ali pela primeira vez, vira Eulalie olhar para o reflexo; um ao qual se dirigira; um reflexo que não possuía mais.

O que ela dissera mesmo?

— "Logo, mas hoje não" — recitou Ophélie.

Ela entendeu então uma coisa ao mesmo tempo muito simples e completamente absurda; precisava falar com Thorn.

Mergulhou de novo no espelho, da forma mais atenta e menos intencional possível. Com esforço, se abriu a todos os destinos, sem escolher um caminho específico. Sentiu-se cair em um espaço difícil de descrever em palavras; formas e cores flutuavam, como o que se vê quando fechamos os olhos bem apertados.

O entremeio. O interstício entre espelhos. A prisão do Outro, como entendia agora; a prisão da qual o libertara.

Visitara essa "bidimensão" por acidente quando estivera confinada na solitária da Boa Família. Agora, começava a entender por instinto como se deslocar. Era quase possível sentir todos os espelhos do mundo, a qualquer distância.

Ophélie escolheu o que queria sem hesitar: o no átrio de Lazarus. Entretanto, ao emergir acima de um móvel, pisando desajeitada entre incensários, se perguntou se não tinha errado o trajeto.

Ela encontrou Thorn conversando com uma boneca.

A MENSAGEIRA

— Finalmente, *miss*! Ambroise surgiu alegremente em sua cadeira de rodas, ao ouvir Ophélie cair do móvel. Os olhos dele, sombreados por cílios compridos de antílope, brilhavam em meio à pele escura. O cachecol estava enroscado no colo.

— Soubemos do censo. Eles dificultaram as coisas para você?

Solícito, Ambroise estendeu as mãos para Ophélie – uma mão esquerda à direita e uma mão direita à esquerda. O adolescente também sofria de uma inversão séria, mas a dele era visível.

A de Ophélie era invisível, subterrânea. Sórdida.

— Meus documentos falsificados deram conta do recado — respondeu ela. — Não entendi a utilidade dessas formalidades todas.

— Não têm nada de inútil — disse Thorn com a voz grave.

Ele estava sentado na beira do implúvio, cheio até a borda pelas chuvas recentes, e encarava, hipnotizado, a boneca no banquinho à frente dele.

— De qualquer forma — continuou, devagar —, com certeza não será inutilizado. Os Lordes têm planos.

— Quais são?

— Não sei. De LUX, só tenho o uniforme.

Ophélie fez um gesto para recuperar o cachecol, mas ele serpenteou ao redor de Ambroise até se enroscar na cabeça do menino, como um turbante tricolor. Ver outra pessoa usá-lo era desconfortável. Depois que tinham se separado, por culpa dela, o relacionamento com o objeto mudara.

Ambroise ofereceu um pote de arroz a Ophélie, com uma expressão de culpa.

— Você deve estar morta de fome; pedi ao autômato cozinheiro para preparar uma refeição. *Sorry* — suspirou, ao vê-la lacrimejar na primeira garfada —, ele pega pesado no tempero. O que aconteceu com a sua testa?

— Acabou o papel do Memorial — ironizou ela.

Então esfregou o carimbo, se aproximando do espelho que acabara de atravessar. Não só não limpou nada, como ainda se manchou com o amarelo do curry.

— É tinta de Alquimista, *miss* — explicou Ambroise. — Só vai se apagar na hora prevista pela administração de Babel. Tenha paciência.

O menino era a doçura em pessoa. Ele não lembrava em nada Lazarus, o pai esquisitão e empolgado que preferira ser peão de um deus a cuidar do próprio filho. Ophélie não tinha coragem de se ressentir de Ambroise pela família nem pela preferência do cachecol. Ela sorriu de volta.

O jovem apontou para Thorn, que não desviara o olhar de aço dos olhos de vidro da boneca.

— Seu marido trouxe esta nova convidada. Estou *extremely* curioso para saber mais, mas ele não quis contar. Matei o tempo concatenando 34 teorias para explicar o que um homem tão sério planeja fazer com um brinquedo desses.

Thorn fungou, frustrado.

— Ele expôs todas as teorias em voz alta.

Ophélie engoliu o arroz com apetite feroz, notando de repente como estava faminta. O peso em seu estômago ficou mais leve. Era ali a *casa* dela.

— Posso?

Thorn lhe dirigiu o olhar atento que até então destinava à boneca. Ele assentiu, mesmo sabendo que ela não estava de fato pedindo permissão para sentar ao lado dele.

Era um acordo. Ophélie devia evitar surpreendê-lo.

Ela se instalou na beira do implúvio e observou a boneca no banquinho de pedra. A bela franja preta, o rosto e os traços de porcelana lembravam Zen, a colega de divisão de arautos.

— Presente dos Genealogistas?

— É a mensageira — disse Thorn. — Eles nunca se dirigem a mim diretamente para passar instruções. Têm um senso de humor questionável.

— A teoria dezenove não estava tão errada — comentou Ambroise, aproximando-se deles e trazendo uma bandeja de chá no colo.

Em Babel, quanto mais calor fazia, mais quente era a bebida. Ophélie soprou a xícara que acabara de pegar. O perfume do chá de menta foi no mesmo instante sobrepujado pelo cheiro de desinfetante vindo de Thorn. Até a água pluvial no laguinho de vitórias-régias atrás deles tinha um odor mais discreto. Ela estava acostumada com as manias dele, mas esta em específico tomara proporções preocupantes desde que ele se tornara Sir Henry.

— O que diz a mensagem?

Thorn esticou o braço para pegar a boneca. Ele mostrou um mecanismo escondido sob o quimono, nas costas de porcelana.

— Não sei. É uma gravação de voz que só pode ser ativada uma vez. Estava esperando você voltar para escutar.

Ser convidada a ouvir uma boneca não estava entre as atividades conjugais que Ophélie imaginara. Mais do que o objeto em si, admirou as mãos compridas e ossudas que o seguravam. As mangas arregaçadas revelavam algumas das 56 cicatrizes que marcavam o corpo de Thorn.

Ophélie as vira todas. Ainda achava impressionante. Além de um privilégio.

Quando cruzou o olhar dela, Thorn pigarreou. Ele ajeitou a única mecha ameaçando sair do cabelo penteado e acrescentou, com a voz ainda mais tensa do que de costume:

— Juntos.

Ophélie assentiu.

— Juntos.

O olhar de Ambroise foi de um ao outro e, em seguida, o adolescente deu marcha a ré na cadeira.

— Eu... *well...* vou deixar vocês sozinhos. Chamem se precisarem de qualquer coisa.

— É melhor desconfiar — avisou Thorn quando o barulho das rodas se afastou entre as colunas. — Não é porque aquele garoto conhece a maior parte dos nossos segredos, nem porque abriu a porta da casa dele para nós, que é nosso aliado. Eu não me surpreenderia se o pai tiver mandado que ele fique de olho em nós dois.

Thorn recuperara o sotaque duro do Norte. Não que Ambroise desconhecesse a origem dele, mas Thorn só tirava mesmo a máscara de Sir Henry em particular. Ophélie olhou de relance para a jaqueta do uniforme que ele dobrara com precisão em um canto; fora despida como se fosse uma segunda pele. Pregada no tecido branco e dourado, a insígnia de LUX, em forma de sol, cintilava sob a luz elétrica.

A noite caíra com a velocidade de uma cortina de teatro. Erguendo o rosto para o teto aberto, Ophélie não viu estrela alguma. Outra onda de nuvens cobria a cidade e o nevoeiro chegava até ali.

— Vamos ouvir a mensagem — propôs ela, esvaziando a xícara.

Thorn deu corda nas costas da boneca. Quando soltou, um som estridente fez eco na porcelana.

— Saudações, *dear friend*.

Ophélie ajeitou os óculos. Se fosse a voz de um Genealogista, tinha sido deformada na gravação a ponto de tornar-se irreconhecível.

— O senhor foi promovido a grão-inspetor familiar — continuou a boneca. — Amanhã, ao amanhecer, será recebido no Observatório dos Desvios, que o hospedará entre suas paredes... suas paredes pelas próximas semanas. Oficialmente, será enviado para garantir que os subsídios generosos oferecidos pelos mecenas de LUX estão sendo bem utilizados. Seu conhecimento aprofundado de contabilidade o torna o agente ideal para tal inspeção. É um procedimento *very* demorado que deixará tempo livre para conduzir outra investigação... investigação paralela.

"O Observatório dos Desvios foi fundado para estudar e corrigir certas patologias, mas sabemos que é apenas uma fachada, construída com sabedoria e quase impenetrável. Apesar de nossa influência... influência, nosso acesso aos bastidores foi recusado sob alegação de *sigilo médico*. Há muito tempo temos suspeitas de que o Observatório conduz atividades clandestinas. Um de nossos informantes foi capaz de infiltrar o local. No último relatório, trouxe a nosso conhecimento um programa conduzido lá em segredo.

"O programa foi batizado de PROJETO CORNUCOPIANISMO.

"O informante não teve oportunidade de revelar detalhes; logo depois desapareceu sem deixar rastros. Temos todos os motivos para pensar... pensar que as respostas às nossas perguntas, e às suas também, têm conexão com esse projeto.

"O senhor cumpriu sua primeira missão ao nos entregar um nome, *dear friend*. Fizemos algumas pesquisas em arquivos antiquíssimos e proibidos ao público. O Observatório dos Desvios já foi uma base militar, muito antes de tais palavras serem proibidas em nosso Índex. Essa base também trabalhou em um projeto de pesquisa altamente... altamente confidencial.

"Adivinhe que nome se encontra no registro.

"Isso. Esse mesmo.

"Entende, *dear friend*? O segredo que tornou aquela mulher no que conhecemos – o poder de ter todos os poderes, inclusive o de evitar a morte... morte e salvar nosso mundo do grande desmoronamento: se encontra no Observatório dos Desvios.

"Aqueles que de fato comandam o Observatório estão muito mais adiantados do que nós. É sua missão, *dear friend*, inverter tal tendência. Seus pertences já foram separados e o aguardam no local. Não é necessário insultá-lo ao explicar o que aconteceria... aconteceria com o bom e velho Sir Henry em caso de fracasso."

Com um último tinido, indicando que o mecanismo vocal fora quebrado, a boneca se calou.

Ophélie decidiu não mostrar a emoção violenta que a invadira ao escutar a mensagem, mesmo que fosse traída pelo escurecimento dos óculos. Notou a que ponto odiava os Genealogistas. Por mais que tivessem aberto portas antes inacessíveis para Thorn, manifestavam tal prazer em usá-lo, brincar com ele como se fosse um bonequinho, que ela sentia repulsa.

Thorn não pareceu se importar em nada. Nos olhos dele, estreitados pela concentração, brilhava, na verdade, uma certa satisfação. Ele devolveu a boneca ao banquinho e tirou do bolso o frasco de álcool para desinfetar as mãos.

— O Observatório dos Desvios — repetiu. — Se os Genealogistas estiverem certos, se for lá que Eulalie Deos se tornou Deus, temos uma pista extremamente significativa.

Ophélie mergulhou nos olhos tão realistas que eram assustadores do rosto de porcelana da boneca. Que coisa, esse Observatório de novo! Pensou no que o médico dissera no Memorial, a respeito da malformação. "Não podem fazer nada para ajudá-la, mas com certeza estarão interessados em estudá-la de perto." Só pensar nisso fez o estômago dela revirar. Precisava abordar o assunto com Thorn.

— Eu já fui ao Observatório dos Desvios — falou, em vez disso.

Ela não fora além da área de visitação. Mediuna, a rival mais temível durante o treinamento de arauta, fora internada lá após ser apavorada pelo faxineiro do Memorial. Ophélie queria interrogá-la, mas foi quase impossível, de tão intenso o trauma.

— É um estabelecimento de boa envergadura, ocupa uma arca menor inteira. Confesso que são mesmo bem enigmáticos por lá. Disseram que tinham um arquivo com meu nome, mas não responderam a nenhuma pergunta. Ah! — soltou, tomada por uma ideia. — É para lá que querem mandar Elizabeth? Os Genealogistas falaram de um Observatório, mas eu não tinha conectado as duas coisas.

— Os Genealogistas?

Thorn estava sempre de sobrancelhas franzidas, mas tinha a capacidade de modulá-las de acordo com o grau de irritação.

— Eu cruzei com eles no Memorial.

— Desde que não tenham interagido de forma alguma...

Ophélie manteve-se em silêncio prudente, o que acentuou ainda mais as sobrancelhas de Thorn, aproximando as duas partes da cicatriz até formar uma só.

— Não causei nenhuma catástrofe — garantiu ela. — Na verdade, só estavam interessados em Elizabeth. Não me nomearam vice-contista, nem nada.

— Por que o interesse?

— Queriam que ela aceitasse um emprego no Observatório. Disseram que ela serviria não só à cidade, mas também a Lady Hélène. Não entendi nada.

Thorn apoiou os cotovelos nos joelhos e o queixo nos dedos cruzados. Acompanhou com o olhar as figuras geométricas dos azulejos.

— Estão posicionando os peões.

— Um deles acabou mal — lembrou Ophélie. — O informante dos Genealogistas sumiu enquanto investigava esse tal projeto Carno... Copra...

— Cornucopianismo — corrigiu Thorn. — É uma referência à Cornucópia, o "chifre da abundância".

Ophélie ficou desconcertada. Cornucópia? A especialidade dela era história, não mitologia, mas mesmo assim ouvira falar desse objeto lendário que produzia alimentos à vontade. As versões variavam de arca em arca. Em Anima, onde predominava a praticidade, era representada por uma sacola de mercado infinita. Qual seria a relação com Eulalie Deos e o Outro? Nenhum deles espalhara a abundância. Ao contrário: sacrificaram terras, mares e vidas.

Ela queria poder ouvir de novo a mensagem dos Genealogistas. Os ecos repentinos a desconcentravam, e não tinha a memória de Thorn.

— "O poder de ter todos os poderes" — recitou, mexendo com cuidado na boneca, em busca de outro mecanismo vocal.

— Seria possível estudar uma questão tão importante em um Observatório renomado, sem que ninguém saiba?

Ophélie estremeceu ao ver um mosquito no punho de Thorn: assim que o inseto pousou, uma lâmina invisível o partiu ao meio com precisão cirúrgica. Concentrado no padrão dos azulejos, mergulhado em intensa reflexão, Thorn nem reparara. As garras atacavam, sem distinção, tudo que se encontrava no ponto cego da consciência, mesmo se não fosse uma verdadeira ameaça. Era um instinto caçador primitivo e descontrolado, do qual ele sentia vergonha. Ophélie não entendia bem o que o teria desregulado de tal forma.

— Eulalie Deos criou 21 espíritos familiares imortais — declarou Thorn. — Ela descreveu o funcionamento de cada um deles em um Livro que não muda com o tempo. Diretamente ou indiretamente, provocou o Rasgo do mundo. Propagou os poderes familiares através das arcas. Por fim — concluiu, com um desprezo que alterou de repente o timbre constante da voz —, se elevou ao patamar de uma divindade que hoje em dia influencia todas as famílias. Enquanto isso, quem sabe seu nome? Para a posteridade, ficou só uma autora anônima de livros infantis, ainda por cima medíocres. Se um ser humano tão insignificante foi capaz de fazer tantos prestígios, é razoável pensar que outros também o sejam.

Ele apertou tanto os dedos entrelaçados que enfiou as unhas na pele. Ophélie entendeu a reação ao reparar em uma falha nos azulejos do átrio que quebrava a continuidade perfeita do conjunto. Thorn tinha uma obsessão patológica por simetria. O olhar dele se afiou, como se quisesse corrigir o azulejo estragado por pura força de vontade.

— Os Genealogistas deram a entender que o Observatório contém as respostas às minhas perguntas — disse ele, destacando cada sílaba. — E tenho um número considerável de perguntas. Como Eulalie Deos virou Deus? Qual é sua verdadeira responsabilidade em relação ao Rasgo? Por que dotou os espíritos familiares de livre-arbítrio e memória, se depois os tirou? Por que tem todos os poderes familiares, exceto pelos habitantes de Arca-da-Terra? Se criou mesmo os espíritos familiares por conta própria, por que não teria já todas as capacidades? E que direito tem de se considerar Deus? Como ousa alegar preocupação com o bem da humanidade se perdeu a essência de tudo que a tornava humana?

A voz dele se tornara cada vez mais grave, vibrando de raiva contida, e Ophélie sentiu a pele estremecer sob o efeito das garras. Esperava não acabar que nem aquele mosquito. Thorn pronunciava "Deus" sempre baixinho, quase inaudível, mas mesmo assim ela olhou ao redor do átrio para garantir que estavam a sós. Os autômatos de Lazarus haviam sido programados para formar uma prisão de facas quando a palavra era dita ali. Tinha tantas máquinas em meio à decoração antiquada que era difícil identificar quais eram armadilhas. Aquele grafoscópio na bancada de mármore era mesmo inocente? E aquela chaleira automática? E quanto à fonte no meio do implúvio, uma estátua que batia pratos de bronze de hora em hora?

Thorn fechou os olhos para evitar o azulejo quebrado.

— Eu odeio contradições. No entanto, preciso aguentá-las desde que minha mãe infiltrou em mim as lembranças de Farouk. Não tem "Outro" nesses fragmentos de memória, mas eu acredito... Farouk acreditava — corrigiu-se — que Eulalie Deos fora punida no dia do Rasgo. Às vezes sinto que seria quase capaz de lembrar o que de fato aconteceu naquele momento. Farouk foi a única testemunha: disso, tenho certeza. É por esse motivo que Eulalie não queria nos deixar *ler* o Livro dele.

Ophélie ouviu sem comentar. Thorn era econômico na fala, a ponto de às vezes torná-lo difícil de entender; e naquela noite estava dando forma aos pensamentos. Com os olhos fechados, ele parecia assistir a uma cena projetada por dentro das pálpebras.

— Quando o Rasgo aconteceu, Eulalie estava trancada em um cômodo. Ela proibiu Farouk de entrar, mas ele abriu a porta.

A testa larga e sempre dolorida de Thorn se franziu de esforço, brilhando de suor, como se ele tentasse trazer à tona os detritos de uma lembrança engolida.

— Chão de um lado, céu do outro. O cômodo estava partido ao meio. Não resta mais nada. Nada, além de Eulalie e... do quê? — perguntou, frustrado, quando a lembrança fugiu de novo.

— De um espelho suspenso.

Thorn abriu os olhos e endireitou os ombros.

— É verdade — admitiu ele. — Era um espelho suspenso.

— Ele ainda existe — disse Ophélie. — Eu o visitei por acidente. Fica no Memorial, no Secretarium, dentro do globo.

— No centro preciso da circunferência do prédio — concluiu Thorn, com um brilho de compreensão no olhar. — Na qual metade da construção foi levada pelo Rasgo. Não me surpreenderia se Eulalie Deos tivesse mandado os arquitetos de Babel emparedarem a sala na reconstrução. Quando descobrirmos o que aconteceu de fato no Observatório dos Desvios e na sala secreta do Memorial, teremos resolvido a equação.

Ophélie pensou de repente no reflexo na vidraçaria; o sangue, o vazio, o reencontro horrível de Eulalie e do Outro no fim do mundo. Não seriam os próprios medos, projetados no espelho? Ela observou a própria sombra ao lado da de Thorn, as duas exageradas pelas luzes, estendendo-se a partir dos pés e sobrepondo-se uma à outra.

— Eu também tenho muitas perguntas. Tenho me perguntado por que sou tão parecida com ela. Com Eulalie — explicou, sob o olhar curioso de Thorn. — Tenho muito mais em comum com ela do que com minhas irmãs. Tenho até algumas das lembranças dela, que não foram passadas para mim como as suas.

Ela se calou por um instante. Ao redor deles, a casa de Lazarus mergulhara em tranquilidade, perturbada somente pelo farfalhar dos mosquiteiros agitados pela brisa e atividade distante dos autômatos. Não chegava ali barulho nenhum da rua. As noites de Babel não tinham músicas de festa, vizinhos barulhentos, nem buzinas na estrada.

— Acho que enfim entendi o motivo — continuou Ophélie.

— Esse tal Outro que libertei do espelho do meu quarto, com o qual me *misturei* — disse, enfatizando a última palavra —, é o reflexo de Eulalie Deos.

A afirmação era absurda a ponto de fazer Thorn gargalhar, se fosse capaz de rir, mas, em vez disso, ele refletiu, concentrado.

Ophélie ergueu devagar a mão esquerda e viu a própria sombra imitá-la com a mão direita.

— O reflexo que Eulalie perdeu ao mesmo tempo em que perdeu sua humanidade — murmurou ela, com a voz turva. — Parte de mim aceita tal teoria, há com certeza mais tempo do que eu gostaria de admitir, e outra a rejeita. Sei que vivemos em um mundo no qual milagres se tornaram normais, mas... um reflexo capaz de fugir do espelho? De agir e pensar por conta própria? De aniquilar arcas inteiras? Não há limite algum à transgressão da realidade? Além disso, o que essa história teria a ver com o projeto do Observatório? Teria Eulalie Deos usado a Cornucópia para ter inúmeros rostos e poderes? Seria por isso que ela teria entrado em conflito com o reflexo no espelho? Seria por causa desse conflito que o Outro apareceu e, como consequência, o Rasgo aconteceu?

Thorn consultou o relógio de bolso que pendia da corrente da camisa; o objeto se abriu e se fechou sozinho para mostrar a hora.

— Precisamos encontrar essas respostas sozinhos — declarou ele, pragmático. — Se Eulalie Deos trabalhou em algum projeto que a transformou e transformou o Outro no que são hoje, é preciso compreender tudo de tal projeto. O que foi feito pode ser desfeito, basta conhecer o processo. Parto ao amanhecer para investigar o Observatório.

Ophélie fechou os punhos, amassando a toga. Precisava contar. Thorn tinha o direito de conhecer todas as implicações do acidente de espelho. "Não posso ter filhos." Eram simples palavras, que sequer eram tão importantes, então por que se recusavam a sair?

Decidiu que não era o melhor momento.

— Vou com você.

Thorn se contraiu, mas a voz dele não era de desaprovação.

— Não posso te levar.

— Eu sei. Sir Henry não deve andar por aí na companhia de uma estrangeira com uma testa dessas — respondeu Ophélie, com um sorrisinho, apontando para o carimbo. — Atrairia suspeitas de todos os lados. Vou por conta própria. Afinal, Lazarus afirmou que eu seria interessante aos olhos do Observatório, enquanto invertida. Posso me oferecer para uma avaliação voluntária.

Ela se absteve de acrescentar que o médico do Memorial sugerira a mesma coisa.

— Ninguém se oferece para avaliação voluntária em um instituto desses sem um excelente motivo — avisou Thorn. — Talvez o espião dos Genealogistas tenha desaparecido por descuido. Se ele tiver sido desmascarado, o Observatório terá reforçado a vigilância e desconfiará de recém-chegados.

— Amanhã verificarei a melhor estratégia. Também tenho meus informantes.

Como era de se esperar, Thorn não retribuiu o sorriso dela. Com o olhar de aço, examinou a marca de carimbo por trás dos cachos bagunçados.

— Apesar de minha insígnia de Lorde de LUX, não sei do que se trata esse censo. O desmoronamento do bairro noroeste vai ter consequências. Talvez você deva evitar se expor em público, pelo menos por enquanto.

— Nem toda a burocracia de Babel me impediria de reencontrá-lo.

As sobrancelhas de Thorn relaxaram de súbito. Ele contemplou Ophélie com um olhar perdido, como se fosse inacreditável ela ainda estar ali, sentada ao lado dele na beira do implúvio, por vontade própria. Uma série de expressões fulgurou no rosto dele, tão contraditórias e sutis que era difícil desembolá-las. Alívio. Frustração. Gratidão. Exigência.

Ele desviou o olhar do de Ophélie e pigarreou antes de responder:

— Estarei à sua espera.

Thorn parecia desconfortável, de repente, naquela borda de pedra; como se não coubesse na pele, nos braços longos, nas pernas compridas, na armadura pesada.

Ela entendeu então que a intimidade compartilhada na noite anterior não revelara Thorn por inteiro; parte dele continuava impalpável. O espaço entre eles era estreito, mas se tornara excessivo. De repente, sentiu necessidade de se aproximar, mas estava ciente da pele arranhada e do cabelo empoeirado. Sem dúvida, seria perturbador para qualquer um que tivesse a higiene como principal prioridade.

— Preciso me desinfetar?

A escuridão caiu sobre Ophélie. Sem ar, demorou a entender que Thorn a abraçara com força brusca. Ele nunca dava sinais antes desse tipo de toque. Primeiro, a distância; de repente, a mistura.

— Não — disse ele.

Ophélie relaxou contra Thorn, sem pensar em mais nada. Ouviu os batimentos furiosos do coração dele. Amava o fato de ele ser tão grande e ela, tão pequena, e a cobrir por inteiro, como uma onda.

Thorn se desvencilhou ao encontrar o olhar dela, arregalado sob os óculos tortos. Ele desviou o rosto e apertou a ponte do nariz com força. As orelhas estavam vermelhas.

— Não estou acostumado com isso — disse ele. — Com esse olhar.

— Que olhar?

Thorn pigarreou de novo, constrangido como Ophélie nunca vira. Ele, que era tão eloquente em discussões intelectuais, parecia de repente sem palavras.

— Um que diz que eu sou incapaz de errar. Na verdade, eu erro. Bastante, até.

Thorn abaixou o rosto, aproximando de Ophélie o nariz comprido, marcado pela pressão dos dedos, e a encarou com seriedade.

— Se a qualquer momento alguma coisa não te agradar... um gesto que eu fizer, uma palavra que eu não disser... Você precisa me contar. Não quero precisar perguntar a mim mesmo por que não consigo fazer minha esposa feliz.

Ophélie mordeu a bochecha por dentro. Na verdade, os dois estavam em terreno desconhecido.

— Eu já estou feliz. Mais que isso, até.

A boca rígida de Thorn foi percorrida por um tremor. Ele se curvou sobre ela, desta vez decidido, mas a articulação da armadura na perna travou e o paralisou no meio do gesto. A exasperação dele foi tanta que Ophélie não conseguiu conter uma gargalhada.

Apesar do mundo estar caindo aos pedaços, estava, sim, feliz. Ela se perguntou se Eulalie Deos já sentira o mesmo e o que estaria fazendo naquele exato instante, onde quer que estivesse.

SOLIDÃO

O Moço-Falso-Todo-Ruivo ergueu os punhos. Com um gesto desajeitado, ele desenrolou os braços musculosos, os esticou bem acima da cabeça, abriu a boca enorme e bocejou.

Victoire recuou de susto. Pouco, no entanto. Não queria perder o Padrinho, que andava a passos largos na rua. Era uma rua muito esquisita. Uma varanda cheia de guarda-sóis se dobrou pouco a pouco até sumir por completo. O mesmo aconteceu mais adiante com barracas de frutas multicoloridas. Depois, mais adiante ainda, com uma bela banca de jornal. Assim que viam o Padrinho se aproximar, as pessoas se escondiam e as casas as imitavam em um encadeamento de dobraduras complicadas, como se fossem todas feitas de papel. No fim, só restavam fachadas brancas, sem portas nem janelas, tão altas que chegavam ao céu.

A rua logo ficou vazia. Só estavam ali o Padrinho, o Moço-Falso-Todo-Ruivo, a Moça-do-Olho-Esquisito e Victoire, mas ela não contava. O mesmo acontecera na rua anterior, na outra, e na de antes também.

Padrinho parou em um raio de sol que escapava por entre os telhados lá no alto. Um dedo escapava do buraco no bolso e os suspensórios estavam caídos nas coxas. Ele fechou os olhos e inspirou profundamente pelo nariz, como se quisesse se alimentar de luz. A pele e a barba cintilaram.

Quando ele se virou para o Moço-Falso-Todo-Ruivo e a Moça-do-Olho-Esquisito, estava sorrindo.

— O ditado é verdadeiro. Nada é mais difícil de encontrar do que um Arcadiano escondido.

Victoire o ouviu mal. *Viajar* era como ver o mundo do fundo da banheira, mas ela tinha a impressão de que esta específica ia ficando cada vez mais funda. Nunca fizera uma *viagem* tão comprida. As vozes chegavam cada vez mais distorcidas e distantes, às vezes com eco. Só o sorriso do Padrinho a fazia se sentir um pouco segura.

A Moça-do-Olho-Esquisito remexeu na pochete de ferramentas. Então deu marteladinhas numa fachada, aproximando a orelha.

— Espessura mínima. Mesmo escondidos, estão ouvindo.

A Moça-do-Olho-Esquisito falava com metade da boca, porque a outra metade mordia um cigarro. Aceso ou apagado, sempre estava ali entre os dentes, o que dificultava ainda mais a compreensão do que dizia.

— Estão te evitando, ex-embaixador. É verdade que o senhor coleciona escândalos diplomáticos. Talvez a gente também deva evitá-lo. Né, Raposa?

A Moça-do-Olho-Esquisito dirigiu os olhos esquisitos, um muito azul e um muito preto, ao Moço-Falso-Todo-Ruivo. Ele fez um movimento vago com o queixo, nem sim, nem não. Os cabelos dele eram como uma fogueira à luz do meio-dia, mas Victoire o achava congelante.

O Padrinho se deitou no meio da rua, sob o sol, dobrando um braço atrás da cabeça e agitando o chapéu esburacado com o outro, como um leque. Sorriu para o céu.

— Temo que eu seja inteiramente inevitável. Até para mim mesmo.

Victoire queria tanto se aproximar dele. Mesmo que ele não pudesse vê-la, ouvi-la, nem tocá-la. Mesmo que, para ela, ele fosse só uma silhueta embaçada e barulhos distorcidos. Mas não tinha coragem. O Moço-Falso-Todo-Ruivo nunca se afastava de Padrinho, falando pouco, ouvindo tudo. Ele a apavorava.

A Moça-do-Olho-Esquisito jogou o martelo para cima, pegou-o pelo cabo e o jogou de novo.

— É esse o plano? Deitar no chão e esperar?

— Exatamente — respondeu Padrinho.

A Moça-do-Olho-Esquisito soltou um palavrão que Mamãe não teria gostado de ouvir. Ela estava prestes a cair porque Pamonha se enroscara nos tornozelos dela.

— Cuida do seu gato, Raposa!

O Moço-Falso-Todo-Ruivo estalou a língua, mas Pamonha não respondeu ao chamado: só o encarou, sem se mover. Victoire sabia o motivo. Ela também via o enxame de sombras agitadas sob os sapatos dele. Não era o Moço-Grande-Todo--Ruivo de verdade. Não fora ele quem a levara para passear de carrinho no jardim, nem quem a segurara quando ela quase caíra do banquinho da harpa. Não, o Moço-Falso-Todo-Ruivo era outra pessoa. Victoire não sabia quem era, mas tudo ali gritava "perigo!" e nem a Moça-do-Olho-Esquisito nem Padrinho reparavam.

Victoire queria tanto que Pai estivesse ali. Ele teria sido capaz de vê-la. Teria expulsado o Moço-Falso-Todo-Ruivo assim como expulsara a Segunda-Dama-Dourada.

Ela parou de andar.

O Moço-Falso-Todo-Ruivo olhou para trás, por cima do ombro: parecia reparar na presença dela pelo canto do olho. As sombras sob os sapatos se retorceram em gestos expansivos.

No mesmo instante, uma voz ecoou pelas paredes brancas da rua:

— O que vou fazer com você?

Victoire nunca ouvira uma voz daquelas. Era ao mesmo tempo de homem e mulher, e parecia vir do céu. Lá em cima, bem em cima, alguém estava sentado na beira do telhado. Victoire tentou enxergar melhor, mas os olhos de *viagem* deixavam tudo embaçado, ainda mais à distância.

— Don Janus — cumprimentou Padrinho, se levantando em um gesto fluido. — Estava à sua procura.

A pessoa sumiu do telhado. Não tinha caído; mas deixado de existir. Estava agora no meio da rua, em frente a Padrinho. O corpo, como a voz, não era nem de homem, nem de mulher, ou talvez fosse um pouco dos dois.

— Ninguém me procura, sou eu quem encontro. Ainda mais quem me desobedece.

A curiosidade distraiu Victoire do medo que sentia do Moço--Falso-Todo-Ruivo. Homem-mulher era um ser tão imenso, elegante e indecifrável quanto Pai, mas fora isso não eram nada parecidos. A pele era marrom-clara, os bigodes eram espiralados como uma escada, e usava um colarinho armado tão grosso no pescoço que parecia apoiar a cabeça em forma de suspiro.

Homem-mulher também não via Victoire. Na verdade, só olhava para Padrinho.

— Eu sei tudo que acontece em Arca-da-Terra, *niño*. Sei que você criou uma passagem entre minha arca e o Polo, que visitou a primeira favorita de meu irmão Farouk, que tinha a intenção de trazê-la até aqui e instalá-la em minha arca, e que contava com a própria influência para me fazer mudar de ideia.

Homem-mulher falava devagar, sem parar para respirar.

— Não mudei de ideia. Minhas instruções seguem as mesmas. Mais nada deve entrar em Arca-da-Terra, mais nada deve sair. Inclusive você, *niño*. Acreditava mesmo que eu não notaria nada?

— Esperava que não notasse — respondeu Padrinho. — Fiquei menos de uma hora fora e voltei correndo. Não precisa criar caso.

— Oito de minhas Rosas dos Ventos sumiram mundo afora.

Victoire tinha bastante certeza de que homem-mulher não estava para brincadeira, mas Padrinho caiu na gargalhada.

— Ah, eu não mexi em nada disso. Só abri um atalho até o Polo e o fechei logo depois de atravessar.

Um bloco de pedras se soltou de uma das fachadas brancas e se desdobrou com a tranquilidade do papel, fazendo surgir uma janela com varanda. Ali, várias pessoas se curvaram para ver o que acontecia na rua.

— Oito de minhas Rosas dos Ventos sumiram — repetiu homem-mulher. — O chão onde se firmavam também desapareceu. Pedi aos *señores* da companhia que verificassem e o relatório é oficial. Você sai e, ao voltar, *niño*, as arcas se despedaçam. É bem tentador ver uma conexão de causa e efeito.

Homem-mulher inclinou o busto para a frente em um gesto tão amplo que Victoire achou que cairia em cima de Padrinho. Ela se deu conta de uma sombra que ficava grudada no corpo, como uma capa comprida de fumaça. Ninguém além de Victoire pareceu vê-la. Sem que fosse igual, lembrava a sombra cheia de garras de Mamãe e Pai.

— Não tenho escolha além de considerá-lo parte de minha descendência, já que um pouco de meu poder familiar corre em suas veias. Contudo, precisarei mutilá-lo pelo uso tão indevido.

Victoire sentiu medo quando homem-mulher abriu uma mao de dedos gigantescos e se aproximou de Padrinho como se quisesse apertar a cabeça dele.

De repente, aconteceu uma coisa ao mesmo tempo muito lenta e rápida. Victoire viu a sombra enorme se soltar de homem-mulher, dar voltas pelos ares como um turbilhão de fumaça e aterrissar na calçada, bem atrás de Padrinho. No instante seguinte, homem-mulher estava ali. Tomara o lugar da sombra sem precisar se mover.

Deu, então, um tapa forte nas costas de Padrinho, jogando o chapéu no chão.

— Pensando bem, não acho que você seja poderoso o suficiente para causar tal instabilidade espacial.

Victoire voltou a atenção ao Moço-Falso-Todo-Ruivo. Apesar do corpo dele estar calmo e imóvel, as sombras estavam agitadíssimas. Elas se retorciam aos pés e agitavam os braços – tantos braços! – na direção de homem-mulher, como se quisessem arrancar aquela outra sombra, mas não conseguissem.

Padrinho recolheu o chapéu e, com um floreio, o rearrumou no cabelo embaraçado.

— Essa instabilidade, don Janus, é provavelmente obra de Deus. Deveria se dedicar a tirá-lo do esconderijo em vez de me dar bronca. Fundou uma família inteira de Arcadianos que tricotam no espaço e, entre eles, uma elite de Ponteiros capazes de encontrar qualquer um em qualquer lugar. Obrigá-los à vida subterrânea, como toupeiras... que desperdício!

Victoire não sabia o que Padrinho dissera de tão interessante, mas as sombras do Moço-Falso-Todo-Ruivo ficaram ainda mais agitadas.

Homem-mulher enfiou os dedos nas dobras do colarinho, como se revirasse o próprio pescoço, e tirou dali um livro quase do tamanho de Victoire. Pai tinha um livro parecido, que carregava para todo lado.

— Não adianta voltar com essa história — disse homem-mulher, sacudindo o livro. — Não sou como meus irmãos e minhas irmãs, minha memória é perfeita. Meus *Agujas* continuarão escondidos até que eu chegue a outra decisão. Quanto à *tal pessoa* que chama de "Deus", também não esqueci seu nome verdadeiro.

— Seu nome verdadeiro — repetiu Padrinho, muito interessado.

— Um nome que eu não te darei sem algo em troca. Você precisa reconquistar minha confiança, *niño*. Saiba o seguinte: eu e essa *tal pessoa* nunca nos aproximamos. Geograficamente, digo. Desde que cheguei à idade de utilizar meu poder familiar, fui incapaz de ficar no mesmo lugar. Não estava com essa *tal pessoa* no dia em que o mundo se rasgou. Não estava lá quando essa *tal pessoa* arrancou uma página do Livro de meus irmãos e minhas irmãs, privando-os de memória para sempre. Devo dizer que nada disso me encorajou a reencontrar essa *tal pessoa*. Decidi me manter distante, escondi Arca-da-Terra numa dobra espacial, e pronto. Não me meto nas histórias dessa *tal pessoa*, ela não se mete nas minhas, todo mundo fica como está, fazemos isso há séculos.

A Moça-do-Olho-Esquisito, que ficara silenciosa até ali, avançou, determinada. Ela largou o cigarro aceso, o esmagou com o pé e encarou homem-mulher com os olhos esquisitos.

— Covarde.

As pessoas na varanda começaram a gritar palavras horríveis e jogar laranjas. Padrinho pegou uma fruta no ar e começou a descascá-la com tranquilidade.

— Sou eu que coleciono escândalos diplomáticos?

Se o sorriso de Padrinho não estivesse ali, Victoire estaria muito preocupada. A Moça-do-Olho-Esquisito, por sua vez, não sorria em nada.

— Isso já não é verdade, Janus, como você bem sabe. Essa *tal pessoa* está atrás de seu poder familiar e é por isso que a Madre Hildegarde...

—... cumpriu seu dever.

Homem-mulher deslizou os dedos pela espiral do bigode.

— Ela podia ser minha descendente — continuou —, mas mesmo assim me traiu ao mudar de nome e afastar-se da política familiar. Neutralidade é nossa lei. Doña Mercedes Imelda se meteu até demais nos problemas das outras famílias, especialmente a sua. Ela só fez corrigir seu erro. Quanto a essa *tal pessoa*, ficaremos todos aqui, comportadinhos, entre nós, até que ela melhore de humor.

Victoire viu o punho da Moça-do-Olho-Esquisito se contrair ao redor do cabo do martelo, mas Padrinho escolheu aquele momento para se meter entre ela e homem-mulher.

— Proponho um acordo, don Janus. Se conseguirmos provar que Arca-da-Terra já está bem envolvida nos trâmites dessa *tal pessoa*, vamos dar-lhe uma surra juntos.

Victoire não entendia nada dessas discussões adultas, mas viu o Padrinho puxar os suspensórios por cima da camisa e segurá-los com uma atitude decidida. Ele parecia um herói. Sempre fora o herói dela. Por que, então, não a via?

Homem-mulher enfiou o livro nas dobras do colarinho.

— De acordo. Até lá, *niño*, proíbo qualquer um em Arca--da-Terra de tratar com você e sua trupe. Vocês são uma péssima influência.

As pessoas da janela voltaram logo para dentro; a varanda se dobrou com o som de papel farfalhando, e logo deu lugar a simples pedras brancas.

Victoire viu a sombra de homem-mulher subir aos ares, como um enorme pássaro de fumaça. No instante seguinte, a entidade sumira também.

A Moça-do-Olho-Esquisito encarou Padrinho por um tempo. Ela parecia querer usar o martelo para quebrar o sorriso dele.

— A gente não vai falar com Arcadiano nenhum tão cedo e nem vai provar nada nunca. E você não está nem aí! — gritou ela, se virando de uma vez para o Moço-Falso-Todo-Ruivo. — O mundo todo esmigalhado, a Madre morreu à toa e você continua aí, no seu canto, sem dar a mínima. Às vezes você ainda se comporta como empregado.

Victoire viu a dor na raiva da Moça-do-Olho-Esquisito. Ela parecia esperar alguma coisa muito importante do Moço-Falso-
-Todo-Ruivo.

Ele nem a olhou.

— Que pena — falou.

Então contemplou a calçada onde estava homem-mulher antes de partir. As sombras continuavam a se arrastar aos pés dele, esticando os braços para todo lado, como se em busca desesperada por algo que não encontravam.

Quando Victoire viu uma das sombras se esgueirar até ela, foi empurrada à dúvida entre a vontade de fugir e a necessidade de ficar.

De repente, sombras e sol se misturaram. O fundo da banheira de onde Victoire observava o mundo ficou ainda mais turvo. As formas e cores se emaranharam em um único turbilhão imenso. Nada de Moço-Falso-Todo Ruivo, de Moça-do-
-Olho-Esquisito, de sol, de rua. Nada de Padrinho. Victoire nunca vivera isso numa *viagem*. Ela não entendia o que estava acontecendo. Sentiu-se aspirada pelo turbilhão, como se fosse diluí-la no universo.

Pensou "não!" e o turbilhão tomou o caminho inverso, até desacelerar o movimento. As formas e cores voltaram pouco a pouco ao lugar. A rua retomou a aparência mais ou menos estável. Estava vazia. Escura. O sol não brilhava entre os telhados.

Victoire olhou para todos os lados. Padrinho tinha ido embora. Para onde?

Ela seguiu reto, virou à direita, subiu uma escada, virou à esquerda. O céu, acima das ruas, estava cada vez menos azul. Victoire viu, na esquina de um parque, uma silhueta que achou ser do Padrinho, mas na verdade era só um acendedor de postes, carregando o bastão no ombro. Portas às vezes surgiam nas fachadas; sempre eram desconhecidos que iam à rua para cochichar, passear com o cachorro, dizer "boa noite" e voltar.

Victoire parou no meio da ponte mais alta da cidade e percorreu com o olhar o pontilhado de luzes lá embaixo. Ruas e mais ruas ziguezagueavam no escuro.

Ela tinha perdido Padrinho de vez.

Ergueu o rosto para o céu de verdade, que sempre quisera ver quando estava em casa. Não estava mais azul. Ela estava sozinha. Sozinha e perdida. Pensou com todas as forças na Outra-Victoire – se tivesse pálpebras, as fecharia com força também –, querendo voltar a ser uma só. O corpo da *viagem* se enroscou. Victoire não dissera uma palavra sequer desde que nascera, mas o silêncio berrou dentro dela.

Mamãe. Mamãe.

— Não imundei a banda.

O Moço-Falso-Todo-Ruivo estava ali.

Ele se curvou sobre Victoire a ponto de esconder as estrelas. O olhar a atravessava sem vê-la, mas ele apertava os olhos e franzia as sobrancelhas grossas, como se isso o ajudasse a encontrá-la no meio da ponte. Victoire também tinha dificuldade em enxergá-lo, por causa da noite e da *viagem*. Curiosamente, via muito bem as sombras sob os pés dele. Todas apontavam os dedos na direção dela.

— Abandonei o mundo — continuou o Moço-Falso-Todo-
-Ruivo. — Não abandonei o mundo.

O corpo musculoso começou a diminuir, enquanto os cabelos, ao contrário, cresceram, cresceram e cresceram. O Moço-
-Falso-Todo-Ruivo se tornou, de repente, uma mulherzinha de óculos. Victoire só vira Madrinha uma vez, mas foi nela que pensou. Pensou, no entanto, ainda mais em Mamãe. Era por causa daquele olhar que procurava o seu através da noite. Como um vazio que exigia ser preenchido.

— Eu me chamo Eulalie. E também não te abandonarei, menininha.

A Mulherzinha-de-Óculos voltou então à aparência do Moço-
-Falso-Todo-Ruivo e deu meia-volta aos tropeços, como se ela – ele – achasse difícil mudar a direção do corpo, então esperou.

Depois de muito hesitar, Victoire decidiu segui-los: ela – ele – e as sombras.

O BRANCO

O que você acha que eles sentiram? — perguntou Ambroise. — Quem caiu no vazio.

Empoleirada no degrau traseiro da cadeira de rodas, Ophélie não enxergava o rosto dele. Na verdade, não enxergava muita coisa. O jovem motorista de ta-chi tinha aberto por cima dela uma sombrinha mecânica que caía sobre os óculos e, quando ela conseguia afastá-la, o que obstruía sua visão era um turbante enorme. O cachecol não queria deixar Ambroise sair sem ele; se agarrara no menino com todos os fios, como se quisesse se fundir aos cabelos e se tornar parte do corpo. Por conta do código indumentário, Ambroise o envolvera em um pano branco que deixava o crânio dele imenso.

Por mais que Ophélie tentasse ser razoável, ela sentia que perdera parte de si.

— Não sei.

— Já te falei que meu pai tentou explorar o vazio entre as arcas, né? Ele queria fotografar a Semente do mundo, mas não conseguiu chegar lá. Ninguém nunca conseguiu. Talvez quem caiu não esteja *really* morto? Talvez estejam todos lá embaixo, prisioneiros das tempestades eternas? Ou — continuou Ambroise, depois de evitar com destreza um dodô que atravessava a rua — talvez tenham saído pelo outro lado? Talvez estejam no lado oposto daqui, visitando outra arca? Isso contradiria o princípio da memória planetária, sabe, segundo o qual todas as arcas ocupam posições absolutas em relação às outras, mas prefiro pensar nisso do que... *well...* você entende.

Pelo menos isto Ambroise tinha em comum com Lazarus: a capacidade de conversar por dois, ou ainda mais.

— Meu pai foi viajar na pior hora — suspirou ele, contemplando o céu delineado por entre os telhados de Babel. — Espero que esteja tudo bem. Ele é muito ausente e eu nem entendo tudo que ele faz, mas sei que me ama — insistiu, como se temesse dúvidas de Ophélie. — Sempre me disse que eu sou *very* importante, apesar de minha inversão.

— Você já foi ao Observatório dos Desvios?

— Nunca, *miss*. Meu pai às vezes vai lá, quando está passando por Babel, para entregar novos autômatos. Os diretores do Observatório estão entre os maiores clientes dele! Meu pai brinca que achariam mais interessante dissecá-lo, sabe, por causa do *situs transversus*, mas prefere esperar morrer para doar os órgãos à ciência, mesmo que sejam ao contrário.

Ophélie visualizou o enorme retrato em pé de Lazarus que reinava no lar. Era mesmo o tipo de plano que ele teria.

— Gostaria de lhe fazer outra pergunta. É mais pessoal.

— *Of course, miss!*

— O que aconteceu com sua mãe?

Ambroise se virou para ela, surpreso, e quase atropelou um carrinho de bebê. Todas as vias de circulação estavam engarrafadas, cheias de Babelianos fugindo da periferia e das arcas menores da vizinhança. Só se sentiam seguros no centro. A cadeira de rodas de Ambroise podia se esgueirar entre ônibus e carroças, mas precisava se atentar também a triciclos, carrinhos de bagagem, animais, máquinas e multidões de pedestres ocupando cada centímetro da via pública. Alguns paravam veículos para implorar aos ocupantes por hospedagem, só pelo tempo necessário para encontrar nova moradia.

O ar era tomado por um eco de *"Please! Please! Please!"*.

Ophélie se recusava a sentir culpa pelo desmoronamento, mas isso não a impedia de ter pena de toda essa gente. Vários deles tinham o mesmo carimbo na testa. Ela quase esfolara a pele de tanto esfregar com sabonete, mas não conseguira nem desbotar a tinta.

Ambroise fugiu do engarrafamento, cortando caminho pelo mato de uma praça onde famílias inteiras tinham montado barracas.

— Eu também gostaria de saber — respondeu por fim. — Não conheci minha mãe, e meu pai deixa a tagarelice de lado quando o assunto é esse. Não sei nem te dizer de que arca ela vem, ou se somos parecidos.

A voz dele perdera a leveza. Ophélie se sentiu boba por ter ciúme do cachecol.

Ele estacionou a cadeira em frente a um prédio majestoso de mármore, cuja porta dizia DIÁRIO OFICIAL.

— Eis-nos chegados ao destino, *miss*. O que aconteceu — acrescentou o jovem, baixinho — não é sua culpa, tá?

Ophélie desceu do degrau da cadeira de rodas e olhou para Ambroise de frente.

— Para que não restem dúvidas, eu não estou procurando o Outro porque me sinto culpada, nem porque prometi ao seu pai.

— Você o faz por decisão própria — concluiu ele. — Entendi *perfectly*, pode deixar.

Ophélie sorriu para ele e o turbante gigantesco que sacolejava. Ela queria fazer escolhas próprias; o cachecol tinha o mesmo direito.

— Um dia, Ambroise, eu preciso mesmo lhe pagar por todos os serviços. Você tem inúmeras qualidades, mas nenhuma delas é um bom tino para negócios.

Então entrou, desta vez sozinha, na redação do jornal. Reinava ali a cacofonia da mistura de toques de telefone, estalos de impressoras rotativas, vozes sobrepostas e, em contraponto às notas agudas, o tremor grave dos ventiladores.

— *Sorry, miss*, não podemos ajudar.

Ophélie nem tivera tempo de perguntar. O recepcionista apontou para a porta com o cotovelo, segurando um telefone na mão e outro entre o queixo e o ombro.

— Eu só gostaria de saber...

— Leia nosso jornal — interrompeu o recepcionista, empurrando com o pé uma pilha de exemplares. — Contém tudo que deve ser dito.

—... onde encontrar o aspirante Octavio — concluiu ela.

— Eulalie?

Uma pilha alta de pastas se virou para ela de repente. Sob a pilha, cintilavam botas decoradas com asas de prata. Quando deram meia-volta, Ophélie cruzou o olhar vermelho de Octavio. Os olhos dele arderam como brasa sob duas sobrancelhas circunflexas, erguidas pela surpresa, antes de se voltarem para o recepcionista, que desligou ao mesmo tempo os dois telefones.

— Peço permissão para liberar a entrada desta pessoa. Eu a conheço.

— Claro, *my lord. Sorry, my lord.*

— O recepcionista fala como se você fosse o editor-chefe — comentou Ophélie, seguindo Octavio através dos departamentos do jornal.

Ele não parou: deixou pastas em cada canto do escritório e respondeu com discrição aos agradecimentos exagerados dos jornalistas – "Obrigada, *my lord*! Dê meus cumprimentos a Lady Septima!" – até a pilha chegar ao fim. Então, levou Ophélie a uma sala surpreendentemente calma, se comparada aos outros departamentos, em cuja porta estava pregada a placa "CRÍTICA DE ARTE". Um rádio transmitia uma peça de piano que a jovem teria achado impressionante, se não fosse constantemente interrompida por ecos. Uma Acústica escutava o rádio com uma careta de dúvida, orelhas apontadas como as de um gato, às vezes soltando "ah" e "oh".

Octavio pediu a Ophélie que se instalasse em uma mesa de reunião vazia, à luz irregular de uma cortina. O piano, os "ah" e os "oh" se calaram no mesmo instante. Era um parêntese sonoro.

Enquanto estivessem ali, não ouviriam o resto do mundo, nem seriam ouvidos.

— Estou aliviado por te encontrar — declarou Octavio, sem preâmbulo. — Quando ouvi sobre o deslizamento de terra no bairro noroeste, notei que não sabia onde você morava depois de sair da Boa Família.

Ophélie observou o verniz da mesa, onde os rostos dos dois estavam refletidos. Ela examinara Ambroise da mesma forma na prataria da mesa de café da manhã. Era uma precaução desagradável, mas necessária. Devia deixar os sentimentos de lado, nunca considerar a identidade da pessoa à sua frente como autêntica. Não sabia que aparência teriam o Outro e Eulalie Deos quando chegasse a hora, mas, se o primeiro fosse o reflexo perdido da segunda, só os espelhos podiam revelar as identidades e arrancar as máscaras deles.

Quando confirmou que Octavio era Octavio, ficou tocada por aquelas palavras. Constatou que ele não substituíra a correntinha de ouro arrancada pelo Sem-Medo-Nem-Muita-Culpa e entendeu na hora que nunca o faria. Aquela joia era o símbolo exagerado da filiação dele a um Lorde de LUX. Ophélie considerava Octavio um igual, não só por terem a mesma idade e altura, mas não era esse o caso de todos os que o punham em um pedestal.

— Sinto muito — disse ela, sincera. — Até aqui veem você ainda muito como filho de Lady Septima.

Através da franja comprida e escura que escondia metade do rosto, Octavio abriu um sorriso nem exatamente feliz, nem inteiramente triste.

— Só me importa a opinião dos meus amigos.

Ele esvaziou uma jarra em um copo, que ofereceu a Ophélie. A luz da janela atravessou a água, tremeluzindo na mesa.

— *In fact*, de minha única amiga. Como posso ajudar? Se for a respeito disso — continuou, apontando para o carimbo na testa dela —, os comunicados de imprensa do palácio familiar ainda não divulgaram o significado. O jornal está submerso em pedidos de informação. Só posso dizer que tem a ver quase de forma exclusiva com os Afilhados de Hélène que vivem em Babel há menos de dez anos.

— Elizabeth já me explicou.

Os olhos de Octavio se tornaram mais vermelhos, sob efeito do poder familiar.

— Você está um pouco decepcionada — constatou ele.

— Vejo que seus músculos do rosto relaxaram de leve.

Ophélie cruzou os braços na frente da barriga. Sabia que a visão de Octavio não era a mesma de um médico, mas ser encarada desse jeito a deixou desconfortável. Ele sem dúvida reparou, pois desviou o olhar com recato.

— Não é porque trabalho como aspirante a arauto no *Diário oficial* que me tornei uma grande autoridade. Ainda sou estudante e mesmo assim responsável por uma divisão inteira na Boa Família. Meu trabalho aqui é *only* verificar a relevância das informações dadas por cidadãos, que em 9 de 10 vezes não são confiáveis. Os Delinquentes de Babel não ajudam com essa insistência em espalhar desinformação por meio de folhetos catastróficos e rumores falsos.

Foi a vez de Ophélie observá-lo com atenção. O sol desaparecera por trás da cortina, engolido por uma onda brutal de nuvens, reforçando a sombra sob a franja de Octavio.

— Não sou tão observadora quanto você, mas aprendi a conhecê-lo. O que o preocupa?

Notou, de repente, o quanto os próprios ombros estavam tensos sob a toga. Ela se esforçava para não pensar nisso, mas a cada instante sentia que podiam avisá-la de que Anima tinha desaparecido. Abandonara a família sem dizer uma palavra e, mesmo ponderando que não tivera escolha – pois a mãe tomava todas as decisões e o pai fugia de todas as responsabilidades –, todo dia se arrependia de não ter dito o quanto os amava.

Octavio olhou de relance para o outro lado da sala, onde a crítica de arte dava tapas no rádio, é bem provável que exasperada pelos ecos. Ela não prestava atenção alguma neles, mas, mesmo se o fizesse, nem as orelhas de Acústica os ouviriam, por mais precisas que fossem.

— Não sei — admitiu ele, por fim. — Como já disse, Eulalie, recebemos informações o tempo todo. Várias chegaram telegrafadas de Totem, a arca mais próxima a Babel. Parece que lá também estão tendo problemas, mas no momento é impossível confirmar a autenticidade desta fonte.

Ophélie molhou os lábios no copo. A água estava quente como o ar, apesar dos ventiladores de teto.

— O jornal não pode mandar ninguém para lá?

— Por enquanto todos os voos longos foram suspensos. Os ecos perturbam a radiocomunicação e ninguém explica por que aumentaram tanto de repente. Não é um problema para trajetos curtos, eu mesmo venho trabalhar de bondalado, mas sobrevoar o mar de nuvens sem referência é outra história.

— Esses ecos... O que eles são, exatamente?

Essa pergunta não se dirigia bem a Octavio, então Ophélie se surpreendeu com a resposta categórica:

— Não deveriam ser, é exatamente esse o problema. Em teoria, não são nem ecos. Um eco normal, por exemplo, é quando nossa voz volta ao ricochetear na parede. É o retorno de uma onda à fonte que a emitiu. Já esses ecos se comportam de uma outra forma. Não os ouvimos, nem os vemos. Só os aparelhos tecnológicos os detectam, por acidente. Não — concluiu Octavio, sério —, esses ecos não evoluem na nossa frequência. Eles não têm nada de *normal*. Pior ainda, se tornaram perigosos.

Entretanto, lembrou Ophélie, de acordo com Lazarus eram "a chave de tudo".

— Aqui, no jornal — continuou Octavio —, sabemos que um comboio de dirigíveis foi aparelhado à noite. Iniciativa dos Lordes de LUX. Parece que querem abandonar Babel. Talvez tenham encontrado um modo de contornar o problema dos ecos nos sistemas de navegação? Estamos no aguardo de comunicados oficiais para mais informações.

Sempre que Octavio mencionava os Lordes de LUX, transparecia na voz que ele pensava na mãe. As pálpebras se fecharam, apagando o fogo do olhar, mas ele ainda parecia capaz de enxergar através das membranas.

— Preciso verificar a veracidade de cada informação — repetiu. — Exceto pelo que vem de LUX, ou seja, de quase todas as instituições. A palavra dos Lordes nunca é questionada. Foi a cidade que deixou de ser transparente, ou foi minha visão que mudou?

Ophélie foi trazida de volta à realidade quando o alarme do relógio de mesa tocou. Naquela hora, Thorn já devia estar ocupado com as novas funções.

— Tenho um serviço a pedir. É ao mesmo tempo delicado para você e importante para mim.

Ela respirou fundo, procurando as palavras certas. Octavio a considerava uma amiga, e o sentimento era recíproco. Queria contar tudo, mas não podia fazê-lo sem mencionar a missão dos Genealogistas, o que comprometeria Thorn. Não podia contar a verdade, mas não queria mentir também. Pensou nas palavras do médico – pensava nelas o tempo todo, na verdade – e decidiu usá-las como desculpa.

— Recomendaram que eu integrasse o Observatório dos Desvios. Como objeto de pesquisa. Você já mencionou sua irmã, Seconde. Disse que a visitava lá aos domingos. Ou seja, conhece a instituição melhor do que eu. O que aconselharia?

Octavio abriu os olhos como se Ophélie tivesse acabado de jogar toda a água do copo na cara dele.

— Acabou meu intervalo — anunciou, com rispidez.

Assim que se levantaram, o silêncio estourou como uma bolha. A máquina de escrever da jornalista fazia barulhos de percussão, cobrindo a voz aveludada do rádio: "uma proeza musical que só... que só Romulus é capaz de realizar, rivalizando com o dedilhado dos maiores... maiores Táteis da cidade". Octavio correu para a saída, botas batendo asas a cada passo. Ophélie o seguiu, sem saber se a conversa tinha acabado ou não. Foi empurrada no caminho por um jornalista que jogava uma pilha de fotos no lixo, gritando que estavam todas estragadas e não poderia trabalhar até o problema dos ecos ser resolvido. Ela pegou uma foto que caíra no chão e constatou que, de fato, a imagem estava tão fora de foco que nem dava para saber do que se tratava.

— Hugo, vamos lá — ordenou Octavio a um dos autômatos enfileirados no comprimento do vestíbulo.

O autômato não tinha expressão, já que não tinha rosto, mas pareceu contrariado em andar, enquanto a barriga soltava "nenhuma notícia é boa notícia". Ele levava no ombro uma bolsa parecida com a de um carteiro. Uma antena se erguia do topo da cabeça e um dispositivo telegráfico fora instalado no peito.

— Hugo centraliza as informações que devo verificar — explicou Octavio, segurando a porta para Ophélie. — Ele também funciona como um guia público de sinalização para me levar ao endereço correto. Se não estiver com pressa, nos acompanhe.

O tom dele era seco, mas menos do que ela temia.

Lá fora, estava tudo branco. A maré alta espalhara uma avalanche de nuvens entre as fachadas de mármore. Ophélie fez um sinal cúmplice para Ambroise, cuja cadeira, quase invisível em meio à névoa, continuava estacionada na frente do prédio, e mergulhou nas nuvens atrás de Octavio e do autômato. Os óculos foram no mesmo instante cobertos por bruma. Ela não enxergava mais nada, tropeçando em pedestres e hidrantes. Alguns passos na rua bastaram para encharcar a toga. Quase sentia os cachos se formando no cabelo.

— Não vi minha irmã crescer.

A voz de Octavio, à esquerda, era abafada tanto pelo amargor quanto pelo nevoeiro. Os passos nervosos dele tilintavam por causa das asas.

— Nem a vi nascer — continuou ele, depressa. — Eu estudava em um pensionato dos Cadetes de Pólux, sem ser visitado pelos meus pais. Para ser sincero, eu nem sabia que minha mãe estava grávida. Ela me anunciou no mesmo dia que eu tinha uma irmãzinha e que nosso pai se fora. Eu nem pedi para ver Seconde.

Não importava que ela fosse anormal: eu a detestava por romper nosso equilíbrio. Quando minha mãe foi me visitar no pensionato para contar que mandara minha irmã ao Observatório dos Desvios, só pensei "*All right*, já foi tarde".

Ophélie mal enxergava Octavio, cujo uniforme azul noturno, apagado pela brancura ambiente, avançava com rapidez à frente dela. Até Hugo tinha dificuldade em segui-lo, gritando com a voz metálica:

— POR FAVOR, SIGA O GUIA!

A cadeira de rodas de Ambroise os escoltava à distância, em uma sinfonia de cliques mecânicos muito reconhecível.

— Levei um tempo até ter vontade de conhecê-la — continuou Octavio. — Acabei indo visitá-la no Observatório, escondido de minha mãe. Eu, que dizia saber tudo, notei que não sabia nada sobre essa menina, que era sangue do meu sangue. Voltei de novo e de novo, mas ela continua um enigma. Deixou de ser parte do meu mundo no dia em que entrou no Observatório.

Como faróis, os olhos de Octavio se viraram de repente para Ophélie.

— Não vá.

— Não tenho intenção de ficar mais do que...

— Você não entendeu — interrompeu Octavio. — Entrar é fácil; sair, nem tanto. Ao integrar o programa, você é posta sob curatela. Renuncia à liberdade de movimento, assim como ao direito de se comunicar com o mundo exterior, a não ser no horário de visita, e eles são *very* regulamentados. Ou seja, passa a pertencer a eles.

Ophélie tensionou o corpo inteiro. Infiltrar-se no Observatório a obrigaria a sacrificar o pouco livre-arbítrio que conseguira adquirir ao longo dos anos.

— Eu estava reclamando da falta de transparência da cidade — continuou o jovem, implacável —, mas nem se compara à opacidade que reina no Observatório.

Contradizendo a fala dele, o sol inundou a ponte que estavam atravessando. Ali havia menos gente do que nas avenidas. Aquela luz inesperada, entre duas ondas de nuvens, fez cintilar a grama úmida crescendo entre paralelepípedos; não encontrou brilho nenhum na pele, no cabelo e no uniforme escuros de Octavio.

Ophélie não queria criar problemas. No entanto, foi incapaz de conter a pergunta:

— Já ouviu falar da Cornucópia?

Pego de surpresa, Octavio franziu a testa.

— *Of course*! É uma referência mitológica. Ela difere de arca em arca, às vezes é um prato, às vezes, uma taça, às vezes, uma concha, mas o princípio não muda: dá riqueza a quem a possui. O que tem a ver com nossa conversa?

— Você falou que difere de arca em arca. Gostaria de saber o que exatamente representa aqui, em Babel.

O jovem parou tão de repente no meio da ponte que Hugo esbarrou nele e gritou:

— UM AMIGO É UMA ESTRADA, UM INIMIGO É UMA PAREDE.

Octavio sustentou o olhar de Ophélie através dos óculos. Ela sabia que ele usava o poder familiar para desvendar o piscar de olhos, a estabilidade das íris e a dilatação das pupilas.

— Aqui, a Cornucópia é muito conectada ao proibido. Uma das versões da lenda, de antes do Rasgo, diz que os homens e as mulheres a desejavam tanto que... se faziam mal mutuamente. Em Babel, nenhum termo pertencente ao campo da violência era dito em público. Até a palavra "crime" era um crime.

— A Cornucópia os julgou indignos dela e se enterrou onde ninguém a encontraria — concluiu Octavio. — Ela espera a hora em que a humanidade se mostrará enfim à altura dos benefícios. Na última vez em que você me fez perguntas tão inusitadas, a história quase acabou muito mal. Preciso saber de alguma coisa?

A boca dele exigia a verdade, o olhar mostrava medo.

— Não — disse Ophélie.

Ela não sabia onde pisava; não tinha o direito de arrastar Octavio em mais aquela confusão.

Enquanto isso, continuava sem saber o que essa tal de Cornucópia tinha a ver com a história. Contudo, se Eulalie Deos trabalhara num projeto com tal nome, se o Outro estava conectado a isso e se o Observatório dos Desvios conduzia os mesmos experimentos naquele instante, Ophélie precisava se dirigir até lá o mais rápido possível, mesmo que, para isso, se tornasse prisioneira temporária.

— Desde que te conheci, te achei desconcertante — disse Octavio, apertando os olhos. — Acabei de entender o porquê. Quaisquer que sejam seus objetivos, está sempre determinada a alcançá-los. Já eu, entrei tão a fundo no caminho ditado pela minha mãe, que nem sei o que desejo de fato. Eu te invejo. *Now*, se me permitir, tenho um trabalhinho a fazer.

Hugo tinha acabado de parar na entrada de um moinho de vento, do outro lado da ponte, batendo com um pé articulado e impaciente no chão. Se autômatos fossem capazes de desenvolver personalidade, Ophélie estaria inclinada a acreditar que aquele ali era mau caráter. Fez mais um sinal para a cadeira de rodas de Ambroise, que parecia hesitar entre se aproximar ou se manter à distância. Ela mesma não sabia bem o que fazer, naquele momento. Octavio bateu à porta com um ar profissional, sem olhar para a jovem.

— Bom dia, *milady* — disse ele, quando uma velha moleira se apresentou na entrada. — Venho a respeito disto aqui.

Octavio mostrou o telegrama que Hugo entregara com um rangido metálico.

— Não, obrigada — recusou a moleira.

Ela fechou a porta. Octavio dirigiu a Ophélie um olhar incandescente, desafiando-a a dar risada, e bateu de novo até a senhora abrir.

— Devo insistir, *milady*. Sou representante do *Diário oficial*. A senhora enviou este comunicado ontem.

A moleira franziu as sobrancelhas, remexendo uma quantidade impressionante de rugas. Ela levou óculos grossos ao rosto e observou o telegrama.

— *Sorry*. Achei que você fosse um desses "Deliquentes", como gostam de se chamar. Já passaram aqui duas vezes só hoje, trazendo folhetos. Olhe para mim, mocinho. Imagina só, festejar a festa do fim do mundo! Na minha idade?

— A senhora declarou ter testemunhado o deslizamento de terra — disse Octavio, imperturbável. — Preciso de detalhes.

— Não foi um deslizamento de terra — afirmou a moleira, com tal segurança que Ophélie se assustou.

Ela notou também o comprimento impressionante da língua da senhora, indicando o pertencimento ao ramo genealógico dos Gustativos. Octavio, por sua vez, se concentrou nas nuances mais microscópicas da expressão. Ele analisava a sinceridade.

— Sua informação não diz respeito ao deslizamento de terra que derrubou o bairro noroeste da cidade?

— Diz, sim, mocinho. Eu estava na feira quando aconteceu, comprando curry para o pão. Apesar de estar chovendo torte. Mas não foi um deslizamento de terra.

— O que a senhora diria, então, que aconteceu?

— Isso eu não faço ideia. É seu trabalho me dizer, não?

— Ajudaria, *milady*, se a senhora me desse mais detalhes.

— O que quer que eu diga? Tinha terra e, de repente, não tinha mais. Mal me fez tremer. Não era como se tivesse quebrado aos pouquinhos até soltar. Parecia mais... como uma boca invisível engolindo tudo de uma vez — disse a moleira, imitando uma abocanhada. — *Anyway*, não foi nada natural.

Apesar de Octavio parecer cético, Ophélie estremeceu da cabeça aos pés, apesar do calor. Uma boca invisível. A boca do Outro? Poderia um reflexo ter uma boca dessas?

— A senhora viu alguma outra pessoa, ou outra coisa? — interveio ela, sem se conter. — Qualquer coisa de estranha?

— Nadica de nada — afirmou a moleira. — Tudo estava exatamente como de costume. Não acredita por causa disso? — se indignou ela, dando um tapinha na lente dos óculos. — Posso até não ser Visionária, mas vi o que digo assim como vejo a luz na sua testa, *here*.

Então apontou o dedo bem para o meio da testa de Ophélie, que piscou, sem entender nada. As pupilas de Octavio se contraíram quando ele também se voltou para ela, assustado.
— Eulalie, seu carimbo... ficou branco.

OS ESCOLHIDOS

Ophélie examinou o próprio reflexo no espelho mais próximo. A tinta alquimista na testa não passara simplesmente do preto ao branco, como brilhava tanto quanto a lua cheia. Mesmo que cobrisse com as mãos, luz escapava entre os dedos enluvados.

— O que...

A pergunta foi sufocada por uma voz de trompete:

— Aviso à população! Informamos que os cidadãos estrangeiros... estrangeiros apresentando uma marca de cor branca são convocados a se apresentar de imediato... imediato no anfiteatro municipal. Aviso à população!

Enquanto o anúncio e os ecos eram repetidos sem cessar pelo bairro, Ophélie olhou ao redor. As pessoas saíam de casas e veículos estacionados para se reunir próximos aos alto-falantes. Em meio à multidão de curiosos apagada pela maré de nuvens, viu um homem assustado cuja testa brilhava tanto quanto a dela.

Octavio a puxou para longe, para que pudessem conversar longe do barulho.

— Não se preocupe. É um procedimento simples.

— Não quero ir.

— Você precisa. Desobediência civil é ilegal. Tenho certeza de que não é nada *really* grave. Há pouco tempo, ainda era aprendiz a virtuose. Vou com você.

Octavio afastou a cortina preta de cabelo para olhá-la de frente. Ela se perguntou por que os olhos dele tinham se tornado roxos, até notar que eram os óculos que tinham ficado azuis. Talvez quisesse soar reconfortante, mas ele tinha esquecido a moleira por completo, que perguntava se podia voltar ao trabalho no moinho. Também não se atentou a Hugo, cujo telégrafo de peito cuspia uma série ininterrupta de comunicados desde o primeiro aviso público.

Ophélie procurou Ambroise, incapaz de encontrá-lo em meio à desordem ambiente. Por outro lado, não perdeu nenhuma das patrulhas instaladas em todas as ruas, que, ao verem a testa dela, mandaram que se apresentasse à convocação. Até Zéfiros tinham sido contratados para dispersar as nuvens que cobrissem os cantos onde possíveis cidadãos desobedientes se esconderiam.

Não importava o que Octavio dissesse, Ophélie não estava nada tranquila. Prometera a Thorn que daria um jeito de encontrá-lo no Observatório dos Desvios e não tinha tempo a perder com outras formalidades burocráticas. Teria atravessado o primeiro espelho que encontrasse, mas não havia nenhum no caminho.

Ela não demorou a ver, por cima dos telhados mais altos, a estrutura imensa do anfiteatro municipal. As centenas de arcos eram compostos por uma mistura habilidosa de pedra, metal, vidro e vegetação. Os pássaros multicoloridos que ali se aninhavam lembravam uma colmeia enxameada. Enquanto os anúncios radiofônicos continuavam a vibrar pelo ar, os convocados vinham dos quatro cantos da cidade para apinhar-se nas entradas do anfiteatro. Ophélie se impressionou com a quantidade. Tinha gente de quase todas as arcas, usando as roupas tradicionais impostas pelo código indumentário: peplos, fitas, boleros, plumas, véus, kilts, gibões, quimonos... Apesar das diferenças, todos compartilhavam do mesmo carimbo e da mesma preocupação.

O incômodo de Ophélie aumentou quando chegou a vez dela de atravessar as portas. Os guardas familiares, cujos narizes lembravam verdadeiros focinhos de leão, a farejaram da cabeça aos pés. Por que tinham instalado Olfativos na entrada?

— Estão sendo precavidos — comentou Octavio.

Mesmo assim, a jovem notou que ele franzira as sobrancelhas. Ao se anunciar como representante do *Diário oficial*, foi recebido com cumprimentos protocolares em geral reservados aos Lordes de LUX. Até o autômato recebeu mais respeito do que Ophélie, que foi obrigada a revirar os bolsos da toga e mostrar o conteúdo.

Em seguida, subiram um labirinto de escadas escuras, em meio ao qual as testas dos convocados brilhavam como um cortejo de lanternas. Mesmo que Ambroise os tivesse seguido até ali, a cadeira não encararia tantos degraus.

Ophélie apertou os olhos quando, após uma última escada, saiu sob o sol. A arquibancada ficava a céu aberto. Por dentro, o anfiteatro parecia ainda mais imponente. A capacidade máxima acolheria muito mais gente do que todas as convocadas naquele dia, o que não era pouca coisa.

— Sentem-se com calma, *ladies and gentlemen*! — ordenavam os alto-falantes, em intervalos regulares.

Ophélie não tinha vontade nenhuma de obedecer. Acabava de notar os dirigíveis amarrados na praça central, como baleias adormecidas. Eram modelos que só existiam em Babel, misturando inovações tecnológicas e conhecimento interfamiliar. O emblema solar de LUX cintilava como ouro nos cascos.

— Dirigíveis de longa distância — murmurou Octavio. — *Why here?* Não entendo mais nada.

— Miss Eulalie?

Ophélie protegeu os olhos com a mão. Assim que se sentou na pedra quente da arquibancada, uma silhueta se inclinou por cima do ombro dela, na contraluz. Tinha olhos pretos úmidos, um narigão pontudo e cabelos cheios. Uma plaquinha de "ASSISTENTE" cintilava no uniforme de memorialista.

— Blasius!

— Reconheci seu cheiro na multidão.

De todos os Olfativos que conhecera até então, Blasius era o único cujo talento não a incomodava.

— O que está fazendo aqui? — chocou-se ela, procurando, sem encontrar, a marca do carimbo na testa. — Você é Filho de Pólux. Não diga que também foi convocado!

O sorriso de Blasius se tornou ainda mais tímido.

— *In fact*, vim acompanhar meu... hm... amigo.

Ophélie já não esperava encontrá-lo no anfiteatro, mas ficou ainda mais surpresa ao ver o professor Wolf, que Blasius acabara de apontar atrás de si. De terno preto, luvas pretas, óculos pretos e barbicha preta: o chapéu, também preto, pendia de forma a minimizar o brilho do carimbo. Era o único Animista que conhecera em Babel; diferente dela, ele nascera ali. Os óculos desceram sozinhos pelo nariz para que ele olhasse para Ophélie e Octavio.

— Ora, ora — resmungou. — Eu que não esperava vê-los aqui.

Essa declaração não o impediu de se instalar à esquerda de Hugo, cuja barriga respondeu:

— AME SEU VIZINHO, MAS NÃO SE MISTURE A ELE.

A rigidez da postura do professor Wolf, acentuada pelo colar cervical de madeira, era comparável à do autômato.

— Professor, sua convocação deve ser um equívoco — disse Octavio. — Apesar de não ser descendente de Pólux, o senhor continua sendo natural de Babel. Pelas informações que recebemos no *Diário oficial*, só os recém-chegados são incluídos nestas medidas.

— Vasculharam minha casa e deram de cara com minha coleção de arm...

— *Objetos proibidos* — corrigiu Blasius ao lado dele, com um olhar perturbado para as arquibancadas.

O professor Wolf levantou o chapéu com ironia, para cegá-lo com o brilho da testa.

— O que foi, tem medo de que me denunciem de novo? Preciso lembrar que minha senhoria já cuidou disso? O que estão tramando aqui hoje não me cheira bem.

Assim que ele resmungou essas palavras, um cocô de pássaro caiu em cheio na tinta luminosa do carimbo dele. Convencido de ser responsável por mais um sinal de azar, Blasius se desdobrou em desculpas e o ajudou a limpar a testa, desequilibrando os óculos escuros com uma cotovelada acidental. Quando o professor Wolf pôs a boina de volta na cabeça, suspirando, Ophélie notou que o rosto dele estava menos tenso.

Da última vez em que o vira, ele se escondia nos telhados do bairro dos sem-poderes. Fugia do que mais temia no mundo e, Ophélie agora entendia, não era só o velho faxineiro do Memorial que o assustava. Ali, em meio àquela multidão que crescia e crescia nas arquibancadas, ele parecia lutar contra uma crise aguda de fobia social que só a presença de Blasius era capaz de acalmar.

Ela se surpreendeu ao sentir inveja do casal. Também tinha um pressentimento ruim sobre o que os esperava, mas, fosse o que fosse, deveria encará-lo sem Thorn. Talvez ele nem soubesse dessa convocação pública do outro lado de Babel.

— Atenção, *please*.

Aquela voz, amplificada pelos alto-falantes do anfiteatro, soou de uma familiaridade desagradável aos ouvidos de Ophélie. Octavio contraiu as mãos nos joelhos. Os cochichos ansiosos se calaram por todas as arquibancadas. Um rosto feminino acabava de ser projetado, ampliado, no casco de todos os dirigíveis flutuando acima da arena. Os olhos dela, impressionantes de tão atentos, pareciam observar cada alma viva ali.

Lady Septima. Ela era ao mesmo tempo mãe de Octavio, uma Visionária superdotada e membro influente de LUX. Para Ophélie, fora uma professora especialmente temível que explorara os talentos dela de *leitora*, mesmo que os desprezasse sem parar.

— Obrigada a todos vocês por responderem ao chamado — disse ela, em um timbre potente. — Obrigada também a Sir Pólux e Lady Hélène, aqui presentes, pela confiança... confiança que têm em nós, Lordes de LUX, humildíssimos servidores da cidade.

Ophélie se virou na mesma direção de todos os olhares. Os espíritos familiares gêmeos se erguiam no alto de uma tribuna, protegidos por uma marquise púrpura. Estavam longe demais para que os enxergasse direito, mas dava para ver o brilho emitido pelas muitas lentes do sistema ótico de Hélène. Ophélie poderia jurar que eles também não puderam escolher estar ou não ali.

— Como todos sabem — continuaram as bocas imensas de Lady Septima pelos cascos dos dirigíveis —, Babel passa por uma situação de crise. O deslizamento de terra no noroeste da cidade, assim como o desaparecimento de seis arcas menores, nos afetaram... afetaram. Nada indica que tal catástrofe vá ocorrer de novo, mas não deixa de ser uma tragédia horrível, portanto a periferia será temporariamente considerada como zona não habitável. Convido os presentes a fazermos um minuto de silêncio... silêncio em memória daqueles que nos deixaram, mas também daqueles que precisaram abandonar seus lares.

Durante o minuto respeitoso, era certo que cada convocado se preocupava mesmo com o próprio destino. Ophélie aproveitou para olhar com discrição a escada pela qual tinham chegado. Uma grade de segurança a bloqueava. Olhando para os outros lados, viu que todos os acessos às arquibancadas estavam fechados.

Era tarde demais para dar meia-volta.

— A cidade precisa de vocês — continuou Lady Septima, com uma expressão solene. — Nossos compatriotas precisam recuperar a estabilidade. A marca nas testas os torna escolhidos. Foram designados, entre tantos outros... tantos outros, por sua enorme capacidade de autonomia.

Cada vez mais tensa, Ophélie esfregou a testa, que emanava um halo luminoso nas lentes dos óculos. Notou que vários convocados, como ela e Wolf, estavam acompanhados por pessoas sem carimbos administrativos.

— *Indeed*, ninguém dentre vocês está vinculado no momento a obrigações para com a cidade — explicou Lady Septima, pronunciando bem cada sílaba —, sejam de natureza profissional, conjugal ou parental. Babel os abrigou em seu seio por muito tempo, mas não tem mais espaço para acolhê-los. Portanto, estão todos convidados a abandonar nossa arca a partir de hoje... de hoje. Seus bens e suas propriedades já foram apreendidos pela cidade e serão redistribuídos de forma igualitária entre os cidadãos. Não duvidamos de que serão recebidos de braços abertos nas arcas de origem. Suas famílias garantirão que nada faltará quando chegarem. Obrigada a todos pelo trabalho em nome do interesse geral. Por favor, embarquem... embarquem nas aeronaves, seguindo as instruções que serão comunicadas. Seus carimbos serão apagados quando estiverem a bordo. Em nome de todos os Lordes de LUX, de Lady Hélène e de Sir Pólux, vão em paz!

Os rostos de Lady Septima sumiram dos dirigíveis. O fim do discurso foi seguido por um silêncio tão absoluto que era possível ouvir as peles queimando sob o sol. Quando os primeiros protestos soaram, os alto-falantes emitiram um assobio estridente que obrigou todo mundo a cobrir os ouvidos.

— *Ladies and gentlemen*, avancem com calma, a começar pelas fileiras de baixo. As pessoas que acompanham os viajantes... viajantes devem ficar no lugar até que o anfiteatro seja evacuado por completo.

O anúncio foi substituído por uma música ambiente no volume máximo, perturbada por ecos, que abafou todas as vozes. Ninguém conseguia falar com ninguém. A guarda familiar circulou entre as primeiras fileiras da arquibancada, sinalizando aos homens e às mulheres sentados que deveriam se dirigir às aeronaves. Todas as filas foram formadas, divididas e orientadas metodicamente. Alguns até tentaram manifestar o desespero. Sacudiam a cabeça, batiam no peito, mostravam o dedo do meio aos céus além da cúpula do anfiteatro, gritando "casa!", "amigos!" e "trabalho!" de corpo inteiro. Os guardas, de armaduras reluzentes, continuaram impassíveis. Outros cidadãos ainda tentaram levantar as grades de segurança, ou se fingir de acompanhantes, amarrando lenços na testa – esses foram mandados com prioridade para os dirigíveis. De hesitante, o movimento da multidão passou a resignado. A organização era tão eficiente que uma primeira aeronave, já lotada, não demorou a sair voando, num farfalhar de hélices.

Instalada nas fileiras mais altas, Ophélie observou o que acontecia, pensando a pleno vapor.

Ela se virou para Octavio, desesperado, para Blasius, cuja boca se retorcera em uma mistura torturada de incredulidade e culpa, e, por fim, para Wolf, que, sob a máscara estoica, ficara tão pálido que a tinta branca do carimbo se confundia com a pele.

— Não — falou aos três.

Não precisava que ouvissem, pois o rosto dizia tudo. Não, não obedeceria. Ophélie já fora repatriada à força em Anima e não seria de novo. O lugar dela era no Observatório dos Desvios, ao lado de Thorn, onde estavam as respostas.

Ela se jogou contra a corrente da procissão que a guarda familiar começava a formar naquele lado do anfiteatro. Esgueirou-se entre os convocados, em todos os espacinhos que o tamanho diminuto do corpo permitia. Não passaria despercebida por muito tempo. Se alguém tentasse chamá-la, mal ouviria: os avisos repetitivos e os interlúdios musicais dos alto-falantes engoliam todos os sons.

Fileira por fileira, Ophélie fixou o olhar na marquise púrpura, cheia de vento como uma vela. Não via se Hélène e Pólux ainda estavam sob a sombra, mas só eles podiam acabar com tais expulsões.

Estava prestes a atingir a tribuna de honra quando foi interrompida de repente. Uma luva de aço agarrou o braço dela. Um guarda. Com um gesto do queixo, mandou-a, em silêncio, se juntar à fileira mais próxima. Ele não portava armas – só pronunciar a palavra já era um delito –, mas não lhe faltava firmeza. Ophélie o encarou bem nos olhos e se surpreendeu ao enxergar dor. As orelhas de Acústico do guarda estavam recolhidas, de forma quase animalesca, para se proteger da cacofonia dos alto-falantes. Entretanto, a angústia parecia ter outro motivo. Era obedecer às ordens que lhe causava aquilo. Ela entendeu de repente, como um soco no estômago, que os Lordes de LUX punham todos em perigo ao mandá-los embarcar nos dirigíveis.

Endureceu todos os músculos do rosto para ser entendida pelo guarda:

— Não.

Um passo atrás do outro, avançou na direção da tribuna, puxando com toda a força o braço preso em aço. A violência era proibida em Babel; a regra também valia para o guarda. Se ele não soltasse logo, precisaria deslocar o ombro dela.

Ele cedeu.

Ophélie se enfiou na tribuna. À frente dela, os dois espíritos familiares, gigantescos como os pilares que sustentavam a marquise, assistiam à evacuação em total passividade.

— Impeçam o embarque!

Ela enchera os pulmões de todo o fôlego que restava para gritar essas palavras, mas, mesmo assim, não conseguiu destacar a voz do som dos alto-falantes.

Pólux desviou o olhar da arena. Tinha ouvido. Sentidos superpoderosos, porte de estátua e bondade paternalista: poderia ter a aura de um rei. No entanto, os olhos dourados que se dirigiram a Ophélie só expressavam impotência. Ele era incapaz de qualquer iniciativa.

Ela o ignorou para se dirigir somente a Hélène.

— Impeça o embarque — repetiu, destacando cada sílaba.

— Os ecos são perigosos. Eles perturbam os instrumentos de navegação.

Com lentidão mecânica, Hélène virou as rodinhas na anágua até estar de frente para Ophélie. O aparelho ótico preso ao nariz de elefante entrou em ação, levantando lentes, abaixando outras, corrigindo a visão até ser capaz de identificar as feições da *leitora*. A giganta também era incômoda ao olhar. A cintura de vespa era tão estreita entre a largura dos quadris e dos seios que ela parecia sempre a ponto de estourar.

O único elemento em comum entre os espíritos familiares gêmeos era a obra que carregavam na cintura: dois Livros cujas páginas eram tão escuras quanto as peles deles.

O guarda, que seguira Ophélie até a tribuna, visivelmente dividido entre o que devia ou não devia fazer, tentou se impor. Com um gesto aracnídeo, Hélène fez sinal para que ele a deixasse em paz. Teria entendido a gravidade da situação? A audição exacerbada dela, que já reagia mal a portas batidas e narizes mal assoados, estava sendo atacada por todo lado.

Ophélie mostrou o segundo dirigível, prestes a decolar.

— A senhora está mesmo de acordo com isso? Tem que se pronunciar, é nossa madrinha. Eu mesma fui sua aluna.

A boca imensa de Hélène articulou uma resposta que não chegou a Ophélie, mas ela intuiu, pelo franzido interrogador dos lábios, que era uma pergunta. Hélène não se lembrava dela. Como todos os espíritos familiares cujos Livros foram mutilados por Eulalie Deos, estava condenada a esquecer tudo, o tempo todo. Por que daria mais importância a uma desconhecida insignificante do que aos Lordes de LUX?

Ophélie desdobrou o bilhete que guardava com cuidado entre os documentos falsos.

VENHA ME VER QUANDO POSSÍVEL, VOCÊ E SUAS MÃOS.

— A senhora já confiou em mim.

Ela se levantou nas pontas dos pés e transmitiu o recado a Hélène, cujo aparelho ótico se agitou no nariz para permitir a leitura. Pelo menos reconheceria a própria letra. Mesmo que não fosse possível ver o olhar, por conta das lentes sobrepostas, era fácil identificar que Ophélie tinha conquistado atenção total.

— Nos ajude.

As falanges compridas de Hélène fecharam-se sobre os punhos como um caranguejo. O papel se rasgou.

— Os ecos não são perigosos, minha jovem.

Ophélie sentiu a voz vibrar contra o rosto, se propagar pela pele, se inserir nos tímpanos, expulsando tudo que não era ela. Não havia mais alto-falantes, nem anfiteatro.

— Os ecos falam com quem sabe escutá-los. Vocês todos, inclusive meu irmão, são cegos e surdos.

A boca de Hélène era um abismo repleto de dentes pontudos, tão próximos que poderiam ser contados, se a quantidade fosse menor.

— Os ecos estão por todo lado. Estão no ar que respiramos.

Hélène enfim soltou as mãos de Ophélie, marcadas pelas unhas do espírito familiar. Com cuidado, tirou o aparelho ótico do qual nunca se afastava e sem o qual só via galáxias de átomos no lugar do mundo. As pupilas, dilatadas ao extremo, ocupavam os olhos inteiros. Eram como a boca: poços que engoliam luz. Que engoliam Ophélie.

— Estão por todo lado, minha jovem, e ainda mais ao seu redor. Você atrai ecos como moscas. Eles esperam o imprevisto de você.

Ophélie estava atordoada.

— Mas os dirigív...

— Cale-se e escute.

Os olhos gigantescos viam, ouviam e sentiam coisas muito além da compreensão dela.

— Você precisa sair da jaula. Vire-se. Vire-se de verdade. Então, e só então, entenderá. Talvez possa até ter serventia. Diz que demonstrei minha confiança em você e suas mãos, mas, quando chegar a hora, terá dedos o suficiente?

Em meio à bagunça, Ophélie só entendera daquelas palavras que Hélène não interromperia as expulsões. O espírito familiar soava como um rádio sintonizado em outra frequência. Na frequência dos ecos? No segundo em que se calou, a barreira sensorial que o poder dela formara se partiu.

Ophélie foi submersa em barulho, mas não era só de alto-falantes. O que acontecia nos arredores da tribuna a fez pensar que talvez tivesse piorado a situação.

A CONFECÇÃO

Mal contidos pela guarda familiar, homens e mulheres se aglomeravam, estendendo os braços em súplica aos espíritos familiares. Eles apontavam para Ophélie, indicando que também gostariam de ter o direito de argumentar. A sombra da marquise destacava a tinta luminosa dos carimbos. Os apelos de alguns eram tão desesperados e, de outros, tão indignados, que eram audíveis apesar das sirenes.

Todos repetiam as mesmas palavras:

— Nos dê trabalho!

Com o aparelho ótico na mão, Hélène os olhava sem ver, os ouvia sem escutar; Pólux, por sua vez, dirigiu-lhes um sorriso hesitante. Longe de se atenuarem, os gritos só aumentaram.

Ophélie nunca testemunhara tal agitação em um espaço público de Babel. Todas essas pessoas, que estavam sendo mandadas de volta às famílias de origem, já tinham começado a construir novas vidas ali. Quantas veriam as casas ocupadas por outros? Quantas estavam sendo jogadas fora, por não ter aonde ir? Quantas pessoas incômodas como o professor Wolf estavam sendo mandadas junto, aproveitando a conveniência da ocasião? Submersa pela angústia geral, Ophélie não ousava imaginar o que sentiriam se soubessem que essa ida sem volta talvez nem chegasse ao destino.

Foi naquele instante que viu, em meio aos rostos, a única pessoa que não tinha rosto algum. Hugo, o autômato, cruzava a multidão, abrindo caminho até a tribuna, cuspindo fitas telegráficas. Octavio estava sentado sobre os ombros dele. Ela entendeu o motivo quando ele desconectou o alto-falante mais próximo, calando a sirene. Encorajados pela iniciativa, outros o imitaram ao longo das arquibancadas.

— Sou um Filho de Pólux.

Empoleirado no autômato, Octavio não precisou falar mais alto. A declaração captou a atenção dos que tinham invadido a tribuna. Ele não era alto, mas tinha carisma, para além do uniforme de virtuose. Até Ophélie fixou o olhar em seus lábios.

— *In fact*, sou filho de Lady Septima. O futuro sucessor daqueles que querem mandá-los embora de Babel. Entretanto — continuou, implacável, quando as reclamações começaram —, compartilho do desgosto de vocês. A forma como foram tratados hoje é injustificável. Como representante do *Diário oficial*, espalharei a informação pela arca inteira. Assim, eu peço, mantenham a calma. Podemos encontrar uma solução, desde que a busquemos juntos, com Lady Hélène e Sir Pólux.

Por alguns segundos de silêncio, Ophélie, subjugada pelos olhos vermelhos de Octavio, foi convencida de que tudo daria certo.

No entanto, nem Hélène, nem Pólux reagiram, uma sufocada pelos ecos, o outro, prisioneiro da indecisão.

— Eu tenho uma solução, *my lord*! — exclamou alguém. — Me contrate no lugar desse autômato!

— Trabalho de verdade para pessoas de verdade! — acrescentou outra voz.

A multidão começou então a sacudir Hugo, gritando em uníssono:

— Ladrão de emprego! Ladrão de emprego!

Não se preocupavam mais com Octavio, que se agarrava à antena telegráfica do autômato para não perder o equilíbrio.

— A PREGUIÇA É A MÃE DE TODOS OS VÍCIOS — grunhiu a barriga de metal.

A raiva coletiva se transformou em fúria, que se transformou em vaias, que se transformou em socos. A violência, reprimida por anos, foi liberada contra a máquina. Preso nos ombros de Hugo, Octavio precisou lutar contra aqueles que agarravam suas botas, querendo arrancar as asas de arauto.

Ele caiu.

Quando Ophélie se misturou aos corpos para estender a mão, em um gesto insuficiente de socorro, uma explosão os sacudiu. Espalhou-se uma fumaça espessa e fedida, como gás vulcânico. Todos que tentavam desmontar Hugo arregalaram olhos estupefatos, as manchas brancas se destacando, imensas, nas peles escurecidas.

Do autômato, só restava uma pilha de poeira. Teria explodido?

A princípio, houve estupor; em seguida, pânico. A desordem do anfiteatro se transformou em anarquia. Gritaram "assassinato!", "atentado", e dane-se que as palavras fossem proibidas. Apesar do gigantismo, Hélène e Pólux foram inundados pelo transbordamento humano. A guarda familiar não controlava mais nada.

A voz autoritária de Lady Septima soou pelos últimos alto-falantes ainda ligados:

— Os convocados que saírem deste anfiteatro por qualquer via além dos dirigíveis serão considerados fora da lei. Repito... repito: os convocados que saírem deste anfiteatro por qualquer via além dos dirigíveis serão considerados fora da lei.

Ninguém mais a escutava. O verdadeiro perigo, naquele momento, era o tumulto. Ophélie viu, em meio ao caos, uma massa encolhida no chão, coberta pela poeira de Hugo.

— Octavio!

Ela levou várias cotoveladas até alcançá-lo. Ele estava sendo pisoteado.

Ophélie o chamou de novo, tentou levantá-lo, foi derrubada junto. Então se encolheu, para se proteger dos joelhos que a atingiam por todo lado. Iam acabar com os ossos quebrados.

Precisavam de ajuda.

Ophélie agarrou um poder, guardado dentro de si como uma fera bravia, que acordou sob o chamado. As garras dos Dragões.

Nunca se sentira tão consciente da existência delas, dos contornos, dos impulsos, do modo que prolongavam os nervos, adotando a forma e a intensidade que desejasse. Ficou tão chocada por ter tal controle das garras, depois de três anos, que quase esqueceu a multidão por um segundo. Movida por um instinto animal, ela sentiu a consciência se estender para além dos limites físicos; conectou-se a uma teia de sistemas nervosos que não lhe pertenciam. As garras permitiram que discernisse uma variedade de pernas enlouquecidas com uma precisão que ia além dos outros sentidos.

Não machuque.

Usando o poder, Ophélie empurrou todos que não eram ela ou Octavio, gerando uma avalanche de corpos e palavrões ao redor deles.

Este intervalo lhes deu somente o tempo necessário para se levantarem antes da próxima onda de pés. Sob a camada de fuligem que o cobria, Octavio parecia ileso. Quase. Ele fechou os olhos que não brilhavam nada e articulou três palavras por pouco inaudíveis:

— Não enxergo nada.

Ophélie segurou a mão dele. Octavio entrara no anfiteatro por ela; sairiam juntos. Arrastou-o até uma das escadas, onde corpos se aglomeravam, batendo uns nos outros. Em conjunto, se esforçaram para levantar a grade. Ophélie recorreu ao animismo para contaminar a barreira com a própria determinação, sem resultado. As garras também não adiantavam de nada: só funcionavam em seres vivos.

— Ali! — apontou alguém.

Do outro lado da grade, uma manivela estava presa a engrenagens. Fora de alcance. Todos os braços enfiaram-se por entre as barras, tentando chegar ao dispositivo. Uma Fantasma de Vesperal conseguiu esticar o braço, transformando parte dele em gás. Alcançar a manivela e girá-la exigiram mais esforço, mas, em conjunto com a força daqueles que empurravam a grade, o acesso foi liberado.

Todo mundo se jogou escada abaixo, em uma torrente de passos.

Arrastada pelo impulso geral, Ophélie desceu os degraus em queda caótica. Ela se agarrou a Octavio, para não perdê-lo na confusão. Cada curva da escadaria os jogava na parede.

Os ecos de Lady Septima ficaram cada vez mais distantes:

— Fora da lei... da lei... lei...

Virando uma última espiral, foram engolidos pela névoa. Enfim, a saída. Ophélie correu adiante, sandálias escorregando na calçada úmida. Só sentia os óculos embaçados e a mão de Octavio na dela.

Braços os cercaram, puxando-os para trás. Eram Blasius e Wolf. Com um dedo na boca, eles mostraram as silhuetas agitadas no nevoeiro. A guarda familiar conduzia capturas maciças. Mais alguns passos e Ophélie cairia na rede deles.

Ela se virou para todos os lados. Por onde fugir? Octavio continuava a arregalar olhos apagados. Não dava para contar com o poder familiar dele, mas estavam cercados de sombras. Quais eram dos guardas? Quais eram de civis?

Uma delas estava pertinho de Ophélie. Perto até demais.

Anônima, imóvel e silenciosa.

Não distinguiu o rosto, mas a reconheceu sem hesitar. Era o desconhecido do nevoeiro, que encontrara na véspera, nos limites do vazio. Era a mesma silhueta, a mesma aparência incomum, atenta ao extremo, como se esperasse por algo.

Devagar, a sombra do nevoeiro deu alguns passos para longe – que não produziam som algum – e parou. Continuava à espera.

Estava lá por eles.

Amiga ou inimiga, Ophélie decidiu que não podia hesitar. Se ficassem ali, seriam notados. Ela apertou os dedos de Octavio e fez sinal para que Blasius e Wolf a seguissem.

Satisfeita, a sombra voltou a se mover. Eles a seguiram às cegas, atravessando camadas sucessivas de nuvens. Do sol, só chegava uma luz crepuscular. Ao redor, o mundo se resumia a silhuetas disformes que gritavam, se misturavam e se separavam em histeria coletiva. Babel não via um tumulto daquele havia séculos. Algumas pessoas tinham aproveitado para descer a rua, jogando folhetos e tijolos que desenhavam rastros escuros no fundo branco. As gargalhadas respondiam aos apitos da guarda familiar.

— Comemorem o fim do mundo com muita farra! Juntem-se aos Delinquentes de Babel!

Ophélie, Octavio, Blasius e o professor Wolf atravessaram a confusão sem cruzar o trajeto da patrulha e dos agitadores. A sombra os guiava pelo que parecia ser o bairro das potenfaturas. Continuava próxima o suficiente para não se perder de vista, mas distante o bastante para não ser identificada. Não emitiu som nenhum.

Quem é você?, se perguntava Ophélie. *Aonde nos leva?*

Quanto mais tentava identificar os contornos, mais se contraía. Não era uma silhueta feminina, mas isso não significava nada. Eulalie Deos não tinha aparência estável, então o reflexo dela poderia ser igual. Era impossível adivinhar sob que forma ele se materializara ao sair do espelho. Além disso, já era a segunda vez que Ophélie cruzava o caminho desse desconhecido desde o desmoronamento. Não era coincidência, mas daí a concluir que era o Outro... Por que alguém cujo passatempo preferido era destruir arcas se preocuparia com o destino de alguns humanos?

Ela prendeu a respiração. O desconhecido interrompera a caminhada em meio ao nevoeiro. Não pronunciou nenhuma palavra, mas, como um mímico, começou a se mover em gestos absurdos, apontando o céu com a mão esquerda, o chão com a direita, depois o céu com mão direita e o chão com a mão esquerda.

— É um maluco — resmungou o professor Wolf.

Caiu a noite e a sombra desconhecida foi absorvida pelo resto do bairro. Ophélie avançou até o local onde ela tinha parado e esbarrou no portão de uma fábrica, encimado por um frontão imenso de tijolo e ferro.

CONFECÇÃO DE AUTÔMATOS
LAZARUS & FILHO

Isso também não podia ser coincidência.

— E agora? — perguntou uma voz inquieta.

Ophélie viu várias auréolas no nevoeiro. Eram as testas dos convocados que, perdidos em meio aos acontecimentos, os tinham seguido à distância. Eles não se conheciam, mas agora eram todos clandestinos.

Ophélie empurrou o portão. Estava destrancado.

Entraram juntos na fábrica. Um estranho cachorro mecânico de muitas cabeças se agitou à chegada dos intrusos, em um concerto de rangidos. Ele não emitiu nenhum alerta. Chegaram, então, a um enorme galpão mal iluminado, onde fileiras de silhuetas sem rosto ao redor de esteiras trabalhavam na linha de montagem. Eram apenas autômatos. Cortavam, lixavam, perfuravam, encaixavam e aparafusavam peças que pareciam todas saídas de uma relojoaria. Concentrados nas tarefas repetitivas, sequer reagiram à chegada das visitas. Por um instante, Ophélie esperou ver Lazarus em meio à atividade, antes de lembrar que ele estava viajando. Aqueles autômatos eram obviamente concebidos para construir outros autômatos. A fábrica funcionava com autonomia, quando o proprietário estava ausente.

Ophélie também não encontrou o desconhecido que os salvara dos guardas. Por outro lado, na garagem vizinha, viu uma cadeira de rodas. Vazia.

— Ambroise? — chamou.

A porta de um furgão a hélice se abriu no mesmo instante. O adolescente se curvou para a frente, desconfortável e perplexo, ao ver Ophélie e todas as pessoas que a acompanhavam. O cachecol enroscado nos cabelos dele se levantara na forma de um ponto de interrogação.

— *Miss*? Eu estava indo socorrê-la! *Well*, se conseguisse fazer o furgão decolar. É um tiquinho mais complicado do que meu ta-chi. Como soube onde me encontrar?

— Eu não soube. Alguém nos trouxe até aqui, mas sumiu antes de se apresentar. Você tem uma enfermaria na fábrica? Meu amigo precisa de cuidados.

Assim que Ophélie falou, Octavio soltou a mão dela e esfregou os olhos imundos de poeira.

— Basta água.

— *Of course*! — exclamou Ambroise, tirando uma perna depois da outra do furgão. — Tem uma torneira na sala de manutenção, ao lado da escada.

Ele cambaleou até a cadeira, desconfortável em caminhar com os pés invertidos. O movimento incomodou os clandestinos a ponto de desviarem o olhar.

— Você é o filho de Lazarus? — murmurou o professor Wolf. — Um dos seus autômatos acabou de incitar uma bagunça daquelas. Ele explodiu.

Sentando-se na cadeira, Ambroise pareceu mais arrependido do que surpreso.

— Implodiu — corrigiu ele. — Suponho que alguém tenha tentado desmontá-lo?

— Toda uma multidão.

— *Damned*! Meu pai instalou um mecanismo de autodestruição em todas as invenções, para proteger os segredos industriais. É espetacular, mas inofensivo.

— Inofensivo? — riu Wolf. — Atiçou todas as pólvoras. Lazarus não podia só registrar patente, que nem todo mundo? Desde a época em que me deu aula, sempre precisava pagar de interessante.

Ophélie desviou a atenção para o grupo de clandestinos, que distribuíam entre si pedaços de lixa industrial para raspar a testa. Por mais que esfregassem, a tinta brilhante não se apagou. Ela via nos rostos deles a mesma dúvida. E agora? O que fazer? Aonde rir?

Ophélie sentiu pena. Passou os dedos enluvados pela inscrição de "ENTREGA DE AUTÔMATOS" na carroceria do furgão a hélice. Quanto a ela, sabia *o quê*, *onde* e *como*. Quem quer que fosse o desconhecido do nevoeiro, essa pessoa lhe fizera um tremendo favor.

— Vem — falou para Octavio, cujos olhos vermelhos piscavam como lâmpadas defeituosas.

Ela o levou à sala de manutenção e abriu a torneira. Em silêncio, ele encheu as mãos, mergulhou o rosto na água acumulada e repetiu o gesto até parar, de repente. Ficou de pé, apertando os dedos contra as pálpebras como se nunca mais quisesse abri-las.

— Você continua decidida a ir ao Observatório?

— Continuo.

— Eu quis te desencorajar. Esqueça. Todo mundo deveria ter o direito de ir aonde quiser.

— Octavio...

— O que minha mãe disse hoje naquele anfiteatro... — interrompeu ele, a voz tensa. — Que vergonha.

Ophélie observou a água cinzenta que escorria por entre os dedos dele. Até ela sentia o gosto de cinzas na boca.

— Você quer...

—... ficar sozinho. Sim. *Please*.

Octavio esfregou as mãos fechadas sobre os olhos e acrescentou, com a voz entrecortada:

— Amanhã, voltarei ao jornal. Voltarei à Boa Família. Mudarei tudo lá dentro. Prometo. Mas, hoje, não olhe para mim.

Ophélie se afastou, andando para trás.

— O que você disse hoje naquele anfiteatro... — murmurou ela, antes de abrir a porta. — Que orgulho.

Sem a menor ideia do que ia fazer, mas sem hesitar, Ophélie subiu a escadinha da fábrica. Deu em um telhado transformado em terraço, encurralado entre duas chaminés de tijolo. A usina rasgava a maré de nuvens como um transatlântico.

Ela se agarrou ao guarda-corpo de ferro forjado para controlar os tremores. Os apitos da guarda ainda soavam, vindos do centro.

Não é minha culpa, repetiu, várias vezes.

Os desmoronamentos não eram culpa dela. As expulsões não eram culpa dela.

Ophélie desviou os olhos do nevoeiro para mirá-los longe, além do mar de nuvens, onde as luzes artificiais se misturavam às estrelas. As arcas menores de Babel. Localizou com facilidade a cúpula do Memorial, brilhando como um farol, assim como a iluminação mais discreta da Boa Família. Ao vê-los, foi tomada por nostalgia. Aqueles lugares tinham sido dela por um tempo; ser tratada como indesejável a magoara.

Quantas pessoas tinham sido mandadas para longe contra a própria vontade naquele dia? Quantas chegariam a desembarcar, apesar dos ecos?

"Estão por todo lado, e ainda mais ao seu redor", dissera Hélène.

"Se atente aos ecos. São a chave de tudo", dissera Lazarus.

Ophélie tentava entender, tentava mesmo. Um fio invisível parecia conectar Eulalie Deos, o Outro, os desmoronamentos e os ecos, mas estava tudo embolado.

Uma luz externa quebrou quando Blasius se juntou a ela no telhado, parando à esquerda. O perfil de nariz pontudo mal se destacava na noite escura.

— O que quer que você vá fazer, Miss Eulalie, é necessário ser *very* prudente. A guarda familiar registrou seu cheiro, assim como o de todos lá embaixo. São Olfativos de primeira classe, não vão desistir de segui-la.

— Não vou me demorar na cidade. Mas o que acontecerá com os outros?

O professor Wolf parou à direita de Ophélie. A luz da testa dele compensou a lâmpada pifada. Perdera os óculos escuros e o chapéu. Considerando a mão agarrada ao colar cervical, correr através da cidade fora pesado para suas vértebras.

— O filho de Lazarus vai nos abrigar até as coisas se acalmarem. Ele é corajoso. Se cairmos, ele cairá também.

Blasius passou a mão pelo cabelo, cada vez mais bagunçado.

— Parece que a vida em Babel ficará ainda mais complicada para a gente.

Acotovelada entre esses dois homens que o mundo inteiro proibia de se tocarem, Ophélie sentiu crescer em si o desejo imperativo de protegê-los. Se um desmoronamento dividira a cidade inteira, o que aconteceria quando ocorresse mais um? Onde quer que o Outro estivesse, quaisquer que fossem a aparência e as intenções dele, Ophélie sabia pelo menos uma coisa: ele continuaria com aquilo se ela não o impedisse.

Ergueu o olhar para o ponto de luz mais distante. Lá, naquele mesmo instante, atrás daquelas paredes, Babelianos trabalhavam no projeto Cornucopianismo, da mesma forma como Eulalie Deos antes de se tornar Deus. Será que Thorn estava certo em pensar que tudo que era feito poderia ser desfeito? Seria possível levar Eulalie Deos à condição humana, devolver o Outro ao espelho e consertar o que ainda era confortável? E se o único remédio para o vazio fosse a abundância? Qual seria o papel dos ecos nisso tudo?

Precisava encontrar as respostas no Observatório dos Desvios. Com Thorn.

"Ninguém se oferece para avaliação voluntária em um instituto desses sem um excelente motivo", avisara ele.

O mais irônico nessa história toda era que os Lordes de LUX acabavam de dar a ela o que faltava.

NOS BASTIDORES

Ele perambula pelas ruas de Babel. Gritos, apitos. A guarda familiar de Pólux para tudo que se move. Tudo menos ele, óbvio. Ele podia dançar debaixo dos narizes da guarda sem que fizessem qualquer coisa.
 Ninguém o para, nunca.
 Dois passos e chega ao topo da pirâmide mais alta. Sentado ali, vê Babel se afogar no nevoeiro. Babel, que envelhece. Uma cidade antiga demais para aquelas memoriazinhas de nada.
 A história vai se repetir. Ele garantiu.
 Seria prematuro que Ophélie partisse de Babel naquele dia. Ela tem mais a fazer aqui, dentro dos limites do arquipélago, no Observatório dos Desvios.
 Ah, a história vai se repetir, sim. Poderá, então, enfim se concluir.

A ARMADILHA

Os corpos inanimados dos autômatos estavam amarrados no teto do furgão. Cada sacudidela estremecia os membros, provocando um barulho de ossos. Mergulhada na penumbra, Ophélie sentia-se em meio a esqueletos. Ela se esmagou contra um dos autômatos quando sentiu o furgão perder altitude. Outra blitz aérea? As portas de trás foram abertas. O feixe de uma lanterna iluminou a cabeça sem rosto de um manequim ao lado dela, então as portas foram fechadas e as hélices do furgão voltaram a ronronar.

— Sir Octavio e Sir Ambroise dizem que não devemos cruzar com outras patrulhas.

Ophélie reparou em uma silhueta peluda entre os autômatos, acotovelando-se para chegar a ela ali atrás. Assim que ergueu o turbante protegendo a testa, o carimbo projetou a luz lunar em Blasius, soprando sombras entre as dobras preocupadas da pele dele. Ao vê-lo, Ophélie se arrependeu de lhe contar a intenção de entrar no Observatório dos Desvios; ele decidira-se a escoltá-la, sem discussão.

— Você devia ter ficado na fábrica com os outros clandestinos — suspirou ela. — Se eu for pega...

— Serei expulso também? Aqui entre nós, Miss Eulalie, não ficarei em uma arca que não aceita a presença de pessoas queridas. Além disso, queria conversar com você, mas... *well*... não na frente de Wolf.

Com um gesto tímido, Blasius arregaçou a manga do uniforme de materialista, expondo o braço. Pela luz da testa, Ophélie enxergou uma tatuagem: um "P" e um "A" entrelaçados.

— É de "Programa Alternativo" — explicou ele.

Ela levou um tempo para entender.

— Você fez parte do Observatório dos Desvios?

— Não sei por que você acha tão importante entrar lá, *miss*. O que sei é como foi difícil sair. Meus pais me mandaram para que eu fosse... sabe... *consertado* — disse Blasius, com um sorriso triste. — Eu ainda era adolescente, mas eles já tinham entendido para o que me encaminhavam. Fiquei no instituto até a maioridade e, mesmo depois disso, não fui autorizado a sair do programa.

Esmagada pelos autômatos e desequilibrada pelos solavancos, Ophélie observou as duas letras tatuadas no braço dele. Marcado para sempre.

— O que é o programa alternativo?

— O oposto da vitrine. O Observatório dos Desvios é conhecido por resultados excelentes em... casos como o meu, em particular. No entanto, quando me examinaram, disseram aos meus pais que meu estado não era questão do programa clássico, que eu era um tipo *very* peculiar de invertido, que eles se dispunham a se encarregar completamente de mim para me estudar. Fui alimentado, hospedado e vestido por anos. Todo mês, pedia para voltar para casa, e, todo mês, respondiam que a decisão não era minha. Enfim, de um dia para o outro, me levaram de volta para meus pais, sem a menor explicação. Como se eu não fosse mais interessante. Só tenho lembranças confusas do que aconteceu lá, do que fiz e do que vi. Mas posso afirmar, *miss*, que o Observatório se preocupava muito menos com minhas preferências sentimentais do que com meu azar.

Blasius falara isso tudo conforme empurrava Ophélie para o lado. As amarras de um autômato tinham se soltado bem atrás dela, ameaçando derrubar os muitos quilos de metal.

— Seu azar — repetiu ela. — Por quê?

— Não me disseram. Nunca dizem nada. Só observam.

— E você? — insistiu Ophélie. — Observou alguma coisa especial lá?
— Tudo é especial, *miss*. Eu estava cercado de invertidos. Espíritos invertidos. Corpos invertidos. Poderes invertidos.
Ela hesitou. Não teria outra oportunidade de fazer perguntas a alguém que conhecera o Observatório assim de perto, mesmo que fizesse muito tempo.
— Você ouviu falar do "projeto Cornucopianismo"?
A testa de Blasius se franziu mais ainda quando ele ergueu as sobrancelhas.
— Nunca.
— Da Cornucópia, talvez?
Ele sacudiu a cabeça.
— Nada disso foi mencionado na minha frente no Observatório, mas, repito: eles nunca dizem nada.
Ophélie olhou para o corpo largado aos pés dela. Desmontado, autômatos pareciam mesmo esqueletos. Lembrou-se da conversa que tivera com Blasius nas catacumbas. "Alguns humanos já são objetos mesmo quando vivos."
— O que fizeram com você... O que farão comigo... — disse ela, desejando que a voz saísse com mais coragem. — Vai doer?
O rosto de Blasius se esticou como borracha. Ele segurou os ombros dela, desajeitado.
— Não no sentido em... que você supõe. É só que... só que... *Blast*!
Blasius nunca se expressara com facilidade, mas, quanto mais mencionava o Observatório, mais gaguejava, como se ele próprio estivesse repleto de ecos. Crispou os dedos nos ombros de Ophélie e arregalou os olhos escuros e úmidos.
— Há uma fronteira em todos nós, Miss Eulalie. Uma coisa... necessária, que nos limita, que... nos contém em nós mesmos. Eles... tentarão fazer você cruzar essa fronteira. Não importa o que digam, *miss*, a decisão será sua.
Ophélie sentiu, pela impressão de que os pés queriam largar o chão, que o furgão estava aterrissando. Estavam chegando. *Ela*

estava chegando. Thorn a esperava. O que quer que a aguardasse no Observatório, não estaria sozinha. Não estava sozinha nem ali, naquele furgão.

— Obrigada, Blasius. Cuide-se. E cuide do professor Wolf.

As mãos de Blasius soltaram os ombros de Ophélie e seguraram seu rosto. Ele apoiou a testa na dela até engolir a luz.

— Ele me evitou por quinze anos — sussurrou ele, baixinho, querendo que só ela o escutasse. — Quinze anos longos, durante os quais achei que ele se protegia de mim, sendo que estava era me protegendo. Até o desabamento do bairro noroeste. Porque *você* o aconselhou a falar comigo. Não sei se se dá conta — disse Blasius, procurando o olhar dela atrás dos óculos — da solidão da qual me arrancou no dia em que falou comigo pela primeira vez naquele bondalado.

Eles bateram as testas quando o furgão parou. Em alguns instantes, as portas de trás foram abertas. Era Octavio.

— Ninguém por aqui. Corra.

Ophélie abaixou o turbante para cobrir a testa antes de sair. O amanhecer era de um tom rosado morno. Palmeiras balançavam na beira do vazio. O furgão estava estacionado na pista de entregas, em cima de uma torre. Octavio estava certo: os arredores estavam desertos.

Ela aproximou-se da beira. Queria ver o Observatório de cima, antes de vivê-lo por dentro. Ele se estendia sob os pés, em um emaranhado inextricável de pagodes e trilhos, jardins e fábricas, pedras velhas e estruturas metálicas. Lembrava ao mesmo tempo uma cidade imperial antiga e um polo industrial. Entretanto, Ophélie logo notou a lógica no aparente caos: o Observatório era dividido em áreas separadas por portas vermelhas gigantescas, incorporadas nos muros. Partições bem calculadas.

O centro do instituto era dominado por uma estátua monumental: um colosso cuja cabeça tinha vários rostos.

"TUDO ENXERGO E TUDO SEI!", exclamava em silêncio.

— Nesse caso, vamos conversar — murmurou Ophélie em resposta. — Vim para isso mesmo.

Ela se dirigiu à cabine do piloto do furgão, onde Ambroise esticara uma mão invertida através da porta.

— *Good luck, miss.* Sou tão curioso para saber o que estudam aqui que estou com uma certa inveja! Meu pai me disse que, de todos os clientes dele, o Observatório dos Desvios é o que faz encomendas mais inusitadas. Não me surpreenderia se você cruzasse com autômatos inteiramente desconcertantes.

Ophélie não achou essa perspectiva muito animadora. Ela não foi capaz de conter um gesto para o cachecol enroscado na cabeça do adolescente, mas, em resposta recebeu apenas um sacolejo mal-humorado de lã. A nova separação que impunha não era propícia à reconciliação.

— *Sorry* — disse Ambroise, constrangido.

Ophélie apertou a mão dele, tão desajeitada quanto o adolescente.

— Há um provérbio animista: "Tal mestre, tal objeto." Você inspira em meu cachecol o que me inspirou desde nosso primeiro encontro, e o que inspira a muita gente hoje: um refúgio.

Octavio assistira à conversa por entre as frestas da franja. Seus olhos cansados ainda não tinham voltado ao fulgor habitual, mas analisavam Ambroise com uma expressão indecifrável. Apontou para um galpão que se abria em milhares de janelas, do outro lado da pista.

— Deve ter uma entrada de serviço. Vou acompanhá-la e já volto — falou, dirigindo-se a Ambroise e Blasius.

Dentro do galpão, Ophélie e Octavio só viram pirâmides de caixas e carrinhos parados. Ainda era cedo, mas, depois da psicose que reinava no resto de Babel, aquela calma deixava os nervos à flor da pele.

Eles desceram os muitos andares da torre no elevador de carga.

— Aquele Ambroise é mesmo filho do professor Lazarus? — perguntou Octavio, de repente. — Eles não se parecem em nada. *In fact* — acrescentou, sem deixar Ophélie responder —, ele não se parece com ninguém. Fiquei sentado ao lado dele o voo inteiro. O corpo dele é muito esquisito.

Ophélie se absteve de retrucar que o próprio corpo era estranho da mesma forma e ela estava determinada a usar aquele fato para se infiltrar ali. Mesmo que pensar nisso a deixasse enjoada.

— Você volta logo para o *Diário oficial*?

— Vou primeiro à Boa Família. Sou responsável pela divisão de aprendizes de arauto de Pólux. Se não aparecer todo dia, vão considerar que abandonei o posto.

Ophélie levantou as sobrancelhas.

— Depois de tudo que aconteceu? Depois do desabamento no noroeste? Depois dos conflitos no centro?

— Especialmente depois disso tudo. É a ordem contra o caos.

O elevador acabou dando em um corredor que deu em outro corredor que deu em uma recepção, também vazia. Formulários estavam dispostos sobre o balcão. Era preciso preencher um por conta própria, enfiá-lo na abertura de um cilindro e abaixar uma alavanca para ativar o tubo pneumático. Ophélie já seguira o procedimento quando fora visitar Mediuna. Desta vez, no lugar de marcar "Visita", marcou "Internação".

Nem teve tempo de se dirigir à sala de espera antes de uma voz educada chamá-la:

— Miss Eulalie?

Uma mulher vinha na direção dela a passos regulares. Não era a menina que Ophélie conhecera na primeira visita, mas usava o mesmo sari de seda amarela, o mesmo pince-nez de lentes escuras e as mesmas luvas compridas de couro. No ombro, tinha um besouro mecânico e carregava debaixo do braço uma pasta contendo o formulário que a jovem acabara de preencher, como se esperasse por ele havia dias.

— Por aqui, *please* — disse ela, abrindo uma bela porta envidraçada. — Não o senhor, *my lord*.

A mulher dirigia um sorriso inflexível a Octavio, que começara a avançar. Ela nem avaliou o uniforme de virtuose, nem pediu seu nome; já sabia quem ele era.

Ophélie trocou um último olhar com ele. Intenso.

— Mudar o mundo — murmurou ela.

Os cantos da boca de Octavio estremeceram. Ele levantou a cabeça até a franja se afastar por completo, expondo as cicatrizes do nariz e da sobrancelha onde antes usava a corrente de ouro.

— Por dentro — respondeu ele.

Então se foi, batendo os calcanhares em um gesto resoluto que encorajou Ophélie. Ela seguiu a mulher através de um cômodo que lembraria um consultório médico, se não fossem os besouros em todas as prateleiras. Eles brilhavam como pedras preciosas na luz matinal das janelas.

— Você pediu para fazer parte de nosso Observatório — declarou a mulher, instalando-se em uma poltrona e apoiando a pasta à frente. — Sou toda ouvidos.

Ao sentar, Ophélie confirmou que o vidro refletia a interlocutora. Não era Eulalie Deos nem o Outro, até onde podia confiar no teste. Bom. Ela tirou o turbante que disfarçava o carimbo na testa.

— Serei rápida. Um médico me aconselhou a participar de seu programa. Sei que vocês já têm uma ficha sobre mim. Não entendo bem o porquê, mas sei, com certeza, que este Observatório é meu último recurso para não ser expulsa de Babel.

Não precisou forçar o desespero. O medo era sincero. Além do chão sob os pés, do ali e agora, o resto do universo se tornara um enorme ponto de interrogação.

A mulher folheou as páginas contidas na pasta. Ophélie queria estar no lugar do besouro no ombro dela para ler as informações que o Observatório tinha a seu respeito.

— Em outras palavras, Miss Eulalie, é um pedido de asilo?

— Eu me ofereço como voluntária para tudo que me considerarem interessante.

A mulher inclinou a cabeça para sustentar o olhar, através das lentes escuras do pince-nez. Ela estendeu uma folha em branco e uma caneta.

— Preciso assinar alguma coisa?

— Não, Miss Eulalie. Por favor, escreva apenas: "Mas o poço não era mais verdadeiro do que um coelho de Odin."

— Perdão?
Ophélie estava confusa. Que poço? Que coelho? E por que Odin, especificamente? Não era aquele o nome antigo de Farouk?

— "Mas o poço não era mais verdadeiro do que um coelho de Odin" — repetiu a mulher, com um sorriso imperturbável. — Escreva, *please*.

Ophélie obedeceu. A mulher pegou a folha no mesmo instante e a trocou por outra folha em branco.

— *Perfect*. Escreva a mesma frase, agora com a outra mão.

— Não sei escrever com a outra mão.

— Claro que sabe — insistiu, com tranquilidade, a mulher.

— Não peço que escreva bem. Só que escreva.

Ophélie obedeceu de novo. As palavras ficaram monstruosas, rabiscadas pela ponta de metal. Mesmo concentrada, ela inverteu a maioria das letras. A mulher não prestou a menor atenção ao resultado. Era Ophélie, e só Ophélie, que ela observava com interesse educado através do prisma escuro do *pince-nez*. Não tinha olhos de Visionária. Qual seria seu poder familiar? Estaria em uso naquele momento?

— *Perfect*.

O couro das luvas fez um ruído quando ela juntou as duas folhas à pasta. Todos os gestos eram metódicos demais, como se manipulasse produtos químicos de alta toxicidade. Ela se levantou e devolveu o turbante à cabeça de Ophélie, apertando-o com força para cobrir o carimbo, o que foi desconfortável. Então levou Ophélie a uma cabine igualmente estreita e escura, antes de fechar a porta. O ambiente era tão denso e quente que Ophélie ficou sem ar. Não enxergava nem os próprios óculos. Isso explicava o turbante: a penumbra fazia parte da experiência.

— Não se mova, *please*.

Um lampejo de luz, tão forte quanto um raio. Outro. Mais outro. A mulher a fotografava? Ophélie estava tão atordoada que demorou a notar que a porta estava aberta.

Com um sorriso, a mulher apontou para a mesa, onde agora esperava uma caixinha de madeira envernizada.

— Você é animista, Miss Eulalie.

Não era uma pergunta.

— De oitavo grau — mentiu Ophélie.

— Especialista em *leitura*.

De novo, não era uma pergunta. Se o Observatório dos Desvios tinha acesso à ficha de admissão na Boa Família, ela não tinha nada a informar. A mulher, entretanto, parecia aguardar uma confirmação.

— Sou *leitora*, de fato.

— Será que estaria disposta a fazer uma pequena demonstração?

Ainda um pouco cega por causa das luzes na cabine escura, a jovem se aproximou da caixa.

— Tem uma amostra ali dentro — indicou a mulher.

Ophélie abriu a tampa. Uma bala de chumbo minúscula descansava sobre uma almofada vermelha. Ela sentiu o sangue pulsar pelo rosto. Um tumulto orgânico ecoou nos ouvidos.

— Podemos iniciar a *leitura*, Miss Eulalie? — perguntou a mulher, com educação.

Parecia ter enorme dificuldade em limitar o sorriso à proporção profissional.

Ophélie desabotoou uma luva, depois a outra. Até ali, sentira-se no controle da situação. Fora por escolha própria. Submeteria-se aos exames do Observatório porque o desejava. Só mostraria o que se dispusesse a mostrar.

Era assim que a situação deveria se desenrolar.

— Preciso perguntar — disse ela, em um tom que esperava soar impassível. — Este objeto pertence ao Observatório?

— Com toda certeza, Miss Eulalie.

Mentira.

Ophélie inspirou fundo, para impedir a raiva de escurecer os óculos. Nada de tremer. Nada de se expor. Concentrou-se por inteiro na bala de chumbo na caixa. O projétil de um cartucho. Sabia que o que via era impossível – deveria ser impossível –, mas, por mais aturdida que estivesse, havia uma área na qual não podia ser enganada. Ela conhecia cada peça da coleção do museu de História Primitiva de Anima. Especialmente aquela ali.

Ophélie pegou a bala de chumbo com as mãos nuas. O enjoo ardeu até a garganta. Não era dela; era da última pessoa a tocar aquela amostra sem proteção. Um pobre coitado, de chapéu coco, que queria conhecer as guerras do velho mundo e a quem a jovem quisera ensinar uma lição. Voltando cada vez mais no tempo, passando de mãos de *leitor* a mãos de *leitor*, de enjoo a enjoo, ela se preparou para o choque que não poderia ser evitado. A dor, abstrata mas autêntica, a atingiu em pleno estômago. A agonia do soldado cujos órgãos haviam sido perfurados pela bala, vários séculos antes, tornou-se sua agonia. Daquela vez, foi a própria náusea que a atacou, tão violenta que ela quase vomitou na mesa.

Ophélie devolveu o projétil à almofada, fechou a caixa e pressionou o punho contra o tremor da boca. Uma lágrima escorreu pelo rosto. Como ela mesma ousara impor isso a outra pessoa?

Não, se corrigiu quando a onda poderosa de empatia se foi. Por que alguém ousara lhe impor isso? Por que sob circunstâncias improváveis o Observatório dos Desvios conseguira a amostra do museu onde ela, Ophélie, *não Eulalie*, trabalhara no passado?

— Precisa de um copo d'água, *miss*?

A mulher não desviara o olhar antes, durante e depois da *leitura*. Atrás das lentes escuras do pince-nez, brilhava uma intensa curiosidade.

— Quer minha análise? — perguntou Ophélie, com frieza.

— Não, Miss Eulalie, não é essa a finalidade do exercício.

— Qual é a finalidade, então?

A mulher tirou de uma gaveta da escrivaninha um documento da grossura de um polegar. Ophélie vestiu as luvas antes de pegá-lo. *Acordo entre o sujeito e o Observatório dos Desvios: consentimento à ação de estudo dos protocolos i a iii do programa alternativo e cláusula de sigilo referente.* Só o título já a deixava tonta.

— Os Lordes de lux ditam a lei — declarou a mulher do besouro —, mas nenhuma lei é superior ao sigilo médico que aplicamos aqui há inúmeras gerações. Enquanto estiver entre nossas paredes, você não terá que prestar contas ao mundo externo.

Ophélie não entendeu uma única frase das dezenas de folhas que compunham o acordo. O jargão exigia que ela tivesse se formado como jurista.

Não importava. Assinou.

O sorriso da mulher se acentuou quase imperceptivelmente quando Ophélie devolveu o documento. O futuro determinaria quem fizera a armadilha e quem caíra nela.

OS ÓCULOS

Ophélie abafou um grito. Ela arregalou os olhos por trás dos cabelos escorrendo pela testa. De fervendo, a água virara congelante, antes de parar de forma também repentina, deixando-a sem ar, abraçando a si mesma, o corpo vermelho por causa das temperaturas extremas. O vapor se dissipou, aspirado pela ventilação, revelando a silhueta de sari amarelo que acabara de soltar a cordinha do chuveiro. Até sem óculos, Ophélie via o sorriso dela. A mulher do besouro não fazia o menor esforço para poupar seu pudor. Com extrema atenção, observou a jovem sair desajeitada da tina, escorregar nos azulejos e esfregar a pele.

— Cadê minhas roupas?

Ophélie não viu no banco nada do que deixara lá. No lugar, se encontravam, dobradas com perfeição, uma calça saruel sem bolsos e uma túnica sem mangas. O Observatório queria mesmo que ela não tivesse o que esconder. Tinham confiscado até as sandálias.

— Minhas luvas — pediu.

A mulher sacudiu a cabeça com educação, em sinal negativo. Desde que Ophélie assinara o acordo, não ouvia o som da voz dela.

— Você sabe que preciso delas.

Outro sinal de negação. A jovem não entendeu. Não devolveriam as luvas, ou não precisaria delas?

Ela se vestiu, fazendo uma careta sempre que as mãos *liam* o tecido sem querer. Visualizou um ateliê escuro no fundo de um mercado, uma máquina de costura de baixa qualidade, o assovio tranquilo do tintureiro: pelo menos, ninguém vestira aquelas roupas antes dela.

— Meus óculos?

Outro sinal de negação. Ophélie sentiu a respiração acelerar e forçou-se a acalmá-la. Ela se preparara para a ideia de nada ser fácil ali, então não podia deixá-los ganhar vantagem.

No ombro da mulher, o besouro abriu um espelho em um clique mecânico. Era tão minúsculo que só refletia fragmentos do rosto de Ophélie, que teve ao menos a satisfação de constatar que a testa enfim estava livre do carimbo. A tinta fosforescente tinha dissolvido na ducha; aquela água de fato possuía propriedades alquímicas.

— E agora?

Com um gesto cortês, a mulher a convidou a segui-la. Quando se afastava, perdia a nitidez e as formas se misturavam, confusas, à decoração. Ophélie precisaria se acostumar rápido a se deslocar pelo ambiente embaçado, sem luvas, nem sapatos. Brincar de espiã seria mais difícil do que previsto, mas, se o Observatório queria tanto complicar a missão dela, retribuiria na mesma moeda.

Ao atravessar uma fileira de corredores, se surpreendeu com as lâmpadas elétricas: todas piscavam e falhavam, sem exceção.

Saiu, enfim, ao ar livre, onde o sol matinal secou os cabelos de imediato. A laje do chão cozinhou os pés dela. A mulher as fez cruzar selvas perfumadas, galerias sombreadas e uma sequência interminável de portas.

Apesar de só distinguir o mundo em modo pontilhista policromático, Ophélie ouvia os sons com muita nitidez. Aqui, notava o zumbido de um inseto, ali, um ronronar mecânico, e, passando sob uma janela, a música metálica de um trompete. Ela ouvia também gargalhadas de criança, pais fazendo perguntas inquietas – "Ele está progredindo?", "Ela está segura?" – e vozes ponderadas insistindo que o progresso era excelente, a segurança, garantida, que os jovens e os menos jovens se desenvolviam melhor no Observatório do que em qualquer outro lugar, que o programa clássico sempre se provara admiravelmente eficiente, mas que eram todos, é claro, livres para voltar para casa quando quisessem.

Estariam os segredos de Eulalie Deos por ali, ao alcance do ouvido?

Ophélie não desviava o olhar míope da mulher cujo sari de seda desenhava ondulações líquidas no caminho. Não conseguia se livrar do enjoo provocado pela *leitura* da amostra do museu de Anima. Quando e como aquela mulher a encontrara? Os Genealogistas estavam certos: aquele Observatório estava muito à frente dela. Em que nível? O que sabiam? Sobre seu passado? Suas aptidões? Suas intenções?

E Thorn?, pensou, enfiando as unhas nas palmas agora expostas.

Trinta e três meses. Trinta e três meses em que vivera sob vigilância das Decanas, a cada passo fora da casa dos pais grudada na Relatora. Trinta e três meses em que se proibira de ir em busca de Thorn por causa delas, por medo de comprometê-lo. Se Archibald não tivesse conseguido se infiltrar nos buracos da rede para tirá-la de lá, ainda estaria em Anima. E se estivesse enganada? Se, nesse tempo todo em Babel, onde se acreditara livre da vigilância de Eulalie Deos, continuasse prisioneira do olhar dela? Se a tivesse levado até Thorn?

No fundo, Ophélie não sabia quem de fato comandava o Observatório. Talvez não fosse Eulalie Deos. Talvez fosse outra pessoa. Alguém que a conhecia muito bem.

Quem quer que fosse, poderia saber que Sir Henry na verdade era um fugitivo da prisão? Estaria Thorn em perigo entre aquelas paredes, como o informante anterior dos Genealogistas? E se ela tivesse chegado tarde demais? Se ele também tivesse desaparecido?

Ophélie apertou os olhos. A mulher acabava de passar sob um arco canopial que indicava, em letras, grandes:

OBSERVAÇÃO

O arco dava em uma sala tão impecavelmente branca que chegava a doer. Não distinguia os detalhes arquitetônicos, mas, a julgar pelo frio liso sob os pés, era um verdadeiro palácio de mármore. As janelas enormes, de moldura cruzada, derramavam luz do sol lá dentro.

A mulher do besouro juntou-se às fileiras do que Ophélie distinguiu, conforme se aproximava, como uma assembleia bastante impressionante. Silhuetas envolvidas por seda amarela a encaravam por trás dos pince-nez, segurando bloquinhos de anotações. Observadores. Encontrar-se no foco de todos aqueles olhares, exposta em plena luz, era desconfortável ao extremo. Com os braços, os tornozelos e os pés desnudos, além dos cachos desgrenhados, Ophélie parecia um menino de rua.

Uma jovem cochichou:

— O senhor pediu para assistir a cada entrada e saída. A invertida aqui presente é um caso peculiar, *sir*. O desvio dela é questão do programa alternativo.

Como resposta, ouviu-se só um tique-taque sonoro. Ophélie esforçou-se para não demonstrar o alívio que relaxou todos os músculos do corpo. Uma por uma, desgrudou as unhas das palmas. Thorn estava lá. Estava bem. Ela tentou não procurar o rosto dele entre os outros, embaçados e anônimos, que o cercavam.

Ninguém os apresentou.

Um homem a fez sentar-se no que lembrava um banco de piano, branco e frio como o chão. Ele ajustou a altura para que os pés de Ophélie ficassem bem apoiados. Sem cerimônia, aplicou no antebraço dela um carimbo, pintado com um "P" e um "A" entrelaçados. Pronto. Ela acabara de trocar um timbre por outro.

Em seguida, o homem passou a medi-la: a cabeça com um craniômetro, o dedo da mão direita e o pé esquerdo com uma fita métrica. O silêncio era tão absoluto que o chacoalhar dos instrumentos ressoava pela sala inteira. O homem escondia o olhar por trás das lentes escuras do pince-nez e, apesar de não sorrir de fato, uma covinha insistente marcava o canto da boca, perturbando Ophélie. Sobre o ombro, ele carregava um autômato em forma de lagarto.

Com gestos educados, foi convidada a se levantar e voltar a sentar-se, desta vez em outro ângulo, que não simplificou em nada a situação. Ela ficara agora bem em frente a Thorn, cuja silhueta característica se destacava do resto da assembleia. Enfim, ficou aliviada por estar sem óculos: assim, não podia ceder à tentação de buscar ou evitar os olhos dele. O pouco que via de seu rosto era preenchido por sombras, apesar da iluminação ambiente. Ele fora instalado em uma poltrona à parte, posicionada de lado, na primeira fileira, para que pudesse assistir à cena e se manter à margem. Thorn cruzara os braços em uma atitude neutra, combinando com a nova função de grão-inspetor familiar.

Ele observava o Observatório.

Uma jovem se encontrava de pé ao lado dele, com o que parecia ser um macaco mecânico no ombro. Ophélie acreditou reconhecer a Babeliana que a recebera naquela primeira visita ao Observatório. Ela estendia uma bandeja de bebidas a Thorn e tudo na atitude expressava o maior respeito.

Na verdade, ele estava ótimo.

O homem do lagarto acabou de medir Ophélie e passou a manipular o corpo dela sem dizer uma palavra. Ele a fez fechar um olho e levantar o braço oposto, repetindo ao contrário. Seguiu-se uma série longuíssima de movimentos semelhantes que, por mais inofensivos que parecessem a princípio, deixaram-na cada vez mais desconfortável. Talvez pela falta de óculos, uma enxaqueca começou a nascer no fundo do crânio dela. De tanto precisar mexer o lado direito, depois o esquerdo, acabava incapaz de diferenciar os dois lados. Ao redor, a assembleia fazia anotações minuciosas, em um farfalhar contínuo de papel, tecendo comentários em voz baixa, como se assistissem a uma apresentação rara.

Ophélie achou a situação inteiramente ridícula. Esperava que não fosse piorar, quando o homem do lagarto a estapeou.

O tapa foi tão inesperado que, por uma fração de segundo, foi incapaz de pensar. Com a cabeça jogada na direção do ombro, o rosto ardendo, ela não entendeu o que acontecera.

O que notou de imediato, entretanto, foi o ranger de metal que ressoou pela sala. Thorn se levantara.

— *Don't worry*, Sir Henry — cochichou a menina do macaco. — O procedimento deve ser surpreendente para você, mas está dentro dos conformes do primeiro protocolo. A invertida aqui presente consentiu, portanto nenhuma regra da cidade foi violada.

Ophélie logo retomou a energia. Não sabia o que o procedimento esperava, mas não deixaria Thorn comprometer o próprio disfarce para defendê-la.

Ela estapeou o homem de volta.

— Você não me deu instrução alguma — explicou, com a voz neutra. — Me pareceu a reação mais lógica.

A assembleia inteira rabiscou nos blocos, em um ruído frenético de canetas. O homem do lagarto recuperou o pince-nez que se soltara do rosto; assim que o ajeitou, a covinha sumiu. Ophélie notou, pelo reajuste levíssimo do olhar, que ele acabara de reparar em *alguma coisa* que se estendia além dela. Alguma coisa que lhe era invisível.

O homem não a fez se mover de novo, nem emitiu qualquer comentário antes de se reunir às fileiras da assembleia.

É que nem o monóculo de Gaelle, entendeu ela, surpresa. Os pince-nez dos observadores funcionavam de acordo com um princípio equivalente. Que mistérios revelavam? O que descobriam sobre Ophélie que nem ela mesma sabia?

Thorn voltou a sentar-se com lentidão calculada e não cruzou os braços. Ele também entendera. Não precisava vê-lo nem ouvi-lo para saber que eles pensavam a mesma coisa naquele instante: *Precisamos dessas lentes*.

A mulher do besouro se afastou das fileiras da assembleia e, com um gesto demasiado educado, convidou Ophélie a segui-la.

— A invertida será agora conduzida à área de confinamento, *sir* — comentou a jovem do macaco, curvando-se sobre a pol-

trona de Thorn. — É importante que os sujeitos do programa alternativo não entrem em contato com os do programa clássico.
— Precisarei inspecionar esse ambiente também.
A voz de Thorn ressoou no ventre de Ophélie.
— *Of course, sir*! Mostraremos tudo que o senhor desejar, dentro dos limites do sigilo médico.

Enquanto seguia a guia através da sala, deixando a assembleia para trás, Ophélie sentiu as pegadas úmidas deixadas pelos pés nus no mármore.

Os limites do sigilo médico...

A mulher a fez sair por outro arco, oposto ao primeiro, no qual estavam gravadas as letras:

EXPLORAÇÃO

Assim que Ophélie a atravessou, a porta dupla, toda pintada de vermelho, com vários metros de altura, se fechou atrás dela. Não havia ali nem gargalhadas de criança, nem pais inquietos. Precisou atravessar mais três portas, todas separadas da seguinte por vastas esplanadas.

Ela pensou no desconhecido do nevoeiro que, duas vezes já, dera um jeito de cruzar seu caminho. Duvidava que fosse acontecer uma terceira vez, mas não sabia se isso era bom ou ruim. Será que se veriam de novo um dia?

Chegaram ao pé do colosso que ela contemplara ao aterrissar. Ele era ainda mais esmagador visto de baixo. Sem óculos, o achou semelhante a uma montanha. Um túnel ferroviário fora cavado na base; era o único modo de chegar à parte do Observatório atrás das costas da estátua.

A enxaqueca piorava a cada segundo, como se Ophélie caminhasse dentro do próprio crânio. Não sabia o que fora feito com ela, mas tinha vontade de se trancar em um quarto, bloquear todas as janelas e enfiar a cabeça sob um travesseiro escuro.

A mulher do besouro fez sinal para que ela entrasse em um vagão digno de montanha-russa de segunda, mas não a acompanhou. Apenas segurou uma alavanca. Logo antes de abaixá-la, se dignou enfim a abandonar o sorriso.

— Se quiser mesmo entender o outro, encontre primeiro o seu.
— O que você disse?

Ophélie e a pergunta foram engolidas pelas sombras do túnel. A jovem *leitora* contemplou o círculo iluminado que diminuía lá atrás conforme o vagão percorria os trilhos. À sua frente, como uma imagem oposta, a saída do túnel passou do tamanho de uma faísca ao tamanho de um sol pouco a pouco. Ela manteve as mãos fechadas em punho para não tocar em nada, menos por ética, e mais por medo de se desconcentrar por causa de uma *leitura* acidental. O que aquela mulher acabara de dizer era uma consideração filosófica, ou se tratava mesmo do Outro? Ophélie gostaria de interromper a enxaqueca por alguns segundos que fosse, para poder pensar. Aqueles exercícios tinham desorganizado a cabeça dela.

As paredes do túnel começaram a reagir de maneira curiosa à luz do dia que aumentava, aumentava e aumentava com a aproximação do vagão. Elas começaram a refletir milhares de figuras geométricas multicoloridas. Ophélie entendeu, tarde demais, que o túnel fora projetado como um caleidoscópio gigante. Uma infinidade de combinações fractais penetrou os olhos dela em um só instante. A enxaqueca explodiu. Ophélie fechou os olhos para não deixar mais nada entrar.

O vagão desacelerou até parar. A enxaqueca parou junto.

A jovem abriu os olhos. Um canteiro de obras se estendia à frente até perder de vista, nos mínimos detalhes, como se ela estivesse de óculos.

E estava mesmo.

Só que não eram os dela.

Eram os de Eulalie Deos.

A DIVERSÃO

A comida da cantina é nojenta, mas logo você se acostuma. Pelo menos a gente não morre de fome que nem na cidade. Lá, é preciso conhecer os lugares certos. Já esteve em um restaurante de verdade, oficial Deus?

O sargento tenta direcionar a Eulalie um olhar canalha, sem sucesso. Ela logo nota uma pinta tremendo de leve no canto do olho dele. É mais jovem e baixa, mas vê que o intimida. É um efeito comum – já o observava nos professores.

Ela sorri, indulgente.

— Vó uma seis... só uma vez. E, se me permite corrigi-lo, meu nome se pronuncia *Deos*.

O sargento continua a andar em silêncio, esmagando os destroços da obra com as botas militares. Eulalie entende que ele se sente humilhado. Falou com ele como se fosse uma criança, não como um homem, muito menos um soldado.

Apertando a alça da mala, observa o canteiro que atravessam. Nuvens de areia sujam os óculos dela. As escavadeiras do exército desfiguram o que um dia fora a cidade proibida do último imperador de Babel – e que em breve será um Observatório inédito.

Eulalie prolonga o olhar nas carcaças derrubadas de árvores milenares. Mais uma história, desenraizada para sempre. Ela não se comove. Não tem apego algum ao passado: só importa o futuro reescrito sobre as ruínas. Já o imagina, esse novo mundo. Ele palpita sob os pés como o coração de um bebê prestes a nascer. É por isso que ela se apresentou como voluntária ao Projeto e dedicou a adolescência a se preparar.

É por isso que ela existe.

Eles entram em uma escada talhada na pedra. Degrau a degrau, os barulhos do canteiro se tornam mais abafados, até desaparecerem. A descida é interminável. O sargento não para de olhá-la de soslaio, por cima do ombro. O sinal no canto do olho dele treme cada vez mais.

— Única sobrevivente da família, né? Meus pêsames.

— Todo mundo perde alguém durante a guerra.

— Alguém que perde todo mundo, aí já é mais raro. É por isso que te escolheram?

Os lábios dele ser retorcem ao pronunciar a palavra "isso". Eulalie o intriga e irrita ao mesmo tempo. Está acostumada a essa reação também. Ela se pergunta o que exatamente ele sabe sobre o Projeto. É provável que não saiba mais do que ela; talvez até menos.

— Em parte, sargento.

Eulalie não se imagina explicando a ele a outra parte, a parte mais essencial. Eles não a escolheram. Foi ela que se fez ser escolhida, entre centenas de órfãos. Sempre soube que fora chamada a salvar o mundo.

O exército encontrou *alguma coisa*, aqui, nesta cidade antiga, que vai ajudá-la. *Alguma coisa* que tem o poder de acabar com a guerra; com todas as guerras. Apesar do sigilo militar, rumores circulam pela cidade e Eulalie sabe que têm fundamento. Sempre achou que, se a humanidade é agressiva e beligerante a tal ponto, não é por ódio aos outros, mas por medo da própria fragilidade. Se todo mundo fosse capaz de realizar milagres, deixariam de temer ao próximo.

Milagres, é disso que todos precisam.

— O que está aí dentro? Foi liberado pelo regulamento, ao menos?

O sargento aponta a maleta que ela carrega. A pinta no canto do olho tremelica como um passarinho inquieto. Eulalie imagina – imagina sem parar – a criança que ele fora um dia, que ainda é, e se sente invadida de repente por ternura. Se o sargento não fosse seu superior, beliscaria a bochecha dele como fazia, ainda ontem, com os recém-chegados ao orfanato.

— Minha cármica de mexer... quer dizer, minha máquina de escrever. Fui autorizada a trazê-la comigo.

— Para os relatórios?

— Para meus romances. Romances sem guerra.

— Ah, é. Cavernas inspiram mesmo certa paz.

Eulalie para no último degrau da escada e contempla o subsolo onde passará, sabe bem, muito tempo. Deve admitir que está desconcertada. Passou por um treinamento intensivo com os aparelhos de criptoanálise mais sofisticados do exército.

Ali só há um telefone simples.

De repente, uma queda inversa. Uma sensação vertiginosa, incoerente, de cair para cima. O telefone visto do teto, a subida da escada, o voo acima do canteiro, da cidade imperial, do centro, do continente, da Terra. Um planeta redondo, contínuo, sem arcas nem vazio.

O velho mundo.

Ophélie se levantou da cama, assustada e suada, um grito engasgado na garganta. Era assim que acordava toda noite desde que enfrentara o faxineiro do Memorial. Como sempre, precisou de um momento para organizar as ideias.

Fora visitada de novo pela memória de Eulalie Deos. Mais que isso, até. Ela a encarnara por dentro, no corpo, no nome, com um grau de precisão e nitidez que nunca atingira antes.

Quando o "por quê?" se formou na mente, Ophélie tomou consciência de não reconhecer a cama. Estava em uma posição torta e estranha, e, quando tentava mudá-la, balançava um pouco sobre os pés. Ao redor, só via travesseiros de todas as formas e cores. Nem o pijama que vestia trazia qualquer impressão.

Ela não tinha lembrança nenhuma de ter deitado ali – de ter deitado, ponto.

Procurou os óculos antes de lembrar que o Observatório os confiscara. Assim como as luvas. No entanto, não *lera* nada durante o sono, nem os lençóis, nem os travesseiros. Um calafrio a percorreu quando ela acariciou a seda silenciosa. Precisou se concentrar para que emergissem impressões distantes, vagas demais para interpretação. Entrar em contato com objetos sem ser soterrada por visões não acontecia desde que o poder familiar acordara. Ela ergueu as mãos em um feixe de luz que escapava pelas frestas da persiana. Como eram pálidas, em comparação com a pele bronzeada de sol... Parecia que usava luvas diferentes.

Ophélie abriu caminho entre as almofadas. Assim que pisou para fora da cama, derrubou uma pilha de livros. Ao arrumá-los, notou que estavam vazios: sem título, nem texto. O resto do quarto era parecido. Molduras vazias e relógios sem ponteiros se amontoavam nas paredes. Os interruptores não faziam efeito nas lâmpadas, que continuavam a piscar, insuportáveis, no teto. O rádio, ao qual se precipitou para ouvir as notícias, nem se dignou a engasgar.

Quanto à porta, estava trancada à chave.

Ophélie não *lia* quase nada do que tocava no quarto. Será que o Observatório tinha adormecido o poder familiar dela em uma só noite? Era apavorante.

— Que não dure muito.

Ela arrancaria os segredos daquele lugar, com ou sem as mãos.

Não encontrou nenhuma cordinha para abrir a persiana, então grudou o rosto contra as frestas para entrever o que estava lá fora, mas o sol queimou as retinas. Outra esperança vã ao dar de cara com uma coleção de espelhos no banheiro: eram todos deformados, refletindo imagens distorcidas e grotescas dela. Para passar, precisaria de um reflexo estável.

A proliferação de inutilidade era sufocante.

Ophélie bateu na torneira até que cuspisse água e se limpou. O sonho – a *lembrança* – continuava a apertá-la por dentro. Era uma emoção difícil de definir, entre a alegria e a tristeza.

Sustentou o próprio olhar na poça acumulada no fundo da pia. Não havia rastro do Outro naquele passado, nenhuma alusão a reflexos rebeldes, nem mesmo um pensamento minúsculo, como se ele não fizesse parte da história naquele estágio.

Ophélie precisou puxar a corda da descarga várias vezes para acioná-la. Pelo menos tinha confirmado que Eulalie Deos passara pelo Observatório dos Desvios, mesmo que o lugar ainda não tivesse esse nome, depois de sair do orfanato militar. O Projeto no qual se voluntariara era com toda certeza o projeto Cornucopianismo mencionado pelos Genealogistas, mas ela também não vira nenhuma Cornucópia na lembrança.

Só uma caverna e um telefone.

Um barulho de chave chamou o olhar míope à porta, que se abriu num movimento teatral, revelando uma silhueta feminina. Ela tinha a forma de um bombom e usava um coque desproporcional.

— Mamãe?

A palavra saíra sozinha. Só no segundo seguinte Ophélie se deu conta da impossibilidade. Aquela mulher não era a mãe dela. Na verdade, nem era uma mulher. Era um autômato.

Debaixo do avental, no qual estava bordada a palavra "babá", surgiu uma voz artificial:

— BOM DIA, *DARLING*. MIMIU... MIMIU BEM?

Ela nunca vira um modelo como aquele. Tinha um rosto de verdade, com olhos arregalados, nariz arrebitado e boca deformada pelo sorriso exagerado. O corpo, entretanto, era de uma boneca articulada. Fora arrumada com um vestido bufante e uma peruca loira-arruivada que encheram Ophélie de confusão. Depois da amostra do museu de Anima, não podia ser coincidência: o Observatório sabia quem ela era e de onde vinha. E usava esse conhecimento para perturbá-la.

— Que horas são? O que aconteceu depois do túnel? Dormi de uma vez desde ontem?

O autômato desabotoou o pijama de Ophélie sem pedir permissão, nem responder às perguntas.

— SEREI SUA BABÁ DURANTE TODA... DURANTE TODA A ESTADIA, *DARLING*. CUIDAREI BEM DE VOCÊ. VAMOS NOS VESTIR RAPIDINHO, UM DIA CHEIO NOS ESPERA!

— Vou me vestir sozinha.

A última coisa que queria era uma babá na cola dela. Ficou ainda mais contrariada ao vestir as roupas. Na véspera, não conseguia tocá-los sem voltar no tempo sem querer; hoje, eram praticamente *ilegíveis*.

Enquanto Ophélie se enfiava no saruel, a babá-autômato escovou os cabelos dela com tanto vigor que acabaram formando uma nuvem estática. Sapatos não foram providenciados. Portanto, avançou descalça por um vasto corredor, ainda mais apinhado de cacarecos do que o quarto, se é que isso era possível: vasos, móveis, louça, tudo apresentava defeitos de fabricação óbvios que os tornariam inutilizáveis se tivessem função para além da decoração.

Ao longo do corredor, outras portas de outros quartos revelavam outras silhuetas sonolentas. Pelo que Ophélie conseguia enxergar, eram homens e mulheres de toda geração e cor de pele, cada um acompanhado pela própria babá-autômato fantasiada de modo diferente. Eles usavam as mesmas roupas que expunham os braços e tornozelos, assim como a marca escura da tatuagem no ombro.

Seriam todos invertidos? Alguns apresentavam diferenças físicas visíveis, mas outros, não. No total, não deviam ser mais de quinze. Ninguém cumprimentou Ophélie. Na verdade, ninguém falava com ninguém.

Ela seguiu o movimento, descendo uma escada cujos degraus estavam atolados de caixas. Aquela residência parecia um enorme depósito. Para a própria irritação profunda, a babá-autômato não a deixava em paz. Desvendar os segredos do projeto Cornucopianismo com aquela escolta não seria simples.

Ao chegar ao térreo, Ophélie procurou a caverna do telefone com que sonhara. No entanto, o que encontrou no lugar foi um refeitório. Ali se estendia um bufê gigantesco, oferecendo uma profusão de bolos, especiarias, cremes, tortas, biscoitos, crepes, panquecas, balas de goma, geleias e muito mais.

Era muita comida, uma quantidade indecente para tão poucos hóspedes.

Ophélie sentiu o coração girar como um pião. Viu sob outro olhar o transbordamento de objetos reinante na residência. Aquela Cornucópia, que na véspera era uma lenda abstrata, de repente lhe pareceu verdadeira. Estaria por ali, sob o nariz dela, na forma de um pote ou prato?

Óbvio que não. O Observatório a escondera, mas isso não a impediu de se sentir perto daquilo que fora procurar.

Ela mordeu um docinho com gosto. De imediato, precisou cuspi-lo; era nojento. O mesmo se repetiu com todos os pratos dos quais se serviu. O contraste era drástico entre o aspecto apetitoso da comida e o gosto abjeto. Até o chá era quase intragável.

O bufê era como o resto da residência. A decepção de Ophélie foi inversamente proporcional à empolgação. A Cornucópia era *só* isso? Uma multiplicação de material estragado? Como ela e Thorn poderiam usá-la contra Eulalie, o Outro e os desmoronamentos?

No refeitório, os invertidos mastigavam em silêncio, cada um no próprio canto. Ophélie não conseguiu engolir nada.

Franziu as sobrancelhas quando um brioche redondo rolou até si. O presente vinha de um jovem do outro lado da mesa, próximo o suficiente para que ela enxergasse a dobra epicântica dos olhos e o rubor das maçãs do rosto bem marcadas. O sorriso discreto revelou dentes branquíssimos. Ele também tinha o carimbo do programa alternativo no ombro. Era a primeira pessoa cujo olhar encontrava. Perguntou-se qual seria a inversão dele, pois parecia perfeitamente comum. No entanto, a inversão dela também não era visível de primeira. Blasius dissera que ali existia de todo tipo: do corpo, do espírito e dos poderes.

Thorn a aconselharia a evitar o presente de um desconhecido, mas que alimento era mesmo confiável ali? Ela mordeu o brioche e o descobriu tragável.

— Obrigada.

O jovem passou um dedo discreto sobre os lábios para incitá-la ao silêncio. Em seguida, apontou para as babás-autômatos e, girando o dedo, fez a mímica de uma rotação de disco. Entendido. Os manequins tinham dispositivos de gravação. Se Ophélie não podia fazer perguntas sem correr o risco de ser registrada, aquela investigação daria um trabalho e tanto.

Um gongo soou.

— É HORA, *DARLINGS!* — anunciaram em coro as babás-autômatos.

Todo mundo atravessou uma porta que dava em um claustro. Ali também o caminho era obstruído por caixas de bibelôs transbordando de tão cheias. As colunas cor de areia, corroídas pelos séculos, com certeza datavam da época da cidade imperial. Ophélie as tocou de leve, sem conseguir penetrar na história delas. Sem óculos, era difícil discernir o pátio imenso que se estendia para além da sombra rendada das arcadas. Não parecia um jardim, mas uma estrutura industrial. Era ali, então, a área de confinamento.

Um silêncio sombrio reinava entre os invertidos. As babás-autômatos cuidavam para que ficassem todos distantes. A fila cruzou uma procissão de indivíduos usando hábitos monásticos, escondidos por capuzes cinzentos. Eles não pareciam autômatos, nem invertidos. Um deles se virou com discrição quando passou por Ophélie, mas não lhe dirigiu a palavra, só continuou a caminhada.

Depois de uma sucessão de galerias e caixas, os invertidos foram levados ao vasto pátio interno, que já ardia de calor. As estruturas industriais se tornaram enfim delineadas ao olhar de Ophélie: carrosséis enferrujados, barracas vazias, uma roda-gigante travada e, por todos os lados, pilhas de lixo. Um parque de diversões antigo? Era isso o programa alternativo?

Ophélie tinha a impressão desagradável de se afastar do que entrevira no sonho.

Ela foi levada a ficar sob uma tenda cuja penumbra era irrespirável. Várias cadeiras bambas estavam dispostas na frente de uma tela na qual eram projetadas imagens espasmódicas em um feixe brilhante de poeira. No meio daquele espaço, um toca-discos berrava uma música discordante.

Os invertidos foram instalados, afastados dos vizinhos. Ophélie foi posta na primeira fileira. O jovem do brioche sentou-se a duas cadeiras da dela.

As babás-autômatos estavam enfileiradas na entrada da tenda, aguardando o fim da projeção. Ophélie esperava que a sessão não demorasse. Na tela à frente, formas geométricas se formavam e deformavam sem parar, a deixando com dor de cabeça e de estômago ao mesmo tempo.

— Não olhe tanto.

O murmúrio emanara do jovem do brioche. Estava sentado com tranquilidade na cadeira, braços e pernas cruzadas, a cabeça dirigida à tela, mas virou os olhos na direção de Ophélie. O olhar dele cintilava de curiosidade na escuridão da tenda.

— Também não me olhe tanto. Faça como eu. Finja.

Ophélie encarou a tela, sem olhá-la de verdade. Ali, na cacofonia do toca-discos e afastados das babás-autômatos, enfim poderiam conversar.

— Eu me chamo Cosmos.

Ela gostava do som da voz dele, do leve sotaque, do toque sutil de escárnio. Ao ouvi-lo, sentiu um aperto. Era a mesma sensação que Eulalie Deos tivera em relação ao sargento e à pinta trêmula. O que era?

— Você está no programa faz tempo, Cosmos?

— Tempo o bastante para te aconselhar a não olhar para as imagens. Todo dia começa com a projeção. É para nos condicionar, como o chulo e a estragada... quer dizer, o túnel de chegada. Soube que desmaiou? Não é a primeira a fazer isso. Eu vomitei.

Ophélie contraiu os dedos do pé no tapete. Procurou, sem encontrar, uma superfície refletora próxima deles.

— E depois? — perguntou. — O que nos espera?

— Provas. Entrevistas. Ateliês. Logo vai entender. Ou não vai entender nada. Todo mundo aqui é meio lelé. Você parece sensata. Que nem eu.

Alguém tossiu atrás deles. Ophélie notou, por cima do ombro, além das fileiras de cadeiras e do projetor, silhuetas de traje cinzento no fundo da tenda.

— Não olhe para eles — murmurou Cosmos, mais baixo. — São os colaboradores. Recrutados pelo Observatório estrada nos parar... para nos estudar.

Ophélie inspirou fundo e devagar. Um lapso podia ser coincidência; dois mereciam cuidado. Se ela tivesse um espelho de bolso, podia verificar que o garoto era mesmo quem dizia ser. Assim que pensou naquilo, Cosmos mudou de lugar, pulando mais uma cadeira.

— Você ficou desconfiada de repente. Por quê?

A voz, que Ophélie ouvia mal por causa da distância e da música, perdera qualquer sinal de humor. Aquele jovem era um Empático. Pelo menos era o que parecia. O poder familiar permitia que ele sentisse, até certo ponto, tudo que Ophélie transmitia.

Ela decidiu ser sincera:

— Você fala como alguém que conheço. Que não é amiga.

Cosmos não conteve um olhar chocado, levando a outra tosse de reprovação nos bastidores.

— Minhas emblemas de fricção... meus problemas de dicção? Acontece desde que cheguei. Aqui, não curam nada. Só deixam a gente pior. É na fala, ou no movimento. Vai acontecer com você também, mais cedo ou mais tarde.

Ophélie relaxou a pressão dos pés. Seriam os lapsos de Eulalie Deos consequência do que fora feito com ela no projeto Cornucopianismo? Seria por isso que ela própria sofria problemas de *leitura*? Uma viagem pelo estranho túnel bastara para que as mãos se tornassem analfabetas?

Cosmos abaixou ainda mais a voz, até se tornar quase inaudível.

— A não ser que a gente fuja antes. Sozinho, é impossível. Se nos aliarmos, chá esperta trance... há certa chance.

— Eu me ofereci como voluntária. Não tenho intenção de fugir.

— Se não fugirmos, *miss*, vão nos fazer desaparecer.

— Como assim, desaparecer?

— São três protocolos. Agora, estamos no primeiro. Não sei aonde vão aqueles transferidos ao segundo; às vezes os vemos de longe. Mas quando trançam feridos... quer dizer, quando são transferidos ao terceiro, nunca mais nem ouvimos falar deles.

Ophélie se agarrou ao que Blasius contara no furgão.

— Talvez sejam só mandados para casa.

— Nem todos temos a sorte de ter uma casa — retrucou Cosmos. — No que me diz respeito, não tem ninguém me esperando lá fora. Aposto que você — continuou, com certa malícia — também está aqui porque não tem aonde ir.

O gongo ressoou de novo, distante, interrompendo a projeção e a conversa.

— O Observatório dos Desvios tem a própria necrópole — murmurou Cosmos, se levantando. — Não sei você, mas eu não quero acabar lá.

Com essas palavras, ele retornou à babá-autômato. Ophélie foi levada pela própria babá até uma tenda individual, de proporções mais modestas do que a anterior, onde colaboradores a mandaram fazer todo tipo de gesto absurdo: dobrar o cotovelo, fechar um olho, pular em um pé só, girar a cabeça, e assim por diante até ela ficar tonta. Nenhum deles mostrou o rosto, nem lhe dirigiu a palavra. Será que tinham pince-nez de lentes escuras sob o capuz?

Em seguida, a mandaram sentar no escuro de uma cabine fotográfica. Atordoada pelos flashes, Ophélie deixou a babá-autômato guiá-la pelos ombros até a etapa seguinte do protocolo, na plataforma de um carrossel a vapor. Nunca vira nada parecido. No lugar dos assentos, estavam cavaletes, como normalmente se veria em ateliês de pintura. Os invertidos estavam todos de pé. Quando Ophélie foi instalada em frente ao cavalete, o carrossel começou a girar.

— ESQUERDA!

Alguns começaram a escrever, outros a desenhar, todos usando a mão esquerda.

— DIREITA!

No mesmo gesto, todos os invertidos mudaram de mão. O carrossel mudou o sentido da rotação, rangendo em uma sinfonia atroz. Uma mulher botou o café da manhã para fora.

Cosmos estava certo. Era todo mundo meio lelé.

Ophélie encarou a folha em branco sem saber o que fazer. Na verdade, só conseguia pensar na conversa sob a tenda, sendo obrigada a admitir que ficara inquieta. Não temia por si, pelo menos por enquanto. Temia por Thorn. Os Genealogistas eram os Lordes mais poderosos de Babel, mas não foram capazes de proteger o informante anterior. Será que ele fizera parte do terceiro protocolo? Ela sabia que a melhor forma de ajudar Thorn era ser os olhos e ouvidos dele onde o Observatório não o permitiria inspecionar, mas gostaria de avisá-lo.

Deu um pulo quando recebeu uma palmada da babá-autômato.

— VOCÊ NÃO VAI DESCER DESSE CARROSSEL ATÉ... ATÉ FAZER SEU DEVER DIREITINHO, *DARLING*.

Ophélie observou os vizinhos mais próximos. Um velho interrompia a escrita sem parar, batendo numa orelha e resmungando:

— Tenho que subir lá embaixo... tenho que subir lá embaixo...

Apesar da miopia, via as olheiras dele, escuras como a tinta com que sujava o rosto.

Era de dar dó.

Quando ela virou para o outro lado, sentiu ainda mais dó ao ver o perfil de uma menina muito jovem, dedicada a colorir um desenho. Espinhas do começo da puberdade pontilhavam o rosto dela. Ophélie não a vira na residência. Curiosamente, entre todos os invertidos presentes no carrossel, era a única que não tinha babá-autômato. Por outro lado, uma equipe de colaboradores a estudava de perto.

— SEU DEVER, *DARLING* — repetiu a babá.

Ophélie pegou um lápis torto, tão *ilegível* quanto tudo que tocara desde o despertar, e escreveu várias vezes a mesma frase: "Mas o poço não era mais verdadeiro do que um coelho de Odin." Continuava sem saber o que significava, mas pelo menos se poupava da humilhação de palmadas públicas em um carrossel a vapor. As rotações, de um lado para o outro, transformavam as palavras em mingau.

Ela não conseguia deixar de olhar com discrição para o perfil da menina ao lado. Quanto mais prestava atenção, mais voltava àquela impressão estranha deixada pelo sonho. Era agridoce, causando vontade e dor ao mesmo tempo. O que era, enfim?

O carrossel parou quando o gongo soou, distante. A menina se dirigiu no mesmo instante a Ophélie, com um sorriso enorme, abraçando o desenho. Agora que estava de frente, com o cabelo atrás das orelhas, o rosto revelava a singularidade. Ela era inteiramente assimétrica. Orelhas, sobrancelhas, narinas, dentes, até o contorno da testa e do queixo: nada combinava, como metades de duas pessoas diferentes. Um dos olhos nem tinha íris, encarando Ophélie com uma brancura intensa.

Uma corrente de ouro conectava a sobrancelha dela à narina.

— Seconde — murmurou Ophélie.

A irmã de Octavio. A filha de Lady Septima. Nenhuma das metades do rosto lembrava a família. Sem a corrente, seria impossível adivinhar o parentesco entre os três.

— A mimada arrasa o feno.

— Perdão?

Ophélie não entendera nada. Seconde franziu as sobrancelhas distintas, com um ar insistente.

— Gravite pelo ferro e enforque as montanhas.

Ophélie sacudiu a cabeça, cada vez mais confusa. Aquele palavreado era pior que os lapsos. Seconde suspirou. Ela lhe entregou o desenho e pulou para fora do carrossel.

Era uma ilustração estranha, mas admirável; precisa nos menores detalhes, como se os sacolejos do carrossel não tivessem perturbado em nada os traços. A imagem era de um garoto que lembrava muito Octavio: ele chorava em meio a papéis rasgados a seus pés.

Todos os colaboradores se aglomeraram ao redor de Ophélie para confiscar o desenho e passá-lo de mão em mão, fazendo anotações sem parar. Ela não lhes deu a menor atenção. Tinha acabado de entender a natureza da sensação que apertava o estômago desde que acordara. Era o que Eulalie Deos sentira pelo sargento, pelos órfãos, e o que sentiria muito depois pelos espíritos familiares. Uma emoção visceral que impregnara cada fibra de Ophélie.

O instinto materno.

COMUNHÃO

As nuvens desfiavam como lã através do céu. Victoire tinha a impressão de ser feita do mesmo material. Ela não sentia o vento que fazia a grama estremecer, nem o perfume das laranjeiras. Não pesava nada, não tinha forma alguma. Afundava na banheira. O peso da Outra-Victoire, que costumava exasperá-la, fazia falta. No entanto o próprio espírito infantil com certeza não seria capaz de descrever todos esses pensamentos com palavras tão complexas.

— Você acha este mundo pacífico, menininha?

Victoire voltou a atenção para o Moço-Falso-Todo-Ruivo. Apesar de sentado bem ao lado dela, o som da voz dele era tão distante quanto o do rio à beira do qual tinham parado.

— A paz tem seu preço. Se sua mão direita for um risco de queda, corte-a e jogue-a para longe. Foi isso que eu fiz, sabe? Quando mudamos a nós mesmos, menininha, mudamos o universo inteiro. Pois o que está por fora é como o que destra por entra... o que está por dentro.

Ele escolheu uma pedrinha na grama, a jogou na água com um movimento desajeitado e mostrou a Victoire os anéis se espalhando.

— É isso que você é.

O olhar do Moço-Falso-Todo-Ruivo a procurou sob as laranjeiras, sem conseguir encontrá-la com firmeza. Ela precisava dele. Ou, sendo mais precisa, mesmo que fosse incapaz de descrevê-lo em tais termos, precisava se sentir existente graças a ele. Enquanto estivesse consciente de sua presença, Victoire poderia se ater à superfície da banheira. O turbilhão enorme da outra vez a apavorara; o que faria se aquilo tentasse levá-la embora de novo?

— Com certeza é jovem demais para entender o que vou dizer, mas preciso dizer exatamente porque você é jovem demais. O uso que faz do seu poder é pé trigoso... perigoso. Cada rasgo piora o rasgo do mundo.

Com a mão grande e poderosa, o Moço-Falso-Todo-Ruivo acariciou a multidão de sombras que se misturavam às das laranjeiras ao redor. Victoire aprendera a não temê-las, mas também não queria se aproximar muito.

— Eu também tenho um outro eu. Dei a ele minhas alegrias, minhas dores, minhas experiências, meus desejos, meus temores, todas as contradições que me atrapalhavam. Quanto mais eu dava, mais o Outro me dava em troca. E mais pedia de mim, também. Cada vez mais. Não tive escolha: precisei abrir mão dele, em nome do mundo.

O olhar do Moço-Falso-Todo-Ruivo parou em Victoire como se enfim a encontrasse em meio às borboletas. Olhos cheios de vazio. Parte da menina sentia, confusa, que ele também precisava um pouco dela.

— A segunda você, que ficou lá, no Polo, com seus pais: ela também abriu mão. Você é o que a avatrapala... atrapalhava. Não deve entender nada do que estou explicando, menininha, mas é importante. Não é ela, a outra. É você.

Não, Victoire não entendia nada. No entanto, começou a sentir uma tristeza que não podia ser expressa em gritos nem lágrimas.

— Não tenho nada contra você, nem posso fazer nada a seu favor — continuou o Moço-Falso-Todo Ruivo. — Enquanto estiver contente sendo uma sombra entre as sombras, só é um problema para si mesma. O perigo de verdade começa quando o reflexo abandona o espelho. Quando, mesmo escondido, consegue desfazer o que levou séculos para ser construído.

Com contorções ridículas, o Moço-Falso-Todo-Ruivo limpou a grama grudada na roupa. A água do rio refletia toda a paisagem, exceto por ele... e Victoire.

— Esse corpo sem-poderes é limitado, mas paciência... De todos os meus filhos, Janus sempre se mostrou mais imprevisível e foi quem menos cooperou. Se me encontrar em sua casa antes que eu encontre seus Ponteiros, vai começar tudo de novo. Não tenho mais tempo para isso. Não devemos apressar as coisas, menininha. Alguma hora, haverá uma falha. A farda nunca talha... a falha nunca tarda.

O Moço-Falso-Todo-Ruivo fez um sinal e Victoire o seguiu por entre as laranjeiras. Ele se movia com passos bizarros quando estavam sozinhos, como se fosse mais natural retorcer as pernas. No entanto, se forçou a andar normal quando abriu o portão para a praça de costume. Era uma verdadeira tortura ver todos aqueles gira-giras e cavalinhos de balanço e não poder brincar. Nunca tinha crianças ali. Certa vez, Victoire vira algumas rindo ao longe, mas todas tinham desaparecido quando o Moço-Falso-Todo-Ruivo chegara ao portão.

A Moça-do-Olho-Esquisito estava sentada em um dos balanços, cavando sulcos profundos na areia de tanto arrastar os sapatos. A luz oblíqua do sol poente deixava seus cabelos pretos quase loiros. Ela estava agarrada às correntes, observando Pamonha, que ia e vinha sem parar entre os tornozelos, miando o tempo todo. Ele se afastou correndo assim que o Moço-Falso-Todo-Ruivo sentou-se no balanço ao lado. Pamonha não gostava muito dele, nem de Victoire.

Já a Moça-do-Olho-Esquisito mal levantou a cabeça.

— O que deu do seu lado?

— Nada.

Victoire notara que o Moço-Falso-Todo-Ruivo falava muito pouco quando não estavam sozinhos. Notou também que os lábios da Moça-do-Olho-Esquisito estavam machucados, de tanto que ela os mordia.

— Nada por aqui também. Paredes sem portas e jardins desertos aonde quer que eu vá. Como se toda a arquitetura de

Arca-da-Terra estivesse dobrada e encolhida. Meu niilismo não vale um centavo aqui. Só anular o poder familiar dos descendentes de Farouk, né? Que talento.

A voz da Moça-do-Olho-Esquisito se tornara tão espessa que parecia sufocá-la por dentro. Victoire a vira muitas vezes com raiva, mas nunca desse jeito. Ela enroscara as correntes do balanço nos dedos com força, se curvando cada vez mais, revelando as raízes do cabelo: não era efeito da luz, eles cresciam loiros. O Moço-Falso-Todo-Ruivo continuou em silêncio.

Surpreendendo Victoire, a Moça-do-Olho-Esquisito acabou caindo na gargalhada.

— Que merda! Se não pudermos sair desta arca nem tratar com nenhum Arcadiano, meus cigarros vão acabar já, já.

O portão da praça rangeu quando Padrinho chegou. Ele assobiava uma melodia alegre. Victoire correu até ele. Mesmo que não tivesse consciência da presença dela, mesmo que o sorriso dele continuasse evasivo, Padrinho a deixava menos triste. Todo dia, eles se separavam, e toda noite, se reuniam naquela praça, onde ficavam até o amanhecer. Parecia um jogo sem ganhadores, nem perdedores.

— E aí? — resmungou a Moça-do-Olho-Esquisito. — Nossa situação avançou, ex-embaixador?

Padrinho chutou uma bola largada na areia e começou a fazer embaixadinhas.

— Talvez.

— Talvez?

Só a bola quicando no pé de Padrinho respondeu à pergunta. A Moça-do-Olho-Esquisito se levantou tão de repente que o balanço se sacudiu de um lado para o outro.

— Esperando que o "talvez" se torne "sim", vou me aliviar de uma necessidade natural.

Então foi ao fundo da praça, se dirigindo a uma construção de azulejos que Victoire conhecia como o banheiro. Ela acompanhara Padrinho por curiosidade uma vez. Não repetira a experiência.

O último chute na bola a jogou tão alto que ela não voltou; ficou presa nos galhos de uma árvore. Padrinho viu as folhas rodopiando nos raios do sol poente. Pegou uma no ar, virando e desvirando-a entre os dedos com fascínio, como se tentasse desvendar os mistérios do universo. Victoire adorava a forma com que Padrinho observava tudo nos menores detalhes, tocava tudo ao alcance, provava tudo que pudesse pôr na boca. Era um pouco como se ele sentisse o mundo no lugar dela.

— Com certeza não sou especialista em monogamia — declarou ele, enfim —, mas sei reconhecer uma mulher solitária.

Ainda sentado no balanço, o Moço-Falso-Todo-Ruivo olhou de relance para o banheiro no fundo da praça. O sol, cada vez mais baixo, esticava todas as sombras, exceto aquelas que se contraíam como espinheiros sob os sapatos.

— Vou falar com ela.

— E se falar comigo? — propôs Padrinho. — Uma conversa de homem para homem.

Com o sorriso de sempre, ele se curvou sobre o Moço-Falso-Todo-Ruivo, que levantou devagar, muito devagar, as sobrancelhas grossas. O olhar do Padrinho era o mesmo que dirigia à folha da árvore no instante anterior. Uma sombra que Victoire nunca antes vira começou a sair dos olhos dele – como podiam produzir tal escuridão sendo tão claros? – e entrar nos do Moço--Falso-Todo-Ruivo.

— Ou deveria dizer — cochichou Padrinho — de homem para deus?

Victoire ficou fascinada, apavorada e empolgada; eram coisas demais ao mesmo tempo, e ela não tinha palavras para descrevê-las. A sombra do Padrinho não parava de transbordar, até envolver por inteiro o corpo, bem maior que o dele, do Moço--Falso-Todo-Ruivo, preso na armadilha escura sem nem se debater. A oscilação do balanço parou aos poucos. Ele entreabriu o maxilar, mas não emitiu som. Nada mais parecia existir para ele além dos olhos implacáveis de Padrinho, que se curvava cada vez mais, misturando os cabelos de ouro e fogo.

— Como deve ser isso? O que sentimos quando temos milhares de identidades e nos afogamos na consciência de um só homem?

A voz do Padrinho era suave como seda. Mesmo assim, Victoire sentiu em relação a ele um medo respeitoso que lhe era inédito.

Aconteceu então uma coisa chocante. O rosto do Moço-Falso-Todo-Ruivo se amoleceu e mudou de forma como se fosse massinha de modelar. Os traços se afinaram, os cabelos clarearam e, em instantes, ficou igual ao Padrinho. Tinha a mesma beleza, a mesma barba por fazer, o mesmo chapéu furado, até mesmo a lágrima escura na testa. Tinha os mesmos olhos. Com um olhar, projetou sobre Padrinho todas as sombras sob os pés como inúmeros tentáculos.

— E você, meu filho, o se quente... o que sente?

O primeiro choque de Victoire foi ao ver Padrinho desabar no chão. O segundo foi quando a Moça-do-Olho-Esquisito se jogou sobre o Padrinho-Falso, o derrubando do balanço. Agachada em cima dele, armada com uma chave inglesa, ela o atingiu uma, duas, mais vezes.

— Você achava mesmo, sua junta do cabeçote? — gritou. — Achava mesmo que ia nos fazer de bobos? O que fez com Raposa?

Horrorizada, Victoire constatou que o crânio do Padrinho-Falso se deformava e reformava sob cada pancada.

— Tudo bem, minha filha? — perguntou ele, com um tom cansado. — Já se acalmou?

— Eu... não... sou... sua... filha! — gritou a Moça-do-Olho-Esquisito, batendo com a chave inglesa entre cada palavra. — Deus ou não... eu desmontarei você... peça por peça!

— Não será necessário — interveio uma voz.

Era o homem-mulher da outra vez, em meio à praça. E então Victoire logo se deu conta de que não havia mais praça. Estavam todos dentro de um salão. Era ainda mais decorado do que o da Mamãe.

Esticado no meio do tapete, Padrinho se apoiou nos cotovelos. O primeiro gesto foi para recuperar o chapéu, que caíra com ele.

— Sendo bem sincero, don Janus, você nos fez esperar. Estava quase achando que não tinha recebido meu recado.

— Seu recado, *niño*? O que você passou ao bater em todas as casas e repetir "Deus está aqui"? Já vi recados mais sutis. Entretanto, devo admitir que honrou sua parte do acordo. Provou que Arca-da-Terra está implicada nos seus probleminhas.

Homem-mulher fez sinal para a Moça-do-Olho-Esquisito recuar e inclinou o corpo gigantesco sobre Padrinho-Falso.

— *Señora* Deos. Quanto tempo.

Padrinho-Falso mudou de forma, voltando a ser a Mulherzinha-de-Óculos que Victoire conhecera por um breve momento na ponte, entre dois Moços-Falsos-Todos-Ruivos. Ela parecia frágil e minúscula frente a homem-mulher, mas nada intimidada.

— Eu entrevia a porca... preferia a época em que você me chamava de "mãe".

— Uma mãe capaz de se tornar idêntica a todas as pessoas que encontra na rua, mas não às próprias criações. É bem irônico, né?

A Mulherzinha-de-Óculos ergueu uma mão na direção de homem-mulher, que a olhava de cima, mas desapareceu e reapareceu do outro lado do tapete.

— Você deve entender que não deixarei você se aproximar muito de mim e do meu Livro, *señora* Deos. Ganhei gosto pela integridade da minha memória.

Padrinho tentou se levantar, sem conseguir. Metade de um sorriso continuava presa ao canto da boca, mas Victoire via o tremor. Ele encarou a Mulherzinha-de-Óculos com uma curiosidade zombeteira.

— O que faremos, don Janus?

Homem-mulher enroscou um dedo na espiral do bigode.

— Nada.

— Como assim, nada? — ofegou a Moça-do-Olho-Esquisito, apertando a chave inglesa no punho.

— Nada — repetiu homem-mulher. — Vocês estão aqui, em um não-lugar de minha criação. Nem os Arcadianos mais talentosos poderiam sair daqui sem que eu o decidisse. Isso também vale para a *señora* Deos, por mais poderosa que seja. Eu me propus a... quais foram mesmo seus termos? A "dar-lhe uma surra juntos". Considere feito. Provaram que minha arca estava metida nos seus problemas, mas a culpa foi de vocês. Trouxeram a *señora* Deos até mim. Portanto, farão companhia a ela e vão parar de desregular o mundo.

— Janus. Me dê um Arcadiano.

A Mulherzinha-de-Óculos ajeitou para trás dos ombros o cabelo castanho, que chegava até a cintura.

— Me dê um Ponteiro.

Victoire ouvira Mamãe usar esse tom um dia. O colar dela tinha arrebentado, derramando uma chuva de pérolas pela sala. Eram tão brilhantes! Mais apetitosas do que todos os docinhos da bomboneira. Victoire se enfiara debaixo do sofá para pegar uma e levá-la à boca, curiosa quanto ao gosto. Mamãe se ajoelhara então, em um farfalhar de vestido, estendera a palma aberta e, no azul dos olhos dela, Victoire se surpreendera com uma tempestade que a apavorara. "Me dê a pérola."

Como a Mulherzinha-de-Óculos fazia naquele momento.

Um sorriso levantou o bigode de homem-mulher.

— Houve um tempo em que eu não poderia fazer nada além de obedecê-la, *señora* Deos. Só precisava pedir e meus irmãos e minhas irmãs cediam o que quer que fosse. Esse tempo se foi. Deixou de ser quando você, também, deixou de ser você mesma.

A Mulherzinha-de-Óculos franziu as sobrancelhas.

— Você está confundindo o inimigo, Janus. Todos estão. Não sou eu quem desregula o mundo: é o Outro. Se não me ajudarem a encontrá-lo e segurá-lo logo, dará terra sem mais... será tarde demais.

Homem-mulher soltou um suspiro tão profundo que fez o colarinho estremecer.

— Passam os séculos, mas o refrão é sempre o mesmo. E minha resposta seguirá a mesma: não, eu não permito que se aproxime de meus Arcadianos e assimile seus poderes. Você não é digna do talento do qual me dotou. Se fosse, já o teria. Sem ofensa, *señora* Deos, mas o Outro nunca existiu fora de sua imaginação descontrolada. Espero, ao menos, que ela lhe seja útil para que ache as noites menos longas neste meu não-lugar.

Com estas palavras, homem-mulher desapareceu, deixando um vazio no tapete onde Pamonha já afiava as unhas. Victoire olhou para a Moça-do-Olho-Esquisito, que olhou para a Mulherzinha-de-Óculos, que olhou para Padrinho.

— Tá — disse ele, ainda deitado no chão. — Admito que, desta vez, não aconteceu o que eu esperava.

O DESVIO

Ophélie dormia mal. Passava as noites em uma sonolência agitada, na qual se misturavam o velho e o novo mundo. Ela acordava sempre em sobressaltos, atordoada pelas lâmpadas quebradas, atormentada por um medo indefinido, como se ainda houvesse um velho faxineiro prestes a apavorá-la para proteger os segredos de Eulalie Deos. Quando não eram os pesadelos, eram os pensamentos que se reviravam como o interior de uma máquina de lavar. A cama bamba não ajudava a pensar direito.

Mais do que nunca, estava obcecada pelo Outro.

Ele provocara a morte de milhares de indivíduos sem nunca sair das sombras, mas Ophélie era assombrada pelo que matara dentro dela. Ter ou não ter filhos deveria ser uma decisão dela e de Thorn. O Outro a onerara com uma memória que ela não queria e a privara de sua primeira escolha adulta. Ophélie nem tinha mais certeza do que sentia: aquele ressentimento era dela, ou era o que Eulalie Deos sentiria naquela situação?

Sempre que cruzava o próprio reflexo distorcido nos espelhos deformados do banheiro, pensava naquela noite distante em que libertara o Outro sem querer. Sem querer, mesmo? Com todas as forças, tentava se lembrar do elemento disparador. Via o quarto em Anima. Via o espelho na parede. Via o próprio reflexo de camisola. Ela acreditava ver uma presença, quase imperceptível, por trás da própria imagem.

Liberte-me.

Certamente deve ter havido outra coisa. Por mais jovem que fosse, Ophélie nunca cederia sem motivo aos caprichos de um reflexo desconhecido. Não teria decidido, espontaneamente, que o melhor a fazer era atravessar o espelho para abrir caminho. Além disso, o que acontecera depois? Enquanto estava presa entre o quarto e a casa da tia-avó, o que acontecera com o Outro? Por onde ele saíra? Sob qual forma? O que fizera aqueles anos todos?

Ophélie às vezes pensava na vidraçaria onde se vira sangrar frente a Eulalie, o Outro e o vazio. Era enfurecedor ser tomada por visões desconhecidas e não conseguir se lembrar do que acontecera de fato com ela na própria infância!

Assim como os pensamentos repetitivos, os dias de Ophélie no Observatório eram cópias idênticas uns dos outros. A babá-autômato a deixava na sala de projeção, onde figuras geométricas se construíam e desconstruíam na tela, a acompanhava à tenda onde Ophélie fazia sempre os mesmos gestos absurdos antes de ser fotografada, a conduzia de carrossel a carrossel onde aconteciam oficinas inacreditáveis, assistia às consultas médicas e às refeições, e a trancava no quarto até o dia seguinte.

As únicas interrupções do ritual eram os apagões, muito frequentes, que interrompiam a rotação dos carrosséis e deixavam o refeitório escuro no meio do jantar. Desde que chegara, Ophélie não vira uma só lâmpada funcionar direito.

Ela perdera qualquer noção do tempo. Perdera também o único interlocutor de verdade. Cosmos, cuja tentativa de conversa não passara desapercebida, fora proibido de sentar-se ao lado dela na sala de projeção. Não havia muitos outros lugares onde papear longe do dispositivo fonográfico das babás ou dos colaboradores. Ophélie nunca mais encontrara a mulher do besouro, o homem do lagarto, nem observador algum desde que entrara no programa alternativo. Quanto aos diretores do Observatório dos Desvios, às vezes ouvira cochichos a respeito deles, mas ainda não os vira desde a chegada.

Também não vira Thorn de novo, o que era a privação mais sofrida. Será que ele estava conseguindo investigar sem causar suspeitas?

Esperando a oportunidade de falar com ele, Ophélie olhava, ouvia e tocava tudo que estivesse ao alcance na área de confinamento. Ela não encontrara nada que parecesse uma Cornucópia, pelo menos de acordo com o que imaginava. Por outro lado, constatava que todo dia apareciam mais bibelôs inúteis pelos corredores e mais comida desperdiçada no lixo. Não tivera mais nenhuma revelação sobre a antiga vida de Eulalie Deos; por falta de opção, pensava sem parar na última lembrança, procurando, em vão, estabelecer conexões entre a caverna do telefone, o projeto Cornucopianismo, a metamorfose de Eulalie, a chegada do Outro, o desmoronamento das arcas e os carrosséis dos invertidos.

Entretanto, sabia que estavam conectados.

Talvez já tivesse atingido os limites do primeiro protocolo do programa alternativo. Talvez o sentido viesse naquele tal segundo. De acordo com Cosmos, era do terceiro protocolo que ninguém voltava, mas ela ainda não chegara lá. Quando declarara à babá-autômato que se sentia pronta para a etapa superior, a resposta fora uma gargalhada explosiva que lhe causara calafrios.

Ophélie às vezes levantava o olhar para a estátua embaçada do colosso, erguida no meio do Observatório como uma montanha de pedra, a cabeça de vários rostos dominando o mundo. "Tudo enxergo e tudo sei!" Como a irritava...

Em suma, o tempo passava e ela não avançava. Não via lógica no que o Observatório fazia com ela e com os outros invertidos. O único aspecto que chamava a atenção era o quanto Blasius estava correto. O programa alternativo não tentava curar as inversões, mas agravá-las.

Ophélie tinha cada dia mais dificuldade em *ler* os objetos da residência, apesar da quantidade. Por outro lado, era cada vez mais comum animá-los acidentalmente, sempre contra si. Os travesseiros pulavam em sua cara durante o sono. As cadeiras esmagavam seus pés, os móveis a derrubavam. Certa vez, durante o jantar, um garfo espetara o braço dela.

As coisas começaram a piorar quando, certa manhã, Ophélie vestiu a túnica do avesso. Por mais que tentasse ajeitá-la, fora incapaz de vesti-la do lado certo sem a ajuda da babá-autômato. Em seguida, vieram as maçanetas. Maçaneta da porta, puxador da gaveta, até a torneira, tudo se tornou um obstáculo intransponível. Não era só o animismo que saía do controle, era ela. Esquerda e direita, cima e baixo se misturavam nos dedos. Sair do banheiro era um quebra-cabeça cotidiano. Teria sido mais simples colecionar lapsos, como Cosmos... Não sabia se era a ginástica que era obrigada a fazer, as projeções às quais era obrigada a assistir, os carrosséis que era obrigada a aguentar dia e noite, ou a combinação de tudo isso, mas nada parecia funcionar direito. Levara anos para dominar a própria falta de jeito, desde que a passagem desastrosa pelo espelho libertara o Outro e atrapalhara seu corpo; alguns dias ali tinham bastado para que retrocedesse.

Entretanto, não era a pior do grupo. Uma mulher do programa tinha ataques epiléticos a cada três dias na sessão de projeção matinal. Um insone dava berros grotescos sempre que adormecia. O velho continuava a bater na orelha, murmurando sem parar a mesma frase, "tenho que subir lá embaixo... tenho que subir lá embaixo... tenho que subir lá embaixo...", como se repetisse palavras gritadas por uma multidão invisível usando um fone de ouvido. Até Cosmos, que parecia fazer parte dos menos instáveis, às vezes se isolava no canto por horas, sem se mover.

Além disso, havia Seconde.

A intrigante e fascinante Seconde, com o rosto duplo. Ela não se parecia com nenhum outro invertido e se beneficiava de um programa especial. Não dormia na residência, não se alimentava com o grupo, só ia às oficinas que escolhia e podia falar com quem quisesse sem levar bronca. Às vezes, encarava o vazio por um tempo, arregalando o olho sem íris, antes de voltar a desenhar. Era quase compulsivo.

Se recebia visitas de Octavio ou Lady Septima, eram muito discretas. Ophélie às vezes notava que ela saía no meio da volta do carrossel, levada por um observador, e voltava uma hora depois. O chocante, para não dizer preocupante, era que ainda estivesse no primeiro protocolo. Octavio dissera que a irmã fora internada ainda muito pequena; agora, já estava na puberdade. Era muito tempo para uma só etapa do programa. Seconde nunca era acompanhada por babás-autômatos, mas os colaboradores a seguiam com extrema dedicação. Faziam anotações e cochichavam sob a sombra dos capuzes cinzentos sempre que ela pegava um lápis. Todo desenho que ela produzia era imediatamente recolhido por eles. Ophélie os acharia ridículos, se não estivesse igualmente perturbada.

Não sabia se era por ser recém-chegada, mas Seconde insistia em tentar se comunicar com ela, mais do que com qualquer outra pessoa. Corria na direção de Ophélie assim que a via, a segurava pelo punho e soltava frases incongruentes e alegres: "Espete as papilas!", "O guarda-chuva tumultua tudo", "Precisa de pás sem bagunça?". Mesmo quando tentava escrever as ideias, saíam nesse palavreado. Certa vez, ela embarcara em um discurso interminável sobre a indelicadeza do tempo, camarões esmagados, machados lunares, projéteis extraviados, um falcão desaparecido e pelos dentais. Apesar da boa vontade, Ophélie não entendia nada, frustrando tremendamente a menina, que acabava lhe entregando desenhos com gestos decepcionados.

Os rascunhos, em comparação com a língua, eram de um realismo surpreendente. Aqueles que dava a Ophélie representavam sempre Octavio, sob ângulos diferentes, mas toda vez horrivelmente atormentado. Os colaboradores confiscavam todos os papéis, sem exceção. Ophélie não sabia no que pensar. Será que Octavio tinha conhecimento daqueles desenhos? Esperava que não. Davam a impressão de que a irmãzinha tinha um desejo intenso de vê-lo sofrer.

Ela reavaliou o próprio julgamento quando, certa tarde, viu Seconde entregar um desenho a outro invertido do programa alternativo. Era um simples prego, mas Seconde o desenhou várias vezes, o entregando, sempre insistente, à mesma pessoa. Alguns dias depois, o invertido pisou em um prego enferrujado na hora de subir no carrossel e precisou ser levado à enfermaria com urgência. Ophélie se chocou ao notar, no rosto assimétrico de Seconde, a mesma frustração que a menina demonstrava quando não era entendida. Teria mesmo antecipado o acidente? Ophélie coabitara com Adivinhos durante os estudos na Boa Família: nenhum deles seria capaz de uma previsão tão específica com tanta antecedência.

De repente, lhe pareceu que Seconde, apesar da dificuldade em comunicação, talvez detivesse as respostas às suas perguntas. E Ophélie precisava desesperadamente de respostas. Não tinha a intenção de reviver o mesmo dia sem parar, semana a semana, mês a mês, enquanto o Outro podia provocar mais desmoronamentos a qualquer instante.

No entanto, certo dia, um evento interrompeu a rotina do protocolo. Em vez de conduzi-la à sala de projeções com os outros, como de costume, a babá-autômato falou:

— HOJE NÃO, *DARLING*.

Elas andaram entre os carrosséis, enferrujados e desbotados pelo tempo, invadidos por ervas daninhas, que gemiam no vento do claustro. Aqui, um circuito de trilhos aéreos sem trem. Ali, um planetário mecânico com astros paralisados. O parque só era de diversões no nome. O cascalho queimava a planta dos pés.

A babá-autômato se dirigiu a um carrossel que Ophélie nunca vira funcionar. Ficava completamente afastado, quase escondido atrás de pilhas de objetos defeituosos, tão gasto que rangeu quando subiram no escabelo.

— SENTE-SE, *DARLING*.

— Este carrossel... é o segundo protocolo?

— É SÓ UMA BRINCADEIRINHA.

Só restava um assento no meio do carrossel; não parecia especialmente divertido. Assim que Ophélie se sentou, a babá-autômato amarrou o cinto até que ela ficasse sem ar.

— Está muito apertado. Está doendo.
— TUDO ESTÁ PERFEITAMENTE PERFEITO, *DARLING*.

A babá-autômato tirou uma chave do decote e a enfiou em uma fechadura do carrossel. A plataforma circular continuou imóvel, mas o assento afundou no subsolo da plataforma. Ele girou como um parafuso, produzindo um barulho horrível de aço e madeira, descendo cada vez mais fundo sob a terra. Ophélie se viu mergulhada numa escuridão estreita. O coração batia furioso contra o arnês. Ela quebrou as unhas tentando se soltar. Não parava de descer.

Piscou várias vezes quando lâmpadas começaram a piscar ao redor. O assento enfim parara de descer. Ophélie não conseguia soltar o arnês e, de qualquer forma, não havia saída além do poço pelo qual descera. O ar cheirava a pedra. Encontrava-se no seio de uma sala subterrânea, frente a uma mesa.

Na mesa, um telefone.

Ophélie esqueceu o medo imediatamente. Era a caverna da lembrança de Eulalie Deos. Apesar da miopia, reconhecia as paredes, as dimensões, a altura do teto, como se a tivesse visitado em pessoa. Será que o telefone continha todos os segredos do velho mundo e trazia todas as soluções para o novo? Seria ele a Cornucópia?

Esforçou-se para analisar a situação com frieza. Certo, finalmente estava onde Eulalie Deos trabalhara no Projeto séculos antes, mas não era o mesmo telefone. O aparelho à frente dela sofria, como todos os objetos do Observatório, de um defeito de fabricação que o tornava quase inutilizável: os números do disco eram tão deformados que ficavam incompreensíveis. Não podia ser aquilo, a Cornucópia.

Ele começou a tocar antes de Ophélie se perguntar o que fazer. Incomodada pelo cinto de segurança, precisou de várias tentativas para tirar o aparelho do gancho.

— Alô?
— *Alô.*

Era só um eco, o que não a surpreenderia. Será que alguém estava do outro lado?

Claro que sim.

Não havia dúvida de que naquele experimento, qualquer que fosse a natureza dele, Ophélie fora posta na escuta. Afinal, "observar" era a vocação do instituto.

Ela crispou os dedos ao redor do aparelho. Ser incapaz de *ler* dava a impressão de que se tornara surda para tudo. Outras mãos certamente tinham tocado o aparelho antes dela, mas ela não sentia nenhum pensamento, nenhuma emoção.

E agora? O que deveria sentir? O que deveria fazer?

Notou então na mesa, logo atrás do telefone, à luz vacilante das lâmpadas, um suporte onde normalmente estaria uma partitura musical, mas se encontrava um libreto. Nele haviam sequências ininterruptas de palavras e números que faziam ainda menos sentido do que as frases de Seconde. A letra era grande o suficiente para Ophélie enxergar sem óculos. Ela sabia que só seria puxada de volta quando a experiência chegasse ao fim.

Leu em voz alta, mas foi bombardeada no mesmo instante por ecos do telefone, que se sobrepunham aos da própria caverna, que atuava como uma caixa de ressonância. Eram tantos! Era quase impossível se concentrar no texto. Quando chegou ao fim da folha, um dispositivo mecânico virou a página para que continuasse. A sequência era igual: palavras e números. Só uma brincadeirinha, né?

O tempo passava, as páginas viravam. Ophélie começou a sentir dor de garganta e de ouvido.

A experiência era incompreensível. No entanto, estava convencida de que todos os absurdos a que fora sujeita desde a chegada ao Observatório – projeções, ginástica, oficinas – tinham como único objetivo prepará-la para isso. Tinham recriado, de forma idêntica, as condições de trabalho de Eulalie Deos no projeto Cornucopianismo. O que era, então, o trabalho? O que deveria ser feito ali, com o telefone?

Ophélie pagaria caro para que, do outro lado da linha, alguém lhe desse finalmente uma explica...

Ela se calou de repente em meio à leitura. Por longos segundos, só ouviu a própria respiração ofegante contra o microfone. Uma dor aguda gerou um apito nos ouvidos. Não vinha do aparelho, mas de dentro de sua cabeça. Ophélie estava rachando como uma casca de ovo para que uma nova lembrança eclodisse. Ela... sim, agora lembrava o que acontecera naquela caverna.

Ela, Eulalie Deos, está sentada no mesmo lugar. Exausta. Exaltada. O braço inteiro dói, de tanto segurar o telefone. Meses no subsolo pronunciando sequências de palavras na ordem certa, na ordem contrária, sem resultado.

Até agora.

— Você é impossível.

— *Impossível*?

A voz ao telefone está tão entrecortada quanto a sua. Qualquer um teria pensado em um simples eco, mas Eulalie não é qualquer um. Ela se preparou por anos para este instante. Passou a infância no orfanato com um braço amarrado nas costas, um salto mais alto que o outro, um tapa-olho, cera em uma orelha e algodão em uma narina, se deformando inteira para que o lado esquerdo do corpo se tornasse superdesenvolvido. Nasceu para aquilo.

Aquele eco desviou; tem certeza disso.

— Improvável, se preferir.

O silêncio brutal do telefone a aflige. Ela não interrompeu a comunicação nem por um instante desde a noite anterior, nem para comer ou ir ao banheiro. Não pode perdê-lo de jeito nenhum. Ele, não. Não depois de toda a família.

— Ainda está aí?

— *Sim*.

Ela suspira, aliviada.

— Que bom. Estou me sentindo um pouco sozinha.

— *Um pouco*?

— Muito, na verdade.

Eulalie sorri por trás das lágrimas. Chorar não é profissional, mas ela não consegue se controlar. Transborda de alegria e tristeza, esperança e medo. Ela se lembra como se fosse ontem da primeira vez que ouvira falar do fenômeno. Tinha acabado de chegar ao orfanato militar. Falavam muito, depois que apagavam as luzes, na escuridão do dormitório, das experiências do exército sobre ecos. "Para confundir a radiocomunicação inimiga", explicavam os tutores. Uma informação fugira, então. O impossível acontecera. Um eco, pelo que diziam, desviara do contato de um canhoto. Só durara alguns segundos, o eco não se estabilizara, mas Eulalie soube imediatamente, do alto de sua jovem idade, que era *aquilo* que devia fazer.

Virar amiga de um eco. E, a partir desse primeiro milagre, criar novos milagres.

Esquecida na caverna, acaba de conseguir o que todos seus predecessores não conseguiram.

— Meus suspensórios... superiores... não costumam descer para me visitar. Ainda não falei de você.

— *De você?*

— Não, não de mim. De você.

— *De mim.*

— Isso. Não sei se eles te estenderiam... entenderiam. Nem eu tenho certeza se te entendo. Já é difícil me entender.

Com o telefone preso entre o ombro e o ouvido, Eulalie abre um lenço e assoa o nariz. Ela olha de relance para a máquina de escrever empoeirada no canto. Faz semanas que não escreve uma frase. O manuscrito em curso, *A era dos milagres*, segue inacabado. Eulalie é obrigada a admitir que quase duvidara de suas histórias. De sua própria história.

Esse eco, esse... *outro*, quem quer que seja, devolvera todas suas convicções.

— Você ainda não me disse seu nome.

— *Ainda não.*

— Mas acho que estamos caçando... começando a nos conhecer melhor. Eu sou Eulalie.

— *Eu sou eu.*
Eulalie seca as lágrimas, que não param de escorrer. O desvio se acentua. O eco aprende rápido.
— Resposta interessante. De onde você fala?
Mais silêncio.
— Tá, minha pergunta foi um pouco esquisita. Onde você está agora?
— *Aqui.*
Ah, sim, aprende muito rápido.
— Onde é aqui?
— *Atrás.*
— Atrás? Mas atrás do quê?
— *Atrás atrás.*

Ophélie contemplou o telefone à sua frente, como se enfim o visse. A enxaqueca parara com a lembrança. Só durara um batimento cardíaco, um minúsculo fragmento de tempo no qual tudo, absolutamente tudo, se tornara óbvio. No entanto, aquela impressão já começava a se diluir.

A única certeza que restava era que nem a caverna nem o telefone eram importantes de fato. Eram só as condições necessárias para um encontro excepcional. Era assim que o Outro irrompera na vida de Eulalie Deos. Não era seu reflexo. Era muito mais do que isso: era um eco, único em si.

Inteligente.

Hélène estava certa naquela tribuna do anfiteatro. Tudo que acontecera, tudo que acontecia e tudo que aconteceria estava diretamente conectado aos ecos. Um deles se comunicara com Eulalie Deos e tudo transcorrera a partir daquele contato. Ela transmitira o que tinha de mais íntimo – seus desejos, suas lembranças, sua humanidade – e conseguira alguma coisa em troca, algo que lhe permitisse criar os espíritos familiares, que mudasse de identidade à vontade, que transformasse seus livros em realidade.

O Outro revelara o segredo da abundância.

Era aquilo que o Observatório dos Desvios queria. Reestabelecer o diálogo com o Outro. Precisavam dele. A Cornucópia do Observatório estava disfuncional, vide as caixas de objetos defeituosos atravancando todos os caminhos.

Era aquilo, o projeto Cornucopianismo. Ou, ao menos, o ponto de partida, a entrada para uma experiência muito mais vasta.

Ophélie começou a tremer, febril. Ela se perguntara muito por que o Outro, quando solto do reflexo, não saíra do espelho do quarto, em Anima, na frente da família inteira. E se Octavio estivesse certo? E se os ecos fossem transmitidos em outra frequência? E se o Outro estivesse ali, ao lado dela, o tempo todo, sem que ela fosse capaz de vê-lo?

Encarou o suporte onde o dispositivo mecânico batia na folha em cliques autoritários para incitá-la a retomar a leitura. Sabia que estava sendo ouvida, mas talvez tivesse uma oportunidade única, ali, naquela caverna, de se comunicar com o Outro, como Eulalie o fizera um dia.

— Você me usou para sair do espaço entre os espelhos — disse ao telefone —, então está em dívida comigo. Não sei se esta mensagem chegará a você, mas é hora de nos reencontrarmos. Apareça. Fale comigo. Venha me enc...

Um clique e um bipe lhe indicaram que a linha fora cortada de repente.

Seu assento foi puxado de volta, fazendo com que soltasse o aparelho. O sol a atingiu em cheio de volta à superfície, no carrossel. A babá-autômato a soltou do cinto. O rosto perturbador, uma péssima caricatura da mãe de Ophélie, abriu um sorriso artificial.

— ACABOU A BRINCADEIRINHA, *DARLING.*

O ENCONTRO

— Me deixe descer.

Ophélie puxava o vestido da babá-autômato com todas as forças, mas o robô continuava a atravessar o parque de diversões a passinhos impecáveis, as afastando do carrossel, da caverna e do telefone.

— Me deixe voltar à experiência!

A babá-autômato nem respondeu. Avançava indiferente, emitindo pela barriga uma musiquinha insuportável. Só ela tinha a chave que acionava o acesso à sala secreta.

Ophélie não tolerava a ideia de retomar a rotina como se nada tivesse acontecido, sendo que o Outro talvez estivesse ao alcance do telefone. Se o Observatório queria se comunicar com ele, e ela queria o mesmo, por que não deixavam que ela o fizesse?

O calor pesado no claustro era sufocante, como se o ar materializasse uma cortina grossa atrás da qual se escondiam todas as verdades. Os invertidos tinham acabado as oficinas matinais e estavam no intervalo de almoço. Ophélie só via suas formas patéticas, espalhadas pelo parque de diversões, protegidas pela sombra das barraquinhas, cada um no próprio canto, mastigando o arroz nojento que as babás serviam todo dia na mesma hora.

Eulalie Deos fora como eles muito antes que todos ali nascessem. Ela treinara com afinco até se tornar também invertida, como se fosse uma condição indispensável para dialogar com o Outro.

Ophélie não aguentava mais a solidão que impunham a todos para usá-los melhor. Apertando os olhos, encontrou Cosmos. Ele estava sentado à beira de um carrossel onde tigres de madeira sinistros ocupavam o lugar dos cavalos. A babá-autômato o observava de longe.

Ophélie se dirigiu a ele. A própria babá-autômato logo notaria que ela não a seguia; só tinha alguns segundos.

— Precisamos conversar. Rápido.

Cosmos evitou seu olhar, mastigando o que, considerando o cheiro, parecia um bolinho de lentilha. Ele devia ter algum conhecido entre os cozinheiros para sempre encontrar comida que merecia ser chamada como tal.

— Acalme-se — falou, simplesmente.

— Você está no Observatório há mais tempo do que eu e me falou que precisamos nos ajudar. Agora preciso saber o que sabe.

— Acalme-se — repetiu Cosmos, com uma voz autoritária.

Ele não tinha mais nada em comum com o jovem animado que lhe oferecera um brioche no primeiro dia. Ophélie acabara entendendo que a inversão dele consistia em um transtorno bipolar. Em outras circunstâncias, o teria deixado quieto, mas estava fervendo de impaciência.

— Eles fizeram a experiência do telefone com você, né? — insistiu ela. — Sabe pelo menos me dizer se ouviu alguma coisa? Um eco anor...

Cosmos se jogou sobre Ophélie com tanta brutalidade que caíram juntos no cascalho. Ele apertou os ombros dela, grudando ambos os rostos. Os olhos estavam arregalados, a respiração, ofegante, a boca, retraída, mostrando os dentes sujos de lentilha.

— Acalme-se!

Ophélie não sabia se aquela ordem era para ela ou para ele. Não entendia mais nada. Tentou empurrar o corpo que a esmagava para longe, mas, quanto mais se debatia, mais Cosmos enfiava as unhas na pele dela. Ele a sacudia com tanta força que o choque a atordoava sempre que a cabeça atingia o chão.

— Acalme-se! — rugiu ele. — Acalme-se!

Ela encaixou uma mão no queixo de Cosmos para empurrá-lo, em vão. Esmagada embaixo dele, procurou ajuda. Colaboradores, cujas silhuetas cinzentas era capaz de entrever, assistiam à cena e faziam anotações. Os invertidos se aproximaram, perplexos; entre eles, Seconde desenhava freneticamente, como se temesse que Ophélie e Cosmos mudassem de pose. Quanto às babás-autômatos, nem se moveram, como se aquela situação não fosse parte da função. Ninguém interferiria?

Ophélie usou por instinto as garras em Cosmos, como fizera entre a multidão do anfiteatro, mas, apesar da abundância habitual, ela não o acertou. Esse poder estava tão desregulado quanto o animismo. Ela soltou um grito quando Cosmos mordeu sua mão. Ele parecia submerso no desejo de retalhá-la.

Ophélie arregalou os olhos. Eles iam deixar. Iam deixar que Cosmos a matasse.

Os dentes e unhas do jovem enfim a soltaram. Um colaborador a agarrara pela cintura.

— Afaste-se, Eulalie.

Uma voz feminina. Ophélie não precisou que repetisse. Ela se arrastou pelo chão, segurando a mão machucada contra a barriga.

A colaboradora continha como podia o corpo furioso de Cosmos, que gritava e espumava. Uma cotovelada na cara dela afastou o capuz.

Era Elizabeth.

Ophélie tinha esquecido por completo que ela fora contratada pelo Observatório. A boca de Elizabeth sangrava. A cotovelada rasgara sua boca, talvez tivesse até quebrado um dente; apesar disso, ela se manteve firme. Apertava com força a cintura de Cosmos, cujos gestos iam perdendo pouco a pouco a ira, e cujos traços relaxavam um por um. A empatia dele absorvia a tranquilidade de Elizabeth como uma esponja. A raiva desapareceu gradualmente de seu olhar, deixando para trás um enorme vazio.

Ele acabou caindo, mole, de testa no chão.

— Desculpa — balbuciou. — Desculpa... Desculpa... Culpada... Desculpa...

Elizabeth o soltou com cuidado. Ela dirigiu a Ophélie um olhar cansado, exacerbado pelas pálpebras pesadas, ignorando os colaboradores que tinham se mantido distantes e tossiam como juízes severos.

— Você não está muito apresentável.

Ophélie apontou para as manchas de sangue que se misturaram às sardas. Até sem óculos, era tudo que via.

— Você também não está lá com uma cara muito boa.

Elas trocaram um sorriso que mal durou o curvar de lábios. A babá-autômato puxou a orelha de Ophélie. Brigar contra uma máquina, mesmo fantasiada de senhora, era inútil. Foi obrigada a tropeçar através de um labirinto interminável de carrosséis, corredores e escadas até o quarto, onde foi trancada a chave.

— VOCÊ FOI DESOBEDIENTE, *DARLING*. FICARÁ DE CASTIGO, SEM BRINQUEDOS NEM COMIDA, ATÉ... ATÉ AMANHÃ.

Sozinha, Ophélie passou um tempo considerável esbarrando nos móveis instáveis do cômodo, indo e vindo com gestos febris, se debatendo com todas as perguntas, ouvindo o gongo ressoar a cada hora da tarde, até, exausta, mergulhar na água ensaboada da banheira. Os ombros estavam cobertos de arranhões, a mão inchava ao redor da mordida e, de acordo com a imagem deformada nos espelhos, os dedos mecânicos da babá tinham deixado a orelha dela roxa. Era a parte de trás da cabeça que mais doía: entre os restos de cascalho que continuava tirando do cabelo, sentia o relevo de um galo enorme.

Bom.

Dias inteiros sem a menor graça, mas em alguns minutos tinha descoberto a verdadeira natureza do Outro, provocado o furor de Cosmos e irritado o Observatório.

Considerando a situação com mais calma, entendia que dissera uma burrice enorme ao telefone. Pedira para o Outro encontrá-la. E se a mensagem tivesse mesmo chegado a ele? Se a levasse a sério, decidisse honrar o convite e brotasse ali no quarto, devastando tudo no caminho? Agora ela até sabia um pouco mais sobre ele, mas ainda não fazia a menor ideia de como derrotar um eco capaz de destruir arcas.

Ophélie estava vestindo o pijama do avesso pela quinta vez, incapaz de diferenciar esquerda e direita, quando ouviu um ruído de atrito. O barulho de passos apressados se afastou pelo corredor em seguida.

Um papel dobrado fora enfiado debaixo da porta.

Quando o abriu, uma chuva de frutas secas caiu no chão. Ela precisou grudar os olhos na folha para decifrar as letras minúsculas.

Desculpa.
Agora você sabe por que ninguém me espera lá fora.
Mas alguém te espera hoje à noite.

Um rabisco acompanhava o recado; lembrava vagamente a estátua do colosso. O coração de Ophélie começou a bater mais forte. Thorn! Ele passara por Cosmos para marcar um encontro com ela? Como? O Observatório o mantinha afastado dos invertidos desde o princípio.

Ela amassou o recado e o jogou pela descarga. O crepúsculo brilhava através da persiana. E agora? Como daria um jeito de sair à noite? Thorn sem dúvida contava com o animismo dela para destrancar a porta do quarto, como fizera para escapar da casa de Berenilde. Mas ele não sabia que o poder familiar de Ophélie não estava funcionando como deveria. Os relógios sem ponteiro do quarto cuspiam engrenagens na cara dela o tempo todo, e desistira de compensar o pé torto da cama com livros quando eles começaram a brincar de fugir de madrugada.

— Eulalie?

Ophélie grudou a orelha na porta. Aquela voz...

— Elizabeth?

— Mais baixo.

O cochicho do outro lado era ínfimo. Era preciso se abaixar à altura da fechadura para ouvir.

— Não tenho o direito de estar aqui. Também não tinha o direito de interferir naquela hora. A instrução aos colaboradores é de não interagir com os sujeitos.

Sob o timbre calmo, uma emoção era perceptível. Conhecia Elizabeth o suficiente para saber a importância que dava à hierarquia. Transgredir as regras para ajudá-la e, em seguida, para encontrá-la era de fato inesperado da parte dela.

Ophélie contemplou as frutas secas espalhadas ao pé da porta.

— Como vai Cosmos? — perguntou, inquieta.

— Melhor. Está comendo no refeitório agora. A empatia dele tem um desvio raro, que faz com que ele não só sinta a emoção dos outros, mas as amplifique como um diapasão até causar uma reação em cadeia. Da próxima vez que estiver de mau humor, o evite.

Ophélie apoiou a testa na porta. Ela perdera o controle e, pior ainda, fizera com que Cosmos perdesse o controle também. No fundo, era o que o Observatório esperava. Lá os infantilizavam, isolavam e desestruturavam para os reformularem à vontade.

Deixara aquele lugar ganhar vantagem. Detestava pensar nisso.

— Elizabeth, pode abrir a porta?

— Claro.

O alívio de Ophélie durou um único instante.

— Brincadeira. Já desobedeci muito por você, Eulalie. Sabia que Sir Henry está inspecionando o Observatório? — continuou Elizabeth, para impedi-la de insistir. — O incidente entre você e Cosmos chegou até ele. Em geral, o sigilo médico não pode ser infringido, mas aceitaram pela seriedade da situação. Sir Henry pediu para interrogar Cosmos pessoalmente depois da...

Elizabeth procurou por um longo tempo um termo que não contrariaria o Índex.

— Depois da briga — disse Ophélie, impaciente.

— Da *discordância* — corrigiu a outra jovem, em tom reprovador.

Era assim que Thorn transmitira o recado. Só por isso, Ophélie não se arrependia de ter apanhado um pouco. Encarou a escuridão da fechadura. O que faria? Conseguiria passar por Elizabeth para se comunicar com Thorn escondida do Observatório? Até que ponto confiavam uma na outra? Além de terem sido aprendizes na Boa Família, não tinham nada em comum.

— Elizabeth, por que você está aqui?

— Você sabe, né? Você me viu assinar o contrato dos Genealogistas. Sou eu quem deveria perguntar. Fiquei bem surpresa de te encontrar neste Observatório, em meio aos invertidos.

Ophélie se lembrou da procissão de colaboradores que cruzara no primeiro dia: um deles se virara para vê-la.

— Quero dizer agora, na frente do meu quarto.

— Ah.

Um leve baque indicou que Elizabeth se encostara na porta.

— Um dia, você me pediu um conselho, Eulalie. Lembra o que respondi?

— Lembro.

"Seja neutra. Observe sem julgar. Obedeça sem discutir. Aprenda sem tomar partido. Interesse-se sem se apegar. Cumpra o dever sem esperar nada em troca. É o único jeito de não sofrer. Quanto menos sofremos, mais eficientes somos. Quanto mais eficientes, melhor servimos à cidade."

Ophélie decorara tudo. Era um dos piores conselhos que já ouvira.

A hesitação da outra jovem era audível na respiração através da fechadura. Em seguida, suas frases saíram de uma vez, cochichadas baixinho:

— Não aguento mais. Não posso te contar os trabalhos que faço aqui. Não tenho autorização nem para falar com outros colaboradores, pois o princípio do confinamento também se aplica a nós. Prestamos um juramento de lealdade ao Observatório. No entanto, eu também jurei lealdade aos Genealogistas. Eles... esperam que eu os mantenha informados quando conseguir decifrar tudo. Dizem que é meu dever de arauto. Do ponto de vista hierárquico, são meus superiores, mas, do ponto de vista deontológico, o Observatório é meu empregador. A quem devo obedecer, Eulalie?

Ophélie foi tomada profundamente por pena. Não podia vê-la naquele momento, mas era quase capaz de imaginar o corpo comprido e fino apertado contra a porta como uma criança. Tinham a mesma idade, e Elizabeth era a mais inteligente delas, mas tomar as próprias decisões a aterrorizava a ponto de pedir a Ophélie, uma quase desconhecida, para tomá-las no lugar dela.

— Precisa encontrar a resposta sozinha. O que você quer, Elizabeth?

— Ser digna da mão que Lady Hélène me estendeu quando eu estava na rua. Nunca me senti mais apta a ajudar do que aqui.

Dessa vez, não havia hesitação alguma. Ophélie estava perplexa. De que forma Elizabeth acreditava estar honrando a dívida com o espírito familiar?

Quando a outra jovem continuou a falar, a voz retomara o tom firme:

— Os Genealogistas são Lordes de LUX, e os Lordes de LUX sabem melhor do que ninguém o que é do interesse geral do povo. Portanto, seguirei as instruções deles, como sempre fiz. Eu não deveria ter me rebaixado a duvidar deles, então confessarei o pecado na próxima reunião. Este Observatório também não deveria esconder nada deles. Obrigada pelo conselho. Voltarei aos aposentos dos colaboradores agora.

Ophélie franziu a testa. Obrigada pelo conselho? Elizabeth não entendera nada do que ela tentara dizer. Mais uma vez, a conversa entre elas não dera em nada.

— Obrigada a você, por ter interferido apesar das ordens — suspirou Ophélie. — Eu apreciei este lado seu.

— A violência é proibida em Babel e, qualquer que seja o protocolo, você não pareceu consentir.

Ophélie ouviu o roçar de tecido do outro lado. Elizabeth abaixara o capuz. Sinal de partida. Talvez não tivesse outra oportunidade de abordar o assunto.

— Elizabeth.
— Hmm?
— Eu sei do projeto Cornucopianismo. Você viu essa tal Cornucópia?

O silêncio do outro lado da fechadura foi tanto que Ophélie achou que Elizabeth se fora. A resposta acabou chegando, mais cansada do que irritada.

— Repito: não posso contar nada. Não só porque não quero, mas porque nós, colaboradores, não temos a visão geral do projeto. Eu me dedico à tarefa que me atribuíram e ponto. Você deveria fazer o mesmo. Ah, antes que eu esqueça.

Um barulho de papel sob a porta. Ophélie encarou a folha. Reconheceu no mesmo instante o traço de Seconde, provavelmente o que desenhara durante o ataque de Cosmos, mas não era outra versão de Octavio. Era um autorretrato, representando com fidelidade, e um toque de crueldade, a desproporção do próprio rosto, as sobrancelhas desiguais, o nariz deformado, as primeiras espinhas, os lábios desequilibrados, as orelhas diferentes e o olho sem íris. Por algum motivo, ela acrescentara um risco de lápis vermelho, cortando o rosto ao meio.

Ophélie virou a folha e se surpreendeu ao ver outro desenho. Arregalou os olhos. Pela primeira vez, o desenho era dela, minúscula no meio do papel branco. Dois personagens estavam ao seu lado: uma senhora muito velha à direita e uma criatura indecifrável, monstruosa, à esquerda. Não era só isso. Seconde pintara o corpinho de Ophélie com lápis vermelho até que ela quase sumisse. Sangue.

— Seconde foi insistente em me entregar o desenho — disse Elizabeth, do outro lado da porta. — Acho que ela queria que eu o entregasse. É claro, conto com você para devolvê-lo aos colaboradores amanhã. Não pergunto o motivo, mas o Observatório guarda todos os desenhos de Seconde no arquivo. Devo deixá-la, agora. O conhecimento serve à paz.

Após a despedida, pronunciada com fervor renovado, Elizabeth se afastou até os passos se perderem no fim do corredor.

Ophélie não foi capaz de conter a decepção. Octavio passara pela mesma crise, mas, diferente dele, ela escolhera não escolher.

No entanto, Elizabeth falara mais do que supunha sobre o próprio trabalho. O uso do verbo "decifrar" não era irrelevante. Como arauto, ela revolucionara a base de dados do Memorial usando a linguagem das perfurações, abertas e fechadas. Se era capaz de inventar o próprio código, certamente era capaz de decodificar qualquer outro.

Além disso, parecia convencida de que o trabalho serviria a Hélène. Ora, o que um espírito familiar desejaria além de entender o próprio Livro? O Observatório esperava de Elizabeth a mesma coisa que Farouk esperara de Ophélie, o que ninguém conseguira até então: decifrar a língua utilizada por Eulalie Deos para criar os espíritos familiares.

Ophélie ainda não sabia o porquê nem o como, mas isso também era parte do projeto Cornucopianismo. Ela tinha tanta coisa a contar para Thorn...

Pensativa, observou o declínio da luz através da persiana. A noite chegara de vez, e ainda não fazia a menor ideia de como chegar ao local combinado. Não pudera decidir usar Elizabeth como mensageira. Era uma cidadã doutrinada demais, capaz de denunciá-la logo após ajudá-la.

Ophélie precisaria se virar sozinha.

Conteve a vontade de olhar para o presente de Seconde sob a luz vacilante das lâmpadas, de ver-se coberta de sangue. Recusou-se a pensar no incidente do prego. Não, aquele desenho não tinha nada a ver com a visão na vidraçaria. Aquela velha não representava Eulalie Deos, aquele monstro não representava o Outro, a folha branca não representava o vazio que os engoliria.

Com certeza não era a palavra final da história.

Ela rasgou o desenho e o jogou pela descarga – danem-se os arquivos! Apertou a orelha contra a fechadura da porta. A princípio, uma sucessão de ruídos abafados; os pés descalços dos invertidos voltando aos quartos. Em seguida, cliques metálicos; as babás-autômatos trancando as portas antes de ir embora.

Quando fez-se silêncio, Ophélie foi até a persiana. Enfiou os dedos pelas frestas, procurando a melhor posição. Puxou com força, de novo e de novo. Todos os objetos ali tinham defeitos. Não encontrara o defeito da porta, mas encontraria o da janela. Uma dobradiça cedeu, depois outra. Com um último puxão, a jovem caiu na cama, segurando a persiana.

Ela se curvou para a frente, para a noite. O vento morno fez o cabelo esvoaçar. Era a primeira vez que via os fundos da residência. A fachada era íngreme como uma falésia. Ophélie enxergava, a poucos metros da janela, as persianas dos quartos vizinhos. Fora de alcance. Ela ergueu a cabeça para observar os andares de cima. Inacessíveis. Procurou então o chão para avaliar a distância. Não o encontrou. Apertou os olhos, na esperança de dissipar a miopia que transformava as estrelas em uma nuvem disforme de luzes. Lá embaixo, não tinha paralelepípedo, nem jardim, nem telhado.

Não tinha nada.

A janela do quarto dava para o vazio.

Ophélie andou para trás devagar, como se o tapete, as tábuas do chão e os tijolos estivessem a ponto de se desintegrar sob seus pés. Ela se encolheu em um canto do quarto, o mais longe possível daquele quadrado de noite que deixava entrar o ar. A sensação de vertigem a fazia girar dentro do próprio corpo.

Ela nunca poderia escalar aquele muro – não com a promessa do vazio no caso de queda, não com duas mãos mais desajeitadas do que de costume. Não poderia encontrar Thorn naquela noite, nem nunca.

Aquele lugar era mais forte do que ela. Mais forte do que eles.

Ophélie beliscou a mordida de Cosmos. A dor foi uma pontada bem-vinda. Não podia desistir tão rápido, sendo que Thorn se esforçara tanto para encontrá-la. Ela precisava se acalmar e refletir. Raciocinar como uma Babeliana. A cidade era composta por uma grande quantidade de arcas menores; andar à beira do vazio era parte do cotidiano havia tanto tempo que a arquitetura se adaptara. O Observatório nunca correria o risco de abrigar objetos de estudo tão perto de um perigo fatal.

Ophélie sufocou a vertigem em um canto da mente. Pegou um travesseiro na cama e o jogou para fora. Ele caiu grudado à fachada, bem abaixo da janela, ignorando a gravidade que deveria arremessá-lo para longe.

Um transcendium.

Inspirando fundo, ela subiu no parapeito da janela. Ignorou como podia o tumulto na pulsação. Todo seu instinto berrava que ela ia cair e a noite já parecia aspirar o pé que se aventurara lá fora.

Era um transcendium. Um transcendium. Um transcendium.

Ophélie apoiou o joelho na pedra. Ela se concentrou inteiramente no travesseiro deitado na fachada, perto dali. Esquecer o que era cima e o que era baixo. Ali e agora, só existia a lei que mantinha o travesseiro no lugar.

Depois de movimentos intermináveis, ela se ajoelhou no muro.

Nao, näo é um muro, pensou com convicção. *É um chão.*

Decidida, ela deu as costas ao vazio – *ao horizonte* – e subiu – *andou* – ao longo da fachada. Usara transcendiuns centenas de vezes no Memorial e na Boa Família, mas nenhum a deixara tão desconfortável quanto aquele. E se a arquitetura do Observatório também tivesse algum defeito de fabricação? E se um passo errado anulasse os efeitos da gravidade artificial?

Ophélie sentia cada tijolo áspero sob a pele dos pés descalços. Acabou atingindo a cornija do telhado. Quase lá. Precisou se contorcer para passar da verticalidade da fachada à horizontalidade do telhado e, quando chegou, parou por um instante, deitada de costas, olhando para as estrelas, as pernas tremendo. O pijama estava encharcado de suor. Pensou nos pedaços de arca desmoronados e nos dirigíveis mandados aos céus apesar do perigo. Não só pensou. Sentiu aquilo tudo inscrito no próprio corpo.

O telhado, em degraus, descia ao claustro, andar a andar. Ophélie torceu o tornozelo várias vezes, mas acabou pisando no azulejo de uma galeria. Voltar ao quarto seria outro desafio; pensaria naquilo quando fosse a hora.

Ela correu através da escuridão labiríntica do claustro. Não se preocupou com o cascalho sob os pés, nem com as picadas de mosquito nos braços. Só parou de correr ao chegar aos pés do colosso, na entrada do túnel que atravessava a base.

Uma sombra entre as sombras a recebeu com o clique do relógio.

— Temos seis horas e quarenta e sete minutos até o primeiro gongo matinal.

Ophélie avançou devagar. No instante em que os braços de Thorn a acolheram, alto, baixo, esquerda e direita voltaram aos respectivos lugares. Ela encontrara, finalmente, um ponto de referência.

A SOMBRA

Dentro do túnel caleidoscópico, a noite era absoluta. Por mais que as paredes fossem fragmentadas em uma pluralidade de espelhos, nada refletiam das duas silhuetas andando às cegas. Mesmo esbarrando nos trilhos, Ophélie preferia o escuro. Quando atravessara o túnel durante o dia, o jogo de reflexos a fizera desmaiar. Para avançar, guiava-se pelo rangido mecânico à frente dela. A perna de Thorn não era propícia à discrição. Se ele tivesse tentado atravessar os labirintos da área de confinamento até o quarto de Ophélie, o Observatório todo o teria ouvido.

No entanto, ele andava surpreendentemente rápido, considerando a perna! Ophélie o seguia sem fazer perguntas, a uma distância razoável das garras, mas não se oporia a um descanso mais longo. O abraço deles durara cinco segundos, contados no relógio, antes de começarem a andar.

Thorn interrompeu os passos bem no meio do túnel. Uma luz elétrica ricocheteou pelos espelhos dos arredores. Saíra de uma porta incorporada à parede, tão baixa que Thorn precisou retorcer toda a coluna para cruzá-la. Ophélie não a vira no trajeto de vagão. Ela o seguiu pelo corredor transversal e fechou a porta ao passar.

Forçando os olhos para tentar identificar os limites do ambiente, à luz vacilante das lâmpadas, um peso sobre o nariz a fez estremecer. Curvado sobre ela, Thorn surgiu de repente nos menores detalhes. O aço duro do olhar. As cicatrizes cortando a pele. A dobra severa na testa. E, sob todo o rigor, uma energia em estado bruto, impossível de descrever em palavras, que entrou em Ophélie até os ossos. Ao devolver os óculos dela, Thorn devolvera sua visão; e muito mais.

Também devolveu as luvas de *leitora*.

— Vai ser preciso escondê-los. Estavam em um armário na área de internação. Eu troquei por substitutos que bastarão para enganar. Falando em substitutos...

Então ergueu o relógio de bolso. A princípio, Ophélie achou que mostrava a hora, mas logo entendeu que se tratava do reflexo deles no metal.

— Sempre confirme o reflexo do interlocutor. Não baixe a guarda comigo. Eulalie Deos e o Outro usarão qualquer rosto para te atrair.

Após essas recomendações, ele avançou pelo corredor em passos apressados, curvado para não bater com a cabeça no teto.

— Não podemos perder tempo. Preciso te mostrar uma coisa.

Enfiar os dedos nas luvas foi um exercício complicado, mas Ophélie fez questão de vesti-las para esconder a mordida de Cosmos; Thorn sabia o que tinha acontecido, mas não precisava ver. Será que um dia ela voltaria a ser capaz de usar o poder familiar? Não *lera* nada depois daquela amostra do museu de Anima.

— Eu preciso te dizer uma coisa também, logo. Eles sabem quem sou. Quem fui. Talvez saibam quem você é também.

Se ficou surpreso ou contrariado, não deixou transparecer. Com um gesto rápido do indicador, fez sinal para que ela prestasse atenção onde pisava. O corredor dava em uma bacia subterrânea cheia de água verde espumante e estagnada. Mais um passo e Ophélie teria mergulhado.

— Se for o caso — respondeu ele —, não usaram essa informação contra mim até agora. Eles jogam uma quantidade astronômica de poeira nos meus olhos, abrem todas as portas dos departamentos, mas me mantêm afastado do essencial, alegando sigilo médico.

Thorn os conduziu ao redor da bacia, seguindo uma borda que parecia milenar. A armadura da perna vibrava contra as velhas pedras esculpidas.

— Além disso, os observadores não são tão bem informados quanto gostariam de parecer. Não têm nenhum poder de decisão de verdade. É óbvio que cada personagem trabalhando aqui só tem uma visão parcial do todo e ignora o que o colega faz. A jovem observadora que atua como minha interlocutora oficial é a mais ignorante de todos, a não ser que seja melhor atriz que minha tia. Ela venera o meu uniforme, me enche de elogios e nunca responde às perguntas. Na verdade — continuou Thorn, segurando Ophélie, que escorregara na borda —, estou praticamente tão desinformado quanto no começo da inspeção. Nem sei o que acontece fora dessas paredes. Os rádios não funcionam mais e o *Diário oficial* chega com atraso.

— Eu tenho muito a contar.

Ela contou tudo ali mesmo, enquanto seguiam por uma passagem de emergência, abrindo e fechando as eclusas.

A convocação ao anfiteatro. As expulsões forçadas. A implosão do autômato. O tumulto geral. A fuga desesperada com Octavio, Blasius e Wolf. O desconhecido do nevoeiro. O refúgio na fábrica de Lazarus. A chegada ao Observatório graças a Ambroise. O exame de internação. Os objetos defeituosos. As confissões de Cosmos. Os desenhos estranhos de Seconde. O telefone na caverna. O trabalho de decodificação de Elizabeth.

Foi um relatório apressado e sem fôlego, mas até que completo. Thorn não parara de andar – só desacelerara o passo quando Ophélie mencionara as visões do passado de Eulalie –, mas ela sabia que registrara cada frase com a mesma precisão do gravador das babás-autômatos.

Eles saíram, enfim, em uma passarela sobre um subsolo onde máquinas impressionantes soltavam fumaça, parecendo locomotivas imóveis. A temperatura ali era extrema. Ophélie continuava de pijama, mas se perguntava como Thorn não acabava cozido por baixo de todo o ouro do uniforme.

— É isso que quer me mostrar?

— Não. Estou aproveitando o desvio para verificar uma coisa.

Ele levantou a tampa de uma caixa de medidores na beira da passarela. Apesar do nojo evidente causado pela gordura e pela poeira, a ponto de cobrir o nariz com um lenço para examinar os mostradores de perto, assentiu satisfeito com o queixo, antes de tirar um frasco do bolso e desinfetar as mãos.

— Acabei por aqui — falou. — Vamos subir.

Ao fim da passarela, uma escada de pedra entrava pela parede. Lâmpadas piscavam até parar, como no resto do Observatório. As paredes eram recobertas por canos e raízes entrelaçados.

Ophélie começou a subir os degraus sem desviar o olhar dos pés, para conseguir sincronizá-los. As escadas em espiral eram piores. Os dedos dela não estavam tão limpos.

— Ainda estamos dentro da estátua?

— Estamos. O Observatório foi construído sobre as ruínas de uma cidade antiga. Restam várias passagens secretas que não são mais usadas. Eu decorei os mapas.

A voz de Thorn ficava ainda mais grave ao ressoar pela escada. Ele segurava o corrimão com força e só o soltava quando precisava destravar a articulação da armadura, que às vezes emperrava. Ophélie pensou que subir também não era fácil para ele. Ela sentia a tensão. Já a sentira no abraço. As garras zumbiam ao redor dele, como um enxame de vespas.

Depois de várias voltas de escada e uma última porta escondida, chegaram a uma antessala de azulejos cintilantes. Um elevador elegante permitia o acesso oficial, certamente mais confortável do que a escada que tinham acabado de subir. A antessala dava em uma enorme porta de ébano, sem maçaneta, onde uma placa dourada anunciava:

APOSENTOS DIRETORIAIS
PROIBIDO ÀS VISITAS

Ophélie não se preparara para ir à sala dos diretores do Observatório. Não corriam o risco de encontrá-los? Ela nunca os vira, mas não queria especialmente conhecê-los naquela noite.

Thorn se dirigiu a um espelho na parede da antessala.

— Espere aqui.

Ophélie se chocou ao ver o olhar inflexível, totalmente despido de amor próprio, que Thorn dirigiu ao reflexo antes de mergulhar no espelho. Era a primeira vez que ele recorria ao talento na frente dela. Aquele poder exigia que confrontássemos o que éramos. Thorn o fazia, mas não gostava nada do que via.

Ele abriu a porta dos aposentos, que, apesar de não ter maçaneta por fora, tinha por dentro. Ophélie observou, inquieta, a profundidade quase invisível sob a luz minúscula ainda acesa no que parecia ser uma vasta biblioteca. O teto se perdia às alturas. Todos os elementos da decoração eram refinados e funcionais: prateleiras bem etiquetadas, móveis rotos, quadros de pintores renomados, relógios ronronantes, bustos equilibrados com perfeição no pedestal e nenhum badulaque para sobrecarregar inutilmente a elegância. Não tinha nada a ver com a área de confinamento que transbordava de objetos defeituosos. Estaria vazio, no entanto?

— Não tem ninguém aqui — garantiu Thorn, fechando a porta.

— E se os diretores voltarem?

— Não tem diretor. Os aposentos são só fachada e arquivo. A verdadeira cabeça do Observatório se mantém às sombras.

Ophélie piscou. Os colaboradores trabalhavam para observadores que trabalhavam para diretores inexistentes?

— E se for Eulalie Deos, essa cabeça?

— Pensei nisso, dado que o procedimento opaco e piramidal se assemelha ao dela, mas tenho sérias dúvidas de que saiba o que acontece aqui. Não seria do interesse que outros saibam reproduzir perfeitamente o que ela fez um dia.

Dizendo essas palavras em tom duro, Thorn abriu um armário entre todos que compunham a biblioteca. Todos os gestos dele eram precisos. Afiados. Não deixariam rastro da visita. Ela notou um belo espelho em pé que a refletiu, uma mulher baixinha de pijama mal abotoado, com cachos arrepiados para todo lado. Fora por ali que ele entrara. Não era a primeira vez que estava naquele lugar.

Enquanto Thorn examinava o armário metodicamente, Ophélie se grudou a uma das janelas gigantescas em forma de roseta. Ela ficou sem ar ao ver através do vitral. Enxergava as esplanadas e as pagodes de todo o Observatório. Não eram simples rosetas: eram os olhos do colosso. Dali, conseguia até diferenciar, graças aos óculos recuperados, as luzes das estrelas e as da cidade. As arcas menores formavam uma constelação própria, onde ela viu o farol do Memorial, a iluminação mais discreta da Boa Família e, ao longe, uma maré de nuvens que absorvia o brilho de Babel.

O que acontecera com Blasius e o professor Wolf? Com o cachecol? Estariam ainda abrigados por Ambroise? A caça aos clandestinos continuava? Octavio conseguira informar a população sobre o ocorrido?

Ophélie sentiu, então, até que ponto o Observatório os prendia num parêntese.

— É curioso — murmurou contra o vitral. — A maré alta nunca chega aqui. O mar de nuvens se mantém distante. É como se estivéssemos sempre no olho do furacão.

Desviando a atenção reflexiva para o Observatório, viu uma área murada. Eram monólitos, aquilo que via à distância? Sepulturas. Cosmos estava certo: o instituto tinha a própria necrópole. Ophélie não conteve o pensamento abrupto sobre aquele terceiro protocolo do qual ninguém voltara, segundo ele.

Ela se virou e analisou os quadros dispostos na enorme escrivaninha. Eram fotografias velhas, desbotadas pela idade. Uma em especial a interessou. Invertidos antigos, reconhecíveis pelas deformações de alguns, posavam em frente a um carrossel. O que chamara a atenção fora o buraco no meio da foto. Uma silhueta fora cortada; apagada do grupo. Levara junto o braço de um jovem que abraçava os ombros, amigável, e que tinha alguma coisa de familiar. Quem era?

— Aqui.

Ophélie estava tão absorta pela fotografia que não ouviu Thorn se aproximar. Ele lhe entregou uma pasta.

— O que é isso?

— São imagens médicas. Suas.

As mãos dela tremeram sob as luvas ao abrir a pasta. Era de uma grossura impressionante. Envelopes guardavam fotos, várias reproduzidas em grande formato. Ophélie era o objeto de todas, de perfil, de frente e de costas.

As fotos tiradas no gabinete escuro.

Revelariam o que ela não confessara a Thorn? Destacariam a anomalia que a impediria de ser mãe, o impediria de ser pai? A possibilidade de ele ter sabido assim em vez de ouvir da boca dela a atingiu com peso.

Ophélie examinou as fotos à luz de uma luminária. Ficou tão surpresa que esqueceu tudo em que pensava antes.

Uma sombra.

Transbordava do corpo dela, pálido por causa do flash, como uma fumaça de limites indefinidos, variando entre as fotografias. Era mais comprida ao redor das mãos de Ophélie. Ainda mais peculiar: a sombra parecia levemente deslocada em relação ao corpo, como se o encaixe não fosse perfeito. Seria sinal da inversão?

— Essas fotos são do dia da sua internação — comentou Thorn. — Agora olhe esta — disse ele, apontando outra imagem.

— Foi tirada no dia seguinte.

A sombra continuava ali, mas mais deslocada. Em um só dia, acontecera um verdadeiro desdobramento entre o corpo pálido de Ophélie e a aura escura. Seria por causa de todos aqueles movimentos assimétricos que a faziam obedecer? A cada nova foto, dia após dia, o deslocamento aumentava.

— Não sei o que estão fazendo, mas estão transformando você — disse Thorn. — Ainda pior, na verdade.

A voz dele tomara a consistência do chumbo. A tensão estava contida ali, naquelas fotos.

Ele esboçou um gesto para conter Ophélie, que avançava na direção das estantes. Tomara infinitas precauções para pegar aquela pasta sem perturbar, nem por um milímetro, os outros arquivos. Ela era incapaz de fazer o mesmo. Esvaziou um armário depois do outro, derrubando metade das pastas sob o olhar atento de Thorn.

Precisava, com enorme urgência, constatar por conta própria o que acontecia com os outros sujeitos do Observatório.

Todas as fotos tinham sombras, mas eram mais tênues nos sem-poderes (o que estava indicado nas pastas) e só se deslocavam do corpo nos invertidos do programa alternativo. Variavam entre indivíduos: mais marcadas na altura das orelhas de um, do peito de outro, da garganta de mais um. Por que as singularidades? Por que a sombra de Ophélie se concentrava nas mãos?

— As sombras refletem nossos poderes familiares — entendeu, por fim. — É por isso que meu animismo e minhas garras estão perturbados. Por causa desse deslocamento.

— Não é só isso — disse Thorn, que, pasta a pasta, armário a armário, se dedicava a arrumar todo o caos que ela causara. — O Observatório dos Desvios tem todo um arsenal de instrumentos de medição, mais ou menos escondidos, para contabilizar os ecos. Não só os perceptíveis aos olhos e aos ouvidos, mas também, principalmente, aqueles, muito mais numerosos, que escapam aos nossos sentidos. Estudei as estatísticas de perto.

Entre dois armários, Thorn estendeu a Ophélie uma folha recoberta pela escrita compacta e nervosa dele. Também tinha gráficos traçados com precisão.

— Primeiro dado notável é que os ecos se multiplicaram desde o desmoronamento do bairro noroeste.

Ela assentiu. Reparara naquilo também.

— Segundo dado notável é que a quantidade varia de acordo com certas condições.

— Eu reparei na caverna. Quase fiquei surda.

— Terceiro dado notável — continuou Thorn, como se não tivesse sido interrompido — é que a quantidade também varia conforme as pessoas. A frequência de ecos observados nos arredores imediatos de sem-poderes é fraca. Porém, aumenta na proximidade de pessoas com vínculos de parentesco com espíritos familiares e, consequentemente, com poderes familiares. Ela se torna ainda mais marcante perto de invertidos. Digo mais: quanto mais importante é a inversão, mais ecos atrai.

Por cima da gaveta aberta à sua frente, Thorn lhe lançou um olhar de aço abrupto.

— Quarto e último dado notável é que você bateu o recorde. Entre todos os invertidos do programa alternativo registrados até agora, você é quem mais induz ecos.

Ophélie pensou em Hélène, na tribuna do anfiteatro. No que a giganta vira. No que dissera. "Estão por todo lado, minha jovem, e ainda mais ao seu redor." Já fazia mais sentido do que a jaula, a virada e os dedos de que falara.

— Recapitulando — disse ela. — Todos temos sombras que não podemos ver. Nos invertidos, a sombra é deslocada e, quanto mais a inversão se agrava, mais ela se desloca. A especificidade atrai ecos por qualquer razão. O Outro é, em si, um eco, raríssimo, capaz de pensar por conta própria. O Observatório usa, portanto, invertidos como isca para o Outro, com a intenção de obter dele o segredo da Cornucópia que ele contara a Eulalie Deos um dia. Esqueci alguma coisa?

Ophélie foi limpar os óculos, na esperança de que ajudasse a pensar com mais clareza, mas notou que as lentes nunca estiveram tão limpas. A mania de Thorn passara por ali.

— Precisei limitar minha pesquisa aos últimos cinco anos — disse ele. — Os arquivos mais antigos foram removidos ou destruídos.

Ophélie abriu ao acaso uma pasta que Thorn acabara de arrumar no lugar certo do armário. Pertencia a um sujeito do programa clássico, cuja sombra se sobrepunha impecavelmente ao corpo inteiro. Do que, então, era composta? Por que não era vista a olho nu?

— As lentes pretas — suspirou Ophélie. — É para isso que servem. Para ver as sombras. Talvez até os ecos.

Lembrou-se do tapa que levara do homem do lagarto no dia da internação. Ele vira "alguma coisa" ao redor dela. Será que vira as garras reagirem instintivamente à agressão? Ophélie começava a suspeitar de que ele procurara provocá-las de propósito, para observá-las melhor. Nada ali parecia ser largado ao acaso, o que era apavorante.

Enquanto puxava todas as fotos da pasta, em busca de novas pistas, foi surpreendida pelo sorriso do sujeito em cada imagem. Estavam ali também retratos mais tradicionais, em que ele posava com instrumentos musicais e cerâmicas. Ela encontrou uma foto de grupo com os outros sujeitos do programa clássico, todos se divertindo, fazendo caretas para a câmera. Até os membros da equipe de observação, de pince-nez pretos e silhuetas vestidas de seda amarela, riam com eles. Nada de colaboradores de manto, nada de babás-autômatos. Só rostos tranquilos.

Ophélie pensou no ataque de fúria de Cosmos. Pensou no velho que batia na orelha. Pensou em Seconde, presa à própria linguagem. Aquele Observatório tinha os meios para ajudá-los, mas preferia exacerbar os desvios para utilizá-los melhor.

— Enquanto isso — murmurou ela, sentindo a raiva crescer —, eles nos veem nos debater nos nossos próprios corpos.

— Uma palavra.

Thorn não falara alto, mas algo na voz incitou Ophélie a desviar a atenção das fotos e dirigi-la a ele, que estava em parte inclinado sobre ela, o punho apoiado numa mesa, o olhar minuciosamente atento. Se pudesse ver sombras, ela teria visto as garras crescendo ao redor dele. Provavelmente era sem querer e ela não queria dizer, mas ele a machucava.

— Uma palavra sua, uma só — disse Thorn —, e eu te tirarei deste Observatório ainda esta noite. Não temos muito tempo, mas ainda é possível. Encontraremos um lugar onde não precisará temer ser encontrada ou expulsa.

— Você quer que eu vá embora? Que eu fuja?

A expressão dele se tornou ambígua na meia-luz.

— O que importa é o que você quer. Tem, e sempre terá, o poder de escolher.

Os dados da minha própria existência, pensou Ophélie.

— Você... às vezes tem saudade do Polo?

Thorn pareceu desestabilizado pela pergunta, mas contraiu os dedos involuntariamente ao redor do relógio de bolso. Era um presente de Berenilde, o que Ophélie sabia desde que *lera* acidentalmente os dados da infância dele.

— Eu deixei muitos assuntos em aberto por lá. Nenhum deles tem prioridade em relação ao que me ocupa aqui e agora.

A resposta era despida de sentimentalismo, mas Ophélie se sentiu comovida. Óbvio que Thorn, como ela, tinha medo de nunca mais ver a família. Só que não lhe restava mais opção. Não poderia voltar até prestar contas aos Genealogistas de Babel e à justiça do Polo. Ele sacrificara os próprios dados muito tempo antes.

E nunca reclamava.

Ophélie também não reclamaria.

— Eu também. Quero acabar o que comecei.

A ambivalência ficou ainda mais marcada no rosto meio iluminado de Thorn.

— Posso dizer, agora: esperava que você tomasse essa decisão.

— Verdade?

O peito dela se agitou em tumulto. Acalmou-se quando Thorn lhe entregou um mapa do Observatório e apontou um lugar.

— Uma visita aos aposentos dos colaboradores seria muito informativa. Garanto que encontraremos mais de uma resposta: a verdadeira natureza das sombras e dos ecos, assim como a conexão com Eulalie Deos, o Outro, os desmoronamentos, a Cornucópia e a decodificação dos livros. Não tenho direito de olhar esse trabalho. Não tenho autorização para sequer pisar nos laboratórios, por conta do sigilo médico. Vamos dar um jeito de você ir no meu lugar.

Ophélie examinou o mapa de perto. Ela não era muito sentimental, mas aquela era, de longe, a declaração menos passional que já ouvira de Thorn.

— Quando?

O dedo longo e ossudo deslizou pelo papel.

— Assimilei os horários de todos os colaboradores. Sei onde estão a cada instante. Só há um período em que estão todos ocupados longe dos aposentos: entre o terceiro e o quinto gongo da tarde.

— Consegui sair escondida hoje à noite, mas será mais difícil durante o dia.

— Eu vou te ajudar — garantiu Thorn, confiante. — Amanhã, passo à ofensiva. Os medidores de eletricidade que consultei aquela hora não correspondem aos relatórios que me entregaram. Em outras palavras, alguma coisa na área de confinamento solicita um importante consumo de energia. Algo muito bem escondido.

Ophélie pensou nas lâmpadas que nunca funcionavam direito e nos carrosséis sempre em pane.

— A Cornucópia?

— Precisamente. Vou usar essa anormalidade para proceder a uma inspeção mais agressiva da área de confinamento. O Observatório pode não ser administrado pelos Lordes de LUX, mas deve o funcionamento aos subsídios deles. Os responsáveis não poderão deixar de ceder à minha inspeção técnica. Enfim — concluiu Thorn, dobrando o mapa —, concentrarei a atenção geral durante as duas horas em que os aposentos de colaboradores ficam vazios. Você poderá investigar sem ser interrompida.

Quanto mais Ophélie o ouvia, mais notava o quanto ele ainda era marcado pela antiga função de intendente. Na verdade, trazia em si todo o Norte. Era tão distante da aparência de um Babeliano, com aquela palidez resistente ao sol e os modos de urso polar, que ela se perguntava como viam nele um legítimo Lorde de LUX. Os Genealogistas deviam ser mesmo influentes para expô-lo assim ao público sem levantar suspeitas.

— E se me levarem à caverna antes disso, o que faço?

— Escape. Não sei se a experiência tenta de fato entrar em contato com o Outro, mas, se for o caso, precisamos evitar a qualquer custo chamar atenção. Que seja dele ou de Eulalie Deos, ainda não estamos prontos para enfrentá-los.

Ophélie esperava que não fosse tarde demais, depois daquela bravata telefônica estúpida. Ela se esforçou principalmente para não pensar no que vira, *acreditara ver*, na vidraçaria.

— Certo. Amanhã, entre o terceiro e o quinto gongos, irei aos aposentos dos colaboradores. Com alguma sorte, a Cornucópia estará lá.

A boca de Thorn foi tomada por um leve sobressalto.

— O essencial é entender o princípio. Se descobrirmos como Eulalie Deos se libertou da condição humana e como o Outro se libertou da condição de eco, poderemos, por nossa vez, nos libertar deles.

Ophélie teve, de repente, a impressão de respirar melhor. Thorn às vezes se comportava como um cortador de papel, mas a certeza dele varria para longe as dúvidas. Ela expulsou do pensamento a vidraçaria, o desenho de Seconde, o sangue e o vazio. A única realidade, agora, era ele, era ela, eram eles.

Thorn puxou a corrente do relógio, que abriu e fechou com um clique.

— Bem — disse ele, pragmático. — Já que você escolheu ficar, temos algum tempo sobrando.

— Tempo para quê?

Ophélie temeu mais uma missão. Já não tinha certeza de que daria conta da tarefa do dia seguinte sem ser pega – com as consequências desastrosas que se seguiriam. Depois de um instante, se deu conta de que a pergunta provocara em Thorn um efeito imprevisto. Seu rosto inteiro se enrijecera, das linhas de tensão da testa aos músculos da mandíbula.

— Para nós.

Ela levantou as sobrancelhas. Naquelas duas palavras autoritárias, havia possessividade; e no segundo seguinte, nas pálpebras logo abaixadas, vergonha. Como se Thorn decepcionasse a si mesmo. Não era a primeira vez que Ophélie via tais forças contraditórias.

Sentiu-se atraída a ele por um ímpeto irresistível. Thorn a manteve, com prudência, no campo de visão. Os olhos dele eram como gelo: frios e ardentes ao mesmo tempo. Ela queria tanto atenuar um pouco aquela intransigência... Então acolheu no corpo a corrente eletrizante das garras à flor da pele. Levantando-se nas pontas dos pés, com gestos confusos, mas determinados, se dedicou a desabotoar o uniforme dourado. Queria despi-lo daquela pele adulterada. Queria devolvê-lo a si mesmo, nem que fosse por uma noite.

A atenção de Thorn se tornara voraz. Ele, que gostava tão pouco de comer, parecia de repente entregue à fome.

Quando o corpo dele a cobriu por inteiro, Ophélie se fez uma nova promessa.

Ela mudaria o olhar de Thorn para o espelho.

OS COLABORADORES

O dia começou normalmente, de acordo com os critérios do programa alternativo. Atordoada pela noite em claro, Ophélie engoliu com dificuldade o café da manhã nojento, fingiu se interessar pelo balé de figuras geométricas na tela da tenda, obedeceu à ginástica rotineira para a plateia de colaboradores e aguentou a sessão fotográfica interminável que agora sabia destacar o deslocamento crescente entre seu corpo e sua sombra. Em seguida, vieram as voltas costumeiras de carrossel. Precisou escrever com as duas mãos em cima de um gira-gira e correr de costas em uma esteira. Ela acabou adormecendo enquanto encarava o catavento preso ao guidão do velocípede.

Nem chegou a ser questão ir à caverna do telefone.

Ophélie se esquivava de Seconde sempre que ela se aproximava trazendo mais desenhos, o olho branco arregalado. Era sofrível ignorar aquela expressão frustrada, mas não queria se ver coberta de lápis vermelho. Quanto a Cosmos, foi ele quem se manteve distante, mesmo que ela o visse olhar para a mordida em sua mão.

O terceiro toque do gongo atravessou a tarde sufocante.

Secando o suor do pescoço entre dois brinquedos, Ophélie olhou, inquieta, as silhuetas cinzentas e fluidas que perambulavam devagar através do claustro. Todos os colaboradores tinham saído dos aposentos, como previsto, mas ainda não havia sinal de

Thorn. Se ela tentasse qualquer coisa agora, seria notada antes do décimo passo. Chegou a pensar que a distração falhara até que, enfim, uma agitação se comunicou entre todo mundo ao seu redor. Um único murmúrio – "Sir Henry está aqui!" – voou de boca em boca, atravessando a área de confinamento como um avião de papel.

As babás-autômatos interromperam todas as atividades e conduziram os invertidos à residência, exceto por Seconde, que ficou sozinha no cavalo do carrossel. Em seguida, os trancaram nos quartos com bandejas de comida.

— É UMA SIMPLES INSPEÇÃO DAS INSTALAÇÕES ELÉTRICAS. VOLTAREMOS A BRINCAR AMANHÃ, *DARLINGS*.

Depois que a chave virou na fechadura, Ophélie não perdeu um segundo. Ela enfiou as luvas e os óculos que escondera sob a cama e desmontou a persiana, agora pendurada por uma única dobradiça. A primeira fuga passara despercebida; esperava que a sorte continuasse a seu favor.

Ela escapuliu pela janela. Andar pelo muro à noite, era uma coisa; fazê-lo no meio do dia, vendo claramente o vazio e sentindo o ar em brasa no rosto, era outra. O teto da residência queimou os pés quando ela chegou.

A inspeção surpresa de Thorn na área de confinamento surtia efeito. Como bonequinhos em miniatura, as silhuetas de manto cinzento se reuniam ao redor do uniforme reluzente.

Ophélie desceu de um andar ao outro até chegar, depois de algumas acrobacias e vários hematomas, a um pomar. Se tivesse interpretado bem o itinerário, estava nos aposentos dos colaboradores. O mais difícil ainda estava por vir. Restava pouco mais de uma hora para desvendar os segredos do lugar. Ela atravessou uma enfermaria, um *scriptorium*, uma biblioteca e uma cozinha cujo cheiro era vergonhosamente gostoso: não era ali que produziam as refeições dos invertidos. Todas as salas daquela área eram fechadas, sem janelas, em conformidade com o mapa que Thorn a fizera decorar. Isso poderia ajudá-la. A luz vacilante das lâmpadas fazia as sombras estremecerem. Pelo menos a distração era um sucesso: Ophélie não cruzou com ninguém no caminho.

Isso foi verdade até o centro da área. Ela se escondeu bem a tempo em um canto oculto: dois colaboradores estavam de vigia. Olhou-os de relance. Eles andavam de frente um para o outro, ao longo do corredor, o manto farfalhando, os capuzes cinzentos cobrindo o rosto, completamente mudos. Um avançava, o outro recuava. Depois de vários passos, trocaram de papel sem dizer uma palavra. Aquele que antes recuava começou a avançar, e vice-versa.

Do outro lado do corredor estava uma portinha fechada. Para ser posta sob tal segurança, era com certeza a que dava acesso aos laboratórios. Ophélie não podia chegar ali sem ser vista, pelo menos por enquanto. Ela e Thorn tinham considerado essa possibilidade. Disfarçada na penumbra, esperou, torcendo para que não demorasse. Cada minuto ali se escoava do pouco tempo que tinha.

Enfim, todas as lâmpadas se apagaram. Thorn cortara a eletricidade, como prometido. A área, sem janelas, foi mergulhada na escuridão. Ouviu-se um choque, seguido de dois murmúrios desiludidos:

— Outro apagão?

— Outro apagão.

Ophélie se jogou pelo corredor, na ponta dos pés, encostada à parede para evitar qualquer contato com a dupla de colaboradores. Localizou a porta dos laboratórios e a abriu, tateando. Rápido, precisava correr, antes que a luz voltasse! As mãos se atrapalharam ao redor da maçaneta, confundindo direita e esquerda; os gestos mais simples se tornavam de uma complexidade exasperante. Finalmente, um clique. Ela se enfiou pela porta entreaberta e a fechou ao passar, centímetro a centímetro, para que a madeira não rangesse.

Estava do outro lado.

Encostada contra o batente, contemplou a penumbra à frente, com os olhos, com os ouvidos, com todos os sentidos. E se Thorn estivesse enganado? E se colaboradores tivessem ficado no laboratório? Se a volta da eletricidade revelasse a presença de Ophélie entre eles?

As luzes se acenderam de uma vez; não havia ninguém ali.

A sala era vasta, dividida em compartimentos separados por partições grossas, como os favos de uma colmeia. Os ventiladores de teto começaram a girar, com o retorno da eletricidade. O ar se tornou mais respirável. Ganchos vazios na parede eram certamente destinados aos capuzes dos colaboradores.

Ali, como na área de confinamento, estavam empilhadas caixas transbordantes de objetos defeituosos. Pentes sem dentes, joias falsificadas, panelas furadas, colheres tortas, comida podre e ainda nada que se assemelhasse a uma Cornucópia. Era muito frustrante nunca encontrar em lugar nenhum uma causa cujos efeitos fossem constatáveis de forma geral.

Ophélie desenterrou, do fundo de uma lixeira, um pince-nez em estado deplorável. Um colaborador provavelmente sentara em cima dele sem querer. A única lente que ainda pendia da armação estava rachada. E era preta.

Ophélie a levou ao olho, sob os óculos. A percepção dela do mundo mudou no mesmo instante. Cada partição, cada lâmpada, cada objeto era cercado por um ínfimo vapor branco que se decompunha e recompunha incessantemente. Os ventiladores, como hélices de navio, projetavam o vapor pelo espaço em enormes círculos concêntricos.

— O que...?

O murmúrio escapado da boca se materializou como névoa e se espalhou também.

Ela tentou se ajeitar. A própria mão lhe apareceu em dobro. Uma era preta e sólida como a lente grudada contra o olho; a outra, branca e vaporosa, mal sobreposta à primeira.

Ophélie não chegara ao fim das surpresas.

A cada gesto que fazia, e até quando não fazia, projetava um pouco da sombra ao redor. Às vezes, antes de se dispersar por completo, a sombra voltava em forma diluída, como uma onda, tão ínfima que era quase invisível, mesmo com a lente opaca.

Ophélie não estava vendo só sombras. Também via ecos.

Os pince-nez dos observadores funcionavam como negativos fotográficos, revelando o que não se via a olho nu. As sombras e os ecos desapareceram quando tirou a lente. Ela queria levar o pince-nez embora, mas o vidro rachado se estilhaçou entre os dedos.

Tudo tinha sombra. Melhor ainda, sombras e ecos eram manifestações diferentes do mesmo fenômeno.

Já era um bom começo.

Ophélie visitou os laboratórios, um depois do outro, em busca de respostas. Encontrou alambiques vazios, quadros rabiscados com equações, balanças parecidas com as do correio e uma enorme quantidade de instrumentos de medição de diversos tipos. A falta de jeito intensificada e a mordida de Cosmos não facilitaram a tarefa de abrir todas as gavetas. Os cadernos científicos eram incompreensíveis.

Duas palavras apareciam por todo lado: "aerargírio" e "cristalização". Ela não fazia a menor ideia do que significavam, mas deu de cara com uma foto de Cosmos em um relatório. Ao folheá-lo, cada linha correspondia a uma data, mas o comentário era sempre o mesmo:

"Sujeito impróprio à cristalização e não reivindicado pela família. Mantido no protocolo I."

Ophélie consultou os anexos. Continham algumas fotos semelhantes às que encontrara nos aposentos diretoriais. Em cada uma, via a sombra se dissociar do corpo de Cosmos, como se um duplo dele desse um passinho ao lado. Às fotos se acrescentavam dezenas de desenhos que reconheceu, com certa surpresa, como feitos por Seconde nos traços característicos. Na verdade, eram mais esboços, e todos representavam a mesma silhueta sombria. Sob cada imagem, um colaborador registrara a data.

Seconde via as sombras? Supondo que fosse o caso, qual era a importância dos desenhos? Afinal, o Observatório dos Desvios já sabia fotografá-las.

Ophélie correu para procurar o próprio relatório. Ela o encontrou em outro arquivo. Era menos robusto do que o de Cosmos, considerando sua chegada recente ao programa alternativo. No começo, o registro diário era igual:

"Sujeito impróprio à cristalização e não reivindicado pela família. Mantido no protocolo I."

Entretanto, se chocou ao constatar que o comentário mudara recentemente:

"Sujeito próprio à cristalização e não reivindicado pela família. Mantido de forma temporária no protocolo I. *Previsto em breve para os protocolos II e III.*"

Ela verificou os anexos. As fotos eram as mesmas que já vira, apresentando a separação entre o corpo e a sombra. Nada de inédito. O mesmo acontecia com os primeiros rascunhos de Seconde, mas os mais recentes tinham se tornado muito peculiares. Rabiscados com pressa, mostravam a sombra se fissurando, como se tivesse sido atacada com violência por uma tesoura na altura do ombro e o braço estivesse prestes a cair.

Ophélie não vira nada disso pela lente. Seconde via o que as fotos e os pince-nez ainda não mostravam?

Pensou no prego. Pensou no seu rosto pintado de lápis vermelho, pensou na velha e pensou no monstro.

Uma variação elétrica nas lâmpadas a fez recobrar a atenção. Era preciso aproveitar o próximo apagão para sair dos laboratórios sem ser vista. O tempo era curto.

Voltando à investigação, seu olhar foi atraído por uma escrivaninha por causa da bagunça. Dezenas, centenas, de anotações cobriam cada centímetro de quadro e partição. O proprietário do cubículo tinha até escrito direto na mesa de madeira nobre. O pessoal da limpeza respondera por um bilhete deixado ao lado: "E o papel, é para marsupiais?".

Ophélie examinou as anotações de perto. Reconheceu, em partes, o texto característico dos Livros. Setas e círculos estavam traçados em giz para buscar sentido naqueles arabescos, sem muito sucesso, considerando a quantidade de rasuras.

O trabalho de decodificação de Elizabeth.

Os Genealogistas a manipularam para aquele fim específico, mas por que os Livros eram tão interessantes para eles? Porque continham o segredo da imortalidade dos espíritos familiares? E o Observatório dos Desvios? O que esperava daquela decodificação? Qual era a conexão com as sombras e os ecos? Qual era a conexão com a Cornucópia?

Naquele ritmo, Ophélie não encontraria resposta alguma até o quinto toque do gongo. Tinha a impressão de ter o espírito tão particionado quanto os laboratórios: só via as engrenagens, nunca a máquina.

Basta.

Eulalie Deos transmitira sua memória ao Outro que a transmitira a Ophélie. Chegara o momento de usá-la. Ela pegou uma cadeira e se instalou em frente ao quadro negro que Elizabeth preenchera de código. Uma língua inventada por Eulalie.

Uma língua inventada por mim, corrigiu-se, inspirando fundo.

Ia usá-la para acionar outra visão. Encarou insistentemente o texto, se esforçando para não pensar na hora que avançava, nem na própria impaciência, nem no futuro, nem no passado. Só nos rastros de giz à frente dela. Não era diferente de uma *leitura*.

Esquecer para lembrar.

Um raio arrebentou sua cabeça. Aquela enxaqueca, que não ia embora desde que ela chegara ao Observatório, ficou bruscamente aguda. Ophélie teve a sensação paradoxal de desgrudar da cadeira e cair de cima. O giz do quadro se transformou em estratosfera, depois em nuvens espalhadas, depois no velho mundo, depois em uma cidade dizimada pelos bombardeios, depois em um velho bairro em reconstrução, depois em uma mesinha onde reluzem duas xícaras de porcelana.

Eulalie segura a xícara entre as mãos magras. Ela sustenta o olhar do porteiro do outro lado da mesa. Óculos tipo casco de tartaruga contra armações de ferro. O homem envelheceu bastante desde a última vez. O lenço do turbante continua a esconder a mandíbula, ou pelo menos o que ainda resta dela. O rosto, assim como Babel, é devastado pela guerra.

— Seu primeiro caralho de licença em quatro anos — resmunga ele contra o lenço. — E você veio me ver?

Eulalie assente.

— Sua cara tá horrorosa. Parece ter minha idade.

Eulalie assente de novo. Sim, precisou perder pelo menos metade da estimativa de vida. Nada vem de graça. Ela não se arrepende.

— Eu soube o que aconteceu com o orfanato.

— Não tem mais nada a dizer. Uma porra de uma bomba matou as crianças. Todo mundo saiu da ilha. Eu também. Zelador sem escola não serve pra porra nenhuma.

Eulalie o entende até o fundo das tripas. Ela tem a sensação de terem lhe arrancado a família pela segunda vez.

— Vamos abri-lo de novo — promete ela. — Eu e você.

O porteiro continua sentado, imóvel a nível militar, mas suas mãos tremem ao redor da xícara.

— Vou morrer antes de te deixarem voltar à vida civil.

Um olhar furtivo para os soldados de guarda lá fora, na frente da porta do bistrô. Desde que Eulalie trabalha no Observatório, no Projeto, não pode ir a lugar nenhum sem os soldados atrás. Não é a vida dela que protegem, diferentemente do que os superiores alegam, mas o que ela poderia divulgar.

— Vamos reabrir a escola — insiste ela. — Uma completamente diferente para… para crianças completamente diferentes. Mas preciso saber: você está comigo?

O porteiro a vê beber o chá sem tocar no próprio.

— Como não? Você sempre foi minha preferida, porra.

Eulalie sabe disso. No orfanato, todas as crianças o temiam, exceto por ela. Enquanto os outros brincavam de guerra, o visitava no alojamento para falar de paz universal e contar histórias em que os desertores eram heróis.

Eulalie ignora os soldados que a olham, nervosos, da entrada do bistrô. Só importa seu amigo. Um velho que, como ela, não tem mais nada a perder.

— Eu não... não tenho autorização nem intenção de te falar do Projeto. Nunca te contarei o que vi, o que... o que ouvi, do que participei, tudo que o Projeto mudou em mim. O que posso dizer é que eles estão no caminho... caminho errado no Observatório.

O resíduo de gaguejo faz o porteiro franzir a testa. Eulalie sabe que precisaria de semanas, talvez meses de reeducação para melhorar, e os médicos avisaram que ela nunca estará livre de lapsos ocasionais. Ainda assim, é um preço pequeno.

Ela ergue o olhar para o pedacinho de céu acima deles. O teto do bistrô está sendo consertado. Os martelos dos operários não são propícios à conversa, mas, igualmente, não são propícios a ouvidos indiscretos.

— Meus superiores só pensam na paz da cidade, uma paz que implica novas... novas guerras. É preciso pensar mais longe. Muito mais. Eu tenho um plano.

O porteiro não responde nada, mas Eulalie sabe que ele escuta com seriedade. Sempre a escutou. É por isso também que ela o escolheu.

— Não estaremos sozinhos. Eu... Digamos que, de certa forma, eu encontrei alguém. Uma pessoa extraordinária, que transformou minha visão de mundo. Ela me transformou. Ela me ensinou que existe... que existe *outra coisa*, ainda mais extraordinária. Vai além de tudo que você possa conceber, de tudo que eu mesma concebia, e olha que nunca me faltou imaginação.

Eulalie se sente estremecer de exaltação à mera menção do Outro. Ele se tornou tão próximo que ela sente a presença em cada superfície refletora por ali, a decoração de cobre no bistrô, o chá na xícara, até as lentes dos próprios óculos. Ele é ela e ela é ele. Únicos e plurais.

— Qual é o plano?

A pergunta do porteiro não tem ironia. O fervor de Eulalie é tanto que ela acendeu uma faísca nos olhos dele. O porteiro a conhece desde o primeiro dia no orfanato, mas ela sabe que nunca a considerou de fato uma criança. Naquele dia, ele a olha como se ela fosse a própria mãe, como se fosse a mãe da humanidade inteira.

Eulalie adora esse olhar.

— Salvar o mundo. Desta vez, sei como fazê-lo.

Na porta do bistrô, um soldado aponta para o relógio. O tempo da licença acabou. Ela precisa voltar ao Observatório para obedecer ordens, mas não será por muito tempo. Ah, não, não será por muito tempo.

Aproveita a hora de deixar o dinheiro na mesa para se aproximar discretamente.

— Só preciso de três coisas: ecos, palavras e uma contrapartida.

O rosto surpreso do porteiro voltou ao estado de giz no quadro negro. Ophélie piscou sem ousar respirar, ainda impregnada pela memória de Eulalie Deos. Ramificações e ligações novas se propagaram na cabeça dolorida, abrindo portas de salas internas cuja existência ela nem suspeitava.

Via a máquina.

Ophélie sabia que devia sair naquele instante dali, voltar ao quarto e aguardar a noite para encontrar Thorn nos aposentos diretoriais como combinado. Antes, queria confirmar uma última coisa. Pegou uma lupa na gaveta de um colaborador e escolheu, ao acaso, um dos objetos defeituosos das caixas. Uma forma que, considerando o fedor enjoativo, um dia contivera uma tortinha atroz daquelas que serviam sempre no refeitório. Ela a examinou por todos os ângulos. Precisou forçar a vista, para além da lupa, encontrando enfim o que procurava: caracteres microscópicos incrustados no metal, quase parecidos com os do Livro.

Sim, Ophélie via, finalmente, a máquina.

A Cornucópia não criava nada.

Ela convertia ecos em matéria.

E o fazia graças a um código.

Ophélie deixou a forma de torta e a lupa onde as encontrara. Começava a acumular peças do quebra-cabeça, mas as encaixaria quando estivesse longe dali. Antes, precisava pensar em um modo de desviar a atenção dos dois colaboradores do corredor, caso não pudesse contar com outro apagão.

E não teve escolha.

A portinha pela qual entrara acabara de se abrir, dando passagem a uma multidão de colaboradores. Eles desabotoaram os capuzes e os penduraram nos ganchos. Ophélie se escondeu, aos tropeços, atrás de um cubículo. Por que já tinham voltado? A inspeção de Thorn acabara antes do previsto?

Eram tão silenciosos entre eles quanto entre os invertidos. Só as sandálias faziam ranger o chão encerado. Pela primeira vez, ela ficou feliz por estar descalça, correndo de cubículo em cubículo para não ser notada. Os colaboradores voltavam aos laboratórios.

Ao ouvir passos se aproximarem, Ophélie se jogou, desastrada, no cubículo mais próximo e se agachou debaixo da mesa. O colaborador que mais queria evitar entrou em seguida. Ela metera a si mesma naquela armadilha. Encolhida no fundo do esconderijo, observou o manto cinzento cujas dobras sedosas acariciavam o chão. Uma mão, também enluvada de cinza, pegou o banquinho, mas, em vez de instalá-lo em frente à mesa, o apoiou perto de uma das partições.

— Não foi uma acidente — sussurrou o colaborador. — Não entendo o que aconteceu, mas *certainly* não foi um acidente.

Ele tinha o timbre refinado de um erudito. Ophélie se perguntou se falava sozinho quando um murmúrio abafado respondeu do outro lado da partição:

— Não é problema nosso.

— A filha de Lady Septima é problema de todo mundo.

Ophélie quase bateu a cabeça na mesa. Acontecera alguma coisa com Seconde?

— Esperemos especialmente que ela não esteja muito estragada — disse a outra voz. — Precisamos dela. Pelo menos o incidente encurtou a inspeção de Sir Henry. Achei essa intrusão *very* desagradável.

O manto do colaborador se agitou. Contorcida sob a mesa, Ophélie se aproximou com cuidado para enxergá-lo melhor. Ele estava empoleirado no banquinho, uma orelha grudada contra a partição. A cabeça calva brilhava de suor. Se o homem não mudasse de posição, talvez pudesse sair sem ser vista.

— Estragada? — suspirou ele, em um tom dolorido, enquanto ela saía do esconderijo. — É só uma criança.

— Você é *really* ingênuo, caro colega — respondeu a voz do cubículo vizinho. — Vamos conversar daqui a uns meses. Ou, melhor, não vamos conversar nunca. Dirija-se a mim de novo e me verei na triste obrigação de denunciá-lo à direção.

Ophélie correu para fora do laboratório. Não fora discreta, o colaborador com certeza a vira. Ia dar o alerta.

Não houve alerta, nem grito.

O alívio durou pouco. Mesmo que todas as lâmpadas se apagassem, ela nunca poderia sair pela porta sem esbarrar em uma trupe de colaboradores. Precisava de outro caminho.

Notou, no fundo da sala, um pano amarelo acima do qual se indicava, em letras grandes: "SOMENTE OBSERVADORES". Ela não se lembrava de ver acesso nenhum ali no mapa de Thorn, mas pelo menos não deveria encontrar colaboradores do outro lado.

Ela passou pelos cubículos, se abaixando sempre que chegava a uma mesa.

Uma colaboradora descarregava um carrinho que acabara de entregar um carregamento de objetos. Era a mesma tralha que lotava todas as latas de lixo, mas a mulher a manipulava como se fossem pedras preciosas e registrava um objeto após o outro no inventário.

Ophélie passou atrás dela e se enfiou por baixo do pano. Saiu em um labirinto de degraus mal iluminados que subiu, desceu e subiu de novo, aos tropeços. De onde saíam todas aquelas escadas? Não tinha nada disso no mapa.

Ela acabou saindo em um corredor.

Era, na verdade, muito mais que um corredor. A extensão era tão grande que era impossível ver seu fim, e a abóbada em cruzaria se elevava a várias dezenas de metros do chão. Palitos de incenso espalhavam uma fumaça perfumada, transpassada aqui e ali por feixes de luz que escapavam dos vitrais no alto. Uma nave, toda de pedra e vidro.

Ophélie conteve um calafrio.

Ela passou na frente de uma bacia apoiada nos ombros de uma estátua recurvada com a aparência sofrida. Era uma pia batismal legítima?

Andou muito tempo adiante, sem ver o fim da nave. Não podia ser infinita, no entanto... As laterais eram pontuadas por capelas, mas não tinham portas. Um observador podia se esconder atrás de cada uma; a Cornucópia também, do resto.

Os azulejos eram incrustados de letras gigantescas de ouro.

Um passo. EXPIAÇÃO.

Um passo. CRISTALIZAÇÃO.

Um passo. REDENÇÃO.

Aquele lugar deixava Ophélie extremamente desconfortável. Ela considerou dar meia-volta quando uma voz a interrompeu.

— *Benvenuta* ao segundo protocolo.

O ERRO

As palavras ricochetearam longamente contra as pedras esculpidas da nave. Ophélie procurou a origem através do incenso e a encontrou em um dos genuflexórios das laterais. Um corpo magro, recolhido e tão imóvel que parecia se fundir à madeira e ao veludo. O perfil, incrustado de iluminuras, cintilava à luz dos vitrais.

Mediuna.

O primeiro reflexo de Ophélie foi verificar que ela estava refletida no chão espelhado. No entanto, a confirmação não a tranquilizou. Por mais que soubesse que Mediuna também estava no Observatório dos Desvios, internada pela própria Lady Septima, Ophélie nem pensara nela desde que chegara. Esse tempo todo, achara que devia estar em outro departamento, sem nenhuma relação com o programa alternativo.

— É isso o segundo protocolo? — perguntou Ophélie, chocada, olhando ao redor da nave. — O que você está fazendo aqui?

Mediuna não respondeu. Ela não precisava ser Eulalie Deos nem o Outro para representar uma ameaça. Enquanto estudavam juntas na Boa Família, aquela Adivinha impusera a própria lei a Ophélie. Usara o poder para penetrar nas lembranças dela à força e submetê-la a uma chantagem que poderia comprometê-los, a ela e a Thorn, seriamente. Ophélie a vira pela última vez ali mesmo, no Observatório, na sala de visitas, pouco antes do desmoronamento. Mediuna estava tão chocada pelo encontro com o faxineiro do Memorial que fora impossível manter uma conversa. Largada no genuflexório, expressava pela postura a mesma apatia daquele encontro. O pijama flutuava ao redor dela como uma pele solta.

No entanto, Ophélie a achou muito diferente.

— O que você está fazendo aqui? — insistiu. — Também está no programa alternativo? Diferente de mim, você não tem nada de invertido, até onde eu sei.

Mediuna continuou sem responder, e Ophélie se manteve distante. Não confiava nem um pouco naquela postura de oração. Detestava a ideia de precisar de Mediuna.

— Pode pelo menos me indicar a saída?

Um espasmo puxou a boca de Mediuna. Ophélie se deu conta, de repente, de que a garota estava presa ao genuflexório por grilhões nos tornozelos e punhos. Não estava recolhida; tinha sido acorrentada ali à força. EXPIAÇÃO. CRISTALIZAÇÃO. REDENÇÃO. Era disso que consistia o segundo protocolo? Tratar os internos como culpados?

— Eu cometi um erro.

Mediuna falara com fraqueza, mas a acústica da nave elevara a voz. Ela parecia desidratada. Há quanto tempo estava amarrada ao genuflexório?

Ophélie olhou nervosa de um lado para o outro da nave. Observadores poderiam surgir das capelas a qualquer momento. Não tinha vontade de se demorar, mas ninguém, nem mesmo Mediuna, merecia ser tratada assim.

Ela procurou a chave dos grilhões nos nichos das estátuas. Sem encontrá-la, esvaziou um pote de incenso, o lavou na pia batismal e o encheu até a beira. Quando o aproximou desajeitada da boca de Mediuna, esta última deixou a água escorrer pelo queixo sem engolir. Os olhos arregalados se dirigiam para a frente, para além do pote, para além de Ophélie, para além das paredes. Reluziam de febre e fervor misturados.

— Eu cometi um erro — repetiu ela, devagar. — Passei *tutta* minha vida correndo atrás de segredinhos sem importância. Logo estarei pronta para o terceiro protocolo.

Era assim que Mediuna mudara. Sob a aparência apagada, ela brilhava com a mesma intensidade das iluminuras incrustadas na pele.

Ophélie se aproximou do ouvido dela.

— Você viu a Cornucópia?

Mediuna não pareceu nada interessada na pergunta. O olhar dela se tornou ainda mais distante, perdido em horizontes internos.

— Não posso te soltar — suspirou Ophélie —, mas posso tentar avisar aos seus primos, se ainda estiverem em Babel.

— Por quê?

— Porque o que te obrigam a aguentar aqui é inaceitável.

— Estou expiando.

— E porque ninguém volta do terceiro protocolo.

Um sobressalto provocador agitou a boca de Mediuna, revelando um pouco da antiga rainha dos arautos.

— Não cometerei o mesmo erro. Acabaram os segredinhos. O único que vale a pena é o que o Observatório me prometeu. Mas, antes, preciso cristalizar. Só assim conhecerei a redenção.

As mãos cruzadas tremeram de misticismo quando Mediuna pronunciou essas palavras, que não faziam sentido nenhum para Ophélie. Pelo menos uma coisa lhe pareceu óbvia: precisava sair do programa antes de chegar ali. Em uma das pastas do laboratório, alguém escrevera que ela estava pronta para a cristalização e prevista para os protocolos II e III. Tudo isso porque Seconde desenhara uma fissura no ombro da sombra.

— O que é a cristalização? Para que serve?

Mediuna lambeu os lábios secos. Ophélie suspeitava que a Adivinha sentia certo prazer em saber alguma coisa que ela não sabia, como se mesmo ali a rivalidade voltasse aos eixos.

— Para eles? Não me disseram. Para mim, a cristalização serve para obter tudo que eu sempre desejei: o verdadeiro conhecimento! Um ponto de vista *assolutamente* novo sobre nossa realidade.

Ophélie ajeitou os óculos. Eulalie Deos fizera o mesmo discurso depois de encontrar o Outro no telefone da caverna. Aquele eco, de alguma forma, metamorfoseara a visão de mundo dela. A cristalização seria o fenômeno que permitiria invocar o Outro? O Observatório dos Desvios parecia precisar desesperadamente dele e de sua ciência.

Mediuna pareceu interpretar o silêncio de Ophélie como decepção. Apesar da exaustão física e do olhar embaçado, ela estava jubilante.

— Você acha que só os invertidos que nem você têm esse privilégio, *signorina*? É ignorar o essencial.

— O que é o essencial? — perguntou Ophélie, impaciente.

Não podia demorar muito. Se fosse pega ali, sendo que deveria estar trancada no quarto como todos os invertidos, acabaria acorrentada a um genuflexório também.

— A renúncia.

A resposta foi absorvida por um estrondo tempestuoso através da nave. Passos se aproximavam. A acústica do local impossibilitava saber de que lado vinham.

Mediuna indicou para Ophélie, com um movimento vago do olhar, um confessionário um pouco além dali. O barulho dos passos aumentava a cada segundo. Eram muitos. Ophélie não podia hesitar. Ela se escondeu atrás da cortina amarela do confessionário enquanto a Adivinha se dirigia aos recém-chegados:

— Mostrem o caminho da cristalização. *Per favore*.

Afastando um pouco a cortina, ela viu uma aglomeração de observadores ao redor do genuflexório de Mediuna. Era a primeira vez que os via desde que entrara na área de confinamento. Eles eram reconhecíveis por causa das roupas amarelas, dos autômatos no ombro e dos pince-nez de lentes escuras.

Não diziam nada; se contentavam em olhar para Mediuna.

Entrando mais fundo no confessionário, Ophélie viu um movimento pelo canto do olho. Onde normalmente ficaria a grade que separava o confessor e o confessado – de acordo com os manuais de história religiosa que estudara –, encontrava-se um espelho.

Era enfim a saída que procurava. Com que destino? Até onde sabia, os únicos espelhos do Observatório que não deformavam se situavam nos aposentos diretoriais, mas ela só podia usá-los de noite. Os diretores podiam até não existir, mas alguém administrava os documentos médicos arquivados ali; aparecer de dia era arriscado demais.

Ophélie pensou no Memorial. No Memorial, o Secretarium. No Secretarium, o espelho suspenso. Lá, dentro da sala secreta de Eulalie Deos, poderia enfim pensar em paz, longe dos olhares alheios.

Ela mergulhou no fundo do reflexo, esgueirando-se no entremeio como se de repente fosse fina como uma folha de papel, e emergiu à luz.

Caiu de cara com uma senhora chocada. Vestida de toga universitária, ela segurava um livro em uma mão e uma lupa na outra. Igualmente confusa, Ophélie se perguntou o que uma professora fazia ali antes de entender que saíra no lugar errado. Tinha acabado de emergir de um espelho bem no meio da biblioteca do Memorial, em plena sala de consulta pública. Os usuários dos arredores interromperam a leitura para encarar a intrusa descalça que transgredia os princípios mais rudimentares do código indumentário. Era menos gente do que esperaria antes do desmoronamento, mas bastava para que Ophélie não passasse despercebida por ali.

Ela ergueu o olhar para o globo terrestre do Secretarium, flutuando no meio do átrio. Duas vezes, saíra lá sem querer, mas, agora que queria entrar de propósito, errava o caminho?

O deslocamento da sombra.

Não afetava só a capacidade de *ler* e animar objetos, mas também de atravessar espelhos. Como, então, voltaria ao Observatório? Memorialistas já tinham chamado a segurança, enquanto os cidadãos honestos a denunciavam, apontando.

Um Necromante se dirigiu a ela.

— Por aqui, *miss*, por favor — chamou. — Devo verificar seus documentos.

Obviamente, Ophélie não estava com documentos. Tinham ficado no armário a quilômetros dali, e a tatuagem "PA" no braço não os substituía em nada. Além das paredes do Observatório, era só uma fugitiva. Se fosse apreendida, seria imediata e definitivamente expulsa de Babel.

Ela se voltou para o espelho pelo qual chegara sem querer. Sombra descolada ou não, precisava ir embora. Agora.

— *Miss* — chamou o Necromante, mais firme.

A temperatura corporal de Ophélie já começava a cair. Ela sabia que o homem não hesitaria em congelá-la se suspeitasse que fugiria.

— *Miss*!

Ophélie se sentiu desacelerar bruscamente. O espelho estava ao alcance, mas sua respiração já formava névoa. Seus pulmões doíam. Ela viu o próprio rosto empalidecer sob os óculos. Em segundo plano, o uniforme do Necromante crescia às costas, uma mão estendida para pegá-la.

Ela. Estava. Quase. Lá.

Ophélie se deixou cair como um cubo de gelo no reflexo, que a absorveu de imediato. O que lhe restava de consciência pensou: *Observatório*. Ela atravessou o entremeio como num sonho, até a mudança de luz indicar que saíra. Tudo que podia fazer era continuar a cair de onde se interrompera.

Tapete.

Encolhida no chão, Ophélie foi sacudida por tremores incontroláveis. Não conseguia se levantar nem falar. Respirar era um suplício.

Uma forma à luz da janela se curvou sobre ela.

— Frio.

Foi a única palavra que Ophélie conseguiu pronunciar entredentes. A penumbra se abateu sobre ela, tão bruscamente que achou ter perdido a visão antes de entender que fora embrulhada em uma manta. Enroscou-se ao cobertor. Pouco a pouco, grau a grau, a temperatura do corpo subiu. A pele atordoada começou a queimar conforme a sensação voltava. A violência podia até ser proibida em Babel, mas uma cacetada não teria doído menos do que aquilo.

Ophélie tateou em busca dos óculos, que caíram com ela no tapete. Quando os ajeitou no lugar, viu um quarto. Sentado na cama, um homem cantarolava uma canção de ninar. Uma desconhecida surgindo do espelho do armário não o perturbara tanto assim.

Ela devolveu a manta com que ele a cobrira.

— Obrigada.

Ele pegou lentamente a manta e, sem saber o que fazer, se cobriu, continuando a cantarolar.

Ophélie ergueu o mosquiteiro da janela. Uma luz espessa de fim de tarde inundava os jardins. Ao longe, a estátua gigantesca do colosso eclipsava o sol. Era como suspeitara: tinha errado o trajeto, de novo. Visara os aposentos diretoriais e aterrissara em um quarto do programa clássico. Não fazia diferença que nunca tivesse se refletido naquele espelho. Pelo menos o anfitrião foi muito cooperativo. Não fez pergunta alguma e, quando ela escapou do quarto, com um dedo na boca para pedir silêncio, ele a deixou partir tranquilamente. Como um passarinho que deixaria voar depois de ser cuidado.

Ophélie correu pelos andares da residência. Via salas, um ensaio de música aqui, risadas infantis ali. A fachada dourada do Observatório dos Desvios. *Mas eu vi o outro lado*, pensou. A imagem de Mediuna acorrentada ao genuflexório estava marcada em seus óculos.

Evitou por pouco os enfermeiros e supervisores. Ninguém ali usava capuz cinza, mas todos traziam apitos pendurados no pescoço. Depois de se perder algumas vezes, ladeou uma passarela que, a crer pelas placas, levava aos apartamentos diretoriais. De fato, a passagem se enfiava no lado do colosso no qual cintilava a grade de um elevador. Ophélie deu meia-volta discretamente quando viu que o acesso era protegido por duas silhuetas de guardas.

Precisaria contornar o problema... de novo.

Acabou encontrando uma escada de serviço, tão velha que quase caiu sob seus pés. Assim, conseguiu descer até a base da estátua. O túnel, finalmente! Ophélie se enfiou ali, fazendo o esforço de não olhar os milhares de fragmentos caleidoscópicos que refletiam a luz poente pelas paredes. Ela encontrou a porta escondida pela qual passara com Thorn na véspera. Só se sentiu de fato a salvo quando chegou lá em cima, bem no alto da estátua. Protegeu-se na passagem secreta adjacente aos aposentos diretoriais, escondida atrás da tapeçaria; se jogou em um degrau da escada, sem fôlego nem força nas pernas, e não se mexeu. Por um longo momento, só ouviu os soluços sufocados da própria respiração ofegante sob a luz vacilante das lâmpadas.

Conseguira.

Apesar de todos os erros de percurso, conseguira sair dos aposentos dos colaboradores e se dirigir ao local combinado – adiantada, inclusive.

Foi só naquele minuto que ela sentiu, enfim, com tanta intensidade que precisou abraçar o próprio peito para abafar os batimentos: o medo. Não só de quase cair entre as mãos dos observadores ou de acabar congelada por um Necromante. Não, aquele pânico surgia do fundo do próprio corpo. Ophélie só detinha uma minúscula fração dos segredos de Eulalie Deos, mas parecia entrever uma verdade muito mais vasta, encolhida num canto da memória, cujas implicações eram tão esmagadoras que tudo lhe dava a impressão de ser um terreno desconhecido.

Como Thorn fizera, esses anos todos, para aguentar o peso das lembranças transmitidas pela mãe? Ele sabia desde a infância que o mundo deles era uma tela gigantesca, tecida século a século por um Deus autoproclamado, e decidira acabar com isso sem pedir a opinião de ninguém.

Agachada no degrau, Ophélie apoiou a cabeça nos joelhos. Mal podia esperar que ele chegasse, para descansar um pouco naquela solidez...

Ela dormiu sem notar, porque foi acordada de repente pelo timbre do elevador. Alguém acabara de entrar na antessala.

Ophélie reconheceu, do outro lado da tapeçaria, o rangido de aço que se tornara tão familiar.

— Esperarei sozinho.

O sotaque de Babel estava entre os mais melódicos do mundo; na boca de Thorn, sua sonoridade era fúnebre.

— Permite que eu lhe faça companhia, *sir*? Os diretores estão sempre *extremely* ocupados. Eu mesma ainda não os encontrei. Sei que o senhor precisa sem dúvida fazer o relatório esta noite, mas talvez seja necessário aguardar por muito tempo até que possam recebê-lo.

Era a jovem do macaco, que acompanhava Thorn para todo lado. Se ela acreditava mesmo na existência dos diretores, estava muito mal informada. Ophélie sentiu naquela voz uma nota estridente que lhe causou um sentimento desconfortável. Tinha muito mais do que educação e ignorância por trás das palavras.

— Esperarei sozinho.

Thorn repetira cada sílaba como um autômato. Ophélie se recriminou imediatamente pelo ciúme que sentira. Ele era a tal ponto desprovido de indulgência consigo mesmo que era pessoalmente inconcebível ser considerado atraente.

Para sua surpresa, a jovem do macaco não se desencorajou.

— Talvez... talvez deseje trocar de roupa, *sir*. Posso levar o uniforme à lavanderia se o senhor... *well*, se o senhor me entregar.

Ophélie considerou que a conversa tomava um caminho bastante curioso.

Quase enxergava, através da tapeçaria que os separava, a linda silhueta de sari amarelo, o autômato no ombro, abraçando nervosa uma pasta contra o peito. Ela sentiu até que via os olhos, ao mesmo tempo escuros e brilhantes, que a jovem dirigia a Thorn, ainda assim mantendo uma distância adequada.

— Quanto a Miss Seconde — continuou a jovem —, o médico disse que a ferida era impressionante, mas não preocupante.

A estupefação de Ophélie não parava de crescer. A voz do outro lado da tapeçaria, ao contrário, retrocedeu a estado de murmúrio.

— Não estou apta a falar, *sir*, mas estas lentes escuras que uso me permitem enxergar certas coisas. Ao contrário das aparências, o que aconteceu não é sua responsabilidade. Miss Seconde não deveria se jogar sobre o senhor daquela forma. Ela às vezes é muito impulsiva com os desenhos! A culpa é dela. Não importa quem o senhor foi no passado, é *now* um Lorde de LUX! — continuou, mais alto, vibrando de veneração. — Os Lordes de LUX são intocáveis e nunca cometem err...

— Esperarei sozinho.

A resposta de Thorn não mudara, mas estava carregada de hostilidade e dissuadiu a jovem de insistir.

— Boa noite, *sir*.

Ela se retirou, num farfalhar de seda. Assim que o elevador se foi, Ophélie afastou a tapeçaria e avançou pelo piso da antessala. Thorn se erguia entre a luz das lâmpadas. Ele encarava com severidade a porta de ébano dos aposentos diretoriais. Não considerava seriamente a possibilidade de que ela se abrisse, mas parecia evitar em especial o próprio reflexo nas superfícies brilhantes do cômodo. Só consentiu desviar a atenção da porta e concentrá-la em Ophélie quando sentiu sua aproximação. Não manifestou surpresa, nem raiva. Toda a emoção do olhar estava voltada para si mesmo. Ele se mantinha firmemente de costas para a parede, como se quisesse sempre manter o espaço inteiro em seu campo de visão. Entre os dedos, segurava uma folha de papel. O ouro do uniforme estava sujo de sangue.

Vê-lo assim perturbou Ophélie.

— Tudo isso por um desenho.

Thorn anunciara essa constatação sem qualquer expressão. No entanto, assim que o fez, sua rigidez se fraturou. As linhas duras de seu rosto cederam, uma após a outra. A armadura da perna desmontou, como se não pudesse suportar aquele corpo, de repente de um peso intolerável.

Em um estrondo de aço, Thorn caiu de joelhos.

Ele se agarrou a Ophélie com as duas mãos, tão forte que ela quase caiu. Porém, se equilibrou. Ali, naquele momento, por mais transtornada que estivesse, era ela quem precisava se manter firme pelos dois. Thorn desabara em si mesmo, a cabeça caída para a frente, os ombros contraídos a ponto de quebrar. Abraçava Ophélie como se quisesse ao mesmo tempo se segurar e mantê-la afastada.

Impedir que as garras tivessem outra vítima.

O abismo no qual ele caía era da mesma natureza do vazio entre as arcas. Uma queda infinita da qual ninguém voltaria.

Ophélie não permitiria.

Ela se agarrou a Thorn com a mesma força com que ele se agarrara a ela. Fechou os olhos para visualizar melhor as garras que pulsavam em ritmo caótico. As dela, deformadas pelo Observatório; as de Thorn, pontudas como espinhos. Não eram nocivas por si só. Eram ele, eram ela. Com o instinto que vinha do poder familiar estrangeiro, Ophélie tentou conectar o próprio sistema nervoso ao de Thorn para desarmá-lo. Precisou tentar várias vezes, por conta da sombra deslocada, mas acabou conseguindo. Sentiu-o estremecer contra ela e viu os músculos dos ombros se tensionarem ainda mais. Por um instante, acreditou que ele se soltaria, furioso, mas, por fim, os ombros relaxaram. A rigidez perpétua que assombrava o enorme corpo ossudo se desintegrou de vez. Ele parara de lutar contra si mesmo.

Thorn parou de se mover, ajoelhado nos azulejos, a testa apertada contra o estômago embrulhado de Ophélie. Ele chorava.

O desenho amassado de Seconde jazia no chão.

Um coelho pulando de um poço.

Vermelho sangue.

(PARÊNTESES)

Onze meses, quatro dias, nove horas, vinte e sete minutos, treze segundos antes.

Thorn estava sentado em uma cadeira de ouro. Oitenta e quatro centímetros de altura, quarenta e oito de largura, quarenta e dois de profundidade, excluindo os decimais e o ângulo do assento. Ele não calculava de propósito. As unidades de medida se inscreviam nele, parasitárias, a cada interação com o ambiente. Estavam na malha dos mosquiteiros nas janelas de ouro, no intervalo entre os pés dos móveis de ouro, no volume de líquido na jarra de ouro, nas estampas geométricas dos tapetes de ouro.

Estavam especialmente nos ponteiros, também de ouro, do relógio da sala.

Ele esperava naquela cadeira, no primeiro andar do clube de genealogia, havia dois mil e trezentos e dezoito segundos. Aquela gente não demonstrava respeito algum pela pontualidade. Era pior do que grosseria: era ilógico. Quando ele perdia tempo, elas também o perdiam. Poderia usar aqueles dois mil e trezentos e dezoito segundos (agora trinta e quatro) para continuar na missão que elas tinham pedido.

Ele não era ingênuo. Sabia perfeitamente que a espera era parte do jogo. Do jogo deles.

Mil e seiscentos e sessenta e oito segundos se adicionaram aos anteriores até, enfim, o casal de Genealogistas entrar na sala. Na primeira vez que Thorn os encontrara, era um simples fugitivo imundo, nas presas da febre, arrastando uma perna quebrada. Eles se apresentaram da mesma forma como em todos os encontros, imutáveis nas togas douradas.

— *Welcome*, Sir Henry — disseram em uníssono.

Foram eles que escolheram o nome. Thorn não conhecia o nome dos dois, mas não precisava disso para saber quem eram. Sabia antes de chegar a Babel, antes de fugir do Polo. Decorara as ramificações políticas de todas as arcas e se mantivera a par das notícias interfamiliares por anos. Sim, muito antes de encontrá-los, entendera que, dentre todos os servos de Deus, aqueles dois só serviam a si próprios. Não era preciso ser psicólogo para entender.

O homem e a mulher se instalaram em um sofá, tão grudados que o espaço entre eles era impossível de calcular. Thorn dirigiu a atenção aos diâmetros ântero-posteriores, transversais e supra-auriculares dos crânios. Era capaz de medi-los por inteiro com um olhar, mas não saberia traduzir os números em noção estética. Eram bonitos? Ele os achava repugnantes. Pior que isso, ainda.

— Estou aqui, conforme o que combinamos.

O tom apressado lhes dava prazer. Com lentidão estudada, o homem pegou a jarra na mesinha e a levou à boca da mulher sem desviar o olhar de Thorn. Provocador. O cheiro de vinho pesou na atmosfera. Álcool era proibido em Babel, assim como tabaco, obscenidade, jogos de azar, música barulhenta e romances policiais. Tudo isso era encontrado no clube de genealogia, mas quem denunciaria os principais representantes da cidade?

Thorn consultou o relógio da sala (quatro mil e trezentos e sessenta e dois segundos), pouco impressionado. Ele vira muito pior na embaixada do Polo.

— Façam a pergunta.

Os Genealogistas marcaram uma hesitação nada hesitante e articularam em uníssono:

— Você conseguiu?

Só havia duas respostas à pergunta. "Ainda não", "logo" ou "quase" não estavam entre elas.

— Não — respondeu.

Os fracassos dele eram os fracassos deles, mas os dois assentiram com satisfação, sem dissimular. Entretanto, desejavam tanto quanto ele, mesmo que por razões diferentes, descobrir o que permitira a Deus se tornar Deus. A missão se mantinha a mesma desde o primeiro encontro, quando Thorn se apresentara de maneira voluntária a eles naquela mesma sala. Davam os meios, ele os usava; abriam as portas, ele as atravessava. Usavam-no, como ele os usava. Se um dia Thorn empurrasse demais a porta, aquela que fecharia atrás de si e impossibilitaria a volta, os Genealogistas se livrariam dele com a mesma rapidez com que o tinham contratado. Pegariam o nome, renunciariam a ele, negariam qualquer relação e o entregariam a Deus como crianças virtuosas e dignas.

Era essa a regra do jogo. Pelo menos, uma das regras.

— Aproxime-se, *dear friend*.

Thorn avançou a cadeira duzentos e sessenta e sete centímetros e voltou a se sentar, fazendo o metal ranger. Agora estavam bem próximos.

A mulher deslizou para a frente, fazendo ondular os cabelos e os tecidos. Se fosse dotado do mínimo de imaginação, Thorn acreditaria que fosse feita de ouro líquido. Ela estendeu os braços, em sinal de convite. A primeira vez que ela fizera aquele gesto, ele não soubera interpretá-lo. Hoje, sabia exatamente o que esperavam dele, assim como sabia que não podia recusar. Ele apresentou as próprias mãos. Quando os dedos dourados da mulher se uniram aos dele, sentiu-se enjoado. Contato físico o enojava. Havia uma só exceção à regra, mas não queria pensar nela – não ali, não naquele momento.

— Não é grave — sussurrou a mulher. — *It's alright*. Sabemos que você faz o melhor que pode.

O homem observava a cena com certo deleite, acomodado entre as almofadas do sofá. Sob a tinta dourada, as peles deles eram percorridas por calafrios visíveis a olho nu.

Thorn se perguntou com seriedade: fizera mesmo o melhor que podia? Parecia que, desde que fugira da prisão, a existência dele se resumia a uma série de improvisos. Recorrera ao novo poder familiar para atravessar a parede refletora da cela sem a menor garantia de que funcionaria. De lá, sairia pelo espelho da biblioteca da tia, cuja mansão estava vazia havia semanas. Calculara que lá encontraria um refúgio provisório e uma linha telefônica confiável? De jeito nenhum. Fora por instinto animal que voltara ao lugar que mais se aproximava de um lar. Quando contatara Vladislava, tinha certeza de que a Invisível o ajudaria a sair do Polo em troca dos serviços que ele oferecera ao clã? Pensara cem vezes que ela o trairia. Ainda tinha dificuldade em acreditar que ela não o fizera. Quanto à escolha de destino, era devida apenas ao desbloqueio da memória imprevisível de Farouk que carregava.

Quanto mais Thorn considerava a pergunta, mais estimava que, não, com certeza não fizera o melhor que podia. Além disso, se contentara em estragar as estatísticas.

— Sabemos que você é um homem cheio de recursos — continuou a mulher, apertando os dedos. — Já o provou e provará de novo.

Thorn sentiu os primeiros efeitos do poder familiar. Foi como se agulhas se enfiassem em cada poro das mãos. Ele forçou os músculos do rosto a não se contraírem. Não manifestaria desconforto algum. Manteria a mulher e o homem no campo de visão. Mentiria ao próprio poder familiar.

— Dragão por ascendência paterna. Você *certainly* deve pensar que isto aqui — continuou ela, apertando um pouquinho mais — é só aperitivo, se comparado às garras da sua família.

Thorn não pensava em nada disso. Não havia comparação possível entre a dor causada por um Dragão e aquela causada por um Tátil. A primeira era uma informação falsa enviada ao cérebro que o corpo manifestava. A segunda era um impulso verdadeiro transmitido de epiderme a epiderme sem que nada transparecesse na superfície.

A sensação nas mãos se intensificou e se propagou pelos braços. Não eram mais agulhas, mas pregos. Pregos ásperos e incandescentes. Thorn concentrou-se por inteiro no relógio da sala (quatro mil e oitocentos e cinquenta e nove segundos), se esforçando para persuadir as garras de que nada estava acontecendo, a agressão era consentida, ele aceitava a crueldade imposta ao corpo.

A mulher observava com avidez o rosto dele, em busca de uma falha naquela aparência impassível. Sabia que Thorn não podia usar as garras contra ela e, por esse motivo, que ele precisava muito deles para atingir o objetivo.

— Dizem que a filha de Sir Farouk cresceu bem — comentou o homem, entre as almofadas.

— São raros os escolhidos para o privilégio de ver sua priminha — insistiu a mulher.

— Dama Berenilde a esconde do mundo como seu tesouro mais precioso — disseram os dois, em coro.

Por dois segundos, um tique e um taque do relógio, houve uma brecha na concentração de Thorn. Dois segundos durante os quais o sofrimento penetrou com mais profundidade em sua pele. Ele precisou monopolizar todo o controle cerebral para se impedir de ativar o processo mnemônico que o levaria ao passado, para a época em que era o pilar indispensável sobre o qual a tia se reconstruíra. Fora substituído, mas era a ordem natural das coisas. Ninguém mais o esperava no Polo.

— A outra pergunta — disse ele.

A mulher abriu um sorriso ambíguo. A pressão de seus dedos ficou mais firme contra os de Thorn. Era como se urtigas crescessem sob a pele de seu corpo todo.

— Você irá até o fim da missão? — perguntaram os Genealogistas.

— Sim.

— *Good boy*.

A mulher soltou as mãos e, como toda vez, Thorn não conteve a surpresa pelo aspecto ileso da pele. O toque dos Táteis nunca deixava rastro. Ele olhou o relógio uma última vez (cinco mil e seiscentos e dois segundos) e deixou para trás os dois corpos que se beijavam no sofá sem lhe dar atenção.

As vozes mescladas chegaram aos ouvidos uma última vez, ao fechar a porta:

— Aguardamos impacientemente sua próxima visita.

Sozinho no corredor, Thorn abriu metodicamente o frasco e desinfetou as mãos. Uma vez. Duas vezes. Três vezes. A sujeira era invisível, mas ele a sentia até os nervos, até as garras que tremiam de ódio contido ao seu redor.

Não, ninguém mais o esperava no Polo, e isso lhe convinha. Desde que alguém o esperasse em outro lugar, isso lhe convinha.

O ROUBO

A grama seca crepitava sob os pés de Ophélie. Ela avançava entre sepulturas e vaga-lumes, as pupilas dilatadas como a lua no céu. No passado, ia visitar o cemitério de Anima, e, toda vez, um enorme silêncio a invadira desde os primeiros passos. Não era exatamente serenidade, nem precisamente angústia. Era mais a concentração do equilibrista caminhando no fio entre dois absolutos.

O que sentia ali, na necrópole do Observatório dos Desvios no meio da noite, era ainda mais indefinido. Ela quase se esquecia de respirar. Era um cemitério militar muito antigo; a organização dos túmulos chegava a lembrar as fileiras de um exército. Dado que todas essas palavras eram proibidas em Babel, Ophélie pensou que devia ser difícil mencionar um lugar como aquele. Sem dúvida não era mencionado. Contentavam-se em tolerar a presença dele, em um canto da arca, como um vizinho do qual não se pode fugir.

Entretanto, mesmo ali o ambiente era lotado de objetos inutilizáveis, como se o Observatório dos Desvios fosse inundado e transbordasse, sendo ele próprio a fonte.

Por mais fascinante que fosse o espaço, o olhar da jovem voltava sempre a Thorn, que abria caminho à frente dela. Ele não dissera mais uma palavra desde que tinham saído da antessala. Descera a escada secreta do colosso em silêncio, contornara os brinquedos do velho parque de diversões, atravessara as roseiras escondidas das janelas e empurrara o portão da necrópole. Avançava a passos largos, obrigando-a a dobrar o ritmo.

Ela evitava olhar para o sangue que sujara o uniforme dele, do lado em que Seconde se precipitara para oferecer o desenho. Thorn se mostrara com uma passibilidade lacônica ao relatar as circunstâncias do acidente, mas Ophélie sabia o essencial. Seconde ativara as garras sem querer e, apesar de sua vida não estar em perigo, ficaria marcada para sempre. Thorn também. Aqueles que testemunharam a cena não entenderam o que acontecera. Ninguém o consideraria responsável, mas Ophélie o conhecia e sentia que ele preferiria ser responsabilizdo. Ela o via carregar a culpa da qual não poderia se livrar.

Mudar a percepção que ele tinha de si, depois daquilo, seria ainda mais delicado.

Eles escalaram uma muralha que servia de fronteira entre a terra e o vazio. Lá em cima, no caminho da guarda, o vento era forte. Ophélie o sentiu bater na pele do rosto, dos braços e dos tornozelos. Não sentia falta do cabelo comprido nem das saias velhas; por outro lado, gostaria de ter sapatos: de tanto correr, os pés estavam em carne viva.

— Ah — soltou.

Foi tomada pela visão da Boa Família do outro lado do muro. A arca menor nunca lhe parecera tão próxima quanto daquele ponto de observação. Era possível distinguir perfeitamente os contornos das duas ilhas gêmeas, uma reservada aos Filhos de Pólux, outra aos Afilhados de Hélène, conectadas por uma ponte bastante simbólica. Os vidros das cúpulas, dos anfiteatros e do ginásio refletiam a Lua.

Octavio devia estar dormindo sob aquele brilho. A menos que se revirasse na cama, se perguntando como mudar o mundo por dentro. Qual seria a reação ao ver a irmãzinha ferida? Ophélie sentiu um aperto no peito. A amizade dele era o que ganhara de melhor na Boa Família. Até que ponto ele estava ciente do papel de Seconde no Observatório dos Desvios? O destino dos invertidos dependia de cada risco de lápis, determinando quem ficaria no primeiro protocolo e quem iria ao segundo, quem daria voltas de carrossel até o fim dos dias e quem acabaria acorrentado ao genuflexório. Seconde era cúmplice daquele lugar – voluntariamente ou não, era outra história. Será que Lady Septima sabia? Levara a filha ali tendo conhecimento do que aconteceria, ou perdera o controle no instante em que a rejeitara?

Na frente de Ophélie, Thorn apontou para o destino deles: um pagode que servia como torre no canto da muralha. Ele se misturava tão bem aos arredores que mal era notado. Cercado pelo luar, parecia surpreendentemente irrelevante em comparação com a arquitetura tão colorida do resto do Observatório. Entretanto, ao olhar melhor, um brilho muito fraco atravessava as janelas dos andares sobrepostos. Aquela luz se intensificou quando Thorn abriu uma porta de correr; Ophélie sentiu que entrava no fundo de uma lanterna.

— É aqui — declarou ele, por fim.

Estavam no meio de uma sala octogonal à base do pagode. A luz emanava de luminárias instaladas em nichos nas paredes. Cada uma iluminava uma urna, na qual se encontrava uma foto. Havia uma quantidade considerável.

Um columbário.

— Todas essas cinzas pertencem a sujeitos mortos no Observatório — continuou Thorn. — Elas nunca foram reivindicadas pelas famílias.

Ophélie se sentiu congelar, como se os efeitos da necromancia continuassem a incomodá-la. Já vivera as masmorras no Polo, mas aquilo era ainda mais sórdido. Será que aqueles que iam ao terceiro protocolo acabavam naquelas urnas? Eram tantas! Os nichos se elevavam por vários andares, até o alto da construção, percorridos por dezenas de escadas.

— Procuramos... alguém?

— Alguma coisa — respondeu Thorn, abrindo e fechando o relógio. — Primeiro, vamos nos atualizar sobre o que descobrimos.

Reencontrara a postura de funcionário, claro. Ophélie não se enganaria. Havia um novo pudor na forma como ele se esquivava dos óculos dela quando se tornavam insistentes demais.

Ela decidiu começar.

— Estávamos certos. As lentes pretas dos observadores permitem que eles vejam os poderes familiares. Mas não é só isso.

Então engoliu em seco. A memória de Eulalie Deos permitira que ela interpretasse as pesquisas lidas nos laboratórios dos colaboradores. Precisava, então, traduzir tudo aquilo nas próprias palavras. Fazê-lo no columbário, em meio a urnas funerárias, provocava uma sensação bastante peculiar.

— As sombras que nos envolvem são... — hesitou, procurando a palavra certa. — São *projeções* de nós mesmos. Quando nossa sombra se desloca, acho que nossas projeções também se deslocam e acabam voltando na forma de ecos. Um pouco como... como um...

Ophélie fez a mímica de um movimento amplo de ioiô.

— Como uma precessão giroscópica — traduziu Thorn.

— Isso. Por efeito de ricochete, as sombras dos invertidos afetam as sombras de tudo que os cerca, o que gera mais ecos ainda. Quando uma arca desmorona, produz uma perturbação ainda maior. No final, não importa se chamamos de "sombra", "projeção", "propagação" ou "eco", é tudo a mesma coisa. Aerargírio.

— Aerargírio — repetiu Thorn, nitidamente contrariado de não ter aquela palavra na própria biblioteca de memórias.

— Pelo menos é a palavra usada no Observatório. É um material tão sutil que é invisível a olho nu. Pode... como posso dizer... ser *convertido* em matéria sólida se certas circunstâncias se reunirem. Foi o que Eulalie Deos conseguiu fazer ao criar os espíritos familiares. É o que o Observatório quer reproduzir agora no projeto Cornucopianismo. Uma Cornucópia autêntica — murmurou, a voz trêmula —, que produziria recursos ilimitados. Só que eles não conseguem. Tudo que produzem dá errado, porque falta o que Eulalie Deos tinha: o Outro.

Ophélie contraiu as mãos, que o Observatório tornara mais desajeitadas e perdidas do que nunca.

— Os invertidos atraem ecos. E o Observatório exacerba nossas inversões para que um de nós invoque o mais poderoso deles.

Ela abaixou as pálpebras, sem fechá-las por inteiro, para sondar melhor a segunda memória que vivia nela.

— A Cornucópia precisa de ecos para funcionar. Eles respondem a leis e lógicas próprias que só um eco seria capaz de explicar, por menor que seja sua capacidade de fala. A partir do momento em que Eulalie Deos estabeleceu diálogo com o próprio eco, o Outro, ela desenvolveu uma compreensão mais precisa do mundo em geral e dos ecos em particular. Foi essa compreensão que permitiu que ela utilizasse o potencial inteiro da Cornucópia. É essa compreensão que o Observatório deseja.

Ophélie fechou melhor os olhos. Quais eram mesmo as três coisas de que Eulalie Deos precisava? *Palavras, ecos e uma contrapartida.*

— Os objetos defeituosos, assim como os espíritos familiares, são ecos convertidos em matéria. O que têm em comum é que precisam de um código para tornarem-se corpóreos. Encontrei, em uma forma de torta, símbolos semelhantes aos dos Livros. Elizabeth acredita ter sido contratada para decifrá-los e servir aos espíritos familiares. Na verdade, o Observatório quer criar um código equivalente para uso próprio. Até que esse código seja aperfeiçoado, a Cornucópia só produzirá material imperfeito.

Ophélie falou então das pastas que revirara, da fissura que Seconde desenhara no ombro de sua sombra, da visão de Eulalie Deos que conseguira provocar, da visita imprevista à nave do segundo protocolo e da expiação forçada de Mediuna para "cristalizar".

Quando abriu os olhos, depois de terminar, se deu conta de que Thorn a encarava intensamente na luz hipnótica das luminárias. Brilhava nos olhos dele um incômodo que, sim, quase parecia inveja.

— Bom trabalho.

Ophélie corou até os óculos. Um elogio, vindo dele, era um evento marcante.

— Ainda temos muitas perguntas sem resposta — disse ela. — Sinto que essa Cornucópia é, em si, a mera superfície de alguma coisa subterrânea e muito maior, e é isso que me assusta. Não sabemos quase nada desse aerargírio que nos cerca. Além disso, tem essa tal "cristalização" que parece indispensável ao Projeto. É a vocação do segundo protocolo, mas não entendi de forma alguma o que era. Será que tem a ver com a fissura que Seconde descobriu na minha sombra? — murmurou, massageando o ombro em busca de uma fratura invisível. — Desde que ela a desenhou, minha transferência está planejada.

Thorn cortou o ar com a mão, como se fossem detalhes secundários.

— Nosso objetivo era descobrir como Eulalie Deos se transformara em Deus e seu reflexo, em apocalipse. Sabemos agora que a função da Cornucópia é converter. *Converter* — repetiu, pontuando as sílabas com o dedo —, não *criar*.

Ophélie assentiu. Cada frase dele era impregnada de energia comunicativa. Era difícil falar de entusiasmo quando se tratava de Thorn, mas aquilo era bem parecido.

— Eulalie não se contentou em converter ecos em espíritos familiares — continuou ele. — Ela parece ter invertido a experiência. Converteu a si mesma. Atribuiu a si todas as características de um eco, para reproduzir qualquer rosto e poder.

— Essa conversão pode ter afetado o Outro no mesmo momento — disse Ophélie, tomada pela empolgação. — Talvez seja a conversão que aconteceu no quarto fechado do Memorial. Talvez seja a que provocou o Rasgo. A conversão excessiva.

— Se sabemos como Eulalie Deos a fez, saberemos como desfazê-la — lembrou Thorn. — Por enquanto, ela e o Outro se mantêm discretos, mas por quanto tempo? Nossa próxima etapa, aqui e agora, é encontrar a Cornucópia.

Ophélie contemplou as urnas cujos nichos pontuavam a construção inteira.

— No columbário?

Um rangido abominável a assustou. A armadura de Thorn travara de novo enquanto subia uma escada.

— Há quarenta anos — explicou ele, soltando a perna —, o Observatório passou por uma reforma importante. A instalação do programa alternativo e de seus três protocolos vem dessa época. A eletricidade também. Eu expliquei que os medidores não correspondem aos relatórios que me deram. Durante a inspeção surpresa, nenhum membro da equipe pôde ou quis me indicar aonde ia o excesso de energia. Só ouvi "*sorry*".

Quanto mais Thorn subia, mais a voz se tornava grave. A madeira envernizada do lugar lhe dava corpo de contrabaixo.

Ophélie tentou segui-lo de degrau em degrau, mas o cansaço e o sono deixavam seus pés cada vez mais atrapalhados. Acabou por perdê-lo de vista. As fileiras de urnas tinham a lógica labiríntica e enganadora de uma biblioteca. Uma biblioteca macabra.

— O que te orientou ao columbário?

— A filha de Lady Septima — respondeu a voz distante de Thorn, vinda de um corredor. — Pelo menos, de forma indireta. Depois de se jogar nas minhas garras, ela foi levada com urgência à enfermaria do programa alternativo. Eu a acompanhei. À distância — explicou depois de hesitar. — Precisava garantir... você sabe.

As frases estavam entrecortadas. Ophélie sentiu um nó no estômago. Ele nunca escondera a aversão que sentia por crianças, mas ter machucado uma lhe causava sofrimento. Talvez parte dele não rejeitasse completamente a ideia de ter filhos um dia?

A voz se deslocava com ele através do columbário.

— Eu me encontrei em uma sala de espera acompanhado de um autômato encarregado da manutenção. Um modelo antigo. Ele não parou de me encher de ditados. Um deles, no entanto, chamou minha atenção.

Ophélie, que se esforçava para segui-lo pelos sons, passou para a próxima escada.

— O que ele disse?

A voz de Thorn, onde quer que estivesse, abaixou mais uma oitava.

— "HÁ AQUELES QUE O PÚBLICO ACREDITA TEREM MORRIDO, MAS QUE VIVEM."

Ophélie franziu a testa. Lazarus tinha instalado todo tipo de provérbio duvidoso nos autômatos, mas aquilo não lembrava nada que ela já tivesse ouvido.

— Ele repetiu uma frase que deve ter ouvido aqui, no Observatório — continuou Thorn. — Quando pedi detalhes, foi incapaz e me passou a receita de um caviar de berinjela. Pensei naquilo que você dissera sobre o terceiro protocolo: aqueles que são transferidos nunca voltam. E eu tinha decorado a localização do columbário no mapa.

Ophélie se sentiu de repente julgada pelos retratos de defuntos brilhando à luz das luminárias ao redor. *Aqueles que o público acredita terem morrido, mas que vivem.*

— Essas urnas funerárias estão vazias?

Em algum lugar, um barulho de tampa, seguido de uma resposta pragmática:

— Nitidamente não. No entanto, não posso afirmar que são cinzas de corpos humanos.

— Se as pessoas das fotos não morreram — murmurou Ophélie —, o que aconteceu com elas?

O passo metálico de Thorn se suspendeu.

— Nada chama sua atenção? — perguntou ele, depois de uma pausa.

Ela pensou que tudo ali chamava atenção. Um columbário talvez falsificado. Rostos de homens, mulheres e crianças talvez separados da natureza. Vidas roubadas.

— As lâmpadas — entendeu, por fim.

Havia ali toda uma rede de luminárias, mas nenhuma piscava, nenhuma falhava. Aquela construçãozinha, esquecida no canto da arca, bem à beira do vazio, recebia mais eletricidade do que o resto do Observatório.

— Estou bastante convencido de que a Cornucópia está próxima — comentou Thorn. — Se converte ecos em matéria, precisa de uma enorme fonte de energia.

Ophélie assentiu, mas uma coisa era deter o conhecimento, e outra era explorá-lo. A Cornucópia era parte das urnas funerárias? Ela devia ser muito maior, incomparável. E toda aquela gente que o Observatório fingia estar morta... seriam a contrapartida de que Eulalie Deos falava?

A ideia era aterrorizante.

Ophélie entreabriu a veneziana de uma janela. Do outro lado do vidro, a arca vizinha da Boa Família lhe pareceu ainda mais visível dali do que da muralha. Não, era a noite que pesava menos: as estrelas se desbotavam, a alvorada se preparava. Precisava muito estar na cama quando a babá-autômato fosse acordá-la.

— Não vivemos como um casal convencional.

Thorn dissera isso como óbvio, quando Ophélie enfim o localizou no último andar. Ele desinfetava as mãos com muito cuidado, provavelmente por causa de todas as urnas que abrira e fechara para verificar. Naquele momento, seguia com o olhar o caminho de um cabo de eletricidade ao longo das vigas.

— Eu gosto que não sejamos convencionais — garantiu ela.

Constatou, com certa surpresa, que o sangue de Seconde fora reabsorvido pelo uniforme. O animismo maníaco de Thorn operava, garantindo que ele não tivesse nenhuma mancha, nenhuma dobra amarrotada nas roupas. Já Ophélie lutava contra os caprichos do próprio poder. Desde que recuperara os óculos, eles tentavam dar no pé, obrigando-a a ajeitá-los no nariz sem parar.

Thorn franziu a testa, perdendo o rastro do cabo que se enfiava no teto, e lhe dirigiu o olhar severo.

— Mais cedo, na antessala, você usou as garras comigo. Prefiro que não o faça de novo.

— Eu te machuquei?

— Não.

O tom dele se tornara duro. Também constrangido.

— Não — repetiu, com menos aspereza. — Na verdade, eu não sabia que as garras dos Dragões podiam servir para outras coisas além de ferir. Mas você não estará sempre ao meu lado para regular meu poder. A responsabilidade de recuperar o controle é minha. Certos problemas só podemos resolver sozinhos.

Ophélie sabia que ele estava certo, que fora imprudente combinar seu poder desviante com o poder incontrolável de Thorn. O seu lado menos racional, entretanto, a revoltou contra a ideia de que o "nós" não bastasse para superar qualquer dificuldade.

— Ali — disse ela.

Quase invisível, uma fenda no teto indicava a presença de um alçapão. Não havia nenhuma alavanca para abri-lo do chão, mas Thorn só precisou esticar o braço. Ele desdobrou uma escada retrátil, contrariado.

— Eu não posso subir.

Ophélie não hesitou para escalar os degraus, mesmo que harmonizar direita e esquerda fosse ainda mais difícil numa escada daquelas. Thorn acabara de afirmar que certos problemas só poderiam ser resolvidos sozinhos. Ela sentia a necessidade – um pouco infantil, devia admitir – de provar que outros problemas só poderiam ser resolvidos juntos.

Tateando, puxou a cordinha da luz do teto, que, acesa, projetou um brilho fraco pelo sótão. Mais urnas funerárias! Não havia nada ali, pelo menos à primeira vista, que lembrasse uma Cornucópia.

— Vou olhar de perto — disse ela. — Continue a procurar do seu lado.

— Ophélie.

Ela passou a cabeça de volta pelo alçapão, em dúvida. O rosto entalhado à lâmina de Thorn se erguia com uma estranha e solene rigidez.

— Eu também — disse ele, após pigarrear. — Aprecio que não sejamos convencionais. Mais que isso, até.

Foi com um sorriso bastante inapropriado que Ophélie se aventurou entre os objetos funerários. As urnas e fotografias pareciam muito mais antigas do que as expostas no columbário. Teriam sido guardadas por falta de espaço? O chão de madeira não era encerado, e a jovem fazia uma careta sempre que pisava em farpas.

Ali, cercada por cinzas que talvez não pertencessem a ninguém, pensou no Outro. Quanto mais mergulhava nos segredos do Observatório dos Desvios e de Eulalie Deos, menos conseguia delimitá-lo. Ele não tinha, na cabeça dela, nenhum rosto em especial. Era aquela voz que pedira para ser solta do espelho. Era o desconhecido que transtornara seu corpo. Era a boca que engolia pedaços de arca. Era o silêncio ao telefone que não respondera a seu chamado.

Como uma criatura tão discreta podia ter um efeito tão espetacular no mundo? Desde que saíra do espelho, o Outro conservara a substância sutil de aerargírio, ou teria se incorporado em uma substância durável? Se a Cornucópia era capaz de converter ecos em matéria, seria também de inverter o processo, como Thorn supunha? Poderiam, graças a ela, devolver o Outro à condição de eco e Eulalie à condição humana? Principalmente: o fariam a tempo? Do lado deles, teriam Archibald, Gaelle e Raposa conseguido encontrar a inencontrável Arca-da-Terra? Saberiam convencer Janus e os Arcadianos a serem aliados? Dominar o espaço permitiria localizar qualquer um e se esconder em qualquer lugar; era uma vantagem decisiva contra o adversário. Mas e se aquela capacidade fosse parar nas mãos de Eulalie Deos? Seria necessário então encarar não só um eco apocalíptico, mas uma megalomaníaca onipotente...

Ophélie parou no meio das perguntas em frente a uma das urnas pegando poeira. Chocada. Ela limpou com a luva a velha foto que observava, revelando um jovem de olhos doces de antílope.

Ambroise.

Os braços e as pernas não estavam ao contrário: ele estava inteiramente de pé. Apesar de todas as contradições, Ophélie estava tomada pela certeza absoluta de que se tratava de Ambroise. Até o nome estava destacado na placa da urna, com uma data de falecimento de quarenta anos antes.

Há aqueles que o público acredita terem morrido, mas que vivem.

A respiração de Ophélie se acelerou. Era ele, o invertido recortado da foto antiga nos aposentos diretoriais. Dava para ver um braço ao redor dos ombros: o braço do jovem que posava com ele e os outros invertidos, em frente a um carrossel. Ophélie entendeu então por que parecia tão conhecido. Era Lazarus, quarenta anos mais novo.

Pai e filho no mesmo lugar e com a mesma idade.

Ela estava paralisada pela confusão quando notou um movimento. Girou sobre os calcanhares, observando cada canto do sótão. Não era ilusão de ótica. Alguém estava a poucos passos dela, onde a luz não chegava. Ophélie só enxergava um contorno.

A silhueta se moveu devagar. Não se deslocava, mas fazia gestos amplos e silenciosos, como um mímico. Apontou para o teto com a mão direita e para o chão com a esquerda, depois o chão com a mão direita e o teto com a esquerda. Céu e terra, terra e céu, céu e terra...

Era o desconhecido do nevoeiro.

Por mais inconcebível que fosse, ele encontrara Ophélie.

— Quem é você?

Decidida a ver o rosto por fim, ela se enfiou na sombra do sótão. O desconhecido se esquivou com um pulinho, fez uma reverência brincalhona e sumiu em um passo pelo alçapão. Ele se movimentava tão rápido!

Ophélie desceu a escada aos tropeços. O corredor do andar estava deserto. Só via urnas. Ela cruzou o olhar desconcertado de Thorn, que avançara sob a escada mais próxima, assustado pelo estrondo.

— Tem alguém aqui — cochichou ela.

— Eu não vi ninguém.

Se o intruso não descera, era humanamente impossível que estivesse longe dali. Teria saído pelo telhado?

Ophélie abriu uma persiana e tentou, desajeitada, puxar a janela, procurando através do vidro uma sombra entre todas as que povoavam o fim da noite.

Congelou ao ver o próprio reflexo. Moribundo. Ela estava coberta de sangue. Até o cachecol no pescoço – um que sabia não usar naquele momento – estava encharcado. Não havia janela, pagode, urnas, só vazio. Um vazio que levara tudo, menos ela, Eulalie Deos e o Outro.

A mão de Thorn em seu ombro a trouxe de volta à realidade.

— O que aconteceu?

Ophélie não fazia ideia. A visão se dissipara como um sonho, mas a náusea continuava. Tinha a impressão inexplicável de que todos os sentidos tinham percebido uma imensa anomalia lá fora, que ela não fora capaz de assimilar.

Thorn olhou pela janela também. Os olhos de aço pararam imediatamente, como se atraídos por um ponto no céu. Só que não havia nada ali. Só então, Ophélie interpretou o sinal que os sentidos enviaram.

A Boa Família desaparecera.

No mesmo momento, as sirenes de alarme ecoaram através do Observatório.

NOS BASTIDORES

No alto do pagode do columbário, no mais alto telhado sobreposto, empoleirado na ponta do remate como uma garça, ele ouve as sirenes. Uma explosão de ecos. Canto e grito ao mesmo tempo. Um pedaço de mundo a menos, um!

Ele sorri para a alvorada.

Pobre Ophélie, deve estar com uma cara... Não foi por falta de aviso.

VERSO

O INOMINÁVEL

O desmoronamento da arca no mar de nuvens provocou o maior transbordamento que Ophélie já vira. Era um tornado quase imóvel, rugindo em trovões e relâmpagos, espesso como uma erupção vulcânica, formando um véu escuro sobre a manhã pálida. Até a temperatura do ar caíra em vários graus.

Os colaboradores, invertidos e autômatos evacuavam os prédios aos tropeços. Corriam para todo lado, gritavam além das sirenes, davam ordens contrárias – em resumo, entravam em pânico. O Observatório dos Desvios, até ali composto por murmúrios abafados e portas trancadas, se transformara em um único barulho gigantesco.

— Eu subestimei o Outro — admitiu Thorn.

Ophélie se afastou do espetáculo apocalíptico e se virou para ele, apertado no esconderijo. Tinham saído correndo do columbário e da necrópole, por medo de serem encontrados lá, especialmente juntos. Acabaram, assim, presos no meio do velho parque de diversões, onde colaboradores se agruparam para contemplar a coluna de nuvens rasgando o céu. Não tiveram escolha: se refugiaram na barraca dita "do faquir".

— Até hoje, Eulalie Deos me parecia nossa inimiga mais nociva. Vou precisar rever as prioridades.

O sangue frio de Thorn a impressionou. Ela estava tremendo inteira, de horror, exaustão e fúria misturados. Especialmente fúria. Uma raiva interiorizada que escurecia os óculos, vibrava como uma colmeia sob a pele e cobria aquilo que não queria, não queria mesmo sentir.

— Aquele intruso que vi no columbário anda me cercando desde o primeiro desmoronamento. Sempre sabe onde me encontrar e sempre some correndo. Eu me pergunto se ele não é mesmo...

A garganta de Ophélie se apertou a ponto de bloquear o fim da frase. Ela sentia pelo Outro uma aversão que comprimia os pulmões. A respiração prisioneira gritava por dentro como as sirenes de emergência, clamava por justiça, exigia vingança, mesmo que Ophélie rejeitasse com todas as forças a origem daquela dor.

Ele estava vivo. *Ele* certamente estava. Enquanto seu nome não fosse dito, *ele* continuaria a estar.

— De qualquer forma — disse Thorn —, "aquele intruso" parece se interessar muito pela nossa investigação. Talvez também procure a Cornucópia. Quem quer que seja, o que quer que queira, devemos localizá-lo antes do próximo desmoronamento.

Ophélie não conseguiu deixar de pensar que tinham perdido tempo demais. Já deveriam ter mandado o Outro de volta ao espelho e impedido seus crimes.

Ela também não conseguiu deixar de pensar no reflexo na vidraçaria. No sangue. Nos últimos encontros. No vazio por todo lado, por fora, por dentro. Será que alguns ecos vinham mesmo do futuro? Deveria falar disso com Thorn?

Ele estava desdobrando o mapa do Observatório que levava consigo. Grande demais para as dimensões limitadas da barraca, Thorn tinha dificuldade para evitar as tábuas de pregos. As primeiras luzes do dia que entravam pela lona destacavam suas cicatrizes e sua magreza acética, como se fosse ele mesmo o faquir.

— O columbário era nossa melhor pista — disse ele, apontando a necrópole no mapa. — Exploramos todos os andares e não encontramos nada de notável. Nada — acrescentou, a voz pesada — além da urna funerária de um garoto que com certeza não é garoto nenhum.

Ophélie assentiu. Fora um choque encontrar aquela foto de quarenta anos antes. Ambroise também estava conectado de alguma forma ao projeto Cornucopianismo. Lazarus também. Ela tinha duas ou três perguntas a fazer quando saísse daquele maldito Observatório.

Olhou por uma fresta na lona. Os evacuados estavam se aglomerando perto do carrossel de tigres, mas as sirenes de emergência impediam que ela os ouvisse. Alguém acabaria reparando que Ophélie não se apresentara ao chamado. Deveria se decidir logo. Quando as sirenes fossem desligadas, tudo voltaria a ser como antes: programas, protocolos, sessões de projeção, fotografias, voltas de carrossel, refeições podres, silêncios, segredos, solidões... O mundo inteiro podia desmoronar, mas o Observatório dos Desvios seguiria na busca até o fim. Só ele detinha a solução aos problemas, mas Ophélie tinha sérias dúvidas de que tinham as mesmas motivações.

— O segundo protocolo — declarou. — Vou voltar e descobrir o que estão fazendo com Mediuna. Não a vejo entre os evacuados, então ela ainda deve estar na nave. O Observatório quer usá-la para a Cornucópia: preciso entender como e por quê.

Para sua surpresa, Thorn assentiu sem nem tentar dissuadi-la. Ophélie sentiu, naquele momento, uma imensa gratidão. Estava agradecida por ele ser tão estável diante dela, tão presente entre as ausências, tão vivo, especialmente.

— É só um passo do segundo ao terceiro protocolo — lembrou ele, entretanto. — Não sabemos o que aconteceu com "aqueles que o público acredita terem morrido, mas que vivem".

— Não tenho a menor intenção de ser recrutada — garantiu ela. — Vou voltar ao primeiro protocolo, esperar até a noite e pular o muro. Literalmente — acrescentou, pensando, apreensiva, no transcendium à beira do vazio. — Antes do amanhecer, te encontrarei nos aposentos dos diretores. Com certa sorte, terei descoberto como acabar com... isso tudo.

Então apontou com o queixo as nuvens pretas que não paravam de subir aos céus. Um vento de tempestade, semelhante ao que soprava dentro dela, começava a levantar a lona da barraca.

Thorn estudou Ophélie com vigilância aguda, como se sentisse que ela não formulara o essencial.

— Onde fica o segundo protocolo? — perguntou ele, mostrando o mapa.

Por mais que tentasse clarear os óculos, ela não conseguia.

— Não o encontro — disse ela, indicando uma área vazia ao lado dos aposentos dos colaboradores. — Deveria ficar bem aqui. Tem um monte de escadas até a nave. Eu percorri dezenas de metros sem nem ver o final... Seria uma distorção do espaço, como as de Madre Hildegarde? Sei que ela viveu em Babel, mas eu não esperava encontrar uma de suas obras aqui.

A sombra entre as sobrancelhas de Thorn se aprofundou, mas ele guardou o mapa com o mesmo cuidado com que fazia tudo.

— De qualquer forma, não estarei longe. Vou aproveitar os últimos acontecimentos para prolongar minha inspeção por aqui. Fazer um inventário, verificar a integridade da arca, esse tipo de formalidade.

As sirenes se calaram. O silêncio chegava a doer.

— Preciso me juntar aos outros — murmurou Ophélie.

— E eu preciso ir embora correndo — declarou Thorn, abrindo e fechando o relógio. — Não deveria estar na área de confinamento.

Contradizendo as próprias palavras, não se mexeu um milímetro. Franziu a testa, olhando para os pés estáticos que se recusavam a obedecer à ordem. Outra vez, lá estavam elas: duas forças conflitantes que se atacavam impiedosamente, conferindo a todas as atitudes de Thorn um meio-tom estranho. Os músculos de seu pescoço apertaram tudo que ele não queria dizer.

Ao vê-lo assim, Ophélie sentiu suas pernas bambas, mas também os ombros, as pálpebras, o corpo inteiro, enquanto as mesmas palavras mudas a sufocavam por dentro.

"Vamos fugir. Agora. Eu e você."

Então tirou as luvas e os óculos, que enfim voltaram à transparência, e entregou tudo a Thorn.

— Antes do amanhecer — repetiu ela.

— Não estarei longe — repetiu ele.

Eles se separaram. Ophélie pisou no chão com todos os dedos, decidida a não dar o mínimo motivo para esta arca ceder como as outras, e correu para se juntar à aglomeração. Desde que as sirenes tinham parado, a atmosfera zumbia de perguntas sem resposta. Qual era a extensão do desmoronamento? O que o provocara? Quem fora afetado pela catástrofe? O Observatório dos Desvios ainda era seguro? Devemos ficar ou partir? Ninguém ousava levantar a voz.

Ela precisou se acotovelar entre colaboradores que cochichavam tão baixinho que era impossível escutá-los. Alguns usavam pijama no lugar do manto protocolar, mas todos tinham tido tempo de vestir os capuzes durante a evacuação, profissionais até o fim. Pelo menos Ophélie conseguiu se enfiar entre os invertidos do programa alternativo sem chamar atenção.

Só Cosmos virou os olhos atentos a ela, como se a esperasse. Ele se aproximou, esforçando-se para manter certa distância; estava suficientemente abalado pela própria preocupação, não precisava absorver as dos outros.

— Onde você estava? Acionaram a abertura automática das portas para a evacuação. Quando fui te guardar no basco... te buscar no quarto, você tinha sumido.

— Eu estava aqui — respondeu Ophélie, evasiva. — Já sabem quem estava... lá?

Ela não conseguia parar de olhar a subida hipnótica de nuvens que escureciam o céu e pareciam prestes a cair sobre o Observatório como um maremoto. Tentava não descrever em palavras precisas o que causara aquele fenômeno, afastar as imagens da arca desaparecida que por um tempo fora dela, em especial evitar o nome daqueles – *daquele* – que foram carregados pelo naufrágio da Boa Família.

— Não, *miss*. Ninguém diz nada. Só ele.

"Ele" era o velho do programa alternativo. A alguns passos dali, se mantinha calmíssimo em meio à agitação coletiva. Os cabelos brancos dançavam ao vento, se misturando aos traços cinzelados do rosto. Era a primeira vez que Ophélie não o via bater na orelha esquerda. Ao contrário, ele parecia escutar, com uma serenidade profunda, o espaço inteiro atrás dos murmúrios, repetindo a mesma frase em intervalos regulares:

— Eles subiram lá embaixo.

As babás-autômatos esperavam instruções, de mãos abanando. Eram um espetáculo deslocado, os sorrisos artificiais enormes em meio aos rostos apavorados. Estavam tão cheias de ecos que só se ouvia *"DAR-DAR-DAR-DAR"*, sem nunca chegar ao *"LING"*. Os dispositivos sonoros provavelmente estavam pifados, o que não era nada ruim em si.

O mais discreto possível, Cosmos esfregou terra entre as mãos e espalhou sobre o ombro até ocultar a tatuagem "PA".

— Precisamos fazer a mala, *miss*.

Ele apontou um pedacinho de céu ainda azul, atrás da cabeça gigante do colosso. Ophélie enxergou, apertando os olhos, curiosos pontilhados cintilantes. Aeronaves. Uma frota inteira de aeronaves.

— Os privilegiadinhos do programa clássico vão ser faturados pela remíria... recuperados pela família. É uma baderna, todas as portas estão abertas. Não teremos outra oportunidade assim. Você vem comigo?

— Não.

Ela respondeu sem hostilidade, nem hesitação. O objetivo era se misturar ao ambiente até a noite seguinte. Com certeza não era o momento apropriado para se envolver em uma tentativa de fuga.

Cosmos se aproximou mais, apesar do risco de contaminação emocional.

— O Observatório está em crise, *miss*. Vão acelerar as coisas. Não sou o amigo dos sonhos, mas ainda sou menos perigoso do que estudo que te para... tudo o que te espera aqui.

Ophélie não precisou dos óculos para notar a culpa que brilhava na tinta preta daqueles olhos. Era ali mesmo, ao lado daquele carrossel, que ele a atacara e mordera. Será que achava que ela estava brava?

— Você me disse que não tem aonde ir — sussurrou ela.
— Se um dia tiver a oportunidade de visitar Anima, uma porta estará sempre aberta para você.

Cosmos esboçou um sorriso que revelou depressa os dentes brancos e devolveu um pouco de cor às bochechas, antes de se afastar da aglomeração a passos lentos para não ser notado, ficando cada vez mais embaçado aos olhos de Ophélie até sumir por completo. Ele se fora.

Ao longe, as primeiras aeronaves manobravam para pousar. Quase dava para ouvir dali as famílias prestigiosas de Babel irrompendo nos corredores do Observatório para levar os filhos para casa. Não era mais hora de reeducação. Terra desmoronava sem parar, era hora de se juntar e não se separar nunca mais.

Ophélie concentrou toda a atenção nos pés descalços entre os cascalhos. Nada de pensar em Thorn. Nada de pensar na mãe, no pai, nas irmãs, no irmão, no tio avô, na tia Roseline, em Berenilde, na pequena Victoire, em Archibald, em Raposa, em Gaelle, em Blasius, no cachecol, em Ambroise, quem quer que ele fosse de fato, em todas as pessoas ao lado das quais queria tanto estar.

Nada de pensar *nele*.

Houve ainda uma longa espera, vários trovões tempestuosos rasgando o céu, até, enfim, alguém se apresentar. Uma pessoa que Ophélie via como apenas uma silhueta amarela e difusa subiu a plataforma do carrossel e parou entre os tigres de madeira para olhá-los todos de cima. Ao vê-la, os cochichos se calaram, culpados.

— Tenho duas declarações a fazer.

A voz era da mulher do besouro. Ophélie não tivera oportunidade de ouvi-la desde aquele estranho conselho que ainda não entendera: "Se quiser mesmo entender o outro, encontre primeiro o seu."

— A primeira é um lembrete — continuou a mulher. — Vocês todos presentes aqui, pacientes e colaboradores, estão afiliados por contrato ao Observatório dos Desvios. Portanto, continuarão na área de confinamento enquanto o programa alternativo estiver em funcionamento. *All right*?

Ophélie não distinguia bem o rosto, em parte por causa do pince-nez, mas a voz pareceu perder a firmeza. A intrusão maciça de famílias nos pavilhões do programa clássico não era desconhecida. Cosmos estava certo, o Observatório estava em crise. Se não existiam diretores, quem cuidava da crise?

— A segunda é um anúncio. Acabamos de ser visitados por um representante oficial de Sir Pólux. Ele não tem permissão para entrar na área de confinamento e se dirigir a vocês, mas, dada a excepcionalidade da situação, aceitei fazer o papel de porta-voz. Tenho o triste dever de informá-los que um fenômeno climático de origem ainda indeterminada devastou a arca da Boa Família. Assim como todos os estudantes que lá residiam — acrescentou a mulher, após uma pausa. — Nossa linda cidade não só acaba de perder futuros virtuoses, como o lugar que os permitia alcançar a excelência. É uma perda enorme para todos nós. Àqueles que tinham parentes entre as vítimas, dirigimos toda nossa solidariedade.

O silêncio que se seguiu se tornou duro e denso como rocha. Quase não era perturbado pelos *"DAR-DAR-DAR"* das babás-autômatos.

Até o velho calou-se após um último "Eles subiram lá embaixo".

Em seguida, as lentes pretas da mulher do besouro se abaixaram, dirigidas a um ponto preciso, e todos os olhares se viraram na mesma direção. Agachada no chão, Seconde desenhava, alheia à atenção abruptamente voltada para ela, seu rosto engolido pelos cabelos. Ela usava uma blusa hospitalar simples.

Ophélie teve a sensação de tomar a mesma consistência do silêncio. Não engolia mais saliva, mas cascalho. Apesar dos esforços que fizera para não nomeá-*lo*, para dar a *ele* uma última chance de existir, Octavio caíra no vazio.

— Não é só isso — continuou a mulher do besouro, o tom ainda mais pesado. — *Sadly*, eu lamento dizer que Lady Hélène também estava presente na arca.

— Não!

O grito saíra do capuz de uma colaboradora. Era Elizabeth. Estava recurvada, abraçando o corpo, como se tivesse levado um soco na boca do estômago. O berro de sofrimento se espalhou pelo parque de diversões, ecoou pelas estruturas metálicas dos carrosséis e causou a revoada em pânico de um grupo de pombos. O som atravessou Ophélie até doer. Aquela angústia a invadia, substituindo aquela que era incapaz de expressar. Enquanto os outros colaboradores se afastavam de Elizabeth, só ela era capaz de compreendê-la.

Hoje, as duas estavam órfãs de alguém.

As três.

Não resistiu a se dirigir a Seconde, que desenhava, febril. Estava sozinha, como de costume. Ninguém lhe dirigia a palavra, ninguém tomava a iniciativa de um gesto, ninguém lhe dizia a verdade.

Octavio teria detestado aquilo.

Ophélie se curvou para falar com Seconde.

— Seu irmão — falou.

Como? Como nomear o inominável? As nuvens não paravam de escurecer acima do mundo.

— Ele não voltará.

Seconde por fim levantou o rosto. Sob a massa de cabelos escuros, a assimetria estava mais marcante do que nunca. Metade do rosto, em que a corrente de ouro conectava a sobrancelha à narina, era agitada por sobressaltos nervosos; a outra metade, congelada ao contrário, arregalava um olho branco e inexpressivo; e, fazendo a ponte entre as duas, um curativo embebido de sangue corria através do nariz e das bochechas, até a beira das orelhas. Só abrir a boca devia ser de uma dor horrível. As garras de Thorn fizeram uma cicatriz que se tornaria parte dela para sempre.

Ophélie engoliu mais uma pedra. Ela lembrou o desenho que jogara fora. Seconde desenhara um autorretrato, cortado por um traço premonitório, de lápis vermelho; o mesmo lápis vermelho com que pintara o corpo de Ophélie, presa entre a velha e o monstro, no verso da folha.

O lápis vermelho que segurava naquele mesmo instante. O novo desenho representava uma sombra rasgada em dois.

Ela o entregou, declarando, solene:

— Mas o poço não era mais verdadeiro do que um coelho de Odin.

Os colaboradores, os invertidos e as babás-autômatos se afastaram, fazendo ruído no cascalho, para que a mulher do besouro passasse. Avançou até que Ophélie visse distintamente o inseto de metal brilhante sobre seu ombro. Com um clique mecânico, o besouro estendeu uma lupa que ajudou a observadora a ver o papel.

Ela não conteve um sorriso de júbilo.

— Siga-nos, por favor, Miss Eulalie. Você está pronta para o segundo protocolo.

Granizo caiu do céu.

O CICLO

Expiação. Cristalização. Redenção. Ophélie sentia sob os pés o metal das letras incrustadas nos azulejos e, ao seu redor, o perfume espesso dos incensários. Ela avançava entre os imensos pilares da nave com a impressão de um peso extremo, semelhante ao granizo que quase a derrubara enquanto um cortejo de observadores a escoltava até ali. Um granizo que não afetava em nada aquele espaço. Os vitrais mudos contrastavam absurdamente com o tumulto lá fora.

Onde se situava de verdade esse segundo protocolo? Fora levada por uma passagem diferente da que usara da primeira vez. Atravessara um subsolo antes de subir por uma escada bastante estreita. Depois, os mesmos pilares, os mesmos vitrais, as mesmas pias batismais e as mesmas capelas em sucessão sem fim.

Ela se sentia presa nos sulcos de um disco.

Não podia mais contar com os óculos, então se concentrou na audição. O tecido da roupa dos observadores, embebido de chuva, gotejava sem parar, um barulho misturado ao das sandálias. Eles formavam um muro móvel em torno dela, a empurrando sem dó para a frente, sem tocá-la ou falar. Eram muitos – não seria capaz de usar as garras em todos.

Ophélie mais uma vez se metera em uma confusão tremenda. Ela se perguntou se tomaria o lugar de Mediuna no genuflexório, mas não a viu em lugar nenhum. Será que tinham transferido a Adivinha para o terceiro protocolo? Uma urna funerária falsa se juntaria em breve ao columbário?

Deveria sentir medo. A armadilha que se esforçara para evitar acabara de pegá-la e Thorn provavelmente não sabia de nada.

O cortejo de observadores parou. Formavam um corredor amarelo intransponível levando à porta de uma capela. Os rostos, atentos sob os pince-nez, continuaram fechados; os braços, cobertos pelas longas luvas de couro, não esboçaram nenhum gesto. Ophélie só tinha que girar uma maçaneta, mas precisou se debater entre a direita e a esquerda antes de conseguir. Assim que atravessou, a porta foi fechada à chave. Foi tudo. Não explicaram o que a esperava, do mesmo modo que no primeiro protocolo.

Piscou, tentando desembolar a mistura de cores em seus cílios. Iluminada por um vitral redondo, a cúpula da capela era inteiramente composta por refletores que mudavam de posição segundo a segundo, em um discreto ronronar mecânico. Ophélie se virou de imediato. Era o mesmo dispositivo do túnel caleidoscópico e da sala de projeção: olhar agravaria a separação do poder familiar. Ou teria efeito ainda pior. Contraiu os ombros, querendo impedir a ruptura da sombra profetizada pelo lápis de Seconde. Odiava a ideia de que o destino poderia se anunciar com antecedência, assim como odiava o reflexo ensanguentado que já se impusera a ela duas vezes, em uma promessa de morte iminente. Não era capaz de ver o "aerargírio" que constituía as sombras e os ecos, mas, se fosse mesmo possível convertê-lo em matéria, Ophélie modelaria o futuro do jeito *dela*.

A capela estava vazia. Nada de cadeira, nada de mesa, nada de armário, nada.

Apalpou os mármores, procurando uma falha para sair, um apoio para subir até a cúpula. Tudo que conseguiu foi quebrar as unhas. O único objeto que encontrou, guardado em um nicho de pedra no chão, foi um penico. Restava nele um líquido fedido cuja origem preferia não determinar.

Ao que tudo indicava, ela ficaria ali um tempo.

Avistou um curioso relevo na pedra, bem no meio do chão, logo abaixo da luz da cúpula. Uma silhueta deitada de costas. Um jacente? Aproximou-se com prudência para vê-lo melhor. A escultura representava um cadáver esquálido, de costelas expostas. Não era um jacente; era um *transi*. Os buracos dos olhos encaravam o jogo de refletores acima deles, como se mostrasse o exemplo a seguir: deitar e olhar até o fim dos tempos.

Uma inscrição fora gravada na laje onde jazia o crânio:

A VERDADE É UMA MENTIRA QUE SE OUVE.

Só naquele instante Ophélie saiu do torpor em que se encontrava desde o anúncio da mulher do besouro. Tomou consciência repentina da água escorrendo dos cabelos, da túnica grudada na pele, do tremor nas pernas, como se enfim lembrasse a própria corporeidade.

Estava aterrorizada. Nunca deixara de estar, mas se afastara de si mesma o suficiente para se dar conta apenas naquele instante.

À frente dela, o corpo horrendo se banhava nas cores mutáveis e chocantes da cúpula. Ophélie fechou os olhos. No lugar do *transi*, viu os passeios, os alojamentos, os corredores e os laboratórios da Boa Família. Viu centenas de estudantes em queda livre nas tempestades perpétuas do grande vazio, onde ninguém jamais fora. Viu o conservatório submetido à pressão fortíssima, viu as vidraças do ginásio explodirem, viu os móveis e os corpos se desmontarem.

Viu Octavio jogado ao teto do quarto enquanto dormia. Devorado pela boca invisível do Outro.

Ela abriu os olhos e contemplou a mandíbula deslocada do *transi*, representada com realismo mórbido pelo escultor. Aquele desconhecido que seguira no columbário seria mesmo o responsável por todas aquelas mortes, como começava a supor? Se o pegasse a tempo, teria sido capaz de evitar outro desmoronamento? Não distinguira o rosto nenhuma vez e, mesmo assim, a cada encontro sentia uma impressão inefável de familiaridade.

— Quem é você? — murmurou, como se ele o ouvisse dali.
— QUEM É VOCÊ?

Ophélie sentiu o estômago dar um pulo: era o som deformado da própria voz. Não notara, mas o *transi* segurava entre as mãos esqueléticas um minúsculo autômato. Um papagaio. Ao que parecia, fora programado para reproduzir a primeira frase que ouvisse.

— QUEM É VOCÊ? — repetiu, com a voz deformada de Ophélie. — QUEM É VOCÊ?

Bom. A gravação estava presa em um ciclo de ecos. A jovem chutou o papagaio para interrompê-lo, mas só conseguiu se machucar. O eco ricocheteava nos refletores da cúpula e misturava a cacofonia às cores. A capela era exatamente como a caverna de Eulalie: um espaço concebido como uma caixa de ressonância.

— QUEM É VOCÊ? QUEM É VOCÊ? QUEM É VOCÊ? QUEM É VOCÊ? QUEM É VOCÊ? QUEM É VOCÊ? QUEM É VOCÊ? QUEM É VOCÊ?

Era infernal. Ophélie entendeu enfim o que Ambroise quisera dizer ao falar que, de todos os clientes de Lazarus, o Observatório dos Desvios era quem fazia os pedidos mais inusitados. Pelo menos isso não era mentira.

Ela bateu na porta da capela por muito tempo até finalmente ouvir sandálias se aproximando. Abriu-se um espacinho na grade na altura dos olhos – para uma pessoa de tamanho médio, pelo menos. Ophélie precisou ficar na ponta dos pés para enxergar o pince-nez de lentes pretas do observador.

— Tire-me daqui — exigiu.

Nenhuma resposta.

— QUEM É VOCÊ? QUEM É VOCÊ? QUEM É VOCÊ?

— Cale a boca dessa máquina, então.

Ainda silêncio.

Ophélie decidiu abrir o jogo.

— Tá bom — falou alto, para ser ouvida além do som do papagaio. — Vocês têm uma Cornucópia que não funciona. Precisam do Outro e, para atraí-lo, precisam de mim. Mas por quê? Quais são suas intenções? O que farão depois? Caso não tenham notado, o destino de todas as arcas está em jogo lá fora.

O observador continuou calado. No entanto, em vez de apenas ignorar Ophélie e fechar a grade, ele continuava à espera. À espera do quê?

EXPIAÇÃO.

Era isso que queriam? Um arrependimento? Uma confissão? Uma renúncia? Devia, como Mediuna, pedir perdão por todos os seus erros? Por todas as suas transgressões desde que dera as costas à família e aos planos de Eulalie Deos?

— Um instante, por favor — falou.

Ela se afastou, voltou e jogou no pince-nez o conteúdo do penico. A grade se fechou com um estalo furioso.

— QUEM É VOCÊ? QUEM É VOCÊ? QUEM É VOCÊ?

Ophélie sentou-se contra a parede, fechou os olhos e tampou os ouvidos. De novo, a raiva era maior do que o medo. Queria voltar ao segundo protocolo; já que estava ali, mesmo não sendo do jeito planejado, iria até o fim. Não daria mais nada sem receber explicações.

Silêncio por silêncio, palavra por palavra.

Pegar ou largar.

Ela pega.

Sol. Ar. Espaço, especialmente.

Eulalie se levantou cedo, precisando fugir do escritório. Ontem acabou o último romance. As teclas da máquina de escrever nem tiveram tempo de esfriar antes que ela jogasse todas as folhas no lixo, sem nem mesmo relê-las. É o segundo manuscrito que joga fora.

De onde vem essa insatisfação repentina? Desde o encontro com o Outro não deixou de sentir inspiração, em relação a tudo. Nunca. O que foi, então?

Eulalie funga.

Com os pés na areia, as mãos nos bolsos e o olhar no oceano, inspira dolorosamente a umidade. A culpa é com certeza dos ataques de sinusite. É difícil ficar otimista quando se passa a noite toda tentando respirar. Ainda é jovem, mas sente que envelheceu antes do tempo. Ofereceu ao Outro metade da própria vida.

— Merda de pirralho! — berra uma voz.

Eulalie se vira para a escola da paz, que ocupa quase toda a ilha. A escola *dela*. Com o olhar, procura o porteiro, que xinga cada vez mais alto em babeliano; ela o localiza a cinco metros dali, acima das acácias, em estado de levitação, agarrado ao turbante para não perdê-lo. Ele promete a Urano a palmada do século se a criança não o deixar descer imediatamente.

A escola *deles*. Cresceram tão rápido... rápido até demais. Todos já passaram da altura de Eulalie, mas ainda são crianças. Hélène não se desloca sem rodinhas. Belisama fez nascer um eucalipto na cama, sem querer. Midas transfigurou toda a prataria da cozinha em esterco de zebra. Vênus escondeu um criadouro de jiboias no banheiro do quarto andar. Ártemis reproduziu a cabeça da estátua do soldado com precisão na frente da escola, antes de decapitá-la de novo. O farol está em reforma desde que Djinn, Gaia e Lúcifer se juntaram para inventar um novo fenômeno meteorológico. Janus... Onde Janus foi parar?

Eulalie funga.

Assoa o nariz, mas não consegue descongestioná-lo. Essa insatisfação, cuja causa não se explica, parece mais forte quando volta sua atenção para a escola. Ela contempla o oceano e, ao longe, avermelhado pelo sol poente, o continente ainda e sempre em reconstrução. A guerra não está distante. Aonde quer que se vá, a guerra nunca está distante.

Eulalie pensa que precisaria de um guarda para proteger a escola. Um espantalho. Ela pegará o próximo barco para voltar ao Observatório. Todo mundo de lá morreu, depois do grande bombardeio, como o Outro previra. A Cornucópia está escondida entre as ruínas, em um lugar que só Eulalie conhece. Prometera que não converteria mais nada, mas as crianças precisarão de proteção até a maturidade plena. O porteiro, que continua xingando por cima das acácias, não é mais tão jovem.

Quanto a Eulalie, pode ter perdido metade da estimativa de vida, mas o tempo logo vai parar para ela. Sua realidade inteira vai mudar.

Ela nota, no caminho do passeio, um enorme castelo de areia; provavelmente de Pólux, considerando o lado estético da construção. Um pouco desconcertada, se dá conta de que está tentada a chutá-lo.

— Deos?

Eulalie ergue a cabeça e vê Odin. Não o ouviu chegar. Ele se mantém afastado, olhando para o lado, curvando os ombros, parecendo sentir-se exagerado, o corpo enorme manchando de branco a praia vermelha. O garoto é incrível... e tão imperfeito. Eulalie tem a vontade simultânea de mandá-lo embora e abraçá-lo; não faz nenhuma das duas coisas.

— Eu gostaria de te mostrar uma coisa.

Ele se comunica na língua materna de Eulalie, a língua que falavam seus pais deportados, a língua de uma família desaparecida e de um país distante do qual ela mal se lembra. Aquela língua um dia se tornará, se tudo caminhar como prevê, da humanidade inteira. Porque a guerra acontece quando paramos de nos entender.

— Com sua permissão — acrescenta Odin, no silêncio.

Eulalie funga.

Aquela criança está sempre pronta a exigir opinião tanto quanto questioná-la. Quando aprenderá, enfim, a se definir além daquilo?

— Mostre — responde ela.

Odin se empertiga devagar, cresce ainda mais, os olhos translúcidos apertados de concentração, como um aluno de piano que se prepara para tocar na frente do professor uma partitura ensaiada cem vezes. Entre as mãos quase unidas, uma bruma ganha consistência progressivamente, até se tornar um objeto tangível. Uma caixa. Ele se esforça para não demonstrar nada, mas Eulalie constata, pelo ínfimo relaxamento das sobrancelhas, que está aliviado.

Ela pega a caixa nas mãos, sente a firmeza, a vira e a abre. Está vazia, é claro.

— Isso? É só?

Odin parece pego de surpresa pela reação de Eulalie. Sendo sincera, ela também se surpreende. É a primeira vez que ele consegue estabilizar uma ilusão e deve ter treinado muito para forçar de tal forma os limites da pobre criatividade.

Ela deve encorajá-lo, o garoto está bem encaminhado.

— Dê aqui seu Livro.

O rosto de Odin desmorona como neve, mas ele tira do forro do casaco a obra da qual nunca se separa. Em vão, tenta conter o gesto com a outra mão, submetido a uma luta interna já perdida. Como os irmãos e as irmãs, é programado para obedecer às ordens. Eulalie sabe bem, pois criou aquela instrução em cada Livro.

Ela tira do bolso a fiel caneta-tinteiro e puxa a tampa com os dentes.

— Você está com raiva, Deos?

No olhar que Odin cuida para manter desfocado, vê uma mistura de ódio e amor. Está triste por decepcioná-la e decepcionar-se com ela.

Eulalie passa as páginas do Livro, consciente de tocar no que Odin tem de mais íntimo. Conhece de cor os milhares de símbolos que compõem o código que inventou. Uma seção controla as habilidades motoras, outra, a capacidade analítica, outra ainda, a percepção de cores. Ela faz sua escolha e enfia a ponta de metal na pele do Livro, ignorando o grito abafado de Odin, aceitando a dor que inflige à própria criança. Risca uma linha de código, para não causar nada além do que deseja.

— Você vai comer sem sentir gosto — diz ela, devolvendo o Livro. — Nenhum carinho será suave. Eu te privei do direito ao prazer.

Odin aperta o Livro censurado contra o peito. O vento do oceano levanta seus cabelos polares e compridos. Ele arregala os olhos, cheios de nojo e adoração, mas cuida para não encarar Eulalie. Apesar do que ela fez, não quer feri-la com o poder que não controla.

— É tinta comum — comenta ela, tampando a caneta. — Vai apagar com o tempo. Use-o para me ajudar a salvar o mundo.

Odin foge, deixando para trás as pegadas de sapato na areia. Eulalie funga.

Tira os óculos, ainda mais insatisfeita, sem entender o motivo. Quando sopra nas lentes para limpá-las, o sol poente se reflete e, de repente, ela o vê: seu reflexo pisca o olho, cúmplice.

Logo, diz o Outro.

Eulalie joga os óculos o mais longe que pode. Suas têmporas latejam a mil. Seu nariz dói por causa da sinusite. Sua cabeça está prestes a explodir. O que está se tornando? De tanto se fazer de Deus, está perdendo a si mesma de vista?

Não é do escritório que foge. É do espelho lá dentro.

— Logo — murmura, a voz trêmula. — Mas ainda não.

Ophélie fungou.

Acordou em sobressalto, sem fôlego, como se tivesse corrido, tomada por uma sensação brusca de cair para cima. Por um instante, acreditou que o Observatório também desmoronava. Ela se ajeitou, atordoada por ter dormido no chão. Não sentia mais os pés.

— QUEM É VOCÊ? QUEM É VOCÊ? QUEM É VOCÊ? — continuava a insistir o papagaio.

A capela continuava ali, inabalável, a porta obstinadamente fechada. A mesma luz diáfana filtrada pelo vitral redondo, como se o sol suspendesse seu caminho. As únicas variações de iluminação eram devidas aos refletores mecânicos da cúpula, que Ophélie se esforçava para não olhar. Estava com sede e dor de cabeça. Só tinha uma lembrança vaga do sonho, mas acordara com um resfriado violento.

— Você não teria um lenço para me emprestar, suponho? — perguntou ao *transi*.

Há quanto tempo estava trancada na capela? Tinha lutado contra o sono antes de ser vencida por ele.

Thorn esperava que voltasse...

Um barulho de dobradiça atraiu sua atenção debaixo da porta. Uma mão enluvada se enfiava pelo painel para deixar uma tigela no chão. Ophélie correu para bloquear a abertura com o dedo antes de fechar completamente. Não fora discreta, mas ninguém protestou e o barulho das sandálias já se afastava. Contou até cem e levantou o painel da forma menos desajeitada possível. A abertura era de uma largura surpreendente para um prato. Ela se contorceu para passar a cabeça e olhou de um lado para o outro da nave: estava deserta, pelo que via.

Arrastou-se através do painel, centímetro a centímetro. Se Ophélie fosse um pouco maior, teria sido impossível. No entanto, tinha curvas. Ouviu as roupas rasgarem. Sempre que travava, esvaziava os pulmões para ganhar um pouco de espaço. A acústica da nave era tão sensível que as dobradiças do painel produziam um estrondo insuportável.

Não podia de jeito nenhum espirrar naquela hora.

Quase se chocou ao sair do outro lado da porta sem atrair todos os observadores dos arredores. Ralara a pele, mas conseguira.

E agora? Em que direção iria?

À esquerda? Colunas, capelas, rosetas.

À direita? Colunas, capelas, rosetas.

Esquerda, decidiu Ophélie. Correu através da fumaça dos incensários, com a sensação de se perder em uma eternidade de mármore e vidro. A miopia não ajudava. Se cruzasse com observadores, só os veria no último momento. Ela não encontrou a escada pela qual fora arrastada à força. Por outro lado, no fim de uma correria interminável, reconheceu um pedaço da própria túnica presa no painel de uma porta de capela. O som abafado da própria voz escapava.

— QUEM É VOCÊ? QUEM É VOCÊ? QUEM É VOCÊ?

Avançara reto, não virara para lado nenhum, mas, contrário a qualquer lógica, voltara ao ponto de partida. Aquela nave era contida em um ciclo. A dúvida estava resolvida: tal malícia arquitetônica só podia ser obra da Madre Hildegarde.

Ophélie partiu em outro sentido, determinada a encontrar a falha. Certamente existia uma abertura para permitir que os iniciados fossem e viessem à vontade. Contorceu-se em um pilar, tão grosso quanto uma árvore, para recobrar o fôlego. Seus olhos encontraram então, enfiado no canto entre duas capelas, uma forma de cortinas amarelas.

Um confessionário. Se chegasse ao espelho lá dentro, como da última vez, estaria a salvo.

Ela correu sem nem se preocupar em ser ouvida. A rapidez era mais importante do que a discrição. Bateu com o joelho no genuflexório e caiu mais do que entrou no confessionário.

Procurou o reflexo, mas, no lugar do espelho, havia uma grade. Atrás da grade, um perfil.

Um adolescente folheava, plácido, um livro ilustrado.

— Honestamente, senhorita — disse ele, contendo um bocejo. — Supus que demoraria menos.

O jovem lhe dirigiu os óculos de fundo de garrafa e o rosto marcado por uma enorme cruz preta.

O PAPEL

Ophélie vira o Cavaleiro pela última vez três anos antes, na corte de Farouk. Ele fora julgado, mutilado e mandado à força para Helheim, um estabelecimento de reputação sinistra onde acabavam as crianças rebeldes do Polo.

— Não estou mais lá.

O adolescente respondera à pergunta não feita, lambendo os dedos para virar a página do livro ilustrado. Ela nem reconhecia mais a voz, de tanto que mudara. Só via o rosto em parte, por causa da grade, mas o jovem parecia bem maior. Os ombros estavam cobertos por cachinhos loiros abundantes. Apesar da cruz preta e dos óculos grossos cobrindo o rosto, Ophélie percebia o desenvolvimento ossudo que absorvera a maciez infantil. Verificou que ele estava refletido na madeira envernizada do confessionário, provando que não era Eulalie Deos nem o Outro.

O Cavaleiro não deveria estar ali. Sua presença naquela nave, naquele Observatório, naquela parte do mundo era completamente impossível.

— Foi você — sussurrou Ophélie. — Todo esse teatro, a amostra do museu, o autômato fantasiado de minha mãe... Você entregou meu passado de bandeja.

O sorriso do Cavaleiro revelou um aparelho ortodôntico.

— Claro. Eu prometi.

— A quem?

As orelhas dela zumbiam. Não estava consciente nem do nariz escorrendo nem do inchaço crescente no joelho. O Cavaleiro perdera o poder familiar, não podia impor ilusões envenenadas, mas não era menos nocivo. Ela deveria fugir daquele confessionário o mais rápido possível.

— Quem? — insistiu ela, a voz dura. — Quem te tirou de Helheim? Quem comanda de fato o Observatório?

O Cavaleiro fechou o livro, tirou os óculos e se apertou contra a grade até a trama metálica comprimir a pele dele. Arregalou então os olhos, tão pálidos quanto a cruz era escura.

— Aqueles, senhorita, que veem as coisas infinitamente maiores! Falaram comigo como nenhum adulto falara. Eles me deram a segunda chance que meu próprio clã recusou.

Ophélie recuou contra a partição quando os dedos do Cavaleiro atravessaram a grade para agarrá-la.

— Esperei tanto tempo... Contei cada dia naquele estabelecimento horrível. Você faz ideia de *quanto* frio senti lá? Achei que ela, pelo menos, me visitaria.

"Ela", na boca do Cavaleiro, só podia significar Berenilde. Ophélie reparou nas unhas roídas até o sabugo. A obsessão que ele nutria não enfraquecera.

— Ela não veio — disse ele, esmagando o sorriso contra a grade. — Ela me abandonou, mas eu, seu cavaleiro, nunca a abandonarei. Se aproxima o dia em que poderei suprir todas as necessidades dela. Me prometeram abundância! Temos pelo menos isso em comum, senhorita, não é? Uma pessoa querida a proteger.

Ophélie gostava cada vez menos de como aquela conversa se encaminhava – se é que poderia ser chamada de conversa. O Cavaleiro era excelente em monologar; nisso também não mudara.

Ela levantou a cortina do compartimento e constatou, com certa surpresa, que o confessionário fora cercado por silhuetas amarelas. Como fora burra! Tinha cumprido o papel perfeitamente. Eles haviam antecipado tudo, da evasão pelo painel ao refúgio no confessionário. A mensagem era nítida: o que quer que

Ophélie fizesse, o Observatório sempre estaria um passo à frente dela. Um eco à frente, na verdade. Os desenhos premonitórios de Seconde provavelmente estavam envolvidos.

O Cavaleiro pôs os óculos e, com eles, se recompôs um pouco.

— Tudo isso faz parte, é claro, do Projeto — explicou ele, em um tom educado até demais. — Você participa há muito mais tempo do que imagina. É especial para eles, mesmo que, na minha humilde opinião, continue irrelevante ao extremo. Já estavam muito bem informados a seu respeito, você se surpreenderia! Só esperavam de mim os detalhes mais... digamos, mais *significativos* do seu passado. O valor do museu de Anima aos seus olhos, seu último dia de trabalho por lá, a relação complicada com sua mãe, esse tipo de detalhe.

Incomodado pelo calor abafado do confessionário, o Cavaleiro se abanou com o livro. Ophélie enxergou cachorrinhos cor-de-rosa na capa. Ela se conteve para não mostrar a que ponto se sentia suja.

— Nunca te contei nada disso.

— Mas contou para seu tio-avô. Li todas as cartas que escreveu para ele quando estava no Polo. O que eu sei não é muito importante — garantiu o Cavaleiro, quando Ophélie contraiu o maxilar. — O que conta é o que *eles* sabem. Eles sabem, por exemplo, que você viria ao Observatório por iniciativa própria. Era só questão de tempo, diziam, só precisávamos esperar. A decisão precisava ser *sua*, entende, senhorita? Toda a experiência dependia disso. Como depende do que você decidirá agora. Ou volta bem obediente à capela, ou causamos problemas para o sr. Thorn. Ou Sir Henry, tanto faz. Minha dama não gostou muito quando eu dizimei o clã dela; gostaria de não precisar ferir seu sobrinho.

Ophélie tinha a impressão de que todo seu sangue parara. As palavras do Cavaleiro abriam buracos no seu peito. Deveria ter fugido com Thorn quando ainda podiam.

— Quero falar com ele.

— É impossível, senhorita. Eles estão decididos a não prejudicá-lo de forma alguma enquanto você demonstrar boa vontade. Sempre cumprem as promessas. Dedos em cruz!

Com os dedos, o Cavaleiro traçou as linhas vertical e horizontal que manchavam sua pele.

— Boa vontade para quê?

— Para expiar, cristalizar e obter a redenção. Dizem que você está *quase*, senhorita, mas não podemos fazer o trabalho no seu lugar.

— Não tenho crime a expiar, não sei o que é cristalizar e não tenho o que fazer com a redenção de vocês.

A voz de Ophélie estava tão seca quanto ela. A raiva consumia a pouca água ainda contida em seu corpo.

A resposta do Cavaleiro foi impassível:

— Dizem que você vai descobrir isso tudo sozinha.

— E Mediuna? Sei que ela estava aqui — insistiu Ophélie, impaciente, desprezando qualquer prudência. — Ela cristalizou? Se redimiu? O que fizeram com ela?

O Cavaleiro sacudiu os cachinhos loiros, parecendo irritado.

— Suas perguntas não interessam. Eu só vejo uma que merece ser feita. "Srta. Ophélie", "filha de Ártemis", "sra. Thorn", "Miss Eulalie" — enumerou, com um sorriso —, são muitos papéis para uma pessoa só. Sem eles, quem é você, de verdade?

Ele bateu três vezes na madeira do confessionário. Uma luva levantou imediatamente a cortina do compartimento de Ophélie; a entrevista acabara. O Cavaleiro já tinha voltado a ler o livro ilustrado, mordiscando o que restava das unhas.

Ophélie foi escoltada de volta à capela. O joelho inchado a fazia mancar, mas ela fez questão de se manter ereta, com a cabeça erguida. Não demonstraria o quanto estava abalada; não lhes daria essa satisfação.

Quando a porta foi trancada, continuou de pé nas cores oscilantes da capela, imóvel como o *transi*, respondendo aos "QUEM É VOCÊ?" do papagaio com um silêncio teimoso. Já vivera todo tipo de experiência que ferira seu ego. Fora menosprezada pelas Decanas de Anima, humilhada pelos cortesãos do Polo, rejeitada pela cidade de Babel...

Nunca se sentira tão ridicularizada.

Em frente ao painel, a tigela ainda a esperava. Uma canja de arroz fria. Ophélie precisou segurá-la com as duas mãos, de tanto que tremia. Queria jogá-la fora; mas a tomou. Queria gritar até Thorn ouvi-la; mas se calou.

Virou a tigela vazia. A refeição fora tão nojenta quanto todas do primeiro protocolo. Se tivesse uma lupa em mãos, poderia ver os caracteres microscópicos impressos na porcelana. A cada gole, ingerira um antigo eco convertido em matéria. A barriga protestou. Essa Cornucópia estava mesmo longe de ser perfeita.

O que aconteceria se os observadores acabassem atingindo a perfeição? Se fossem capazes de produzir, à vontade, comida comestível, água potável, objetos funcionais, ou até terras que não desmoronam? Se decidissem se transformar em novos deuses? Seriam tão poderosos quanto Eulalie e o Outro. Igualmente perigosos, também.

Afinal, quem era mesmo a cabeça por trás?

— QUEM É VOCÊ? QUEM É VOCÊ? QUEM É VOCÊ?

A tigela escorregou dos dedos de Ophélie e se estilhaçou a seus pés. Imediatamente evaporou, devolvido ao estado de aerargírio quando o código se partiu – igual ao velho faxineiro do Memorial quando a bala perfurara sua placa. De novo, Ophélie sentiu fome e sede, como se não tivesse engolido nada. Por mais que esfregasse a língua no palato, o gosto desagradável sumira.

Ela contemplou o chão onde dançavam luzes iridescentes. Entendia que aquela capela era uma versão melhorada da caverna do telefone. O que levara meses para Eulalie Deos aconteceria ali em ritmo acelerado. Assim que levantasse os olhos para os refletores mecânicos, condenaria sua alma. Sobreviveria?

Lembrou-se de repente do vapor estranho que saíra do corpo do Cavaleiro quando Farouk retomara o poder familiar. Será que vira aerargírio sem saber? Era aquilo, cristalizar? Renunciar a uma parte de si? Como isso possibilitaria o aperfeiçoamento da Cornucópia? Pensara até ali que o Observatório usava os invertidos para atrair o Outro, recriando as condições do encontro com Eulalie Deos, mas não havia caverna nem telefone ali.

Só um papagaio, pensou, olhando para o autômato preso às mãos do *transi*. *Uma máquina condenada a uma repetição imbecil do mesmo eco.*

— QUEM É VOCÊ? QUEM É VOCÊ? QUEM É VOCÊ?

Ophélie deitou no chão, ao lado do *transi*. Estava tão perto dele que via vermes de pedra saindo das cavidades nasais. Confrontara-se à força pela última vez na solitária da Boa Família. Fora obrigada a encarar a culpa e a covardia que a impediam de avançar. Não tinha vontade nenhuma de viver aquilo outra vez.

Ophélie desviou o olhar da cúpula, resistindo, e pensou em Thorn.

"Eles sempre cumprem as promessas."

Ela arregalou os olhos para o caleidoscópio gigante lá em cima. Curvou as costas sob o efeito do choque ótico. Sua miopia transformava as figuras geométricas em uma mistura de cores. Era como se enfiassem um arco-íris pelas pupilas e continuassem a empurrá-lo até o fundo do crânio.

— QUEM É VOCÊ? QUEM É VOCÊ? QUEM É VOCÊ?

Se ainda tivesse canja na barriga, ela a vomitaria. No lugar, cuspiu bile ácida. Respirou profundamente e, quando os espasmos se acalmaram, deitou-se de costas. Acima dela, os milhares de espelhos fragmentados ampliavam o vitral, reinventando rosetas de novo, de novo e de novo. Era como estar sob uma galáxia ensandecida.

Foi o começo de um espetáculo longuíssimo, entre sublime e atroz. Passou horas deitada no chão, irradiada por cores. Levantava-se quando a enxaqueca ficava intensa demais, o nariz começava a sangrar ou a cabeça girava, tonta, mas sempre acabava voltando ao lugar. Retomava então o calvário de onde o interrompera.

Ao contrário do que o Cavaleiro afirmara, a decisão de continuar ou parar não era dela. Não se Thorn dependia daquilo.

A noite nunca chegava à capela; Ophélie logo perdeu noção do tempo. Renunciara rápido a contar os inúmeros "QUEM É VOCÊ?" do papagaio. Passou então a se guiar pelas tigelas que chegavam pelo painel, mas seu número crescente não a tranquilizava.

Nem seu próprio cheiro. Havia quanto tempo que não tomava banho?

Permitia-se os intervalos mais breves possíveis, fisicamente, para dormir e comer um pouco. Pensava que, quanto mais tempo se expusesse ao caleidoscópio, mais rápido cumpriria o lado dela do acordo.

Como saber se estava no caminho certo? O clique de abertura na grade chegava de vez em quando, informando que ela era objeto de observação contínua, mas nunca lhe dirigiam a palavra. Nenhuma instrução, nenhum encorajamento, nada.

No entanto, Ophélie reparava em mudanças. Eram todas desagradáveis.

Deu-se conta de que os azulejos se desfaziam, inexplicavelmente, sob onde o corpo dela havia se deitado. Em seguida, as tigelas começaram a desmontar depois de alguns segundos entre as mãos, a obrigando a engolir a canja correndo, antes de desaparecer. Seu animismo não estava só desregulado, como destruidor. Usar o penico era um pesadelo.

A impaciência atingiu o ápice quando o poder de Dragão se voltou contra ela. Seus braços e tornozelos se cobriram pouco a pouco de arranhões, como se atravessasse espinheiros invisíveis.

Expiação.

A ideia a revoltava. Pelo que fora punida? Era por causa de Eulalie e do Outro que tudo ia de mal a pior. Uma humana pretensiosa e um eco instável. Eles sacrificaram parte do mundo sob pretexto de salvar outra, concluíram um acordo por contra própria e mudavam as cláusulas no presente.

Não, não era culpa de Ophélie que o Outro a usasse, ela lembrasse Eulalie, as arcas desmoronassem e Octavio tivesse morrido. Não era culpa dela ter precisado abandonar a família. Não era culpa dela não poder começar a própria.

Não é minha culpa.

Ophélie arregalou os olhos e o corpo. Quem era? Sentia que se dissociara do próprio pensamento. Novos fractais se formavam a cada segundo através da cúpula da capela. Cada combinação provocava um sobressalto de dor, mas não conseguia mais piscar, nem virar o rosto.

— QUEM É VOCÊ? QUEM É VOCÊ? QUEM É VOCÊ?

Não sou eles e eles não são eu.

As luzes, as cores e as formas dançavam. Não estavam só lá em cima. Elas se faziam e se desfaziam em cada molécula do corpo de Ophélie.

— QUEM É VOCÊ?

Não sou mais uma Animista.

— QUEM É VOCÊ?

Não sou a filha que mamãe queria.

— QUEM É VOCÊ?

Nunca serei mãe.

— QUEM É VOCÊ?

Com Thorn, era "nós". Sem ele, sou apenas "eu".

— QUEM É VOCÊ?

Quem é eu?

Carregada pelo turbilhão caleidoscópico, Ophélie se tornara espectadora dos pensamentos. Tinha uma consciência aguda do chão fraco às suas costas, do espaço fora e dentro dela. Quanto mais se definia pelo oco, mais se sentia existir de outra forma.

"Dizem que você está *quase*."

Um início de compreensão surgiu. Tudo que o Observatório fazia os invertidos aguentarem no programa alternativo não visava ao deslocamento do poder familiar e ao rasgo da sombra. Eram só os efeitos secundários de um divórcio muito mais profundo. A renúncia de Mediuna. A contrapartida de Eulalie.

CRISTALIZAÇÃO.

Não, no fundo, não era de verdade nem filha de Ártemis, nem sra. Thorn, nem Eulalie, nem o Outro, nem mesmo Ophélie. Porque ela era tudo aquilo de uma vez, e muito mais, ainda. "Há uma fronteira em todos nós", avisara Blasius. "Eles tentarão fazer você cruzar essa fronteira. Não importa o que digam, a decisão será sua."

Minha decisão.

Nossa decisão.

Não há mais cor.

Todas se uniram no branco, um branco de papel, uma página do livro no qual Ophélie só vê sete letras.

Só um nome que se apaga.

Uma simples função.

E a página se rasga.

REDENÇÃO.

A PLATAFORMA

— QUEM É EU? QUEM É EU? QUEM É EU?

Ophélie remexeu os pés devagar. Estava tão atordoada que seu corpo parecia preso ao chão. Tinha desmaiado? Abriu um olho. Lá em cima, os refletores mecânicos do caleidoscópio tinham parado. Ela virou o olhar para o *transi* deitado à sua direita. O crânio, em vez de contemplar a cúpula, a encarava com os buracos dos olhos.

A escultura mudara de posição. Tá bom.

— QUEM É EU? QUEM É EU? QUEM É EU?

Ophélie se apoiou nos cotovelos. Ao seu redor, a capela se metamorfoseara. Do chão tinham irrompido imensas pétalas minerais, aninhadas umas nas outras em uma eclosão de complexidade surpreendente, como se as projeções do caleidoscópio se reproduzissem ali embaixo.

Levou um momento para entender que era ela, só ela, a responsável. O próprio animismo, que mal balançava um vaso, acabara de interromper um mecanismo distante, remodelar uma escultura antiga e moldar vários metros cúbicos de mármore como massinha.

O olhar de Ophélie passou pelas costelas esqueléticas da estátua até localizar, entre as mãos agora abertas, o papagaio de metal.

— QUEM É EU? QUEM É EU? QUEM É EU?

Aquele novo eco, por outro lado, não era produto do animismo.

Foi então que ela reparou na sombra no meio da floração de mármore. O desconhecido do nevoeiro, o intruso do columbário estava de pé diante dela. Foi percorrida por um calafrio. Por mais que tentasse procurar o rosto, não o encontrou. Ele era composto por matéria escura, como se a luz natural da janela não tivesse efeito.

A sombra era o que sempre parecera ser: uma sombra.

Ophélie tentou se levantar, sem sucesso.

— Você é o Outro?

A Sombra sacudiu a cabeça – ou o que servia como cabeça. *Não*, respondia em silêncio, *não sou o Outro*. Pregada ao chão, Ophélie o encarou com dureza, demoradamente. Ela não queria acreditar na Sombra, não só porque a encontrara no caminho de cada desmoronamento, mas também porque era um culpado perfeito. Era exaustivo odiar alguém que nunca se via. Não, Ophélie não queria de jeito nenhum acreditar na Sombra. No entanto, acreditou. A familiaridade que lhe inspirava não tinha nada em comum com sua lembrança distante de infância, com aquela presença sob o espelho do quarto, com o "Liberte-me".

— Entendido. Você é o eco de alguém que conheço?

A Sombra hesitou antes de dar de ombros, o que não era um sim, mas também não era um não.

— Mas você conhece o Outro?

A Sombra lhe apontou, com certa malícia, um dedo sombrio.

— Eu conheço o Outro?

A Sombra fez que sim.

— Eu o encontrei?

A Sombra fez que sim.

— Depois de soltá-lo do espelho?

A Sombra fez que sim. Várias vezes.

— Eu vi o Outro e não o reconheci?

A Sombra fez que sim. Ophélie estava cada vez mais desconcertada.

— Qual é a aparência do Outro?

A Sombra apontou de novo para ela. Alguém que se parecia consigo. Não estava avançando muito.

— Mas você, quem é? — insistiu. — Outro Outro?

A Sombra fez que não. O dedo, desta vez, indicou o papagaio.

— QUEM É EU? QUEM É EU? QUEM É EU?

Ophélie escutou o eco cíclico com mais atenção. Era sua voz, mas não exatamente. A dissociação que experimentara, o rasgo que a dividira em dois, o sentimento de entrega seguinte, tudo aquilo induzira um desvio. O nascimento de uma consciência estrangeira. Um eco inteligente.

Eulalie Deos não encontrara o Outro: o *criara*, igualzinho Ophélie acabara de fazer.

— Eu criei um Outro? — murmurou, estupefata.

A Sombra levantou os dois polegares em sinal de parabéns. No instante seguinte, se dissolveu na luz do vitral.

— Fique!

Ophélie correu até onde a Sombra sumira. Tonta, caiu de joelhos. Estava ao mesmo tempo tão fraca e tão vibrante! Teria a mesma sensação se, depois de passar a vida inteira com a coluna vertebral deslocada, todos os seus ossos tivessem voltado ao lugar de uma vez.

Na espera do que quer que fosse, a Sombra se fora. De novo.

— QUEM É EU? QUEM É EU? QUEM É EU?

Ophélie soltou uma laje do chão que quebrara entre duas eclosões de pedra. Ela a levantou acima do papagaio. Fora ali para corrigir os erros de Eulalie, com certeza não para repeti--los. Aquele pequeno autômato, que lembrava um brinquedinho de criança, se tornara uma bomba-relógio. Era preciso destruí-lo antes que o eco pudesse se emancipar ainda mais.

— QUEM É EU? QUEM É EU? QUEM É EU?

Os dedos de Ophélie começaram a tremer ao redor do bloco de mármore. Era pesado demais, mas ela não conseguia soltá-lo. Aquele eco era uma mera consciência balbuciante, mas ainda assim era uma consciência, uma consciência nascida da sua, tornada independente. O tremor se espalhou pelo corpo de Ophélie.

Uma emoção, mais imperativa que um dilema moral, remexeu seus órgãos.

Não podia.

Luvas de couro tiraram delicadamente o mármore de suas mãos. Ophélie estava em tal estado de confusão que não notou que a capela fora invadida por observadores. Eles a afastaram sem assustá-la, se reuniram ao redor do papagaio, fizeram anotações e pegaram todo tipo de instrumento. Alguns chegaram a se prostrar no chão.

Ophélie foi levada para longe da capela, para longe do eco. Do seu eco. Ela se debateu, mas não tinha força; era como se fosse feita de pano. Braços desconhecidos a continham e também a sustentavam. Viu, fugaz, no meio do tumulto amarelo de observadores, o sorriso do Cavaleiro e seu aparelho ortodôntico. Sem saber como, ela desceu uma escada, depois outra, e mais outra. Fora tirada da nave. Os homens e as mulheres que a escoltavam estendiam as mãos, meio para apressá-la, meio para protegê-la. Cada contato com as luvas suscitava emoções alheias. Febrilidade, exaltação, esperança: voltara a *ler*.

Depois de uma quantidade atordoante de escadas, foi levada a uma cripta e mergulhada à força na água fervendo de uma pia batismal. Foi ensaboada, enxaguada, seca, ungida, massageada, perfumada, alimentada por uma multidão anônima que foi-se embora em silêncio, deixando-a nua e tonta no meio dos mosaicos.

Um portal se fechou em um estrondo de ferro. Ophélie fora transferida de uma prisão a outra.

Roupas estavam cuidadosamente arrumadas sobre uma almofada. Eram as suas, confiscadas no dia da chegada, assim como roupas de baixo novas. Viu, entre elas, os óculos e as luvas substitutas que Thorn guardara no armário.

Thorn. Quantas noites ele passara esperando nos aposentos diretoriais? Talvez estivesse em perigo, tentando encontrá-la.

Ela se vestiu o mais rápido que a tontura permitia. Amarrar a toga e as sandálias foi surpreendentemente fácil. A mão direita e a esquerda não estavam mais em guerra; apesar do tremor, uma completava os gestos da outra com harmonia perturbadora. Na verdade, não se lembrava delas já terem sido tão hábeis. Entretanto, sentia que havia perdido alguma coisa muito importante. O que o Observatório fizera?

Recebeu a resposta ao ver seu reflexo em um espelho magnífico. Era seu rosto, seu corpo, mas sentia que olhava para uma desconhecida.

Não era mais uma passa-espelhos.

Ophélie soube com todas as fibras de seu ser, antes mesmo de tocar a superfície do vidro e sentir a resistência. Já sentira um bloqueio ou uma perturbação, mas o que vivia naquele instante era incomparável. Era como constatar a ausência súbita de um braço dentro da manga da camisa.

Ela fora mutilada.

— *Thank you.*

Ophélie achara que estava sozinha na cripta. A mulher do besouro estava solenemente sentada em um banco de pedra.

— Vamos conversar um pouco, *miss*.

Ela alisou a seda amarela do sari e, com um convite que não havia mais nada de profissional, a convidou a sentar-se ao lado. A jovem sentia que as fundações do Observatório inteiro balançavam sob suas sandálias, mas se manteve de pé. A mulher do besouro não pareceu ofendida. O autômato reluzente sobre seu ombro dava a impressão perturbadora de, entre os dois, ser o verdadeiro observador.

— Desde nosso primeiro encontro, soube que teríamos esta conversa, nós duas. Uma conversa de verdade, quero dizer, sem censura ou fingimento.

— Depois de semanas de segredinhos — disse Ophélie, amarga.

— Devíamos interferir o mínimo possível no seu trajeto interno. É o procedimento do programa alternativo. Você saberia se tivesse lido com mais atenção o contrato que assinou, jovem *lady*.

— E o que vocês me fizeram sofrer naquela capela? Não foi interferência? Vocês amputaram meu poder familiar.

— Só um pedaço. Poderia ser pior. Poderia ser um pedaço da sua vida. E, sem ofensa, foi sua a decisão final de renunciar a essa parte de si mesma. Estamos *very* agradecidos.

Ophélie sentiu o pulso acelerar. O eco se dissociara levando embora uma parte da sombra dela? Talvez ainda houvesse alguma chance de reencontrar o poder.

— Você deveria estar igualmente agradecida — comentou a mulher. — Nunca foi tão completa quanto agora! Graças a nós, enfim se realinhou. Os últimos deslocamentos melhorarão aos poucos. Afinal, viveu com uma assimetria séria por anos.

Ao ouvir essas palavras, Ophélie reprimiu um gesto instintivo na direção da barriga. O primeiro pensamento fora de imediato para aquela questão, que não era nada prioritária.

— *Sorry* — disse a mulher do besouro. — Você nunca poderá engravidar. Seu corpo não mudou, só sua percepção. O Outro a marcou na juventude, não é? — continuou, com intensa curiosidade. — Ele a tornou, por assim dizer, um reflexo à parte de Deus. De Eulalie Deos, se preferir — corrigiu ela, ao ver Ophélie franzir as sobrancelhas. — Era um ponto de partida adequado, mas, se você viesse cedo demais até aqui, a experiência seria um fracasso. Era preciso que fosse sua escolha, sua expiação e sua redenção. Você não vai usá-los?

A mulher indicou os óculos e as luvas ainda na almofada. Ophélie se obrigou a pegá-los, mesmo se os acessórios não fossem adaptados à sua visão, nem às suas mãos. Os originais estavam com Thorn. Os observadores já sabiam demais, não precisavam saber também que o encontrara em segredo para remexer nas coisas do Observatório.

— Vocês cumpriram a promessa? Não lhe causaram mal algum?
— Ao que você alude?

Ereta no banco, a mulher sorria. Seria a forma dela de indicar que o segredo de Sir Henry estava intacto, ou ela não sabia do que consistia a chantagem do Cavaleiro? Era de uma frustração insuportável, mas Ophélie não correria o risco de comprometer o disfarce de Thorn se ainda o protegesse. Não insistiu.

— O que vocês vão fazer com o eco?

— Vamos lá, *miss*. Você sabe que nós sabemos que você sabe.

Ophélie sentiu o coração palpitar. Sim, sabia que os observadores procuravam estabelecer um diálogo com o eco, como Eulalie Deos estabelecera com o Outro. Ela sabia que o estudariam até entendê-lo por dentro, assimilar por ele a língua dos ecos e obter enfim uma conversão viável. Sabia também, por mais custoso que fosse, que ela e Thorn também precisavam de uma Cornucópia perfeitamente funcional.

Ela sabia disso tudo, mas não era essa a pergunta.

— Reformulo. O que vocês vão fazer com a Cornucópia?

A mulher do besouro suspirou, indulgente.

— Você fez um milagre, *miss*. Nenhum candidato antes de você chegou à cristalização. Cuidaremos para que seu milagre faça milagres também.

— Que milagres?

— Não é nossa função decidi-lo.

— De quem é, afinal? Quem decide aqui? Quem pensa por você?

— Não é nossa função te contar.

O coração da jovem não palpitava mais; batia furioso.

— Um Deus que domina o mundo e um Outro que o destrói, isso não basta?

A mulher tirou o pince-nez. Ophélie notou então as rugas que cercavam os olhos cansados. Não era mais uma observadora, mas uma simples Babeliana marcada pelo sol e pela vida. Teria perdido alguém querido nos últimos dois desmoronamentos?

— Destruído ou purificado, *miss*, é tudo questão de ponto de vista. O velho mundo era um inferno gangrenado pela guerra — murmurou, abaixando a voz na última palavra, como se o Índex valesse ali como lá fora. — Graças ao Outro, Eulalie Deos criou uma nova humanidade dirigida por tutores eméritos que, juntos, se esforçam para expurgar o mal de nossas almas, geração a geração. Honestamente, não sei por que o Outro desviou agora do plano original. Talvez acredite que o novo mundo já não seja digno de ser salvo? É por isso que nosso dever é levar ainda mais longe a busca pela perfeição — continuou a mulher, cada vez mais fervorosa. — Você, por sua vez, já cumpriu seu dever.

Pronto. Era isso o que Ophélie temia. Quem quer que fosse a cabeça do Observatório dos Desvios, seguia Eulalie Deos à risca, afundava ainda mais o sulco, até. A intenção dessa pessoa não era libertar a humanidade da ditadura subterrânea, mas de arrebanhar os cordeiros perdidos para o caminho correto. Ainda e sempre, se tratava de impor uma forma de ver, um modo de fazer, um manual para a vida. A infância perpétua, em suma.

Ophélie não acreditava nem por um instante que era aquilo que o Outro esperava da humanidade para finalizar seu apocalipse.

— O verdadeiro problema desse mundo — continuou a mulher, de quem suas reticências não escapavam — é que ele continua incompleto em um nível desesperador. Nós todos somos incompletos, *in fact*, alguns mais do que outros.

Ophélie não estava no humor para entrar em mais considerações filosóficas. Exigia concretude.

— O que são as sombras? O que são os ecos? O que são os Outros? O que são, de verdade?

A mulher hesitou, mas logo sua expressão se tornou sonhadora.

— O ar que você respira, *miss*, não é o único ar que existe. Outro ar se mistura, aqui mesmo, ao seu redor, neste exato instante. Inodoro. Indetectável. Nós o chamamos de aerargírio, literalmente "ar-prata". Você imprime nele seu corpo todo, assim como seu poder familiar, se o tiver. Esse ar é suficientemente denso em alguns lugares para ser entrevisto, quando estamos dotados dos instrumentos corretos. Você o propaga a cada ação, a cada palavra, e às vezes, quando o ar é perturbado por certas circunstâncias particulares, um enorme desmoronamento ou um deslocamento ínfimo, ele te devolve em uma onda.

Ophélie prendeu a respiração sem perceber. Quando vira o laboratório através do prisma da lente, achara que só as sombras e os ecos eram compostos de aerargírio. Entendia, enfim, o próprio erro de interpretação. O aerargírio estava por toda parte. O que vira era só a espuma de um oceano invisível.

— Imagine — continuou a mulher, com doçura — que uma dessas ondas comece a refletir por conta própria. Refletir... Um verbo *perfectly* apropriado. Imagine: um duplo seu, inteiro feito de aerargírio, que se torna de súbito consciente de si, se cristaliza ao redor do pensamento, se apropria da língua e só pede para falar sobre tudo que enevoa sua percepção. É isso, um Outro.

Ophélie pensou na Sombra, que a visitara na capela, escondida do Observatório, e se esforçava muito para ser compreendida. Uma condensação de aerargírio sem corpo, mas dotada de vontade e que, mesmo assim, alegava não ser o Outro.

Não, o essencial certamente ainda lhe escapava.

— De onde vem seu aerargírio? — perguntou.

A mulher do besouro apontou, com o pince-nez, um arco de pedra no fundo da cripta. A luz oscilante das lâmpadas não dissipava a escuridão que reinava ali.

— Se quiser saber, *miss*, atravesse a última porta.

Até ali, Ophélie estava com dificuldade em se concentrar na conversa. Os óculos estranhos davam dor nos olhos e seus dedos se impregnavam do passado das luvas de *leitora* falsificadas, impondo visões do proprietário anterior: um certo "Gegê", do programa clássico, que sofria de uma obsessão por isqueiros e iogurte.

Aquela história de porta atraiu toda sua atenção.

Avançou, contando os passos, na direção do arco canopial impressionante acima da escuridão. Lindas letras, parecidas com as das portas OBSERVAÇÃO e EXPLORAÇÃO que Ophélie atravessara no dia da internação, estavam gravadas na pedra:

COMPREENSÃO

Eles entendiam mesmo o peso da letra maiúscula ali.

Apertou os olhos para sondar a escuridão sob o arco. Depois de alguns instantes, enxergou duas linhas paralelas. Trilhos. O que a observadora chamava de porta era uma plataforma subterrânea. Os trilhos se perdiam no fundo de um túnel que mergulhava nas profundezas da terra.

— É o terceiro protocolo?
— Isso.

A mulher se juntara a ela na beira da plataforma. Então pôs a mão ao redor da orelha, para convidá-la a escutar. Ophélie ouviu um rumor ferroviário. Faróis ofuscantes a cegaram. A toga bateu contra as coxas sob efeito de um sopro quente. Um trem composto de um só vagão parou ali e uma porta automática se abriu.

— Todo candidato internado no segundo protocolo teve o privilégio de cruzar a última porta — declarou a mulher, fazendo o sinal da cruz. — Mesmo que nenhum deles tenha cristalizado antes de você, todos nos ajudaram a aperfeiçoar o programa alternativo. Portanto, não fomos ingratos. No instante em que conversamos, eles penetraram nos últimos segredos do universo. Benditos sejam.

Ophélie considerou, pensativa, o trem parado.

— Morreram todos.
— Ninguém morreu.
— Então por que nunca voltam?
— Sim, *miss*. Por quê?

A jovem sustentou o olhar perturbador da mulher. A insinuação era que tinham *escolhido* não voltar? Era difícil acreditar.

Dentro do vagão, os assentos eram cobertos de veludo. Abajures emitiam uma luz suave. Não havia ninguém no compartimento, nem mesmo um maquinista. A porta parecia esperá-la.

— Eu tenho que entrar no trem?
— *Of course*.

Ophélie olhou de relance para o portão fechado da cripta. Talvez fosse por ter engolido uma refeição de verdade, ou por sentir o perigo, mas suas forças despertaram e, com elas, ambos os poderes familiares. Não era mais passa-espelhos e duvidava ser capaz de repetir os prodígios que seu animismo produzira na capela, sob efeito da cristalização. Entretanto, sentia as trepidações do mosaico sob seus pés e o sistema nervoso da pessoa à sua frente.

A mulher do besouro pôs o pince-nez de novo, sorrindo.

— Sua sombra se encrespa a olho nu — disse ela, com um tom divertido, indicando uma das lentes pretas com uma batidinha de unha. — Está pensando em usar o animismo e as garras para fugir?

— Me dê um motivo sequer para não fazê-lo.

Aquela mulher parecia bastante confiante. Ophélie se perguntou de novo qual era o poder familiar dela.

— O que você acha, *miss*, que deve ser o terceiro protocolo?

A jovem ficou sem ar. De acordo com a lenda babeliana que Octavio contara, a Cornucópia julgara a humanidade indigna e se enterrara onde ninguém poderia encontrá-la. Enterrada. Thorn e Ophélie a procuraram em todos os andares do columbário: mas era *sob* o edifício que estava escondida. Aquele trem subterrâneo levava diretamente para lá.

A mulher estudou a reação com simpatia.

— A curiosidade te corrói, não é? Você tem isso em comum com todos os outros candidatos. É essa curiosidade que a fez uma *leitora* tão talentosa, a levou ao museu de história primitiva de Anima, a guiou ao Memorial de Babel e a trouxe para esta cripta. Até conhecer a verdade inteira, não se sentirá inteira. O trem a conduzirá a todas as respostas.

Ophélie sentiu, com essas palavras, um misto de exasperação e agitação.

— Todos que se aproximaram da Cornucópia vislumbraram a verdade completa! — insistiu a mulher, com fervor sincero. — Uma verdade que não só modificou a concepção que eles tinham da realidade, mas que os mudou, em si, lá no fundo. Eu vi homens e mulheres partirem no trem tantas vezes... Já perdi a conta! Ele sempre volta vazio. Ninguém escolhe voltar.

— Quer dizer que você nunca viu a Cornucópia?

Ophélie estava estupefata.

— Não tenho direito, *miss*. Ainda não. Nós, observadores, ainda temos um trabalho a fazer aqui, na superfície. Mas se aproxima o dia, sim, em que também pegaremos o trem.

Os olhos da mulher brilhavam atrás das lentes pretas. O besouro no ombro abriu uma pata articulada para cutucá-la no rosto.

— What? Ah, é, preciso te dar isto daqui, veio de Miss Seconde.

A mulher tirou uma folha de papel de uma dobra do sari. Sem surpresa, era um desenho: um retrato de Octavio parecido com todos os outros que Seconde fizera, o mostrando em meio a papéis rasgados. Os olhos dele, sempre naquele lápis vermelho horrível, expressavam uma angústia indizível. Um pedido de socorro que Ophélie não fora capaz de entender. Ela sentiu um tremor até o fundo do estômago. Seconde previra o que aconteceria com a Boa Família e tentara avisá-los inúmeras vezes, mas, de novo, não fora compreendida a tempo.

— Às vezes — murmurou a mulher do besouro —, um eco chega antes da fonte que o causou. Esses ecos escapam às nossas lentes, mas nunca a Miss Seconde. Aquela menina tem um tremendo olho, por assim dizer. Ela também me encarregou de repetir o seguinte: "Mas o poço não era mais verdadeiro do que um coelho de Odin".

— O que isso significa, afinal?

— Não faço a menor ideia — garantiu a mulher, com um sorriso maior. — Miss Seconde pronunciou essas palavras logo antes da sua chegada ao Observatório dos Desvios e as repetiu várias vezes desde então, o que é bastante incomum. Supus que talvez te lembrasse alguma coisa.

Nada em absoluto, pensou Ophélie. Não contente em repetir a frase absurda, Seconde ainda a ilustrara em um desenho que insistira, custe o que custasse, em entregar a Thorn. Teria a cicatriz daquilo pelo resto da vida.

— Vocês a usam.

A mulher do besouro coçou o queixo, como se considerasse seriamente a acusação.

— Não ouso determiná-la, mas acho que Miss Seconde se usa sozinha. Ela nos é essencial — admitiu, entretanto, de bom grado. — Vê quando a cristalização está latente em um indivíduo. O primeiro protocolo nos permite dissociar o máximo possível um paciente da sombra, sendo os invertidos especialmente inclinados à dissociação, mas o rasgo é um fenômeno espontâneo. Miss Seconde antecipa as sombras a ponto de fissurar. Na época em que ela ainda não estava entre nós, quando só podíamos confiar nas lentes, nossa triagem era atrasada: no tempo que levava para transferir a pessoa ao segundo protocolo, a sombra se rompia sozinha, sem controle nem receptáculo, e o eco nascente se perdia, sem cristalizar. Da mesma forma, se tentássemos uma transferência prematura sem que o interno e a sombra estivessem preparados para a etapa superior, o processo era fatal. Todos aqueles ecos natimortos, todos os espíritos tomados por loucura... que desperdício. Ah, sim, Miss Seconde foi *really* uma bênção para nós. Claro que tivemos fracassos depois da chegada dela, muitas cristalizações abortadas, mas pudemos assim corrigir os protocolos aos poucos, até que, no dia em que você entrou no meu escritório, *miss*, estávamos enfim prontos!

Ophélie olhou com mais atenção para o trem parado à sua frente, a porta aberta, o escabelo desdobrado, os assentos de veludo, a luz tranquila dos abajures que não penetrava a escuridão do túnel.

— O que você disse é contraditório. Como um fenômeno pode ser ao mesmo tempo espontâneo e previsível?

A mulher do besouro abriu um sorriso misterioso que a irritou ainda mais e mostrou o retrato de Octavio, o esfregando entre os dedos.

— Ainda não dominamos a cristalização, mas entendemos uma coisa a seu respeito: a perda tem um papel crucial. É o que chamamos de "efeito de compensação".

Ophélie criara um eco consciente para substituir o vazio deixado por Octavio? Seconde estava ciente disso? Entendera que a eclosão de um novo Outro era condicionada pela morte do próprio irmão?

Ophélie rasgou o desenho. Mais do que nunca, a ideia de predestinação lhe era repugnante. De que adiantava desenhar sombras, fissuras, irmãos, pregos, velhas e monstros se nada pertencia ao acaso?

— Você tem tantas perguntas! — disse, quase carinhosa, a mulher do besouro, que observava o rosto da jovem com um toque de inveja. — Permita que eu faça mais uma. O que você daria para ver o mundo através dos olhos do Outro?

Ophélie contemplou o desenho rasgado em suas mãos, como fizera sua sombra. Eulalie tivera uma revelação gigantesca ao conceber o Outro naquele telefone. A visão de mundo dela mudara para sempre. Ophélie, por sua vez, se sentia ignorante como nunca. Pensou no papagaio, que de novo lhe causou um sentimento desconfortável. QUEM É EU?

A mulher mexeu as sobrancelhas, maliciosa, enquanto o besouro agitava a pata articulada na direção do trem, em convite.

— Quando tiver essa resposta, *miss*, terá todas as respostas.

Ao dizer essas palavras, para a perplexidade de Ophélie, a mulher se afastou com tranquilidade. Fez o sinal da cruz ao passar pela pia batismal, abriu o portão de ferro e subiu a escada, sem fechá-lo atrás dela.

Nada de ameaça, nada de chantagem. Ophélie só tinha que tomar uma decisão: o trem ou a escada.

— Não pode ser tão fácil!

O protesto se perdeu entre as estátuas religiosas. A mulher e o besouro já estavam longe.

Na plataforma, a porta continuava aberta. Subir no trem significaria, para Ophélie, encontrar finalmente a Cornucópia, mas talvez não poder – não *querer*, mesmo que a ideia lhe parecesse loucura – voltar. Subir a escada significaria rever Thorn, que a esperava havia dias, ou, o mais provável, ficar presa para sempre em outro espaço cíclico. Cada escolha tinha a promessa de recompensa e o risco de condenação.

Trem ou escada?

Ophélie estava morta de vontade de comer iogurte.

Livrou-se das luvas de Gegê, visto que não precisava mais fingir. Porém, ficou com os óculos: adequados ou não, era melhor do que não enxergar nada. Ela expirou profundamente para se esvaziar e segurou o corrimão da entrada com as mãos nuas, sem subir no trem.

Então deixou de ser quem era para entrar em outra pele, incrustada de joias, emagrecida e desidratada, uma pele de perdedora, uma pele de fracassada, uma pele que não obtivera sua redenção, mas não importa, *signorina*, porque eu me adianto. Esse trem da última chance, vou pegá-lo primeiro. Você vai conseguir o que não consegui? Não me importo, porque descobrirei a verdade antes de você e, *signorina*, é só isso que importa neste mundo podre!

Ophélie sentiu um sorriso triunfal que não era dela mover-se nos lábios. Era a primeira vez que alguém deixava deliberadamente um pensamento em um objeto para lhe dirigir um recado pessoal. Mediuna subira no trem por vontade própria e queria que ela soubesse. Ophélie teria muitas outras perguntas, mas logo se sentiu carregada pelo fluxo do tempo contrário, indo cada vez mais longe no passado de todas as mulheres e de todos os homens que empunharam o corrimão para subir na cabine. Uma multidão de almas, às vezes impacientes, outras, aterrorizadas, tendo em comum o fato de não fazer ideia do que esperava no fundo do túnel, consumidas por curiosidade.

Ophélie soltou o trem e mergulhou o olhar no túnel. A escuridão. A mais escura das escuridões. Toda aquela gente convencida de que o trem as levaria às respostas. Estaria o antigo informante dos Genealogistas entre eles?

"Até conhecer a verdade inteira, não se sentirá inteira." Era verdade. Ophélie ardia de vontade de dar significado ao que não tinha, de encontrar aquele que rasgara o mundo – seu mundo – e enfim se vingar. Thorn também precisava daquilo. Eram muitas perguntas sem resposta, muitas vítimas sem responsável.

Ela usou o apoio de pé e se instalou no trem. A porta se fechou de imediato, com um estalo mecânico. O coração de Ophélie fez um barulho semelhante. Ela inspirou profundamente, pronta para enfrentar o ponto final misterioso daqueles trilhos.

Jurou que não deixaria para Thorn uma mera urna funerária. Voltaria com a Cornucópia. Recuperaria seu eco e seu poder de passa-espelhos. Juntos, chegariam ao fim de todos os adversários.

Ela foi projetada para a frente quando o trem entrou em movimento.

Ele não descia. E sim a levava para a superfície.

A NEGAÇÃO

Ophélie não entendia mais nada. O trem subia pelas entranhas do Observatório em uma rapidez vertiginosa, a afastando a cada segundo de seu destino, da Cornucópia e de todas as respostas. Por fim, deu uma freada brusca. Jogada no assento, sentiu o ar escapar dos pulmões. As luminárias se sacudiram, fazendo as lâmpadas do vagão vacilarem.

A porta se abriu. O apoio de pé se desdobrou. Ophélie chegara.

Ela esperou por um instante, caso o trem decidisse voltar a andar, dessa vez no sentido certo, mas acabou aceitando que não seria o caso. Desceu em uma plataforma tão escura quanto aquela pela qual entrara. Continuava no subsolo da antiga cidade imperial.

O trem se foi como chegara. De forma absurda.

Ophélie subiu um labirinto de escadas, tateando o caminho. Estava cada vez mais perdida. À desorientação se acrescentava uma nova dificuldade: reaprender a andar. Depois de anos deslocada, de repente não precisava mais pensar, decidir que perna ir primeiro, em que ordem dobrar os joelhos e como manter o equilíbrio. Mover-se pelo espaço se tornara de uma simplicidade desconcertante. Estava tão pouco confiante nos próprios pés que era incapaz de andar sem vê-los, mas, sempre que tentava corrigi-los, tropeçava invariavelmente.

Estava tomada por um pressentimento ruim. Só piorou quando, chegando a uma encruzilhada, encontrou enfim uma fonte de luz. Todas as lâmpadas estavam pifadas, exceto por uma, que, piscando, indicava o caminho a seguir. Aquilo se repetiu a cada interseção, a cada bifurcação: uma escada iluminada; as outras, sombrias.

Depois de uma eternidade de degraus, Ophélie finalmente encontrou o dia. A noite, na verdade. Um crepúsculo tempestuoso, queimando como o fogo de uma forja, se infiltrava pelas saídas de ar de uma caverna. O estrilar dos grilos se misturava ao odor de vegetação úmida.

A liberdade parecia próxima demais, possível demais. Se o trem conduzisse às respostas, por que a levara de volta ao ponto de partida? Por que fora guiada à superfície, lâmpada por lâmpada? Ophélie sabia demais, o Observatório a impediria de voltar à civilização. Com certeza não permitiriam que ela falasse com Thorn.

Nunca permitiriam que eles se vissem.

Ela piscou, ofuscada pelo sol poente. A última escada que subira, sem fôlego, dera em um jardim de inverno esplêndido, cujos vidros eram recobertos por nuvens sulfurosas. Entre os limoeiros envasados, à contraluz, três silhuetas estavam sentadas à ponta de uma mesa muito comprida. Estavam todas voltadas para Ophélie, mas ela só reparou na maior silhueta.

Julgando pela forma como Thorn se empertigara, ele estava igualmente surpreso.

— Sente-se — declarou um homem, indicando uma cadeira na outra ponta da mesa.

Ophélie sentou-se, atordoada. Reconheceu o observador pelo lagarto mecânico no ombro: era aquele que a estapeara na frente de todos, no primeiro dia. A covinha do rosto assumira um aspecto desagradável. Ele não parecia satisfeito nem chocado por vê-la ali.

— Não é ela.

Ophélie procurou a origem da voz na outra ponta. Sob o efeito combinado de concentração, apreensão e um animismo com certeza em forma, os óculos substitutos permitiram que ela distinguisse, depois de certo ajuste, Lady Septima, instalada em uma cadeira de honra. Seus olhos, mais vermelhos do que nunca, a analisavam à distância, sob a franja; a semelhança era tão marcante que Ophélie a sentiu como um soco no estômago. Octavio nunca parecera mais ausente do que naquela mesa. No rosto da mãe dele, ódio e dor lutavam furiosamente, como se fosse intolerável que essa estrangeirinha não tivesse caído no vazio no lugar de seu filho.

— Não é ela, *indeed* — disse o observador —, mas representa uma boa compensação. Foi sua aluna, afinal.

— Que compensação? — perguntou Ophélie.

Precisou se esforçar violentamente para não se agarrar a Thorn, que via pelo canto dos óculos, sentado um pouco afastado. Se ela o olhasse, ali e então, seria incapaz de fingir e revelaria a verdadeira natureza do relacionamento dos dois.

— Minha aluna? — sibilou Lady Septima. — Nunca teria sido minha aluna se Lady Hélène, que descanse em paz, não tivesse me obrigado. De qualquer forma: de jeito nenhum. Fui encarregada por Sir Pólux em pessoa de levar todos seus descendentes à segurança do centro. As arcas menores não são mais seguras, devemos proceder à evacuação de todos os cidadãos.

O homem do lagarto assentiu, limpando o pince-nez na toga.

— As famílias que expressaram tal desejo puderam partir com nossos hóspedes ainda hoje.

— Nem todas.

— Miss Seconde é um caso à parte.

Ophélie tinha dificuldade de acompanhar a conversa que interrompera. Lady Septima parecia ter se lembrado de repente que tinha filha. Entretanto, não lhe parecia falar ali como mãe. Era mais uma proprietária.

— Nós expressamos nossos pêsames, *milady* — disse o observador, em um tom compreensivo —, mas Miss Seconde pertence ao programa alternativo. Você poderá vê-la no contexto das visitas autorizadas.

Lady Septima franziu a boca. Ela agia como dona do ambiente, exuberante no uniforme de LUX e altiva na cadeira, mas

Ophélie sentiu que, ali, quem tinha vantagem era o homem do lagarto. Em sua opinião, os dois eram igualmente temíveis. Apesar do alívio que sentira ao ver Thorn, o pressentimento ruim não ia embora. Talvez por causa do perfume dos limoeiros a atmosfera reinante naquele jardim de inverno era das mais ácidas.

Além disso, tinha outra questão. Detritos de azulejo reluziam no chão, como se tivessem sobrado da chuva de granizo depois do último desmoronamento. Quando Ophélie olhou pelos vidros rachados, percebeu que o chão ainda estava úmido, apesar do calor da noite. As janelas dos prédios elegantes do programa clássico estavam quase todas quebradas, mas, como no caso do jardim de inverno, os estilhaços não tinham sido limpos. Ela notou um enxame de dirigíveis se afastando no céu. A única aeronave ainda amarrada aos jardins estava sendo vigiada pela guarda familiar e trazia o emblema solar de LUX.

Ophélie apertou uma mão contra a outra, tanto para se acalmar como para se impedir de *ler* a própria toga. Seria possível que o que parecia durar dias no segundo protocolo fosse só algumas horas ali? O tempo passava de forma diferente em um espaço cíclico? A queda da Boa Família acontecera naquela manhã?

Sua atenção voltou-se para dentro do jardim de inverno quando Lady Septima estalou a língua contra o céu da boca, impaciente.

— As circunstâncias mudaram; o lugar de Seconde é com LUX. Não me obrigue a ordenar que vá buscá-la.

— Apesar de todo o respeito que devemos à *milady*, o Observatório dos Desvios não tem mais ordem nenhuma a receber de LUX.

A voz do homem do lagarto era suave, mas implacável. A pele de Lady Septima não era naturalmente clara, mas Ophélie a viu empalidecer do outro lado da mesa.

— Vocês se beneficiaram de subsídios mais do que generosos...

— Subsídios muito bem utilizados; Sir Henry, aqui presente, pode confirmar. O Observatório foi reconhecido como utilidade familiar, contribuiu para corrigir uma enorme quantidade de desvios e para formar cidadãos exemplares. Não há nada de que nos culpar. Esse não é o seu caso, o que lamentamos.

Ophélie ficou paralisada na cadeira, lutando como nunca contra a tentação de olhar para Thorn. Devia ter suspeitado! Os observadores os denunciariam a Lady Septima. Se anunciassem ali, naquele momento, que não só Thorn não era um Lorde, como ainda desfigurara sua filha? Que a aluna que ela mesma formara nunca dissera o nome verdadeiro? Nada de Sir Henry, nada de Eulalie, já eram as máscaras. Mentir era um delito em Babel; para eles a mentira tinha a gravidade de um verdadeiro crime. Acabariam presos, a um milímetro do último segredo de Eulalie Deos e do Outro, enquanto o mundo podia desabar a qualquer instante.

Por que, honestamente, o trem não a levara à Cornucópia?

O homem do lagarto sacudiu um sino. Respondendo ao chamado, um colaborador que esperava lá fora entrou no jardim de inverno. Com gestos resignados, o vulto tirou o capuz cinzento e revelou uma cabeça descabelada. Elizabeth. Os olhos dela estavam tão lesionados quanto os vidros do Observatório e a boca não desinchara desde a cotovelada de Cosmos. Dava pena vê-la assim. No entanto, foi com uma postura ereta que ela bateu os calcanhares e levou o punho ao peito:

— O conhecimento serve à paz.

Lady Septima afundou mais na cadeira. Por mais talentosa que fosse, Elizabeth nunca estivera entre as preferidas.

— Você vai convocar todos meus antigos alunos?

— Esta aqui infringiu o princípio do confinamento e compartilhou informações confidenciais — disse o observador, sem perder a covinha. — Ela o fez em nome de LUX.

Os dedos de Lady Septima pararam de tamborilar nos braços da cadeira. Seu choque pareceu sincero.

— É uma acusação *very* séria.

— É uma acusação *very* fundamentada. Eis os relatórios que interceptamos, que ela destinava a LUX.

O homem entregou a Lady Septima uma pasta que foi folheada com a ponta dos dedos, como se temesse que sua reputação se sujasse pelo mero contato.

— Arauta, o que tem a dizer em sua defesa?

— A acusação é merecida, *milady*. Rompi o sigilo profissional.

Ophélie encarou Elizabeth, cujas sardas se apagavam junto com o sol. Era só isso? Não explicaria que o fizera porque os Genealogistas, e consequentemente LUX através deles, tinham ordenado? Isso não era lealdade; era burrice.

A covinha do homem se acentuou sem que nenhum sorriso surgisse no rosto.

— Você entenderá que este incidente é uma ameaça à confiança entre o Observatório dos Desvios e os Lordes de LUX. A partir de agora, não esperamos de vocês nenhum subsídio, e vocês não terão mais nenhum direito de interferência em nossas atividades. Acredite, somos os primeiros a lamentar.

Era uma declaração de independência. Na verdade, aquele homem não parecia lamentar nada, e Ophélie entendeu que era a ela que devia aquele sentimento de superioridade. O Observatório dos Desvios não precisava do mecenato de LUX nem dos serviços de Elizabeth. Ao fornecer um novo Outro, lhes dera possibilidades infinitas. Um poder grande demais para mãos tão pouco dignas.

Ela se levantou com tal vivacidade que a cadeira, sob efeito do animismo, saiu a galope.

— Também tenho uma declaração a fazer.

— Ah, sim — interrompeu o observador —, voltemos ao caso de Miss Eulalie. Ela foi internada aqui antes de sermos informados do novo decreto das autorizações de permanência em Babel. Oferecemos hospitalidade a uma fora da lei. Para manter relações cordiais com LUX, apesar de nossas discordâncias, e provar que sempre cooperaremos em nome do interesse geral, corrigimos hoje este erro. Entregamos Miss Eulalie a vocês.

Com um gesto casual, ele entregou outra pasta a Lady Septima. Ophélie aproveitou esta distração deles para finalmente procurar os olhos de Thorn. Em silêncio, ele a mandou ficar quieta.

Estava ereto como um púlpito, apertando o relógio com o punho, como se temesse que o menor rangido do metal, o menor estalo da tampa tornasse aquela situação ainda mais catastrófica.

No uniforme, não restava nada do sangue de Seconde além de uma manchinha minúscula que o animismo não limpara. Uma mancha escarlate que não tivera tempo de desbotar. Por mais louco que parecesse, a passagem de Ophélie pela nave do segundo protocolo de fato se desenrolara em um único dia.

— Sir Henry — disse o observador, oferecendo uma mão educada a Thorn —, isso nos leva ao fim, da mesma maneira, da sua inspeção. Cumprimente os Genealogistas por nós.

Lady Septima se dirigiu à saída, indicando por si mesma o fim da reunião. Ela estalou os dedos para mandar Ophélie, Elizabeth e Thorn a seguirem, sem lhes dirigir uma palavra ou um olhar. Lá fora, a guarda familiar formou um corredor de honra que se fechou como uma muralha atrás deles.

Ophélie saía de uma armadilha para outra. Sentia-se ao mesmo tempo enganada e estúpida.

Ao lado dela, Elizabeth avançava a passos disciplinados. Ela se livrou do manto monástico na grama, revelando a capa azul noturno e prateada dos virtuoses que nunca deixara de vestir por baixo. Cidadã até a ponta das botas. Qualquer que fosse a punição que lhe esperava, já a aceitara.

Aquele não era o caso de Ophélie. Inventava estratégias cada vez mais arriscadas. Pensou, com pesar, no poder perdido de passa-espelhos ao ver o crepúsculo se refletir nas poças d'água. Empurrada pela guarda, subiu a passarela do dirigível e levantou com discrição o olhar para as costas enormes de Thorn. Será que ele tinha um plano?

A bordo do dirigível, havia vários civis com malas abarrotadas. As conversas pararam no instante em que Lady Septima lhes dirigiu o olhar flamejante. Era desconcertante ver uma mulher tão pequena deter um poder tão grande. Ela não deu ordem alguma para decolar; cada representante da guarda familiar fez o próprio trabalho, voltando ao posto em silêncio absoluto.

Thorn foi o único que ousou interromper:

— Deixe-me na cidade com suas duas alunas. Os Genealogistas terão perguntas para elas, e eu mesmo devo apresentar meu relatório.

Lady Septima examinou a insígnia pregada ao uniforme dele e a mancha de sangue minúscula restante.

— Seu uniforme não está respeitando os códigos, Sir Henry.

Foi o único comentário. Ela indicou um assento a Ophélie e Elizabeth, e se instalou no do piloto. Olhando para o Observatório dos Desvios uma última vez, com um tremor de tristeza, empunhou o leme com fúria controlada.

Ophélie se grudou à escotilha. Na sombra cada vez mais longa do colosso, viu os observadores aglomerados para assistir à partida. Todos sorriam. Quase todos. A jovem do macaco dirigia gestos largos de adeus a Thorn, que não a viu pela janela, concentrado por inteiro na nova equação que se apresentava.

As últimas amarras estavam soltas. A aeronave decolou com um farfalhar de hélices.

NOS BASTIDORES

Titã perdeu três arranha-céus; Faros, as estações navais; Totem, as fazendas de quimera; Chumbouro, seu polo industrial; e a Sereníssima, um quarto da rede fluvial. Ele salta de arca em arca (olha, Heliópolis não tem mais estação ao sul). Aonde vá, as terras se deslocam, o tempo se acelera, o espaço se absorve. Uma multidão de pessoas, animais e plantas carregada por buracos (adeus, turbinas eólicas de Zéfiro). Aqueles que restam não ousam sair de casa. Se for para desaparecer, melhor que seja com tranquilidade, em família, com casa e cachorro. Do seu ponto de vista, os acontecimentos certamente se tornam cada vez mais interessantes (e os desertos de Vesperal, cada vez mais desertos).

Ele pensa em Ophélie, em seu olhar cheio de raiva e confusão. Ela o confundiu com um destruidor de mundos, ele, por favor, que ideia... A jovem estava tão perto de descobrir tudo, entender tudo! Felizmente, fracassou – de novo. As derrotas de Ophélie são mais decisivas do que as vitórias.

Ele cruza milhares de quilômetros e volta à distante Babel, ao Observatório dos Desvios, ao topo do colosso, ao interior dos aposentos diretoriais.

E chega bem na hora. Os observadores estão todos reunidos para se parabenizar. No centro da sala reina uma enorme redoma de vidro da qual emana o som abafado de um papagaiozinho artificial:

— QUEM É EU? QUEM É EU? QUEM É EU?

Ao redor dele, apertam mãos, dão tapinhas nos ombros, brindam com xícaras de chá à honra dos diretores, que brilham na ausência. Nessa assembleia, toda vestida de amarelo, metade ignora que os diretores não existem e a outra metade não sabe quem puxa as cordinhas.

Ele sabe. Sem falsa modéstia, há pouco que não saiba.

Toma cuidado para se esconder onde ninguém o verá. Sem os pince-nez de lentes escuras, os observadores não veem um palmo à frente do nariz; com eles, entretanto, veem um pouco bem demais. Descobririam não só sua presença, por mais sutil que fosse, mas também sua verdadeira aparência. Tomou gosto pelo anonimato.

Ele repara em dois convidados afastados, sentados de forma bem educada em meio aos observadores. O Cavaleiro é engolido pelos óculos grossos, pela tatuagem de cruz e pelo aparelho ortodôntico; Seconde desaparece atrás da franja mal cortada, um enorme curativo no rosto e a folha de papel na qual desenha.

Ele quase ri.

Pouco a pouco, as declarações se tornam mais esparsas, as conversas, mais baixas. É melhor não passar a noite em branco, senhoras e senhores, pois amanhã começa o trabalho de verdade, enfim! Os observadores se vão, uns após os outros, sempre olhando cheio de esperanças para o papagaio sob a redoma de vidro.

— QUEM É EU? QUEM É EU? QUEM É EU?

Logo, nos aposentos diretoriais, só restam o homem do lagarto, a mulher do besouro, o Cavaleiro, Seconde e o eco. E ele, é claro.

A atmosfera perdeu sua jovialidade; o que vem agora se anuncia como algo mais interessante. Ele corre o risco de avançar mais nas coxias, de ficar pertinho daquela realidade que não é de fato a dele. Seconde quase o vê pelo canto do olho, hesita de leve, e continua a desenhar, aplicada. Fora ela, ninguém repara nele.

O Cavaleiro abaixa a xícara de chá com modos que se pretendem aristocráticos.

— Falemos de negócios. Se o eco desviou, é em parte graças a mim. Cumpri meu contrato, exijo minha parte de abundâncias. Eis minhas exigências.

Ele entrega um envelope à mulher do besouro, que observa o conteúdo.

— Uma arca inteira?

— Que não desmorone — especifica o Cavaleiro.

— É um território grande só para o senhor.

— Ah, não viverei sem companhia. Quando não restar mais nada do Polo, a dama Berenilde terá o privilégio de acesso. Sem a filha, de preferência.

A mulher do besouro e o homem do lagarto se entreolham, neutros.

— Será preciso demonstrar paciência, *young man*. Nosso eco ainda não está maduro o suficiente para entregar todos os segredos. Ainda lhe falta vocabulário.

— QUEM É EU? QUEM É EU? QUEM É EU?

Seconde, excepcionalmente calada, desenha de olhos arregalados, tomada por outra visão do futuro.

O Cavaleiro se levanta, sem olhar para ela, nem para ninguém.

— Esperarei um pouco, mas não muito. Procurarei a abundância sozinho, se necessário. Afinal, sei onde encontrá-la. Boa noite.

Só restam quatro. O homem do lagarto, a mulher do besouro, Seconde e o eco. Cinco com ele, testemunha invisível, espectador inconsistente, Sombra entre sombras.

— Foi a boa escolha, caríssimo irmão? — pergunta de repente a observadora. — Entregá-la, *ela*, a Lady Septima? Sabendo tudo que pode relatar aos Lordes de LUX?

— A Cornucópia a rejeitou, caríssima irmã. Que sua vontade seja respeitada.

A resposta do homem do lagarto é dita como óbvia. No mesmo instante, todas as lâmpadas do aposento apagam e acendem. Assentimento elétrico.

— Tal coisa nunca ocorreu antes — admite a mulher. — A Cornucópia sempre aceitou os candidatos que entraram no trem. É a primeira vez... Mesmo assim, caríssimo irmão — insiste ela, ajustando o pince-nez —, era preciso entregar também a colaboradora? Miss Elizabeth estava prestes a decifrar os Livros.

— Justamente, nos livrei dela antes que soubesse demais. Da última vez que os Genealogistas nos mandaram um espião, nosso erro foi levá-lo ao trem do terceiro protocolo. Ele não era digno de tal honra e seu desaparecimento reforçou a atenção sobre nós. Fique tranquila, caríssima irmã, Miss Elizabeth não tem mais importância alguma. Seu trabalho nos ajudará a ganhar um tempo considerável. Só precisaremos dar o ponto final sem ela... e com ele.

O homem do lagarto leva uma mão, respeitosa e possessiva, à redoma de vidro preenchida pelo eco.

— QUEM É EU? QUEM É EU? QUEM É EU?

A mulher do besouro contempla, pensativa, as janelas em roseta onde diminui a luz do dia.

— Ora, ora, caríssima irmã, você não tem nada a temer daquelas jovens. Elas não podem nos causar mal fora dessas paredes. Olhe para Miss Seconde! Faz horas que está concentrada no mesmo desenho.

Os dois observadores se aproximam. Ele também. Sob o lápis minucioso, um navio voador cai do céu.

Ele sorri. Tudo perfeito. A história de Ophélie, a história de todos, poderá enfim chegar à verdadeira conclusão. Ele deve ficar a postos para o grande desfecho.

Antes, só há uma coisinha a resolver ali.

— QUEM É EU? QUEM É EU? QUEM É EU?

Ele aproveita a desatenção dos observadores para se aproximar da enorme redoma de vidro e entrar ali, como a sombra que é. Belisca o eco preso no mecanismo do autômato. Decole, amigo.

— QUEM É EU? QUEM É...

O homem do lagarto perde a compostura. A mulher do besouro empalidece. Seconde para de desenhar.

O papagaio se calou.

O DIRIGÍVEL

Além da escotilha, o Observatório dos Desvios se resumia a uma ilha cercada por um mar tempestuoso de nuvens. Ophélie estava horrorizada. Deixava para trás uma Cornucópia não encontrada, uma sombra não identificada, um eco emancipado e uma sensação terrível de algo inacabado. Por que o Observatório lhe dera a ilusão de escolha e fora contra a decisão dela? Por que falar daquilo tudo na cripta? Por que mostrar o trem? Por que provocá-la com a resposta às suas perguntas?

A frustração era tão grande que a sentia rugir por dentro como um animal enjaulado. Aqueles observadores tinham rido da cara dela até o último instante.

Lá fora, caiu a noite de vez. As escotilhas se transformaram em espelhos. O reflexo de Elizabeth, ao lado dela, era exasperante de tão inexpressivo. Por sua vez, Ophélie não conseguia ficar parada. Virou-se para observar os passageiros. Julgando pelos códigos indumentários, havia ali descendentes de Pólux, mas também, surpreendentemente, vários sem-poderes.

Em resposta a um sinal de Lady Septima, um guarda abaixou um interruptor e apagou todas as luzes a bordo. Ophélie entendeu o motivo quando, após um momento de adaptação, distinguiu as estrelas lá fora. Por causa dos ecos, a radiocomunicação já não era confiável; era preciso navegar pelo olhar. Seria mais fácil avistar a terra sem projetar luz para todo lado.

Ao fim de um silêncio interminável, a aeronave pousou em uma arquinha que a jovem reconheceu, pois a visitara duas vezes. Era o bairro dos sem-poderes, onde antes morara o professor Wolf, e onde o Sem-Medo-Nem-Muita-Culpa morrera de pavor. Ophélie dormira em algum telhado dali, em uma estufa abandonada, com Octavio. Eles tinham se tornado amigos naquela noite.

Ela se virou bruscamente para impedir a lembrança de se instalar.

Franziu as sobrancelhas ao ouvir protestos abafados no escuro, atrás de si. Com diligência metódica, a guarda familiar abaixara a passarela e incitara vários passageiros a desembarcar. Tudo acontecera extremamente rápido; a aeronave já voltava a subir. Ophélie limpou a escotilha, embaçada por sua respiração. Na plataforma onde tinham feito escala, homens, mulheres e crianças pareciam completamente desamparados em meio às malas. A luz dos postes revelava a brancura das roupas. Eram os sem-poderes que ela vira a bordo. Lady Septima os deslocara do centro para confinar todos em um mesmo bairro: uma arca menor que, de acordo com o que ela mesma confessara, tinha mais possibilidade de desmoronar do que as terras do interior. Aquelas pessoas tinham nascido em Babel, viviam ali havia gerações; o erro delas era não ter o sangue de Pólux nas veias.

Os passageiros ainda a bordo reprimiram tosses constrangidas. Ophélie não se sentia melhor do que eles. Sua vontade de contestar ficara presa no esôfago.

No comando, Lady Septima arregalava olhos incandescentes. Não era mais a manifestação do poder de Visionária, mas do vulcão fervendo dentro dela. Em pé à sua direita, Thorn mal se destacava da escuridão ambiente. Ele não se mexia, nem dizia nada.

Eles passaram pela vizinhança do Memorial, cuja torre titânica, agarrada ao pedacinho de terra, transbordando sobre o vazio, brilhava inteira. Provavelmente não havia mais ninguém lá dentro numa hora dessas, mas as lâmpadas não tinham sido feitas para se apagar. Elas iluminavam a cúpula, deixando entrever lá dentro o globo terrestre flutuante.

E, dentro dele, pensou Ophélie, *a sala secreta de Eulalie Deos e o espelho suspenso onde ela conversava com o Outro.*

Era onde o velho mundo acabara e o novo mundo começara, onde Eulalie se transformara em Deus, onde o Outro deixara de ser um pequeno eco inocente. Era enfurecedor ainda não saber *como*.

A iluminação do Memorial era tão viva que, apesar da noite, era possível ver as acácias dos arredores, a estátua do soldado sem cabeça na entrada e a diferença de idade entre a metade mais antiga do edifício e a reconstruída depois do Rasgo.

Ophélie se virou para Elizabeth, cuja respiração ouvia na penumbra. Sob a pálpebra inchada, um olho entristecido. Nem o desembarque dos sem-poderes – dentre os quais ela estaria –, nem a vista do Memorial – que devia a ela sua modernização – a afetaram. Construíra a vida ao redor de Hélène, servindo aos interesses e buscando o reconhecimento do espírito familiar, mas aquela existência acabara.

A aeronave sobrevoou enfim o centro de Babel, onde a maré de nuvens atingira uma amplitude sem igual. Só emergiam os últimos andares dos edifícios, as chaminés das potenfaturas e o topo de uma pirâmide. Lady Septima aterrissou sem problemas, apesar da baixa visibilidade. A guarda familiar desceu para manobrar o dirigível no chão e amarrá-lo com firmeza.

— Saiam todos com calma — ordenou Lady Septima, dirigindo-se enfim aos passageiros. — Um bonde os aguarda lá fora. Vocês serão transportados aos alojamentos temporários. Estarão em *perfect* segurança.

— Quando podemos voltar para casa? — perguntou um deles, com timidez.

— Vocês estão em casa, Filhos de Pólux. Babel inteira é seu lar. Que diferença faz ser aqui, no coração da cidade, em vez de uma arquinha menor?

Ninguém respondeu. A passarela dava em um nevoeiro tão denso que a noite era branca. Os civis foram engolidos pela bruma, um a um, com suas malas. Quando o desembarque acabou, os faróis do bonde se afastaram.

Batendo os calcanhares em um gesto militar, Lady Septima se virou para Thorn.

— Continue a bordo, *sir*. Vou escoltá-lo pessoalmente até os Genealogistas, mas tenho uma última formalidade a cumprir aqui. Vocês duas, venham comigo.

Ela se dirigira enfim a Elizabeth e Ophélie, que precisou desgrudar a toga úmida do banco.

— O que fará com elas?

A pergunta de Thorn tomara o ar de advertência, mas sua única resposta foi o choque dos sapatos de Lady Septima na passarela. Elizabeth a seguiu com docilidade. Ophélie, ao contrário, recuou instintivamente, o que atraiu os guardas familiares e suas manobras de metal.

Thorn os antecipou e segurou o ombro dela.

— Eu cuido disso.

Ele mergulhou com Ophélie nas nuvens. Os guardas familiares faziam ressoar o ritmo de solas de ferro. Estavam à frente, atrás, aos lados. Aonde estavam sendo levadas? Os únicos pontos de referência estavam no chão: ladrilhos, trilhos, um bueiro e, aqui e ali, folhetos pisoteados.

E VOCÊ? COMO VAI COMEMORAR O FIM DO MUNDO?

Ela não podia falar com Thorn, mas sentia seus dedos no ombro. Ela varreu o nevoeiro, esperando que a Sombra surgisse para ajudá-los a fugir de novo. Em seu lugar, os olhos vermelhos de Lady Septima os receberam ao fim do caminho.

— Disse para continuar a bordo, *sir*.

Os dedos de Thorn se contraíram. Ophélie entendeu o porquê quando o vento noturno dispersou as nuvens mais próximas. Eles estavam no que restava da feira, onde acontecera o primeiro desmoronamento. Um dirigível, bem maior do que o que vieram, estava amarrado à beira do vazio. Um veículo de longa distância. Uma quantidade assustadora de mãos batia nas janelas do casco imenso.

No chão, perto do cais, os guardas a postos estavam todos munidos de fuzis com baionetas acopladas. Fuzis de verdade.

Só ao vê-los as pálpebras de Elizabeth aceitaram se levantar. Pela primeira vez, pareceu em dúvida. Abriu a boca, hesitante, mas foi Thorn quem pronunciou a palavra proibida:

— Armas. É ilegal.

Lady Septima fez uma careta, como se ele dissesse obscenidades.

— Material de prevenção da paz. O senhor ficou tempo demais trancado naquele Observatório, Sir Henry. Como eu já falei, as circunstâncias mudaram. As leis também. O Índex, entretanto, continua valendo.

Ophélie se deu conta, de repente, de que não estava nem um pouco chocada. No fundo, assim que vira Lady Septima no jardim de inverno, soubera que acabaria assim. Seu filho estava morto, precisava de bodes expiatórios. Precisava também sacrificá-los o mais rápido possível, no meio da noite e do nevoeiro, a poucos passos do bonde que levara os bons cidadãos aos novos lares.

— Quantas pessoas enfiou nesse aparelho? — perguntou Thorn.

— A quantidade necessária — respondeu Lady Septima. — E duas a mais: Miss Eulalie, Miss Elizabeth, vocês desonraram a falecida Lady Hélène e se tornaram indignas de serem suas Afilhadas. Eu as condeno ao exílio.

— Eu não a desonrei.

Mesmo que em um murmúrio patético, Elizabeth enfim decidira reagir.

— Pode me acusar de qualquer erro, mas não disso — implorou. — Não disso.

— Eu te dou uma escolha, ex-virtuose. Você pode subir na passarela como exemplo, ou sem dignidade.

Elizabeth era uma cabeça mais alta que Lady Septima, mas de repente pareceu pequenininha perante ela. Seus lábios machucados tremeram. Ela abaixou o rosto em sinal de rendição, levou o punho ao peito em uma última despedida protocolar, e subiu no dirigível.

A mão de Thorn segurou Ophélie com mais força. As palavras duras a transformaram em gelatina.

— Esse aeróstato não foi concebido para transportar tantos passageiros, isso sem mencionar os problemas de radiocomunicação. Essas pessoas não chegarão ao destino, e você sabe muito bem.

— O que sei, Sir Henry, é que você não é um Babeliano autêntico.

Lady Septima declarara essa constatação sem se dignar a olhá-lo no rosto. Ela examinava a armadura de que ele precisava para ficar de pé. Ao redor, as mariposas batiam, ruidosas, nas lamparinas da guarda familiar.

— Você é um erro que se infiltrou entre nós. Os Genealogistas lhe deram uma chance que você não para de desprezar, mas isso — admitiu Lady Septima, a contragosto — não é da minha conta. Vá, então, cumprir o dever com seu relatório e permita que eu cumpra o meu, me entregando Miss Eulalie. *Now*.

Ophélie contemplou as janelas do dirigível, atingidas por tantos punhos, e o vazio – o vazio abissal e insondável – que os aguardava.

Ela quase podia sentir, através dos dedos de Thorn, o sangue correndo a mil sob sua pele para irrigar o mecanismo cerebral. Sem dúvida, não tinha seu domínio da matemática, mas ainda assim sabia que os adversários eram muito numerosos e estavam armados. Se Thorn usasse as garras ali, naquele instante, os fuzis se virariam contra ele. O animismo de Ophélie não era poderoso a ponto de interromper o percurso de balas.

— Eu vou — decidiu ela.

Com um movimento determinado de ombro, ela se soltou das mãos de Thorn. Pelo menos um deles deveria sair dali são e salvo.

Já que não seria ela, para ter o mínimo de arrependimentos possível, acrescentou:

— Você sujou a memória de Octavio.

Pronunciou cada sílaba encarando o fogo que ardia no olhar de Lady Septima. A Visionária podia sondá-la até a medula óssea, mas, pela primeira vez, foi Ophélie quem viu através dela com total transparência. Suas palavras a atingiram. A fúria assassina que consumia aquela mulher era, acima de tudo, dirigida contra si própria. Ela não se perdoava por ter perdido o filho e abandonado a filha, mas, visto que era alheia aos próprios sentimentos, procurava um culpado externo.

— Suba, *little girl*.

Ophélie deu um passo em direção ao dirigível; em seguida, caiu na calçada. As sandálias tinham se animado por conta própria, emaranhando as tiras para impedi-la de partir. Podia fingir coragem, mas não enganava o próprio animismo. Lady Septima estalou a língua, mas, por mais que a jovem se contorcesse, não conseguia desamarrar nem tirar as sandálias. Seria arrastada pela passarela sob golpes de baioneta.

— Entregue isso aos Genealogistas em meu nome.

Era a voz de Thorn. Sua voz de verdade, sua voz do Norte.

Ele soltara a insígnia de LUX para entregá-la a Lady Septima. Em seguida, fazendo ranger o metal, se ajoelhou ao lado de Ophélie. As marcas de alta tensão que iluminavam seu rosto tinham relaxado todas. Nada de correntes contraditórias, só a claridade única que brilhava em seus olhos no coração da noite.

— Juntos.

Desajeitado, ele levantou Ophélie no colo e subiu com ela no dirigível.

TURBILHÃO

Victoire sempre fora fascinada pelo olho-mágico de casa. Quantas vezes vira Mamãe olhar por ali, mesmo se ninguém batesse na porta? Quantas vezes não quisera contemplar o mundo lá fora também, para além das paredes de verdade e das árvores de mentira de onde morava?

Hoje, Victoire tinha a impressão de ter passado ao outro lado do olho-mágico. Do mundo, só via imagens em miniatura e ouvia sons minúsculos. Tinha caído tão profundamente na banheira enorme e cheia de sombras, que não podia mover nem sentir nada. Ela não tinha medo. Estava, na verdade, quase inconsciente da própria existência, se dissolvendo como os comprimidos de aspirina que Mamãe mergulhava no copo. Com cada vez mais frequência, se perguntava quem eram, exatamente, aquela Mamãe e aquela casa às quais seus pensamentos voltavam sem parar. Perguntava-se também, na mesma ocasião, quem era aquela Victoire que pensava naquela Mamãe e naquela casa?

Um barulho, emaranhado por ecos, chamou sua atenção para o minúsculo olho-mágico do mundo, bem na superfície da banheira. Não era bem um barulho, era uma voz. A voz de Padrinho. Quem era Padrinho?

Victoire se mantivera até ali entre duas águas – memória e esquecimento, material e imaterial –, mas sabia que, se usasse o que restava das próprias forças para voltar à superfície, a queda seguinte a arrastaria ao fundo da banheira, de onde nunca voltaria.

Ver Padrinho pela última vez. Antes de esquecê-lo de vez.

Ela se concentrou por inteiro no olho-mágico, na voz que escapava dali, nos corredores que ganhavam sentido conforme ela aumentava o olhar. Um homem consertava os inúmeros rasgos da camisa. Estava mal barbeado, mal penteado, mal vestido, mas todos seus gestos eram carregados de intensidade. Ele cantarolava. O fio vermelho que escolhera para o trabalho de costura contrastava contra a brancura do tecido e, quando abotoou a camisa, o conserto terminado, parecendo muito satisfeito, Victoire diria que seu corpo estava coberto por feridas. Parecia lembrar que era ele o Padrinho, mas quanto menos Victoire se sentia quem era, mais sua percepção dele, que não se limitava mais aos olhos e às palavras infantis, se aprofundava. Ela o achara bonito, antes? Como não vira como ele estava estragado debaixo do sorriso? Ela o amou com ainda mais força. Aquele homem era parte dela desde que se curvara sobre seu berço e – o que Victoire de repente lembrou melhor do que si mesma – cochichara: "Ninguém é digno de você, mas tentarei mesmo assim".

— É voa seis... sua vez, ex-embaixador.

A percepção de Victoire aumentou ainda mais pelo olho-mágico, até incluir a mulher na frente de Padrinho. A Mulherzinha-de-Óculos. Estavam os dois sentados em uma mistura de almofadas e tapetes, separados por um tabuleiro de jogo. A Mulherzinha-de-Óculos esperava sem aparentar pressa, inexpressiva atrás dos cabelos escuros e compridos. Mas as sombras se remexiam freneticamente sob seu corpo.

Padrinho empilhou três peões pretos no tabuleiro e, com um gesto, derrubou todos os peões brancos.

— Você está inventando regras, ex-embaixador.

— Estou me adaptando ao adversário, ex-senhora.

Victoire os via, mas via também as emanações que produziam de si a cada movimento, cada palavra, como as ondulações na água da banheira. Alguns às vezes voltavam como ecos.

Victoire aumentou ainda mais a percepção. Estavam em um enorme gabinete de curiosidades onde se amontoavam objetos dos quatro cantos das arcas: quimeras empalhadas, cadeiras flutuantes, livros perfumados, um enorme mapa dos ventos, nuvens sob redomas, bilboquês eletromagnéticos, um quadro animado no qual um navio balançava de um lado a outro em plena tempestade marinha. Ela se surpreendeu ao ser capaz de atribuir a tudo aquilo uma identidade, muito além das palavras, como se sempre tivesse conhecido intimamente cada coisa, como se no fundo dela estivesse alguém que sabia muito mais e só esperava a própria diluição para emergir. A percepção do ambiente era tão plena, naquele momento, que ela podia concebê-lo por inteiro, todos seus cantos, todos os espaços conectados; sentia até, para além das últimas paredes, o deslocamento espacial que isolava o lugar do resto do universo.

— Você não come nunca?

Padrinho estava ocupado abrindo com toda calma uma lata de conservas, mas os olhos claros interrogavam a Mulherzinha-de-Óculos do outro lado do tabuleiro.

— Não estou submetida à organização galvânica... por causa da alienação orgânica, já faz séculos, ex-embaixador.

— O que não te impede de estar presa aqui conosco, ex-senhora.

Padrinho apertou os olhos, como se pudesse enxergar melhor a Mulherzinha-de-Óculos, por trás do rosto redondo, da boca rosada, dos cílios compridos e do vestido estranho, de onde saíam dois joelhos nus.

— É muito difícil me acostumar à sua verdadeira aparência. Você parece nossa queridinha sra. Thorn, chega a ser assustador.

— É ela que se parece comigo.

O abridor de latas parou entre os dedos de Padrinho.

— Como raios você passou a roubar o rosto dos outros? Sua bela face não te satisfazia mais?

A Mulherzinha-de-Óculos levantou um ombro, devagar.

— Entendi — murmurou Padrinho, voltando a sorrir. — Você não escolheu, só aconteceu assim. Brincou com forças que se voltaram contra você. Mas por que seu dom de duplicação não funciona nos espíritos familiares? São suas próprias criações, afinal.

— Sem seus Livros, os espíritos familiares não são nada — disse a Mulherzinha-de-Óculos. — E não posso pegar o lastro de um riso... o rosto de um Livro.

Padrinho abriu a lata com um gesto decidido.

— Mudei de ideia. Você e a sra. Thorn não têm nada em comum.

Na sala ao lado, ouviu-se uma torrente de palavrões, um jorro d'água e um miado de protesto. Outra mulher, meio morena, meio loira, bateu a porta atrás de si sem se preocupar com a poça que se espalhava a seu redor. O corpo dela emanava raiva para todo lado. Era a Moça-do-Olho-Esquisito, Victoire lembrou, de forma vaga. O gato que a seguia – "Pamonha", lembrou – se sacudiu, furioso.

Lata na mão, Padrinho soltou o que era ao mesmo tempo um suspiro e um sorriso.

— Que pena. Não me diga que não temos mais banheiro, ex-mecânica. Não garanto o resultado desta refeição.

— Estou procurando uma saída, isso sim.

— Você não vai encontrá-la, nem no banheiro, nem em outro lugar. Não vou ensinar a você, a preferidinha de nossa saudosa Hildegarde, o que é um não-lugar. Não consegui invocar um único atalho para o mundo lá fora e nem Deus em pessoa — riu ele, apontando para a adversária — conseguiu sair daqui, apesar de seus milhares de poderes! Paciência, minha cara.

A Moça-do-Olho-Esquisito encarou o tabuleiro com desprezo, mas Victoire soube, pela forma como as vibrações inundavam a Mulherzinha-de-Óculos, que era a ela que dirigia todo o ódio.

— Continuem essas brincadeirinhas. Vou desmontar este lugar tijolo a tijolo se for necessário.

— Você me prometeu o dedo menino... o mesmo destino — disse a Mulherzinha-de-Óculos.

A Moça-do-Olho-Esquisito pegou uma lança de arremesso de um kit esportivo. Ela a enfiou com ferocidade na nuca da Mulherzinha-de-Óculos antes de ir embora, batendo outra porta. Victoire não sentiu surpresa nem horror perante a violência da cena; só uma forte curiosidade. Em breve, cairia lá no fundo da banheira, onde não sentiria mais nada.

— Você não a roubou — disse Padrinho, chupando um dedo sujo de patê. — Tomar o lugar de Raposa foi uma péssima ideia.

A Mulherzinha-de-Óculos observou, pensativa, a ponta da lança que saía pela garganta. Com uma contorção grotesca de braço, pegou o pedaço que pendia às costas e a arrancou com um gesto rápido. A ferida do pescoço fechou de imediato, sem sangrar.

— Não importa se eu o matei ou o poupei. Aquela pobre criança não acredita em nada que baita minha sopa... sai da minha boca. Já tentou me matar 43 vezes. Você, nenhuma. Por quê?

Com uma expressão maliciosa, Padrinho rearrumou os peões no tabuleiro.

— Porque, ao nos trancar juntos neste não-lugar, Janus me transformou em sua punição. Portanto, me dedico a ser a companhia mais entediante possível.

A Mulherzinha-de-Óculos deixou a lança no tapete, ao lado da almofada onde estava sentada. Seus gestos eram calmos, mas as sombras se agitavam cada vez mais sob seu corpo.

— Você está um sucesso.

— Menos do que Thorn — murmurou Padrinho, empurrando, com o dedo sujo de patê, um peão no tabuleiro. — Queria que ele estivesse aqui com a gente! Ninguém é melhor em estragar uma festa.

A Mulherzinha-de-Óculos avançou um peão também. Victoire, que com certeza não era mais quem fora, viu nascer no tabuleiro todos os ecos das jogadas seguintes. Reparou que já sabia o resultado da partida que mal começara.

— Repito, ex-embaixador: dediquei minha vida a salvar o mundo. Cada segundo que perco neste não-lugar deixa meus filhos lá fora sem minha proteção, e eles precisam de mim mais do que nunca. Você se emana de um girino... se engana de inimigo.

Padrinho esticou o sorriso até as orelhas.

— O Outro, né? Não tem jeito, ex-senhora. É um pouco abstrato demais para mim. É por *sua* causa que o barão Melchior assassinou meus convidados. É por *sua* causa que a velha Hildegarde se suicidou. É por *sua* causa que meu vínculo com a Teia foi cortado e fui rejeitado pelas minhas irmãs. Salvar o mundo, é isso? Você destruiu o meu mundo.

A Mulherzinha-de-Óculos observou Padrinho com uma atenção distante. Os olhos sob as lentes – notou Victoire, de quem não escapava mais detalhe algum – não refletiam as luzes do ambiente. A Mulherzinha-de-Óculos também não era refletida no tabuleiro de damas, nem na jarra d'água sobre a mesa. Ela não tinha reflexo algum.

— É esse o joguinho que quer fazer, ex-embaixador? Tudo bem.

Seu peão engoliu, um após o outro, os do Padrinho, como Victoire previra.

— O barão Melchior assassinou seus convidados em meu nome — continuou ela —, mas não era seu dever protegê-los? A Madre Hildegarde se suicidou para me privar do próprio poder, mas você deu a ela algum motivo para viver? Quanto às suas irmãs, não considerou nem por um instante que elas só esperavam um pretexto para se afastar de um irmão muito invasivo? Eu acho que você traduziu... destruiu seu mundo sozinho. Deixou para trás uma embaixada caótica, esposas constrangidas e maridos ultrajados. Foi sempre uma vergonha para a própria família, *nossa* família. Quando morrer, não fará falta a ninguém e ninguém lhe fará falta.

Padrinho contemplou o tabuleiro de sua derrota. Ele continuava a sorrir.

— Quando eu morrer — repetiu, em voz baixa. — Você sabe, não sabe? Há quanto tempo?

— Tomei seu rosto e fui você — disse a Mulherzinha-de--Óculos. — Foi pouco tempo, mas bastou para sentir na pele essa doença que o corrói. A doença que levou seus pais e que cresce em você, pouco a pouco. Nós dois sabemos que seus contos estão adiados... dias estão contados. E sabemos que, se foge das suas irmãs, é porque treme só de pensar que os delas também estejam.

Victoire nunca entendera as conversas dos adultos; ali, em algum lugar dentro e ao redor dela, alguém entendia tudo. No entanto, não era esse alguém que de repente queria gritar. Era Victoire. Pela primeira vez em muito tempo, a Mulherzinha-de--Óculos virou o rosto em sua direção, apertando os óculos, como se sentisse afinal seu silêncio estrondoso.

Padrinho riu, esfregando a lágrima preta entre as sobrancelhas.

— Minha própria transparência se voltou contra mim. Sou obrigado a admitir que você está certa, ex-senhora, exceto por uma questão: pelo menos uma pessoa sentirá minha falta.

Victoire não ouviu o fim da frase. O não-lugar pareceu tomado por um soluço enorme. Os quadros se soltaram das paredes, o tabuleiro foi ao chão e Padrinho caiu no colo da Mulherzinha-de-Óculos.

— Ora — disse ele, se soltando. — O que a ex-mecânica quebrou agora?

— Não fui eu — resmungou a Moça-do-Olho-Esquisito.

Ela acabara de abrir a porta pela qual saíra mais cedo, trazendo uma furadeira em cada mão, e Pamonha veio atrás dela.

— Foi isso.

Então apontou para o buraco, do tamanho de um prato, que surgira bem no meio do tapete. Todos se aproximaram. O buraco dava em uma escuridão sem estrelas, mas o que ninguém parecia ver era o turbilhão que o causara. Uma tempestade de ecos. Victoire se sentiu aspirada, como se tivessem aberto um ralo e a força não só a arrastasse para o fundo da banheira, mas para ainda mais longe.

— Os desmoronamentos — disse a Mulherzinha-de-Óculos. — O Outro está fissurando o espaço, nem o não-lugar resiste. Agora acredita em mim, Janus?

Ela se virou para o ser gigantesco, meio homem, meio mulher, ali onde, um segundo antes, não havia ninguém. O ser também contemplava o buraco no meio do tapete, enroscando o dedo em um dos bigodes compridos, com um ar muito contrariado.

— Não tenho escolha. Tem cada vez mais vazio, cada vez menos terra. Se você não saiu deste não-lugar, *señora* Deos, então o problema está em outro aspecto.

— Me dê o último poder que me falta, Janus. Permita que eu encontre o Outro antes que ele precipite o mundo inteiro, inclusive sua arca, nos abismos.

— Seu "Outro", *señora*, é ainda mais difícil de encontrar do que eu. Pedi para meus melhores Ponteiros o localizarem. Ninguém conseguiu.

— É preciso saber o que procuramos para encontrar. Você não conhece o Outro como céu começo... eu conheço. Me transforme em Ponteiro, Janus, e tudo voltará aos eixos.

— Ideia desastrosa — disse Padrinho.

— Ideia desgostosa — disse a Moça-do-Olho-Esquisito.

Victoire não soube qual foi a resposta de homem-mulher. Ela não ouviu mais nada. O turbilhão engolia sons e formas. A Mulherzinha-de-Óculos pareceu reparar de repente, e todas as sombras contidas sob seus pés esticaram os braços. Milhares de braços, mas nenhum pegou Victoire. O turbilhão a levou para longe da superfície, nas profundezas onde não havia mais fronteira entre o que era e o que não era ela.

Ela esqueceu Padrinho, Mamãe e a casa.

Esqueceu Victoire.

A DERIVA

Na época em que Ophélie era aprendiz na Boa Família, odiava uma tarefa acima de todas as outras: limpar o sifão dos banhos. Tudo que um corpo secreta de menos agradável se aglutina na forma de um mingau pegajoso que é preciso desgrudar de tempos em tempos dos ralos para evitar entupimento, ainda mais quando os chuveiros são compartilhados por uma comunidade de pessoas de todos gêneros e idades. O fedor que emanava dos sifões do Lar era indescritível.

Era o mesmo fedor que reinava dentro do dirigível.

As cabines, os bagageiros e os banheiros transbordavam de passageiros. Apertavam contra si os raros bens que puderam pegar na hora da batida; um homem agarrava furiosamente sua torradeira, desafiando qualquer um a roubá-la. Alguns estavam tão exaustos que tinham deitado no chão, sem nem mesmo protestar quando pés os chutavam na passagem.

O calor ambiente era animalesco.

Desde que a porta da embarcação fechara, Thorn ficara paralisado na entrada do dirigível. Cada passageiro representava para ele uma variável algébrica acrescentada a uma equação cada vez mais complexa. Ele abria o desinfetante de forma compulsiva.

— Siga-me — disse Ophélie.

Ela enfim controlara as sandálias resistentes. Abriu um caminho, pedindo licença para as pessoas darem passagem, o que rendeu mais de um resmungo. Não andava em linha reta desde que acordara na capela, incapaz de se impedir de corrigir movimentos que não precisavam mais de correção. Apesar do esforço para evitar contato, *lia* roupas e se encharcava de cada vez mais pavor, cada vez mais raiva e cada vez mais tristeza. Os sotaques familiares de quase todas as arcas se misturavam. Entre as luzes, a tinta alquímica fazia brilhar as testas dos clandestinos escapados do anfiteatro, e certamente ainda outros. Tudo que restava do cosmopolitismo e da diversidade de Babel estava concentrado ali.

Curvado para não bater no teto, Thorn cuidava para se manter distante. Bastava um tropeço para ativar garras fatais.

Ophélie encontrou Elizabeth sentada ao fundo de um bagageiro sobrecarregado, mas a amiga não respondeu a seu sinal. Ela abraçava as pernas compridas, resignadas, como uma tábua de passar dobrada e guardada no armário por muito tempo.

Foi um verdadeiro esforço chegar às laterais da área traseira: estavam todas tomadas por pessoas que batiam nos vidros duplos. Xingavam com força, soltando palavras proibidas. Aqueles ali não tinham selo nenhum na testa, mas as togas desparelhadas e chamativas não seguiam os códigos indumentários.

Eram os Delinquentes de Babel.

Pelo menos agora Thorn podia se encostar em uma janela e ficar de olho em todo mundo. Do outro lado do vidro, só se via uma plataforma enevoada e as silhuetas dos guardas a postos, surdos aos gritos dos passageiros, as baionetas dos fuzis cintilando à luz das lamparinas.

— O que estão esperando? — perguntou Ophélie. — Outros clandestinos?

Thorn pegara uma toalha de mesa em um bufê. Ele a usou para esfregar minuciosamente a gordura deixada pelos muitos dedos no vidro, antes de apontar para uma biruta. Estava parada.

— O Sopro de Nina.

— O que é?

— É o nome Babeliano para o vento sul. Ele sopra toda noite durante a estação seca.

— Mas por que esperar? É um dirigível, não um balão.

Thorn tirou do bolso as luvas de Ophélie. Ele as vestiu nela, uma mão após a outra, chegando a abotoar os punhos. Eram gestos de extrema intimidade. Thorn agia, de repente, como se a multidão agitada fosse abstrata. Só quando trocou os óculos substitutos pelos originais lhe dirigiu um olhar de ferro.

Não precisou dizer nada. Ophélie entendera. Não havia piloto nem tripulação.

— Você deveria ter ficado na plataforma — murmurou ela.

A boca severa de Thorn se esticou. Foi um sorriso rápido como um estalo elástico, mas Ophélie o achou mais reconfortante do que qualquer palavra.

— Segure o corrimão — disse ele.

A pressão repentina do vento fez toda a estrutura ranger. Lá fora, a biruta acabava de se levantar. A guarda familiar soltou as amarras. Os raros postes de luz de Babel que penetravam a névoa sumiram imediatamente. Os protestos dos passageiros aumentaram, agudos, através do dirigível, carregado pelo Sopro de Nina, sacudido como um saco de papel.

À deriva no mar de nuvens.

Os passageiros caíram uns sobre os outros, numa reação em cadeia. Ophélie não ousava imaginar o que seria se agarrar ao corrimão sem que as luvas a impedissem de *ler*. Era a mesma sensação de estar no carrossel do programa alternativo.

— Precisamos tomar... o controle desta aeronave — disse ela, batendo os dentes.

A armadura adotara um ângulo preocupante, mas Thorn parecia muito mais irritado com o chiclete que grudara no cotovelo do uniforme.

— Duvido que Lady Septima tenha sido simpática a ponto de tornar a navegação possível.

Ele desdobrou o braço comprido para segurar Ophélie no momento em que ela perdeu o equilíbrio. O dirigível estava virando. Ouviu-se uma explosão de palavrões; com certeza não era assim que os Delinquentes de Babel tinham previsto comemorar o fim do mundo. Enquanto cada um se segurava ao que podia, o que Ophélie a princípio supôs ser um carrinho de serviço deslizou pelo deque. Era Ambroise. As mãos invertidas procuravam acionar o freio da cadeira, sem sucesso. Enroscado no seu pescoço, o cachecol estava todo arrepiado. Ele, ao contrário, parecia até calmo; seu rosto se iluminou todo quando cruzou o olhar maravilhado de Ophélie.

— Você aqui, *miss*? Como...

O resto da pergunta se perdeu com ele, descendo inexoravelmente ao fim do corredor.

O dirigível sacolejou. Mais palavrões. Entregue aos caprichos da oscilação, Ambroise voltou no sentido contrário. Thorn o segurou pelo cachecol quando a cadeira passou de novo e o imobilizou bruscamente.

— O que você está fazendo aqui?

Era quase uma acusação. Desconcertado, o adolescente piscou várias vezes os cílios compridos de antílope. Em plena fornalha nauseante, sua pele dourada, seu cabelo comprido e suas roupas brancas tinham preservado o brilho.

— Os clandestinos que eu acolhi... Não pude fazer nada, *sorry*. Os Olfativos da guarda familiar tinham decorado os cheiros e seguiram os rastros até a fábrica. Ordem de Lady Septima. Fomos todos detidos e separados faz alguns dias. Nem sei se eles também estão a bordo. Este dirigível é gigantesco, não os encontrei. É verdade o que disseram? A Boa Família também desmoronou?

Sem se preocupar com as oscilações e as exclamações ao redor, Thorn apertou a mão ao redor do cachecol, que se remexia cada vez mais, obrigando Ambroise a olhá-lo nos olhos. A doçura de um exacerbava a dureza do outro.

— O que você e seu pai esconderam de nós?

— Não entendi, *sir*...

— Acho que entende muito bem, na verdade.

Desde o primeiro momento, Thorn vira em Ambroise um provável espião de Lazarus e, através dele, de Eulalie Deos. A descoberta da urna funerária no sótão do columbário não ajudara.

Ophélie, por sua vez, não tinha mais opinião. Encarou o reflexo constrangido de Ambroise no vidro da janela, como fizera tantas vezes nos últimos tempos para confirmar que não estava na presença do Outro, mas o que aquilo provava, no fundo? Espelhos não revelavam todas as mentiras. Talvez não soubesse quem Ambroise era de verdade, mas tinha duas certezas: a primeira era de que o cachecol confiava nele; a segunda, de que não era hora de explicações.

— Você é motorista — interveio ela. — Sabe pilotar o dirigível?

Ambroise sacudiu a cabeça, meio estrangulado, até Thorn aceitar soltá-lo.

— Parece que a passarela de comando foi sabotada. Nem é essa a pior notícia, *miss*. De acordo com a orientação e a velocidade do Sopro de Nina, não encontraremos nenhuma arca para aterrissar. Meu pai me ensinou cartografia: não tem nada para este lado. Só nuvens.

Ophélie começava a ficar mesmo enjoada. Um sacolejo enfiou o corrimão entre suas costelas, deixando-se sem ar.

A jovem pensou no trem que se recusara a levá-la ao terceiro protocolo. Em todas as respostas largadas em Babel, de onde se afastavam segundo a segundo. No mundo em migalhas onde não souberam encontrar lugar, ela a fujona, Thorn o fugitivo. No passado que Eulalie Deos transtornara e no futuro do qual o Outro queria privá-los. No Observatório dos Desvios que, naquele instante exato, estava reproduzindo os mesmos erros com *seu* eco.

QUEM É EU?

Não, Ophélie não permitiria nada disso. Inspirou profundamente, retomou a consciência do fedor, dos gritos, dos solavancos e, mais forte do que todo o resto, da enorme mão de Thorn agarrada à dela. *Tac tac*. O relógio de bolso balançava hipnótico na corrente da camisa, abrindo e fechando a tampa na velocidade de um batimento cardíaco.

Ao vê-la, uma ideia louca a atravessou.

— Cadê essa tal passarela de comando?

Ambroise estava com dificuldade em estabilizar a cadeira. Ter metade dos membros ao contrário não facilitava nada.

— Do outro lado da embarcação, *miss*, mas foi sabotada, como eu...

— Precisamos ir até lá — disse Ophélie.

De costas para o vidro, Thorn estudou, com um olhar penetrante, a desordem cada vez mais estrambótica que reinava ali. Os sacolejos causavam brigas e abraços. Passageiros organizavam um bolão para prever a hora exata da morte – os menos otimistas não davam mais do que quinze minutos. Sempre que um homem gritava de pânico, os Delinquentes se jogavam nele, rindo como dementes, e enfiavam folhetos na boca do sujeito. Músicos tinham pegado saxofones para inventar improvisos extraordinários de jazz; um deles quebrou os dentes quando um solavanco o derrubou. Uma velha completamente nua dançava sobre uma mesa no ritmo do balanço.

Thorn franziu o nariz comprido. Para enorme surpresa de Ambroise, ele segurou a parte de trás da cadeira e começou a andar, empurrando-o.

— Eu achei que não gostasse de mim, *sir*.

— Não gosto mesmo — resmungou Thorn. — Só estou te utilizando.

De fato, ele manobrou a cadeira como um quebra-gelos, para abrir caminho entre a massa compacta de passageiros. Ophélie apertou o passo para garantir que ninguém pudesse assustar as garras de Thorn por trás. Era sem dúvida uma extensão de seu próprio poder de Dragão, mas ela sentia cada vez mais distintamente a sombra de Thorn, que estalava como arame elétrico. Conter-se em tais circunstâncias devia ser um desafio constante para ele.

Juntos, atravessaram as ondas anárquicas da multidão, lutando contra as quedas, subindo por corredores fedorentos, dormitórios lotados, cozinhas saqueadas, aposentos de tripulação assaltados. As lâmpadas acendiam e apagavam sem parar. Nessa alternância entre dia e noite, choros soluçantes se misturavam a gargalhadas tresloucadas. Era pura histeria.

Enfim, se fez silêncio.

Caiu no dirigível com o peso de uma tampa de caixão, tão repentino que Thorn freou a cadeira de Ambroise no meio da sala de ventilação. Ophélie ia perguntar o que acontecia, mas a pergunta se interrompeu no mesmo instante que ela. O sentimento chegara às suas entranhas: a certeza de estar onde nunca deveria se encontrar.

As escotilhas tinham empalidecido. Estavam afundando sob a superfície do mar de nuvens.

No enorme vazio entre as arcas.

Ela nunca fora invadida por tal sentimento de rejeição, por uma necessidade tão visceral de sair dali. Era como quando fora trancada na sala do incinerador, ou quando Farouk derramara toda a extensão do poder psíquico dele, ou quando vira o vazio no faxineiro do Memorial. Não, era ainda pior.

Era impossível.

— Ophélie.

Thorn largara a cadeira de Ambroise para se curvar sobre ela. Ele pressionou os polegares contra o rosto dela, erguendo o olhar de Ophélie para o seu, com uma estabilidade surpreendente. O suor que escorria pelas cicatrizes dele caiu em gotas grossas sobre os óculos.

Ophélie nunca deveria tê-lo levado junto. Nem reconheceu o sussurro que saiu da própria garganta:

— O vazio... Não deveríamos estar aqui.

Falar se tornara tão anormal quanto respirar.

— Continue a andar — disse Thorn. — Estamos quase lá.

Ophélie viu, sob os enormes tubos de cobre da ventilação, silhuetas enroscadas de pessoas. Mais ninguém a bordo chorava ou ria. Engolido pela cadeira grande demais, à deriva pela sala, Ambroise arregalava olhos chocados. O cachecol se embolara contra ele.

— A memória planetária, a memória planetária... — repetia.

Atrás dele, no fundo de um último corredor, se refletia o vidro imenso da passarela de comando.

Thorn tinha razão, eles estavam quase lá.

Ophélie avançou com tornozelos paralisados. Estava em conflito com o corpo inteiro, um conflito mais temível do que os anos de deslocamento, mais atordoante do que seu realinhamento. Ela se sentia excedente. Eram todos excedentes. Nenhum deles tinha o direito de estar ali onde, um dia, antes de se esfarelar, estivera a terra do velho mundo.

Na passarela de comando, os quadros de bordo tinham sido arrancados, assim como o posto de pilotagem fora amputado do leme e de todas as alavancas. Era ainda mais desastroso do que imaginara. O mar de nuvens já se infiltrava nos interstícios das janelas, espalhando a bruma para dentro da cabine. A sensação opressiva era insustentável.

— Não podemos fazer nada antes de retomar altitude — disse Thorn.

Ele empurrou sem reservas um homem que se jogara em um aparelho radiofônico e tomou o lugar do sujeito. Desligou o rádio e se colou ao bocal de um tubo acústico. Engoliu várias vezes, também lutando contra todos seus átomos, até que sua voz ressoou, grave, através de todos os pavilhões do dirigível.

— Escutem, todos. Somos pesados demais.

Os ecos se sobrepunham às palavras, então ele parava entre cada uma. Thorn tirou o colete do uniforme. A camisa estava encharcada, expondo o relevo da coluna vertebral que se retorcia para ficar na altura do bocal. Não tomava mais cuidado nenhum para atenuar o sotaque original.

— Somos todos originários de famílias diferentes. Se vocês forem Ciclopeiros? Flutuem. Se forem Fantasmas? Transformem-se em estado gasoso. Se forem Colossos? Reduzam sua massa. Temos Zéfiros à bordo? Invoquem os ventos ascendentes. Talvez não sejam mais cidadãos de Babel, mas não deixaram de ser quem eram. Cada um pode contribuir para voltarmos todos à superfície.

Quando os inúmeros ecos se calaram, fez-se um longo silêncio. A névoa ficava cada vez mais densa. A estrutura metálica da embarcação soltou então um gemido sinistro. Era quase imperceptível, mas Ophélie teve a impressão de pesar mais. Num paradoxo, a culpa intolerável que a esmagara se aliviou aos poucos. Eles estavam subindo.

— Está funcionando — declarou Thorn, no bocal. — Continuem.

Gritos de alívio surgiram de todo lado quando o dirigível emergiu na noite vasta de estrelas. O próprio Thorn se permitiu um suspiro.

Ophélie contemplou aquele homenzarrão com quem casara apesar da desaprovação das duas famílias. Sentiu orgulho dele como nunca antes. Ele pigarreou ao notar o olhar que ela lhe dirigia – um pigarro reproduzido em eco pelos tubos acústicos de todo o dirigível.

— É só um alívio — disse ele, tapando o bocal. — Ainda estamos no meio do nada, à mercê dos ventos. O que devemos fazer?

Thorn tinha um temperamento autoritário; era sempre ele quem dava instruções. Vê-lo esperar ordens, com total confiança, a impressionou. Ophélie se sacudiu. Não tinha vontade nenhuma de viver outro mergulho no vazio e perder todos os recursos.

— Vou animar o dirigível.

Aquilo soou absurdo até para ela mesma. Thorn arqueou as sobrancelhas.

— Enfim, não o dirigível em si — corrigiu-se —, mas o mecanismo de pilotagem. Lady Septima só sabotou os instrumentos de comando manual.

— Seu animismo pode fazer isso?

— Claro, já que não tenho escolha.

Ela se instalou em frente à base central onde deveria estar o leme, em frente aos enormes vidros escuros de noite que refletiram sua imagem. Uma mulherzinha, que perdera parte do próprio poder, no comando de um transatlântico voador.

Não qualquer mulherzinha, pensou Ophélie, sustentando o olhar. *A capitã.*

Ancorou os pés no chão, se endireitou e ergueu as mãos ao redor de um leme imaginário. Era a hora de usar de forma inteligente a sombra alinhada. Todos os membros de sua família tinham o talento de dar outra vida a objetos estragados: provaria que também era capaz.

Fez um movimento de rotação para a esquerda, visualizando as engrenagens e os cabos internos como se fossem os próprios músculos. Depois de um intervalo latente, o dirigível mudou devagar de sentido. Ela fez o movimento inverso para excluir a possibilidade de coincidência; a aeronave virou para a direita.

Ophélie podia não ser mais uma passa-espelhos, mas não era impotente.

Ouviu-se um aplauso entusiasmado atrás dela. Ambroise se juntara a eles na passarela de comando; o choque das mãos invertidas, costas com costas, tinha um som um pouco esquisito.

— Você seria uma ta-chi *very* capaz, *miss*! Só nos resta escolher um destino.

— É você quem deve nos guiar — admitiu Thorn, a contragosto. — Lazarus te ensinou cartografia. Meus conhecimentos enciclopédicos têm seus limites.

— É difícil determinar com precisão aonde o Sopro de Nina nos levou, *sir*. Não encontraremos terra em lugar nenhum por aqui. Talvez devamos dar meia-volta para Babel?

— Você bateu seu turbante, meu jovem!

Ophélie ergueu as sobrancelhas. Era a voz grave do professor Wolf. O colete preto se destacou na penumbra do corredor, enquanto o homem avançava lentamente. A barbicha pingava suor na ponta do colar cervical. Ele carregava nas costas o corpo inconsciente de Blasius, cujo nariz comprido e pontudo pendia sobre o ombro.

— Não se preocupe — resmungou Wolf, ao ver a jovem se desesperar de preocupação. — Ele desmaiou por causa do cheiro. Olfativo, coisa e tal. No momento, a prioridade é *de jeito nenhum* voltar a Babel. As coisas estão dando muito errado por lá, a cidade está à beira da guerra civil. Uma na qual aqueles como nós

— disse ele, levantando nas costas o peso inerte de Blasius — se tornaram os inimigos a erradicar.

— Também acho que devemos buscar asilo em outro lugar — interveio uma passageira que até lá estava prostrada no canto da cabine. — Totem é a arca mais próxima de Babel; podemos nos refugiar lá.

O homem que Thorn empurrara se misturou também à discussão, surgindo de sob a estação de rádio.

— Totem? É longe demais, nunca vamos chegar! Com a comunicação falhando, sem piloto profissional, não vai dar. O *boy* da cadeira está certo, precisamos voltar a Babel.

Em meros instantes, a passarela de comando foi invadida por passageiros que tinham todos opiniões contraditórias sobre o destino. O tom não demorou a subir. Ophélie tinha cada vez mais dificuldade em se concentrar na tarefa de pilotar. Não podia de jeito nenhum romper a conexão empática que criara com a máquina, senão acabaria não conduzindo ninguém a lugar nenhum.

Quando se virou para retomar a calma, levou subitamente toda a atenção ao vidro à sua frente. O reflexo devolvia uma cabeça descabelada com olhar interrogador. Por que fora atravessada pela necessidade urgente de se segurar?

— Apaguem as luzes — ordenou ela. — Rápido.

Thorn não fez nenhuma pergunta, o que foi bom, já que ela não saberia o que responder. Ele arrancou um banquinho pregado ao chão e quebrou a lâmpada do teto, para estupor de todos.

O vidro parou de refletir o interior da passarela e revelou, quase invisível no fundo escuro da noite, a ponta de um campanário. O dirigível estava indo bem naquela direção.

A ARCA

O campanário sumiu, o dirigível também. Ophélie dera um passo para além do presente. Não era outra página do passado de Eulalie Deos. Não era sua visão do futuro sangrento. Não, desta vez, era a própria memória, a própria infância. Ela se via no espelho da parede do quarto de Anima. Os olhos sonolentos ainda não eram míopes, os cabelos desgrenhados ainda não eram castanhos. O corpo vacilava entre infância e adolescência. Um chamado a tirara da cama.

Um chamado de socorro.

Liberte-me.

— Perdão? — cochichou Ophélie baixinho.

Não queria acordar Agathe, que dormia ao lado. Talvez devesse. Talvez fosse mais razoável chamar seus pais. Estava acostumada a objetos de personalidade forte, mas um espelho que falava ainda era meio esquisito.

Liberte-me.

Olhando melhor, pareceu a Ophélie que havia alguém por trás do reflexo. Uma silhueta um pouco maior do que a sua, contornando-a. Ela se virou, mas não havia ninguém atrás de si.

— Quem é você?

Sou quem sou. Liberte-me.

— Quê?

Atravesse.

Ela esfregou os olhos pesados de sono. Nunca atravessara um espelho. O pai o fazia muito na juventude, não devia ser complicado. Mesmo assim, seria desejável?

— Por quê?

Porque é preciso.

— Mas por que eu?

Porque você é quem é.

Ophélie abafou um bocejo e o reflexo a imitou. A silhueta, dissimulada por trás, não se mexeu. Nada daquilo parecia verdadeiro. Pensando bem, a menina nem tinha certeza de estar acordada.

— Posso tentar.

Se me libertar, nos mudará: eu, você e o mundo.

Ophélie hesitou. A mãe nunca a deixara mudar nada. Era assim em Anima. Os mesmos objetos domesticados, os mesmos hábitos, as mesmas traduções reproduzidas de geração em geração. A vida dela mal começara e já previa do que seria feita: um trabalho honesto, um bom marido e muitos filhos. No mundo que conhecia, nada mudava nunca. Pela primeira vez, porque uma voz desconhecida conjugara aquele verbo no futuro, Ophélie sentiu uma nova curiosidade crescer.

— Tudo bem.

Ophélie concentrou todo o animismo no maquinário do leme, forçando o dirigível a virar. Evitou por pouco a colisão frontal com o campanário, mas não o impacto. Seguiram-se um tremor, uma vibração de sino, gritos e os braços de Thorn. Sentiu, pela forma como seu estômago pulou, que estavam caindo. Ela não sabia mais o que esperar – um colapso fatal no chão? Uma queda sem fim pelo vazio? –, mas com certeza não se preparara para o *puf* suave que mal fez seus dentes doerem.

Eles não se moveram mais. Estava acabado.

Murmúrios perdidos se elevaram de todas as áreas do dirigível. Ophélie soltou-se com cuidado de Thorn, cujo esqueleto se fechara ao redor dela como uma gaiola, e procurou a faísca do olhar dele através da penumbra. Ele parecia tão desconcertado quanto ela por ainda estar vivo. Juncos acariciavam o vidro da passarela de comando.

Teriam aterrissado no meio de um pântano?

— É *definitely* impossível — suspirou Ambroise. — Não deveria existir arca nenhuma neste lado do mundo, os mapas são definitivos.

Thorn se levantou, fazendo os ferros rangerem. Ele seguiu com o olhar a enorme silhueta de baleia que se perdia entre as últimas estrelas, muito acima dos juncos. O encontro com o campanário separara o balão do cesto.

— Aonde quer que estejamos — disse ele —, ficaremos aqui um tempo. Devemos desembarcar.

Os passageiros correram para as saídas de emergência e mergulharam até o joelho no pântano. Uns ajudavam os outros, estendendo as mãos. Os Delinquentes se juntaram para levantar a cadeira de rodas de Ambroise até a terra firme, enquanto ele agarrava o cachecol para que não caísse na água. Talvez estivessem todos um pouco envergonhados da loucura que os atingira no voo, mas o que acontecera a bordo ficaria a bordo.

Não era o caso de Ophélie.

Imóvel entre as vitórias-régias, ela contemplou o dirigível que agora lembrava uma embarcação naufragada de velas cortadas. Não tinha certeza do que tinha acontecido naquele vidro da cabine de piloto, mas fizera surgir nela uma lembrança que ainda latejava nas têmporas.

Mais tarde; pensaria mais tarde.

À frente dela, Thorn empurrava juncos da própria altura para abrir caminho até a margem. O campanário se erguia no coração do amanhecer como um carimbo em maiúscula.

— Se você não o evitasse, teríamos morrido.

Ele dissera isso como constatação, sem emoção, mas observando Ophélie pelo canto do olho. Ela não reagiu. Atravessava em silêncio a água esverdeada com as sandálias. Nem se animou quando Blasius, enfim acordado nas costas de Wolf, se desdobrou em desculpas, para a profunda exasperação daquele que o carregava.

Os naufragados se agruparam ao redor do campanário. Quando empurraram as portas, só o som dos sinos respondeu aos chamados.

— Ali! — exclamou alguém.

Ophélie a distinguiu também, na luz da madrugada: uma trilha sinuosa entre os vinhedos. Ao fim, quase perdendo-se de vista, os relevos de uma vila pontuavam o horizonte. Ela olhou então para trás, para o pântano que banhava o que restava do dirigível, e, pouco além, as nuvens do vazio do qual tiveram tanta dificuldade em fugir. A falésia que servia de fronteira entre o céu e a terra era tão extensa que não dava para ver o fim, nem de um lado, nem do outro.

— Isso não é uma arca menor — comentou Thorn.

Todos rumaram à vila, como um povo em êxodo. Os menos pacientes corriam com tudo, mas muitos estavam exaustos da noite movimentada e iam com calma, parando e comendo uvas. O ar, cada vez mais quente, logo vibrou com o canto das primeiras cigarras. Eles contornaram um trator parado no meio da estrada. Ophélie nunca vira um modelo daqueles. Parecia em bom estado, mas o condutor o largara no meio do caminho.

O alcatrão rachado que cobria a trilha fazia a cadeira de rodas de Ambroise soluçar a cada buraco.

— Acha que... nós estamos... em Arca-da-Terra? — perguntou ele, alegre. — Afinal... é a única arca... que não aparece... em mapa nenhum. Meu pai diz que os Arcadianos... não podem ser encontrados por quem os procura... mas talvez tenham feito... uma exceção?

Ophélie se perguntava a mesma coisa, além de muitas outras. Eram tantas perguntas que nem sabia o que pensar. O simples fato de estar acompanhada na viagem por um adolescente cujo falecimento era datado de quarenta anos antes já a perturbava. Olhou de relance para o cachecol enroscado no colo de

Ambroise. Ela sabia que precisariam ter uma conversa séria, mas naquele momento tinha gente demais ao redor e clareza de menos dentro dela.

— Miss Eulalie?

Blasius aproximou-se com a boca franzida de arrependimento, que se acentuou quando viu o carimbo de "PA" no braço dela, como se fosse responsável por tudo que a jovem sofrera no Observatório dos Desvios. Ele apertou a manga do uniforme de memorialista, que escondia uma história que eles agora tinham em comum.

— Eu não deveria sentir isso, pois significa que as coisas não deram certo para você, mas estou *really* feliz por vê-la.

Ophélie sorriu, sabendo que não sentia nada do que deveria. Mais tarde; ela sentiria mais tarde.

Ela desacelerou o passo ao ver que Thorn ficara para trás. Ele mancava. A armadura da perna tinha sofrido com a viagem, mas ele não parecia se preocupar tanto assim. Analisava os vinhedos dos arredores com tal concentração que parecia converter cada cacho em dados numéricos.

— Tem alguma coisa anormal aqui — disse ele a Ophélie.

Ela assentiu. Também percebia, sem saber como exatamente definir. Não era fácil ser objetiva, já que seu corpo também não tinha mais nada de normal; ou talvez tivesse se tornado, ao contrário, normal demais, sem tropeçar em cada aspereza, sem bater em qualquer obstáculo e sem amassar objetos assim que parava de prestar atenção. Colher frutas no passado exigiria total concentração; agora era um gesto óbvio. A mulher do besouro dissera pelo menos uma verdade: as assimetrias já estavam melhorando. A cristalização conseguira o que anos de educação não foram capazes.

O sol estava a pino quando enfim chegaram à beira da vila. Gritos entusiasmados soaram ao ver construções de pedra, ruas pavimentadas, terraços repletos de vasos, até que a euforia baixou.

Não havia moradores em lugar nenhum.

Os Delinquentes de Babel tocaram várias campainhas, mas ninguém abriu a porta. Em resposta, soltaram palavrões grosseiros, chutando as grades fechadas dos comércios.

— Que inteligente — resmungou o professor Wolf. — Se essa gente está se escondendo, isso sim vai inspirar confiança incontestável.

Sentara em um banco, segurando o blazer preto e secando a testa queimada de sol. Sentado de costas para ele, Blasius farejou o ar com o nariz pontudo. Seu rosto eternamente atormentado se franziu ainda mais por causa do nojo.

— Fede a comida podre. Por todo lado.

Ophélie percorreu as placas das ruas. Não tinham nada escrito, nada de "Armarinho & Malhas", ou "Cirurgião-barbeiro". Uma cesta de flandres balançava preguiçosamente acima do que devia ser a mercearia. Ambroise se aproximou, o máximo que conseguia com a cadeira, da grade articulada que protegia a vitrine de intrusos. Melancólico, encarou as prateleiras de frutas e legumes em decomposição.

— Eles não estão se escondendo — falou, decepcionado. — Foram todos embora.

— Talvez estejam fugindo dos desmoronamentos?

A hipótese, em um murmúrio rouco, fora proposta por Elizabeth. Ophélie a perdera por completo de vista depois de embarcar no dirigível. Com razão: o rosto afundado de cansaço, os braços apertados contra o corpo, os cabelos grudados na roupa... ela se achatara tanto que logo se tornaria um simples risco misturado à paisagem. Em um dia, a cidadã modelo perdera o melhor mundo possível, e Ophélie não fazia a menor ideia do que dizer para tornar essa perda mais aceitável.

Mais tarde; falaria mais tarde.

Thorn se dedicou a bater metodicamente em todas as portas, mesmo que parecesse não esperar encontrar mais ninguém. Os passos de autômato quebrado ressoavam com tristeza pelas ruas desertas. Ophélie o seguiu em silêncio. Entre algumas persianas, viu flores murchas em salões, enxames de moscas em pratos abandonados e móveis esvaziados. Havia muitas cerâmicas, mas nenhum cartaz, nenhuma foto, nenhum jornal, nenhuma placa, nenhum nome. Os aldeões tinham abandonado os domicílios sem deixar nada de seu passado.

Sob um olhar significativo de Thorn, ela tirou as luvas. Não gostava de *ler* objetos sem permissão, mas entendia que aquelas circunstâncias eram excepcionais. Queimou os dedos nas maçanetas, ardendo em brasa sob o sol. Estavam todas contaminadas pela mesma amargura que, traduzida em palavras, seria algo como: "Não quero ir embora não quero ir embora não quero ir embora não quero ir embora...". As maçanetas não traziam nenhum outro testemunho, nenhum outro estado, como se a intensidade fatídica daquele instante tivesse apagado tudo que viera antes.

Ophélie fez um sinal de negação. Os olhos de Thorn ficaram ainda mais curiosos sob as sobrancelhas, mas ele não insistiu, só desistiu da visitação porta a porta.

Eles se juntaram aos outros, que estavam aglomerados na praça para beber água da fonte e comer uvas. Ali, a luz do fim de tarde era filtrada pelos plátanos. Guirlandas de bandeirolas, resquícios de uma festa, dançavam entre os tetos. Reinava um silêncio constrangido, todos entreolhando-se com expressões circunspectas. Eram almas sem lar entre lares sem alma. Quando o dia se atenuou, um saxofonista pegou o instrumento e soltou umas notas. Vozes o acompanharam. Uma gargalhada acabou escapando. Os corpos se animaram. Logo, começaram a cantar, a valsar, a assobiar: estavam vivos, ali e então.

Sentado à margem da fonte, Thorn recusou dois convites para dançar e consultou o relógio sete vezes. Com o dedo, cutucava o lábio inferior, tão fino que era quase invisível, enquanto a testa ficava cada vez mais baixa. Ele só se preocupava com o amanhã.

— Os aldeões não planejavam voltar — resmungou entredentes. — Pelo menos não tão cedo. Não estou convencido de que esta seja Arca-da-Terra. A questão é: onde quer que estejamos, como sair daqui?

Ao lado, Ophélie mastigava uvas, desanimada. Observava os antigos Babelianos ao redor, que não faziam a menor ideia de onde se encontravam e, mesmo assim, comemoravam a terra que os acolhera. Observava Ambroise, cuja cadeira girava em meio aos dançarinos. Observava Blasius e Wolf, cujos ombros, sempre pesados de inquietação, iam ficando mais leves. Observava Elizabeth, encolhida e melancólica em um canto, de costas para a festa. Enfim, observou a si mesma, observando os outros.

Com um gesto decidido, enfiou a cabeça debaixo da fonte. A água fria limpou seus pensamentos.

Era hora.

— Preciso conversar com você — disse a Thorn.

Ele imediatamente guardou o relógio e se levantou, como se esperasse aquelas palavras o dia inteiro. Os dois se afastaram da vila, subindo uma colina de oliveiras até que as vozes animadas se reduzissem a murmúrios. De cima do cume, descobriram novas extensões de grama e água que cintilava muito ao longe. Uma estrada as cruzava com o alcatrão esburacado e velho. Ao pé da colina, o que parecia um ponto de ônibus fora invadido por urtigas.

Ophélie contemplou aquela arca cheia de mistérios que quase os matara, mas acabara salvando a vida de todos.

— Eu cometi duas besteiras enormes — anunciou ela.

Sentou-se na grama alta, amarelada de calor, olhando para o céu. Um redemoinho de sol e nuvens mudava de aparência a cada segundo.

— Eu fiz nascer um eco. Não só fui incapaz de encontrar a Cornucópia, como ainda dei ao Observatório a última coisa que lhes faltava para reproduzir os erros de Eulalie: outro Outro. Sacrifiquei meu poder de passa-espelhos. Quanto mais tento tomar minhas próprias decisões, mais entro no jogo deles.

Thorn estava tão imóvel quanto a oliveira contra a qual ela se recostara. Como de costume, se ele estava chocado ou impressionado, não mostrava nada.

— E a segunda besteira?

Ophélie esfregou a língua contra o palato, ainda impregnado do gosto doce da uva.

— Eu tirei o Outro do espelho. De propósito. Enfim lembrei aquela noite fatídica. A voz, sobretudo, se podemos chamar de voz. Era tão triste... O Outro me avisou que iria me mudar e que iria mudar o mundo. Eu não sabia a que ponto, mas mesmo assim agi com consciência. No fundo, era o que eu queria: que as coisas fossem diferentes. Se as arcas desmoronam, se pessoas morreram e ainda morrerão, é porque eu não queria me transformar na minha mãe.

Engolido pelas nuvens, o sol se apagou como uma lâmpada. As cores vivas da paisagem se tornaram suaves. Ophélie estava surpresa pela própria calma; o vento fazia tremer a colina toda, exceto por ela. De repente, se deu conta do incômodo do cabelo úmido contra o ombro; cabelo que deveria ser dourado e, de um dia para o outro, centímetro a centímetro, começara a crescer em uma noite que não lhe pertencia.

— Esse tempo todo, me senti danificada pela intrusão do eco de Eulalie no meu corpo e na minha alma. Era minha mácula. Quando começamos a entender o que era a Cornucópia, eu... Digamos que minha motivação fosse mais egoísta que a sua. Nos libertar, a mim e ao mundo, sempre foi sua única aspiração. Você pensou na hora em como a Cornucópia poderia transformar Eulaile e o Outro em quem eram originalmente. Já eu pensei muito mais em como poderia me transformar em quem eu seria sem eles. Só que, agora, sei que essa mudança fora escolha minha desde o princípio.

Ela se calou, sem fôlego.

Com movimentos complicados, Thorn sentou-se ao lado dela. O corpo dele não fora esculpido para a maioria das cadeiras, invariavelmente baixas demais, muito menos para a terra firme. Ele encarou, com um olhar indecifrável, o gotejar dos cabelos de Ophélie.

— Você não faz a menor ideia, não é?

Ele deixou passarem as gargalhadas agudas da festa, trazidas por uma lufada de vento.

— Da nossa rivalidade — acrescentou.

Ophélie se virou para ele, sem entender.

— Eu me dei conta bem cedo — continuou ele, bruscamente. — Essa força de vontade não para de crescer em você, ganha cada vez mais espaço. Você quer sua independência. Até sua obsessão pelo passado, com as *leituras*, o museu, as reminiscências, sempre foi, no fundo, para se emancipar melhor. Você quer sua independência — repetiu ele, destacando cada sílaba —, mas eu quero ser indispensável para você.

As pupilas dele se dilatavam ao longo do discurso, como se uma escuridão interna o invadisse, pouco a pouco. Ophélie encolheu-se ao redor dos joelhos, mas Thorn não lhe deu tempo de reagir.

— Você mencionou minha intenção de te libertar, libertar o mundo. Eu não tenho intenção alguma. Eu preciso que você precise de mim, só isso. Também sei que, neste conflito de interesses que nos opõe, estou significativamente condenado a perder. Porque sou mais possessivo do que você jamais será e porque há coisas que não posso substituir.

Ele pegou o frasco de desinfetante e, após uma hesitação que o fez se contrair todo, em vez de abri-lo, o entregou a Ophélie, como se renunciasse a usá-lo.

— Eis a minha mácula. Se você puder viver com ela, eu também posso.

Ela pegou o frasco sem a falta de jeito da qual fora curada à força, mas percebeu que havia muitas outras formas de quebrar o que era precioso. Calar-se por mais tempo era uma dessas formas.

— Eu não posso ter filhos.

Pronto, dissera. Dissera e continuava calma. Nem entendia por que aquilo a angustiara tanto, assim como não entendia por que Thorn agora a olhava com apreensão.

— E a culpa é toda minha — acrescentou ela.

Apertou os lábios para reprimir os tremores inexplicáveis, mas eles se propagaram aos seus dentes, às narinas, às pálpebras, à pele inteira. O frasco de desinfetante escapou das mãos, rolando na grama, descendo a colina e se perdendo nas urtigas do ponto de ônibus lá embaixo.

— Desculpa.

Não se sentia mais nada calma. A barriga doía. Viver doía. Octavio, Hélène e todos os outros deveriam também encontrar um lugar naquela colina, sob o céu, sob as oliveiras.

— Desculpa — gaguejou ela, por não ter mais o que dizer.
— Descul...

Sua voz molhada se afogou na camisa de Thorn. Fazendo o ferro ranger, ele a apertou bruscamente contra seu corpo, como se quisesse conter o sofrimento dela com a mesma violência que usava para domar as próprias garras, mas as desculpas continuaram a transbordar, em soluços desordenados, de novo, de novo e de novo.

OS ESTRANGEIROS

Ophélie acordou entre as estrelas. A noite chegava ao fim. Seu primeiro pensamento ao ver todas aquelas constelações foi que não sabia o nome de nenhuma delas, mas aquilo não a impedia de achá-las deslumbrantes. Ela nunca se interessara por elas como Ártemis. Por que um espírito familiar preferia estrelas aos descendentes? Naquele momento, entendeu melhor: os segredos do céu eram menos assustadores do que os da própria existência. Ophélie tinha dificuldade em acreditar que tinha o sangue de uma pessoa que originalmente fora um eco, e ainda mais que ela própria dera vida a um eco que poderia virar uma pessoa também.

Vidas impossíveis surgiam do nada. Outras eram mergulhadas onde se afogariam para sempre.

Um amálgama de culpa, curiosidade e pavor encheu o peito da jovem. As lágrimas tinham soltado suas emoções, doloridas como cacos de vidro; necessárias, também. Ela não podia dizer que se sentia bem, mas pelo menos sentia alguma coisa.

Além da colina de oliveiras onde adormecera, esgotada de tanto chorar, as vozes da festa continuavam a plenos pulmões. As gargalhadas tinham ficado mais grosseiras, as músicas, obscenas. Os Delinquentes deviam ter encontrado vinho na adega de algum aldeão. Assim como fogos de artifício: um assobio no céu explodiu em um só feixe de luz e fumaça, meio decepcionante, antes de voltarem às músicas e risadas.

— Esses idiotas vão acabar causando um incêndio.

Ophélie virou os óculos para a silhueta parcialmente curvada sobre ela, imóvel em meio ao balanço da grama. De Thorn, só enxergava contornos angulares e uma respiração vigilante. Obviamente não dormia; como as garras e a memória, ele nunca descansava.

— No que você está pensando? — murmurou ela.

Não faltava assunto. Ophélie contara, nos menores detalhes, tudo que acontecera no segundo protocolo: a capela, o papagaio, o confessionário, o Cavaleiro, a cristalização, a Sombra, a Mutilação parcial, a mulher do besouro, o trem, por fim, que deveria levá-la ao terceiro protocolo e não o fizera...

Era o suficiente para enlouquecer qualquer um.

A resposta de Thorn foi pragmática:

— Em um jeito de voltar a Babel. Não será simples, independentemente do fato de que perdemos nossos meios de transporte. LUX pôs a cidade inteira sob vigilância e não sobreviveremos a um segundo exílio. Ainda mais do que Lady Septima, desconfio mesmo é dos Genealogistas: precisaremos evitá-los, custe o que custar. Quanto ao Observatório dos Desvios, caso cheguemos lá, contra todas as probabilidades, duvido que nos deixem surrupiar a Cornucópia sem contra-atacar. Pronto, é isso, em linhas gerais — concluiu após a exposição monótona. — É no que estou pens...

— Poderíamos ficar aqui.

A respiração de Thorn ficou suspensa. Assim que as palavras impulsivas saíram, Ophélie se arrependeu.

— Mas não devemos — continuou, apressada. — Eu, menos ainda. Agora que sei que libertei o Outro por vontade própria, preciso assumir as consequências. Se ele nos encontrar antes de encontrarmos a Cornucópia, não nos dará nenhuma oportunidade de transformá-lo de volta em um simples eco.

Por mais que falasse, percebia a extensão da própria ignorância em relação ao Outro. A Sombra revelara que ela já o encontrara, várias vezes, sem reconhecê-lo. Onde? Em Anima?

No Polo? Em Babel? Seria alguém com quem falara? Um eco dotado de um novo corpo, um novo rosto, talvez até de um novo reflexo? Se sim, poderia ser qualquer um. Poderia ser Ambroise, o enigmático Ambroise, que não era nada do que parecia, nem adolescente, nem filho de Lazarus. Não. Inimaginável. Era impossível para Ophélie associar o jovem com o vazio crescente. Além disso, ele não acreditara, em certo ponto, que era ela o Outro?

De volta à estaca zero.

Ophélie imaginara o Outro como um inimigo invisível, monstruoso e impiedoso, mas a lembrança de infância, ao se desbloquear, interferira também nisso. Aquele pedido de socorro no espelho do quarto e a sinceridade de seu aviso tornavam o Outro mais difícil de odiar. Ele tinha manipulado Ophélie, ou seria sincera sua angústia? Isso não era desculpa. Nunca o perdoaria, não mais do que perdoaria a si mesma, pelo que fizera com Octavio e com o mundo. O que talvez continuasse a fazer naquele mesmo instante.

Acima dela, metade das estrelas sumiram. A sombra de Thorn, imensa, as absorvera como a promessa de uma tempestade.

— Não confunda a culpada. Não é você, mas Eulalie, a única responsável. Cadê ela, essa mulher tão preocupada com o futuro da humanidade, enquanto seus escolhidos se livram dos indesejáveis e seu reflexo rasga nosso mundo? Ela se esconde do outro lado desse tabuleiro imenso que criou, onde todas as peças, LUX, Genealogistas, observadores, jogam há muito tempo a própria partida com as próprias regras.

Com o cabelo misturado à grama, Ophélie contemplou o corpo vasto acima dela na noite e que, como a Sombra, não tinha rosto.

— Como ganhar contra eles, então?

— Estando ciente do jogo. Encontraremos a Cornucópia, reduziremos Eulalie e o Outro à impotência e quebraremos o tabuleiro.

Mesmo que Thorn com certeza não a enxergasse melhor do que ela o enxergava, Ophélie assentiu. Aquele homem incansável e implacável varria suas dúvidas, embalava seu coração. Entretanto, um deslocamento persistia os dois. Ele era uma flecha focada no alvo. Ophélie não conseguia se livrar da sensação de que existia um alvo muito maior do que Eulalie e o Outro, uma verdade mais insensata e muito mais fundamental. O Observatório dos Desvios fizera revelações chocantes, mas ela parecia ter passado reto pela mais importante de todas: uma descoberta de que precisava para se emancipar definitivamente do passado.

Ophélie estava obcecada pelo trem que quase a levara às últimas respostas; ardia de desejo de voltar a bordo, levando Thorn, mas também temia não sair incólume daquele destino. Já perdera o poder de passa-espelhos, será que deveria fazer mais sacrifícios?

Outra vez, negou o apocalipse que aparecera na vidraçaria e na janela do columbário, como negou o desenho de Seconde, a velha, o monstro e o próprio corpo coberto de lápis vermelho.

Quebraremos o tabuleiro.

— E depois? — perguntou ela. — Quando o tabuleiro estiver quebrado?

Eles nunca tinham falado disso.

— Depois — respondeu Thorn, sem hesitar —, eu me entregarei à justiça. Uma justiça verdadeira, com tribunal e processo verdadeiros. Pagarei minha dívida para com nossas duas famílias e procederei à anulação de nosso casamento, pois sua validade jurídica é francamente duvidosa.

Ophélie esperara uma imagem um pouco mais alegre para o futuro.

— E depois? — insistiu ela.

— Depois, será sua decisão. Esperarei que você faça o pedido.

A jovem tossiu, sufocada. Na memória dos Cronistas, historicamente nunca houvera uma mulher no Polo a se ajoelhar no chão e mostrar um anel.

— *Nossa* decisão — corrigiu ela.

Um verso particularmente obsceno, trazido da praça da vila, soou entre eles.

— Eu ainda não disse que aceitaria.

Ophélie arregalou os olhos por trás dos óculos. Não ousava se mexer, por medo de ativar um ataque involuntário de garras, mas pagaria caro para enxergar a expressão daquele rosto que sempre conhecera como sério até demais. Seria aquilo, como penava para crer, uma tentativa autêntica de humor? Thorn tentava mesmo fazê-la sorrir? Ela mediu o tamanho do caminho que tinham percorrido, os dois, desde o encontro sinistro sob a chuva de Anima, ele de pele de urso, ela com cara de pardal.

— Vou ter que me mostrar persuasiva.

Thorn se abaixou sobre ela, substituindo a noite do céu pela noite ainda mais quente do próprio corpo. Era um movimento sem jeito, um pouco trêmulo, como se ele ainda se constrangesse de impor a Ophélie os ossos salientes.

— Quando minha tia perdeu os filhos, eu não fui suficiente para ela.

Havia, naquela confissão abrupta, uma alteração que já vira em Thorn raras vezes. Parecia raiva, mas não era.

Era quase um desafio:

— Serei suficiente para você?

Ophélie contemplou o buraco negro que levara embora até a última estrela. Em resposta, despejou sobre ele, sem se conter, tudo que tinha de carinho. Thorn era, em mais de um sentido, um homem desconfortável, mas ela se sentia tão presente com ele! O Outro a transformara, sim. Tornara-a a mais desajeitada de todos os Animistas. Por ser a mais desajeitada, ela se esforçara para tornar-se a melhor *leitora*. Por se tornar a melhor *leitora*, sua trajetória cruzara com a de Thorn.

Podia se arrepender de muitas coisas, mas não daquilo.

Mesmo assim, foi com certa vergonha que emergiu da grama alta, um pouco mais tarde, enquanto a aurora incendiava a natureza. Uma menina se encontrava ao pé da colina, sentada no banco do ponto de ônibus. Os óculos de Ophélie ficaram roxos. Há quanto tempo a garota estava ali? Será que os ouvira? A menina mexia, com gestos cuidadosos, no frasco de desinfetante que rolara colina abaixo na noite anterior e ao que parecia fora tirado das urtigas. Ophélie estava quase certa de que ela não fazia parte dos passageiros do dirigível. Usava roupas sujas pela terra e alpargatas simples, mas os olhos eram espetacularmente vivos. Eles se dirigiram a Ophélie, assim que ela ajustou discretamente a toga, como se atraídos pelo movimento. A menina deixou o frasco de lado, se levantou do banco e subiu a colina.

— Thorn. Tem uma pessoa vindo.

— Eu vi — resmungou ele, abotoando a camisa até o pescoço e ajeitando, com a palma da mão, o cabelo despenteado. — E ela não está sozinha. Nem um pouco.

De fato, homens, mulheres, crianças e velhos chegavam pela trilha e pelos campos. Eram inúmeros. Ophélie se perguntou como não os notara, até reparar na extrema discrição deles. Moviam-se sem barulho, nem pressa, mas com uma determinação implacável. Todos usavam as mesmas roupas terrosas e tinham o mesmo olhar luminoso da menina.

— Quem são vocês? — perguntou Thorn.

Apesar da autoridade da pergunta, os recém-chegados não responderam. Entretanto, se dirigiram diretamente a ele. A colina de oliveiras em breve estaria submersa por gente.

Ophélie sabia que ela e Thorn eram os estrangeiros ali, mas achou aqueles camponeses muito invasivos.

— Vamos avisar os outros — murmurou ela.

Eles voltaram à vila descendo pelo lado oposto da colina, seguidos pela maré humana cuja amplitude crescia a cada instante. Na praça, só encontraram corpos adormecidos à sombra dos plátanos, uma quantidade absurda de garrafas vazias e um cheiro atordoante de álcool. Uma enorme mancha escura se espalhara no chão onde o rojão fora aceso. A única pessoa acordada era Ambroise, cuja cadeira estava emperrada entre dois paralelepípedos, pedindo ajuda educadamente pelo que já parecia ser algum tempo. O cachecol puxava com toda a força a perna invertida para tentar soltar a cadeira.

Ele sorriu aliviado ao ver Ophélie e Thorn, seguido de um sobressalto ao reparar na multidão que crescia ao longe.

— São os aldeões?

— Esperamos que não — disse Ophélie, soltando a roda presa. — Não sei como explicaríamos o roubo às adegas. Precisamos acordar todo mundo.

Thorn jogou baldes de água em quem dormia, sem ligar para os arrotos de protesto que soavam a seu redor. Mais delicado, Ambroise serviu água fresca a Blasius, que passara mal com um gole de álcool, mas, ao tentar fazer o mesmo com o professor Wolf, levou um tapa da gravata dele, contaminada por um animismo especialmente mal-humorado.

Ophélie, por sua vez, precisou sacudir bastante o ombro de Elizabeth, que encontrara debaixo de um banco, encolhida em posição fetal. As pálpebras inchadas se entreabriram, mostrando fendas de olhos avermelhados.

— Ai, minha cabeça... Os Delinquentes me obrigaram a beber. Nunca tinha feito isso... Hmm. Acho que xinguei Lady Septima de várias, várias palavras proibidas. Serão muitos pecados a confessar.

Ophélie a ajudou a se levantar.

— Mais tarde. Temos visitas.

Os camponeses estavam surgindo pelas ruas e pelos vinhedos até cercar a praça da vila, impedindo qualquer retirada. Acordar foi brutal para os Babelianos. Fez-se um longo cara a cara, os dois povos se entreolhando, um titubeando e de ressaca, o outro firme e atento.

Olho embaçado contra olho penetrante.

Os habitantes da arca esperavam explicações? Desculpas? Iam mandar os clandestinos de volta, mesmo sem dirigível? Ophélie olhou para Thorn, tensa. Ela tinha a impressão de que qualquer palavra bastaria para iniciar as hostilidades.

— Não há paz em lugar algum mesmo.

A voz do professor Wolf atravessara o silêncio como um cutelo. Ele mordia um cigarro que tentava, com dificuldade, acender com um isqueiro velho. Não era um dos sarcasmos costumeiros. Parecia decepcionado.

— Tem paz em todo lugar, ainda mais aqui! Honestamente, *dear friend*, quando você vai se curar desse pessimismo deplorável?

O cigarro do professor Wolf caiu aos seus pés.

Ophélie não acreditou nos próprios óculos quando viu Lazarus abrir caminho entre os camponeses. O belo terno branco estava coberto de terra e os cabelos prateados, grudentos de suor, mas ele irradiava alegria. Aquele velho com certeza mantinha, em toda circunstância, um ar de mágico, prestes a surgir onde não era esperado. Seu nome circulou nas bocas dos Babelianos através da praça: de todos os sem-poderes, era o mais famoso mundialmente, como explorador e inventor. Walter, o mordomo mecânico, o acompanhava tão devagar que Lazarus tirou uma chave enorme para ajustá-lo.

— Pai!

Ophélie se virou para Ambroise, surpresa pela espontaneidade do grito. Tivesse ou não uma urna funerária de quarenta anos, era sincero no papel de filho. Lazarus era muito menos sincero no papel de pai. Ele limpou os óculos cor-de-rosa sem nem olhá-lo. Ao contrário, analisou os outros rostos que o cercavam, se demorando amigavelmente em Blasius e Wolf, seus antigos alunos, Thorn, cuja desconfiança mal dissimulada parecia diverti-lo muito, até parar em Ophélie, abrindo um sorriso, como se fosse ela quem esperava encontrar.

— *Well, well, well*, você por aqui? Que coincidência adorável!

— Coincidência? — repetiu ela.

Não acreditava. Se Ambroise fosse um impostor, o que era ele, então? Lazarus falara do Observatório dos Desvios, mas não mencionara que tinha sido um paciente havia muitíssimo tempo.

Como se a cena não fosse irreal o suficiente, todos os camponeses se aproximaram, irresistivelmente atraídos, para tocar seus braços, seu rosto, suas orelhas, seu cabelo, sem que isso o incomodasse. Ele parecia acostumado.

Não era o caso dos Babelianos, que recuaram frente à aproximação daqueles dedos sujos de terra.

— Não se deixem intimidar por meus novos amigos — disse Lazarus. — Não têm limites de intimidade, mas são *absolutely* inofensivos. Na verdade, é a civilização mais fascinante que já pude estudar. Compartilho o cotidiano deles faz dias... a não ser que sejam semanas? — perguntou ele, massageando o queixo imberbe. — Perdi a conta. Eles me acolheram com inegável hospitalidade. A curiosidade deles é tão insaciável quanto a minha! O que usam como acampamento fica para lá dos campos. Estávamos contemplando as estrelas juntos quando vimos os fogos de artifício. Meus amigos começaram a andar imediatamente; precisei segui-los para não ser deixado para trás. O lazaróptero ficou no acampamento. Walter! — exclamou, ficando rouco. — Água!

De todos seus autômatos, Walter era ao mesmo tempo o mais fiel e o mais burro: empurrou Lazarus na fonte. Os camponeses assistiram à cena sem nem tentar impedi-la, apesar das mãos esticadas, e arregalaram os olhos. Ophélie os achava honestamente incompreensíveis.

Blasius e Wolf se juntaram para tirar Lazarus da fonte e sentá-lo na beirada.

— Pai — disse Ambroise, oferecendo os óculos que tinham caído na água —, você está aqui esse tempo todo? Fico tranquilizado de vê-lo tão bem e saudável. Eu temia que você fosse levado por um desmoronamento.

— Desmoronamento? — se chocou Lazarus, acabando de cuspir e tossir. — Teve um desmoronamento em Babel?

— Dois — corrigiu o professor Wolf, com amargor. — Fez com que todos nós aqui presentes fôssemos expulsos.

— Que *very* lamentável...

Lazarus declarara aquilo torcendo os cabelos compridos, mas Ophélie notou um movimento ínfimo nas rugas da testa quando ele viu as garrafas vazias no chão.

Os Babelianos se aglomeraram ao redor dele.

— Professor, onde estamos?

— Professor, quem é essa gente?

— Professor, que arca é essa?

— Não faço a menor ideia! — exclamou ele, com um tom animado. — Na noite em que parti, fui surpreendido pelo Sopro de Nina. Não é a primeira vez que isso acontece, mas é a primeira vez que sou carregado a uma nova terra, ainda por cima habitada! Primeiro achei que tinha descoberto *miraculously* a localização escondida de Arca-da-Terra, o sonho de qualquer explorador de respeito. Logo entendi que não era o caso. Esta, meus filhos — declarou, abrindo os braços como se quisesse abraçar toda a vila —, é oficialmente a vigésima-segunda arca maior do nosso planeta! Uma arca sem espírito familiar, povoada por uma humanidade que evoluiu à margem da nossa civilização desde o Rasgo, vocês imaginam? Claro que fiquei para aprofundar meus conhecimentos antropológicos.

De um bolso interno do terno, ele tirou um caderninho do qual pingou água nos sapatos. Enquanto discursava na beira da fonte, o povo da arca se misturava aos Babelianos para apalpar suas roupas e acariciar sua pele. Eles se interessavam especialmente pelas mãos invertidas de Ambroise, pela boca inchada de Elizabeth, pelo nariz pontudo de Blasius e pelo colar cervical do professor Wolf. Thorn, cujas cicatrizes os fascinavam enormemente, fazia grandes esforços para mantê-los a uma distância respeitosa das garras.

Ophélie era em especial o alvo da atenção da menina que vira no ponto de ônibus. Os olhos se dirigiram a ela como lentes de telescópio e, passado o desconforto de ser tão abertamente encarada, fizeram com que se sentisse, sim, importante. Era o mesmo olhar arregalado de Domitille, Béatrice, Léonore e Hector quando ela se curvara sobre o berço das irmãs e do irmão, na época em que ainda eram meras presenças observadoras incapazes de traduzir o mundo em pensamento. Era o mesmo olhar, também, que dirigiam ao móbile animado que girava sem parar acima do berço.

— Professor — disse Blasius, retorcendo os dedos com uma expressão culpada —, nós... encontramos esta vila deserta. Pertence a essas pessoas?

Lazarus sacudiu a cabeça insistentemente, como se a própria ignorância o enchesse de alegria.

— Também não faço a menor ideia! Há outras vilas como esta a quilômetros daqui. Visitei várias e estavam todas abandonadas, mas, quando questiono meus caros amigos, não respondem. Eles nunca respondem. Faz tempo que os acompanho, mas nunca os ouvi falar nem escrever, nenhuma vez. São de uma simplicidade desconcertante! Não reina qualquer hierarquia, ninguém se apoia no trabalho alheio. A domesticação do homem pelo homem não existe aqui. Alimentam-se do que aparece à mão, frutas, raízes, insetos, e passam os dias... sentindo — decidiu Lazarus, que parecia procurar o termo adequado. — Temos tanto a aprender com eles.

Ao pronunciar esta última frase, virara os óculos para Ophélie, especialmente para as letras "PA" em seu braço. No mesmo instante, ela enxergou, por trás da camada espessa de alegria que decorava todos os gestos dele, a gravidade que de fato o preenchia. Agarrou, então, a evidência que sempre estivera debaixo de seu nariz: Lazarus não era um simples fornecedor de autômatos para o Observatório dos Desvios. Também não era um paciente antigo entre muitos.

Era ele, a cabeça.

Thorn, que chegara à mesma conclusão, provavelmente muito antes dela, avançou mancando até o velho senhor para se curvar ao ouvido dele. Ophélie imaginou as palavras sem ouvi-las. *Nós três precisamos conversar.*

Lazarus assentiu, sorrindo.

— Sem sombra de dúvida, caros parceiros.

A CONTA

Eles se afastaram o mais discretamente possível, o que não foi fácil no cerne da multidão. Lazarus exercia um poder de atração fora do comum. Para a exasperação de Thorn, ele ainda respondeu uma quantidade de perguntas, se perdeu em digressões intermináveis e abraçou muita gente antes de deixar as duas civilizações se conhecerem sem intermédio.

Lazarus indicou a Ophélie uma construção de pedras e telhas que se distinguia das outras apenas pelo telhado: uma bandeira, inflada pelo vento ardente, se sacudia no alto.

— Se esta vila for idêntica às que visitei, é o equivalente de um Familistério. Conversaremos confortavelmente sem precisar entrar em ambientes particulares. Não sei vocês — disse ele, apertando o passo —, mas eu não me incomodaria de enfim usar banheiros que mereçam o nome.

— Pai? Posso ir com vocês?

Ambroise entrou na rua pavimentada e estreita que eles desciam, batendo com a cadeira no meio-fio.

— Não, meu filho — respondeu Lazarus. — Volte para nossos amigos, não vou demorar!

O adolescente abriu e fechou a boca. A extravagância do pai o mergulhava em uma sombra muito mais sufocante do que a que reinava naquela manhã entre as fachadas de pedra. Ele olhou irritado para Walter, que continuava a avançar sozinho na rua, em passos espasmódicos, sem notar que o mestre não o seguia.

— Ele te acompanha sempre. Por que não eu? Por que nunca sou eu?

— Walter é diferente, ora! Você é muito mais importante. Sempre foi. Não vou demorar — repetiu Lazarus —, me espere.

Ophélie notou que o cachecol abraçara Ambroise enquanto ele dava uma marcha a ré trabalhosa, abaixando a cabeça. Ela vira aquele garoto empurrar os limites do próprio mundo e construir relações verdadeiras com pessoas verdadeiras – pessoas que não eram autômatos –, mas não adiantava: assim que Lazarus aparecia, ele não sabia mais qual era seu lugar.

Ophélie se obrigou a não voltar para Ambroise, seguindo Lazarus e Thorn até a construção da bandeira. Considerando o que seria dito entre aquelas paredes, era melhor que o adolescente não fosse junto.

A porta não estava trancada. Eles entraram em uma sala vasta que, ignorando as plantas mortas, tinha certa imponência com uma mesa comprida de reunião, um conjunto de cadeiras e luminárias de chão. O tempo parecia suspenso. Lazarus desapareceu por alguns instantes atrás de uma porta de onde se ouviu uma descarga. Ophélie andou pelas tábuas. Por que os habitantes daquela arca preferiam viver nos campos a viver nas vilas? Ali também não havia cartazes, nem placas, mas uma coleção impressionante de cerâmica nos parapeitos das janelas. Ela franziu a testa ao encontrar, grudada em um dos vidros, a menina do ponto de ônibus; ela os seguira, mas a curiosidade não a levara a entrar.

Thorn fechou todas as cortinas, soltando uma nuvem de poeira. Empurrou uma cadeira contra a porta de entrada para impedir qualquer intrusão e se virou para Lazarus, fazendo a perna ranger. Sua expressão era horrível, mas ele não pronunciou uma palavra. Ophélie o fez pelos dois:

— Mentiroso.

Lazarus largou enojado o pote de biscoitos que pegara, reparando que estavam podres.

— Só por omissão. Nunca deformei a verdade, mas também não a revelei por inteiro. Há uma diferença notável. Sinto que você está triste — disse ele, com um sorrisinho. — É porque não encontrou o Outro? Não se frustre, *my dear*, fez ainda melhor. Walter! — exclamou, batendo uma palma. — Disco 118!

O autômato, que servia uma xícara vazia com uma chaleira vazia, começou a produzir um estrondo mecânico que dava a impressão das entranhas estarem mudando de lugar. Após alguns segundos, duas vozes arranhadas saíram da barriga dele:

— O QUE VOCÊS... VOCÊS VÃO FAZER COM... COM A CORNUCÓPIA? — perguntou a primeira.

— VOCÊ FEZ... FEZ UM MILAGRE, *MISS* — respondeu a segunda. — NENHUM CANDIDATO... CANDIDATO ANTES DE VOCÊ CHEGOU... CHEGOU À CRISTALIZAÇÃO. CUIDAREMOS PARA QUE... PARA QUE SEU MILAGRE FAÇA... FAÇA MILAGRES... MILAGRES TAMBÉM.

— Obrigado, Walter, já basta.

Os óculos de Ophélie amarelaram sobre o nariz.

— Foi minha última conversa com a observadora. Como você... É o besouro?

Lazarus sorriu, eufórico.

— Meus autômatos são todos conectados. Segredo de fabricação — explicou, com uma piscadela. — Assim posso ficar atento ao Observatório, e além dele, enquanto continuo minhas explorações.

Parecia a Ophélie que ela encontrava o verdadeiro Lazarus pela primeira vez. Aquele velho de gestos excessivos, borbulhante até o verniz dos dentes, deixara de ser um peão no tabuleiro. Virara uma peça central. Desde o começo, ele sabia. Sabia que o Deus a quem servia era Eulalie, que o Outro era seu eco, e com certeza muitas outras coisas de que Ophélie nem Thorn faziam a menor ideia. Coisas que ele escondera deliberadamente.

Walter puxou as cadeiras da mesa de reunião para que todos se instalassem – puxou até demais, na verdade –, mas Lazarus foi o único a se sentar.

— No nosso último encontro, afirmei que os ecos eram a chave de tudo. Fico lisonjeado por ver que você seguiu minha pista até o fim. Fui sincero ao dizer que gostaria de servir a Lady Deos... presumo que estamos todos unidos pelo segredo de sua verdadeira identidade, então vamos chamá-la corretamente. Vou tornar seu mundo *perfect* ainda mais *perfect*! Um mundo onde o homem nunca mais precisará ser domesticado pelo homem, nem alienado pelas contingências materiais. De onde vêm as guerras? Qual é a origem dos conflitos? A insatisfação. Por trás das ideologias, sempre há motivação material.

Ele cruzava, descruzava e recruzava as pernas sem parar, girando os dedos numa empolgação crescente. Só se dirigia a Ophélie, como se Thorn fosse para ela o que Walter era para ele.

— A Cornucópia — murmurou ela. — Sempre foi obra sua.

— Nem sempre, nem só eu — contradisse Lazarus, em um tom modesto. — Todos os observadores que você encontrou são sem-poderes. Nós nos federamos. Houve mesmo uma época, que *unfortunately* não vivi, em que Miss Hildegarde trabalhava em sincronia com o Observatório, mas ela se afastou por divergências de opinião.

Ophélie pensou na mulher do besouro, no homem do lagarto e na moça do macaco. Todos sem-poderes, afinal. Era por isso que o Observatório dos Desvios usava uma direção falsa. Babel era uma das arcas mais igualitárias, pelo menos fora antes dos desmoronamentos, mas eram raros os sem-poderes a atingir cargos de tanta responsabilidade.

— O Cavaleiro também foi obra sua — falou ela. — Você estava no Polo quando ele foi preso. Você o tirou de Helheim para recrutá-lo.

— Um garoto interessantíssimo! O poder familiar dele sofria de uma forma de desvio muito peculiar antes da Mutilação. Eu o visitei por curiosidade em Helheim. Sou, como já sabe desde que me conhece, *extremely* curioso com tudo — disse Lazarus, os olhos brilhando por trás das lentes cor-de-rosa. — Nós conversamos por um longo tempo, eu e ele. De velho sem-poderes a novo sem-poderes. Espero que não se ofenda, mas eu queria me informar sobre você. Tínhamos acabado de saber que estava conectada ao Outro e aquele mocinho estava extremamente informado a seu respeito. Refleti que ele estaria melhor no Observatório.

Um, pensou Ophélie.

— E Blasius — acrescentou ela, em voz alta. — Ele me contou que você foi professor e confidente dele. Que o achava *interessante*, também. Foi você que providenciou a internação dele no programa alternativo?

Lazarus assentiu, com entusiasmo pouco menos moderado.

— Sempre pensei, e ainda penso, que há uma conexão entre o azar dele e os ecos, mas a estadia no Observatório não foi reveladora. Não me surpreende nada que você tenha se aproximado dele! Já disse e repito: somos todos, nós, invertidos, unidos no mesmo destino.

Dois.

— E Elizabeth — continuou. — A proposta de cargo no Observatório que os Genealogistas queriam que ela aceitasse por eles também vinha de você.

Outra vez, Lazarus assentiu. Seu entusiasmo quase sacudiu a cadeira toda.

— Eu a vi receber o prêmio de excelência e pensei em como os talentos dela seriam preciosos. Por mais que eu sirva a Lady Deos, ela não me revelou seu código. Se Miss Elizabeth não fosse tão submissa aos Genealogistas, ela poderia ter se unido à nossa causa... como você mesma fez.

Ele parecia feliz, feliz de verdade, por poder finalmente falar sem rodeios e responder às perguntas. Impaciente, também, para abordar o assunto que ela atrasava de propósito. Thorn, por sua vez, concentrava o olhar no relógio como se contasse cada movimento dos ponteiros. Ophélie se surpreendeu com o silêncio dele, que costumava conduzir os interrogatórios, mas, da mesma maneira, também contava os segundos.

Três.

— E Ambroise?

— *What*, Ambroise? — se chocou Lazarus.

— Nós encontramos a urna funerária dele.

Ele descruzou as pernas, firmando os dois sapatos brancos no chão. O rosto não expressou nenhuma decepção, só uma melancolia fulgurante.

— Entendo. Neste caso, não é mais necessário esconder o que ele é de verdade. Vou pedir um favor, a princípio: não conte a ele o que vou te contar. Ele é tão sensível!

Nem Ophélie, nem Thorn, prometeram nada. Eles aguardaram de pé, em silêncio e tensos.

Lazarus olhou de relance para a porta de entrada, bloqueada pela cadeira.

— Ambroise é um eco encarnado. Mais precisamente, o eco de um velho amigo meu. Um amigo com quem fundei o programa alternativo. Um amigo que investiu corpo e alma no projeto Cornucopianismo. Foi a urna funerária dele que vocês encontraram.

— Um eco encarnado — repetiu Ophélie, sentindo a voz mais espessa. — Como os objetos defeituosos da sua Cornucópia?

Lazarus levou uma mão à barriga, rindo, como se tivesse sido pego de surpresa.

— Defeituosos, que exagero! Aperfeiçoáveis, digamos. Ambroise abriu o caminho para possibilidades vertiginosas cujas implicações você talvez nem seja capaz de medir ainda.

Ophélie mordeu a língua até doer. Aquela conversa revirava as próprias entranhas.

— Ele também tem código?

— Tem, sim. Nas costas, então não vê, nem toca. O código é coisa pouca se comparado ao que Eulalie Deos inventou, mas permite estabilizá-lo na forma material. Por favor, nunca mencione isso na frente dele! — insistiu Lazarus. — O código também o impede de tomar conhecimento de sua natureza e longevidade. Já fico angustiado o bastante quando ele faz perguntas sobre a mãe que nunca conheceu, com razão.

Quatro.

— E o Ambroise original, seu amigo, o que aconteceu com ele? Morreu?

Um sorriso faiscou na pele escurecida por sol e terra de Lazarus.

— Ah, não, *my dear*, estou convencido de que ele ainda esteja bem vivo.

Era uma resposta um pouco estranha, mas Lazarus pegou Ophélie de surpresa ao apontar o lado direito do próprio peito, onde batia o coração invertido. A expressão dele era tão apaixonada que ela temeu uma declaração de amor.

— Eu já falei do meu *situs transversus*. A simetria do meu organismo é invertida, o que me levou, há muito tempo, antes de ser abordado por Lady Deos, antes mesmo de integrar a Boa Família, a ser internado no Observatório. Eu ainda era criança. Na época, o estabelecimento tinha como única vocação corrigir os desvios, e eu achava uma pena! Não queria ser "corrigido", muito pelo contrário. Eu te disse que minha inversão me tornou receptivo a outros invertidos, como você, que me soprava intuições. Ela também me torna receptivo a ecos, e o Observatório é cheio deles! Tenho *absolutely* certeza de que você também sentiu esses ecos do passado. Você não é *leitora* à toa.

Ophélie devia admitir que tivera as visões mais imersivas por lá. As mãos talvez estivessem perturbadas, mas o corpo inteiro se transformara em diapasão.

— São os ecos do Observatório que me ensinaram a história dele — declarou Lazarus, a voz cada vez mais vibrante —, a história de Eulalie Deos, do nascimento do Outro e do projeto que eu decidi retomar do zero, com meu velho amigo Ambroise, quando tomamos o comando do Observatório. Havia tanto a fazer para livrar nosso mundo de suas últimas impurezas... Ah, já faz quarenta anos! — suspirou na cadeira, os óculos embaçados de emoção. — Não estou ficando mais jovem.

Ophélie foi invadida por uma aversão que lhe deu calafrios. Quarenta anos. Era mais ou menos a época em que as coleções de armas e os documentos de guerra tinham sido expurgados de Babel e Anima. Lazarus talvez não tivesse dito a Eulalie Deos que tinha a intenção de recriar uma Cornucópia, mas ainda assim influenciara a política de radicalizar a censura através das arcas. Ele usara o passado para impedir a humanidade de conhecer o próprio.

Ah, sim, aquele velho de óculos cor-de-rosa e modos ridículos era temível. O museu de Ophélie fora mutilado, como ela mesma o fora, por culpa dele.

Cinco.

— Os ecos de ontem não são os únicos a servir como fonte de aprendizado — continuou Lazarus, caloroso, impermeável à antipatia que inspirava. — Os ecos adiantados o são também, talvez até mais.

Ophélie ficou muito irritada ao notar o talento dele para exacerbar a própria curiosidade. Quanto mais ele falava, mais ela queria calá-lo e ouvi-lo ao mesmo tempo. Thorn, enquanto isso, estava totalmente curvado sobre o relógio; não dizia nada, não mexia em nada.

Lazarus ergueu o dedo indicador, em atitude professoral.

— Se você conduziu a investigação de forma correta como suponho, já sabe um pouco do que estou falando. Somos cercados por um gás que eu batizei pessoalmente de "aerargírio". Esse ar não tem propriedade alguma em comum com o oxigênio que te mantém viva. *In fact*, não se assemelha a nenhum elemento químico conhecido. Ele é excessivamente difícil de estudar e são raros os cientistas que conhecem sua existência. É de tal sutileza que nossos melhores instrumentos de observação só podem percebê-lo sob forma condensada, por exemplo, quando produzimos ondas e elas voltam em ecos. De tal sutileza — insistiu ele, destacando cada palavra — que o próprio material do tempo é diferente. Você sente os ecos do passado. Eu, sem-poderes que sou, sinto os ecos do futuro. Um eco adiantado me soprou em sonho que nos encontraríamos em terras desconhecidas. Em outras palavras, eu te aguardava.

Os pés de galinha de Lazarus se aprofundaram ao redor dos olhos. Na maior alegria, ele aceitou a xícara que Walter lhe oferecia, sem notar que estava cheia de moscas mortas.

— Se passei esse tempo todo aqui, não foi só para estudar o povo nativo. Foi também, e especialmente, porque eu sabia que nossos caminhos viriam a convergir. Porque eu sabia que estava destinado a acompanhá-la a Babel e a revelar, pessoalmente, o segredo do terceiro protocolo.

Ophélie se perguntou como Thorn conseguia se manter tão calmo. Ela afastou sem hesitação a xícara de moscas que Walter lhe ofereceu.

— Seu Observatório me entregou a Lady Septima, que me enfiou em um dirigível que naufragou nesta arca... para você me levar de volta ao ponto de partida? Não faz sentido nenhum.

Lazarus assentiu com o queixo para confirmar cada palavra, mas os olhos dele se enevoaram por uma fração de segundo, antes de reencontrar o brilho, e aquilo bastou para Ophélie sentir certa satisfação. Apesar das aparências, ele também tinha dúvidas.

— A lógica dos ecos não é nossa lógica — afirmou ele, com convicção exagerada —, mas saiba que tudo tem motivo. Um que ainda não discernimos. *Blast!*

Lazarus cuspiu as moscas que bebericara por distração. A silhueta sem rosto de Walter se mantinha impassível e recuada, como um mordomo inexpressivo. Ophélie os achava igualmente absurdos. Na verdade, de repente tudo lhe pareceu absurdo: o que Thorn e ela tinham enfrentado no Observatório, a investigação que tinham conduzido, correndo o risco de se comprometer, enquanto o mundo desmoronava ao redor, a morte tão próxima naquele dirigível...

Seis e sete.

— Por que nos dizer isso só aqui, só agora?

A voz de Ophélie mudara. Lazarus reparou, pois a dele também mudou para responder:

— O processo inteiro dependia da escolha que você faria. Era meu dever, em nome do nosso interesse comum, inclusive o seu, calar tudo que poderia influenciar sua cristalização.

Ele se apoiou nos joelhos para levantar-se da cadeira, como se os ossos acusassem de repente o peso dos anos.

— E você conseguiu. Criou um novo Outro. Ninguém, nem mesmo meu velho amigo Ambroise, conseguira. Todos aqueles ecos convertidos em matéria, o pobre garoto que chamo de "filho" e os próprios espíritos familiares, nada disso tem metade da perfeição do que o que você criou.

Lazarus avançou na direção dela, deixando pegadas no chão de madeira. O terno branco, ainda úmido da queda na fonte, pesava no corpo. Entretanto, emanava dele fulgor tamanho que a pele enrugada parecia recobrir lava.

— Se soubesse o quanto ardo de vontade de conhecer seu eco! Talvez você ache que eu detenhe todas as verdades, mas me falta a mais considerável: a que detém o segredo dos ecos e do nosso mundo, a que meu amigo Ambroise levou com ele, a que me permitirá dar à humanidade o que falta para sentir-se finalmente satisfeita. Para eu me sentir finalmente satisfeito. Veja o que Lady Deos se tornou, sozinha, graças ao eco dela! Imagine no que você poderia se tornar, no que todos poderíamos nos tornar, desta vez juntos, graças ao seu! Isso daria sentido ao que foi sacrificado, não acha?

Sentido ao que foi sacrificado. Ophélie revirou as palavras até ser revirada por elas.

Eulalie Deos perdera primeiro toda a família, depois metade da expectativa de vida, e o Outro nascera daquelas cinzas. Ela recebera, em troca, um conhecimento que a libertara dos limites impostos por um corpo em envelhecimento. Se havia uma coisa que Ophélie não queria de forma alguma, era se transformar em Mil-Caras ou permitir que outros o fizessem. Não, nada disso daria sentido à morte de Octavio. O que caíra no vazio era insubstituível.

Ela achava desagradável a forma como Lazarus a devorava com os olhos ao avançar, passo a passo, com as mãos estendidas. Seu comportamento tinha algo de possessivo, como se ela e seu eco pertencessem a ele.

— Não, honestamente, *my dear*, não se repreenda por não ter encontrado o Outro ainda — sussurrou ele, envolvendo os ombros nus dela nas palmas, tão mornas e tenras quanto a voz. — Na verdade, tudo pelo que passou está destinado a aproximá--los. Ele está aqui, pertinho de você, agora mesmo! Quase posso sentir sua presença — concluiu, ofegante e exaltado. — Estou convencido de que também o sente.

O que Ophélie sentia era o hálito de Lazarus. Ele não devia escovar os dentes havia semanas.

— Já acabou?

O silêncio caiu sobre a sala, tão denso quanto o ar estagnado da vila abandonada. Era Thorn quem fizera a pergunta, enquanto o relógio se fechava sozinho.

Lazarus, ainda agarrado aos ombros de Ophélie, pareceu lembrar-se só então de sua existência.

— Ah, eu nunca acabei de verdade — riu. — Sou um tagarela incorrigível!

Um raio de sol avermelhou a cortina, transpassou a poeira suspensa e projetou no rosto de Thorn a luz cor de sangue.

— Você é exatamente como ela — articulou ele, numa voz que vinha das profundezas de seu ser. — Você é como Eulalie Deos. Um incômodo.

Ophélie congelou sob o olhar que ele dirigiu a Lazarus. Era o olhar do clã do pai; de um caçador frente a uma Besta. Thorn passara meses, anos, em uma luta violenta contra as próprias garras. Pela primeira vez, ela viu que ele queria ceder, mesmo que as desprezasse e mesmo que, sempre que as usasse, desprezasse a si mesmo mais um pouco.

Ophélie prometera mudar aquele olhar.

Lazarus estudou Thorn através dos óculos que deixavam o mundo cor-de-rosa. Será que também lhe permitiam enxergar sombras?

— Ora, ora, meu filho, sei que, apesar das aparências, você detesta a violência tanto quanto eu. Já sujou as mãos pela sua queridinha esposa. Tenho certeza de que ela detestaria que fizesse isso de novo.

Pelo menos com isso, Ophélie concordava. Ela conectou todas as garras ao sistema nervoso de Lazarus, que a soltou sob o efeito do eletrochoque. Não deixou que ele se recuperasse da surpresa e mandou um segundo choque que o empurrou para trás. Depois um terceiro, que o derrubou contra Walter. Ainda um quarto, que o fez rolar pelo chão. Um quinto, que o impediu de se levantar.

A cada ataque, a jovem contava em silêncio.

O Cavaleiro.
Blasius.
Elizabeth.
Ambroise.
Meu museu.

Jogou Lazarus contra a parede, e todas as prateleiras, tomadas pelo animismo que ela comunicava à sala, derrubaram na cabeça dele as cerâmicas que continham.

Thorn e eu.

Ophélie foi invadida por um nojo profundo ao contemplar aquele velho enroscado no chão. A prata dos cabelos se transformara em ferrugem. Fora ela quem fizera aquilo. Por mais que repetisse a si mesma que ele merecia, um gosto acre subiu à sua boca. Engoliu-o ao cruzar o olhar de Thorn, que se livrara de toda a fúria assassina e a encarava, estupefato.

Não, ele não devia sujar as mãos toda vez. Ela assumiria a ação.

— Você vai nos levar de volta a Babel e nos mostrar a Cornucópia — ordenou a Lazarus.

Ele levantou um rosto contorcido de dor, mas ausente de medo. Mesmo assim, se arrastando em meio a cacos de cerâmica, era consumido pela curiosidade, como se a experiência tomasse um caminho ainda mais emocionante do que o previsto.

— *Of course*! Era minha intenção, Miss Oph...

— Lá — interrompeu ela, seca —, você me devolverá meu eco. Ele não é e nunca será propriedade do Observatório. Fim de jogo.

Naquele preciso instante, enquanto Walter espanava inutilmente a cabeça sangrenta do mestre, uma voz inesperada brotou do ventre dele.
— QUEM É EU?

A REUNIÃO

O banco ficava à sombra de um enorme figueiro. Ophélie reconheceu as costas de Blasius e de Wolf, apesar de precisar de vários segundos para confirmar: o primeiro estava muito menos curvado do que de costume; o segundo, muito menos tenso. Não estavam falando, só sentados, lado a lado, segurando os casacos e contemplando juntos os vinhedos dos arredores. Eles se afastaram de leve, sem dizer uma palavra, para que Ophélie sentasse no meio. Reinava tanta paz naquele banco que, por um instante, ela esqueceu o que ia dizer. Observou com eles o desfile lânguido de nuvens, respirou com eles o perfume doce das uvas e dos figos, sentiu com eles as migalhas de sol que penetravam a folhagem e acolheu com eles a brisa que se infiltrava em seus cabelos, sob sua toga, entre suas sandálias.

— Sentiremos saudade, Miss Eulalie.

Os olhos úmidos de Blasius pareciam a ponto de transbordar, mas era difícil determinar se o motivo era tristeza, alegria, ou as duas ao mesmo tempo. Ela não precisara dizer uma palavra.

— Você não deveria voltar a Babel — reclamou o professor Wolf. — Se o mundo está destinado a desmoronar sob nossos pés, melhor estarmos neste banco, com um copo na mão.

Ele estendeu a Ophélie o que provavelmente era licor roubado. Vindo dele, era quase uma declaração de amizade verdadeira, então ela aceitou um gole. Para sua surpresa, gostou.

— Sabe — murmurou Blasius —, meu azar não se manifestou uma vez sequer desde nossa aterrissagem catastrófica nesta arca. As telhas continuam nos telhados, os bancos não quebram e o clima está *fabulous*! Estou começando a ganhar esperança e acreditar em um futuro sem desmoronamentos ou expulsões. Um futuro, Miss Eulalie — concluiu ele, apertando a mãozinha dela —, em que nos veremos de novo.

Ophélie queria dizer, para ele e para Wolf, que era justamente para acabar com os desmoronamentos que ela voltava para Babel, mas, para isso, precisaria confessar toda a verdade – uma verdade ainda incompleta, uma verdade que complicaria a confiança em Lazarus –, e não tinha mais tempo. Entretanto, eles mereciam aquela verdade.

— Eu me chamo Ophélie. Voltarei — prometeu ela, frente às expressões boquiabertas — e contarei o resto da história.

Ela deixou para trás o banco e a serenidade que ali sentira. Atravessando a vila fantasma, foi afetada pela nova animação que ganhava as ruas. Tocavam música, distribuíam frutas, flertavam, brigavam. Os exilados de Babel tinham entrado em diálogos de mímica com o povo da arca, já que falar não adiantava. Esvaziavam os bolsos para mostrar, orgulhosos, especialidades de suas origens: um garfo flutuante, um barbeador fosforescente, um camundongo-camaleão. Um homem até conseguira, quando a guarda de Pólux fora buscá-lo, reduzir a própria casa ao tamanho de um dedal para levá-la embora – mas, confessava constrangido, temia ter deixado o gato trancado lá dentro.

Ophélie devia admitir que os habitantes daquela vigésima-segunda arca eram excelentes interlocutores. Eles mostravam enorme interesse por tudo que era apresentado, examinando, tateando e cheirando cada objeto, com olhos arregalados, como se nada no mundo fosse mais extraordinário, sem qualquer instinto de posse.

Ela desacelerou o passo na frente de uma loja de cerâmicas, abandonada como todas as outras.

Não olhou para os belos pratos pegando pó. Só via seu reflexo na vitrine. Ela levantou uma mão; ele levantou uma mão.

Ela se afastou; ele se afastou. Ela mostrou a língua; ele mostrou a língua. Ele se comportava como um reflexo normal. Mas.

QUEM É EU?

O eco não ficara no Observatório dos Desvios, como Ophélie suspeitara. Ele a seguira sem que ela soubesse, como uma segunda sombra, até chegar ao aparelho de som de Walter.

Entendeu, então, que lhe devia a vida.

No dirigível, fora ele quem chamara sua atenção para o campanário, logo antes de um impacto que seria fatal para ela e para todos os passageiros. Era frustrante não conseguir se comunicar com ele, mas também assustador conseguir, e especialmente jubiloso imaginar os observadores batendo sem parar em um pequeno papagaio de metal mudo.

Será que Lazarus tinha razão? Ophélie refletiu, olhando para seu rosto preocupado na vitrine da loja. Será que estava seguindo o mesmo caminho que Eulalie Deus? Será que, ao injetar parte de sua humanidade no eco, ele transmitiria um pouco de sua natureza em troca? Será que ela passaria a reproduzir a aparência de todas as pessoas que encontrasse?

O olhar passou do próprio reflexo ao de Elizabeth, logo atrás. Não notara, mas a moça estava sentada em uma mureta de pedras velhas que protegia o jardim da casa da frente. Com uma perna dobrada contra o peito e a outra pendendo para baixo, lembrava o gafanhoto, parado no joelho dela, que observava com olhar sonhador.

— Eu venho de uma família grande.

Por um instante, Ophélie se perguntou se Elizabeth falara com ela ou com o gafanhoto. Suas pálpebras pesavam; ela parecia suspensa entre dormindo e acordada.

— Eu não era a mais nova, nem a mais velha. Eu me lembro da nossa casa, sempre muito barulhenta, dos empurrões nas escadas, dos cheiros da cozinha, das vozes retumbantes. Uma casa exaustiva — suspirou —, mas era meu lar. Eu achava.

Elizabeth desviou o olhar do gafanhoto para se dirigir a Ophélie. O cabelo comprido e arruivado, o que ela tinha de mais bonito, precisava muito ser lavado.

— Certa noite, acordei na casa de completos desconhecidos. Minha família se livrara de mim. Uma boca a menos para alimentar, sabe? Eu fugi. Sem Lady Hélène, eu ainda moraria na rua.

Ela deu um chutinho com a bota na mureta, como se quisesse tilintar as asas de arauto que não carregava mais.

— Estava tão perto de decodificar o Livro, de devolver a memória dela... Não estou nem aí para saber o que exatamente são os espíritos familiares. Só queria que ela se lembrasse do meu nome.

Elizabeth mordeu o lábio, revelando um canino a menos onde levara a cotovelada de Cosmos. Perdera aquele dente para tirar Ophélie de apuros; ela deveria sentir-se agradecida, mas só queria obrigá-la a descer do muro.

— É isso mesmo que você quer?

Elizabeth ergueu as sobrancelhas, pega de surpresa pela dureza da pergunta.

— Hmm?

— Ficar aqui: é o que você quer?

— Não sei.

— Quer voltar com a gente para Babel?

— Não sei. Não sei mais qual é meu lugar.

Ophélie pensou que pelo menos isso elas tinham em comum; mas, ao contrário de Elizabeth, a pessoa que servia como sua âncora ainda estava viva.

Ela se suavizou.

— Ainda tem vinte espíritos familiares cujas memórias você pode devolver.

— Não sei — repetiu Elizabeth, simplesmente, olhando indecisa para o gafanhoto.

Ophélie deixou as hesitações da outra jovem para trás e entrou no enorme campo em alqueive florido atrás da vila. Ambroise estacionara a cadeira em meio aos dentes-de-leão semeados. Ele devia ter soprado muitas flores para se distrair: o cachecol no pescoço estava cheio de papilhos. Estremeceu quando Ophélie se aproximou. Ela olhou para o céu com igual concentração, poupando os dois de se encararem. Ainda estava cedo para ver chegar o lazaróptero. O acampamento onde o professor Lazarus deixara a máquina voadora ficava para além dos campos, e Thorn, desconfiado, insistira em acompanhá-lo, apesar das dificuldades da perna.

— Meu pai estava com um *big* galo na cabeça.

Sem desviar os óculos do céu, Ophélie virou os olhos para o canto, na direção daquela presença de contornos embaçados. Era a primeira vez que Ambroise fazia-se ouvir desde a conversa com Lazarus. Ele se expressara baixinho, quase tímido, como se sentisse que algo mudara entre eles.

Será que ela deveria contar que ele era o eco de um homem dado como desaparecido quarenta anos antes e que seu pai nunca fora seu pai?

— Eu exagerei um pouco.

— Ele não parecia chateado com você. Muito pelo contrário.

Era dizer pouco. Lazarus beijara Ophélie nos dois lados do rosto no instante em que seu eco se manifestara por meio de Walter. Não a levara nada a sério quando ela dissera para não ser considerada nas utopias dele. Afinal, no entanto, levaria ela e Thorn à Cornucópia...

Ambroise abaixou os olhos para os sapatos ao contrário.

— Meu pai não me conta muita coisa, mas sei que espera muito de você. Até demais, sem dúvida. Nem ouso imaginar a pressão que deve sentir sozinha para encontrar o Outro desde o primeiro desmoronamento. E pensar — disse ele, com certo constrangimento — que cheguei a achar que era você...

Ophélie não foi capaz de conter um olhar para o cantinho exposto da nuca dele, entre o preto brilhante do cabelo e o velho cachecol tricolor. Naquelas costas se escondia um código do qual Ambroise não tinha consciência e que o mantinha encarnado em matéria. Ela deveria se sentir desconfortável. Entretanto, só sentia tristeza – não por causa do que ele de fato era, mas porque sem dúvida era mais feliz sem saber. No fundo, Ambroise não era tão diferente de Farouk, que, apesar das tensões políticas que criara para decifrar o Livro, era apenas uma criatura em busca de respostas – respostas amargamente lamentadas em seguida. Eram dois ecos que deviam a existência no mundo a algumas linhas escritas, um nas costas, o outro em um Livro.

Será que o eco de Eulalie também precisava de código para se materializar? Ou era essa a diferença fundamental entre um eco nascido de cristalização espontânea e aqueles de encarnação artificial?

— Já encontrei o Outro — declarou Ophélie, surpreendendo Ambroise. — Eu o encontrei e nem mesmo reparei.

Se acreditasse na Sombra, pelo menos. Era alguém que se parecia com ela.

E se eu mesma fosse o Outro?

O sorriso de desprezo dela perante a ideia logo murchou. *Atravesse.* Aquela noite, quando encontrara o eco de Eulalie Deos pela primeira vez no espelho do quarto, entrara nele e ele, nela.

Será que saíra?

Com os pés nos dentes-de-leão, Ophélie não se moveu. Paralisada. O coração batia até a garganta. As mãos congelaram nas luvas. Ela sentiu primeiro muito calor, depois muito frio, como se o organismo acabasse de perceber abruptamente a invasão de um corpo estranho.

— *Miss*, está tudo bem? — perguntou Ambroise, preocupado.

Ophélie mal o escutou para além do caos da própria respiração. Não, ela não podia ser o Outro, porque com certeza teria reparado, porque os desmoronamentos sempre aconteceram sem que soubesse e porque não queria, pura e simplesmente. Amassou aquela ideia como faria com uma folha de papel e a arremessou o mais longe possível. Já tinha um eco a mais grudado na pele, não precisava de dois.

— Vai melhorar quando isso tudo acabar — respondeu.

Ela sentiu alívio ao ouvir o voo do lazaróptero. A enorme silhueta de libélula logo recortou o azul intenso da tarde.

O sopro das hélices espalhou os dentes-de-leão para todo lado enquanto a máquina aterrissava no campo. Walter abriu a passarela mecânica.

— *Welcome* a bordo! — exclamou Lazarus, da cabine de piloto.

O interior do transporte era escuro, barulhento e apertado como um submarino. Temporariamente cega pela mudança de iluminação, Ophélie encontrou Thorn ao esbarrar no braço que ele estendera para guiá-la ao seu assento. Ele se instalara em um banco dobrável, agarrando a barra de segurança do teto com uma mão e mantendo as pernas extremamente dobradas para não ser atropelado pela cadeira de Ambroise. A viagem prometia ser longa.

— Esperem!

Era Elizabeth, que pulou na passarela que Walter recolhia, invadindo o pouco espaço que restava. Sob o peso das pálpebras faiscava um novo orgulho.

— Eu sou cidadã de Babel. É lá, o meu lugar.

Eles decolaram. Ophélie já viajara de espelho, dirigível, trem, ampulheta, elevador, bondalado e cadeira de rodas: o lazaróptero foi o meio de transporte mais incômodo de todos. A vibração das hélices se espalhava pelos cintos de segurança, sacudia os ossos e desmotivava qualquer conversa.

Felizmente, era rápido e Babel apareceu à vista após poucas horas.

— *By Jove!* — xingou Lazarus.

Ophélie, Thorn, Ambroise e Elizabeth soltaram os cintos e se contorceram para enxergar pelo para-brisa, onde limpadores lutavam contra a umidade. O mar de nuvens estava enlouquecido, levantando muralhas de vapor de um lado, cavando poços de vazio de outro. Em duas noites e dois dias, Babel se tornara irreconhecível. Buracos profundos tinham surgido bem no meio da arca principal, levando embora até metade da pirâmide.

— Os desmoronamentos estão se acelerando — disse Thorn.

Elizabeth apertou os lábios lívidos.

— Lady Septima prometeu aos cidadãos que ficariam seguros no centro. Ela... estava errada.

Através das ondas de nuvens, os gritos absorvidos pelas hélices do lazaróptero, os Babelianos se empurravam pelas ruas e faziam gestos enormes e desesperados. A terra sob seus pés se tornara seu pior inimigo.

Não é a terra, pensou Ophélie. *É o Outro.*

Ela se recusou a refletir por que ainda não tinha sido capaz de identificá-lo. Não pensaria na folha amassada no fundo da mente.

Enquanto isso, não via lugar nenhum para aterrissar na cidade e deixar Ambroise e Elizabeth, como tinha sido combinado. Nenhum dos dois sabia ter sido usado como brinquedo por Lazarus, cada um de uma forma. Ophélie não queria enfiá-los ainda mais nas engrenagens do Observatório.

— Olhem!

Ambroise se retorceu na cadeira para apontar as formas atrás do para-brisa, diluídas pela névoa. Gravitavam todas ao redor da torre imensa, ainda intacta, do Memorial de Babel.

Lazarus, que acionava sem parar alavancas e manivelas, grudou o rosto a um periscópio.

— Aeróstatos — disse ele —, mas não quaisquer. Têm os brasões de família de Córpolis, de Totem, de Al-Ondaluz, de Flora, de Sídhe, de Faros, de Zéfiro, do Tártaro, de Anima, de Vesperal, da Sereníssima, de Heliópolis, de Chumbouro, de Titã, de Selene, do Deserto e até do Polo. Uma reunião interfamiliar desse tamanho em Babel é inédita!

O coração de Ophélie bateu mais forte ao ouvir "Anima" e "Polo".

— Nosso espíritos familiares estão aqui?

Desde a fundação do novo mundo, nenhum espírito saíra da arca pela qual era responsável. Lazarus estava certo: aquilo era inédito.

— Provavelmente vieram por causa de Lady Hélène — expirou Elizabeth, apertada contra a estrutura desconfortável de

Walter. — Devem ter sentido seu desaparecimento. Os espíritos familiares são conectados entre si pelos Livros, uma das poucas coisas que entendi no estudo do código.

Ophélie estava hipnotizada pelas manchas molhadas por trás do para-brisa. Uma delas era o dirigível de Ártemis, outra, de Farouk. Eles deviam ter usado todo recurso imaginável, tecnológico e sobrenatural, para percorrer tais distâncias em tão pouco tempo. Era uma tortura não poder encontrá-los e perguntar se a família dela estava bem.

Thorn se curvou sobre ela o máximo que o lazaróptero estreito permitia. Apesar dos pelos espetados que cobriam o maxilar e das olheiras que devoravam o rosto, estava consumido por energia.

— Vamos nos ater ao plano — cochichou no ouvido dela. — Se todos os espíritos familiares estiverem no Memorial, Eulalie Deos não demorará a sair dos bastidores, e talvez seu eco faça o mesmo. Agora, mais do que nunca, precisamos da Cornucópia. Leve-nos imediatamente ao Observatório — ordenou a Lazarus, erguendo a voz.

— O Observatório? — se chocou Elizabeth. — Eles se livraram de nós, certamente não querem nos ver de novo.

Lazarus deu uma piscadela da cabine do piloto.

— *Don't worry*, tenho influência por lá. Estaremos seguros. Afinal, sou o fornecedor de autômatos preferido.

A contragosto, Ophélie admirou a confiança com a qual aquele velho se apoiava na verdade para dissimular a mentira. O galo não parava de crescer na testa dele; era culpa de Ophélie, mas ele continuava a se comportar como vencedor. Por mais que ela repetisse para si mesma que precisavam unir as forças para salvar o que ainda poderia ser salvo, não confiava nada em Lazarus. Lá, no Observatório, estariam em território dele.

Pelo menos, foi o que pensou ao ver o colosso no seio do turbilhão de nuvens. Foi o que pensou, também, quando o lazaróptero pousou em cima da cabeça da estátua, em uma pista de pouso que até ali ela nunca vira. Foi o que pensou, ainda, quando

Lazarus os levou por um elevador secreto que descia direto ao crânio da estátua. Só começou a reconsiderar quando chegou aos aposentos diretoriais.

Abraçados em uma cadeira de escritório, um casal degustava bolos de açafrão.

— Enfim estamos reunidos! — comemoraram os Genealogistas, em uníssono.

A ABUNDÂNCIA

Uma chuva misturada ao sol tamborilava nas rosetas que serviam de pupilas ao colosso. A sombra das gotas escorria pelo sorriso dos Genealogistas. Eles se agarravam com tanta paixão que formavam um só corpo. O ouro ofuscava o mundo ao redor, a ponto de Ophélie demorar a reparar que não estavam sozinhos nos aposentos diretoriais.

A guarda de Pólux esvaziava a biblioteca de seu conteúdo. Arquivos dos pacientes, imagens médicas, tudo. Os soldados tinham suspendido os gestos, prontos para empunhar os fuzis e baionetas que levavam pendurados, assim que o compartimento secreto do elevador se abrira e revelara Lazarus, Ophélie, Thorn, Ambroise, Elizabeth e Walter. Só aguardavam a ordem dos Genealogistas.

O homem fez sinal para continuarem o que estavam fazendo, sacudindo sem preocupação uma fatia de bolo, enquanto a mulher lambia os dedos.

— Que surpresa agradável receber essa visita!
— Estávamos começando a nos sentir sozinhos.
— Não tem mais vivalma neste estabelecimento.
— Nenhum observador.
— Nenhum colaborador.
— Nenhum interno.
— Nenhum gato.

Ophélie olhou pela roseta mais próxima. Lá embaixo, os claustros e jardins estavam mesmo desertos. Onde fora parar o homem da covinha? A mulher do besouro? Os outros invertidos? Seconde? O Cavaleiro?

Ao lado dela, Thorn não deixava transparecer emoção alguma, mas pareceu a Ophélie que o relógio parara de tiquetaquear no bolso. Ele queria pegar desprevenidos os Genealogistas com quem fizera, e rompera, um pacto; e tinha fracassado. O formigamento elétrico das garras dele, ao qual ela acabara se acostumando, parara de repente. Só de pensar que Thorn poderia estar com medo – ele, que rira tanto da morte –, a fez entrar em pânico.

Ambroise também parecia assustado, acariciando o cachecol para acalmar a agitação crescente.

Uma ameaça flutuava no ar como o cheiro de gás. Alguma coisa horrível aconteceria ali, mas o quê?

Lazarus, por sua vez, não pareceu nem surpreso, nem inquieto pela intrusão dos Genealogistas em seu Observatório. Como de costume, estava exageradamente confiante, os polegares enfiados nos bolsinhos do terno.

Em um movimento sincronizado, os Genealogistas voltaram o olhar para Elizabeth, que imediatamente recuou.

— É um alívio vê-la sã e salva, virtuose.

— Obrigá-la a entrar naquele dirigível foi um insulto ao seu talento.

— Lady Septima se mostrou *really* desmerecedora da função.

— Por culpa dela, as revoltas se tornaram generalizadas em Babel.

— Ela pagou um alto preço.

— Nossos corajosos compatriotas a jogaram no vazio.

— Que seja dura a queda! — concluíram juntos.

Ophélie os achava inumanos. Mesmo quando sorriam, nenhuma ruga alterava o ouro da pele, provavelmente por consequência do poder familiar. Pensou em Lady Septima, caindo infinitamente pelo abismo que engolira seu filho.

Entendeu, ao ver as unhas sujas se contraírem nas mangas do uniforme, que Elizabeth sentia o mesmo medo. A outra jovem levantara as pálpebras como cortinas, seguindo com o olhar as idas e vindas da guarda que carregava em caixas a vida particular de centenas de pacientes. Os Genealogistas tinham aproveitado o caos para invadir à força aquele local que sempre lhes fora interditado. Babel agonizava e os maiores dignitários de arca estavam ali, confortavelmente sentados em uma poltrona que sequer lhes pertencia.

— Os espíritos familiares — disse Elizabeth, com dificuldade. — Estão todos no Memorial para encarar a crise. Por que os senhores não estão lá também?

Ophélie nunca imaginaria que, de todas as pessoas presentes na sala, seria Elizabeth a encarar os Genealogistas.

Eles se levantaram como um corpo só.

— Porque a tarefa será sua.

— Babel precisa de uma cidadã exemplar e dedicada.

— Como Sir Pólux precisa de nós, hoje mais do que nunca.

— Alguém deve servir como memória viva e indicar a ele, assim como a todos os espíritos familiares, qual é seu verdadeiro lugar.

— Você está imediatamente promovida a Lorde de LUX!

Incrédula, Elizabeth contemplou o sol que os dois alfinetaram no peito dela. A insígnia era, Ophélie poderia jurar, a mesma que Thorn devolvera a Lady Septima. Não era promoção; era alienação.

— Temos um aeróstato amarrado na área — disse o homem.

— Entre nele e dirija-se ao Memorial — disse a mulher.

— *Now* — disseram juntos.

A guarda de Pólux, que acabara de esvaziar a última estante, formou um corredor de honra até a porta, segurando as caixas. Um caminho delineado. Elizabeth nunca gostara do peso da responsabilidade, nem da atenção dos holofotes. O novo título parecia uma piada de mau gosto.

Ela saiu da sala, seguida pela escolta armada, com um último olhar para Ophélie.

Restaram, então, cinco guardas no lugar: dois a postos na entrada, dois na frente do elevador secreto e um último que se mantinha ao lado de Lazarus, sempre sorridente demais, como se fosse o mais perigoso dentre eles. Eram ainda cinco fuzis a mais do que o necessário para considerar fugir. Ophélie sentia, pela forma como os dedos compridos de Thorn tremiam, que ele revisava todas as opções para virar o jogo. Desde que saíram do elevador, não a olhara, nem se aproximara, como fazia na época em que queria fingir que não se importava com a noiva. Ela também evitava erguer os olhos para ele, com medo de desencadear uma explosão no gás deletério que condensava ao redor.

Os Genealogistas viraram toda a atenção para Ambroise de repente. Venenosos até os olhos. Ele estremeceu quando a mulher, fazendo seda farfalhar, se curvou sobre a cadeira de rodas. Um tigre e um antílope.

— Que deformidade fascinante... Você não é nada comum, menino, e nem falo só dos seus membros.

— Pai? — chamou Ambroise, baixinho.

Lazarus, ainda na mira do guarda, sorriu à distância.

— Não tenha medo. Tudo dará certo.

— Tudo dará certo — repetiu a mulher.

Ela acariciou as palmas de Ambroise, desenhando cada linha, e, pouco depois, os braços dos dois foram tomados por calafrios. A mulher, que usava o poder de Tátil para investigar a epiderme desconhecida, relaxou as sobrancelhas de súbito, como se tivesse encontrado o que procurava. Lenta e sensualmente, ela deslizou os dedos dourados sob o cabelo de Ambroise, sob o cachecol que se arrepiou ao contato, sob a gola da túnica branca.

Ophélie entendeu tarde demais o que aconteceria. Ambroise soluçou de surpresa; um simples soluço. No instante seguinte, não restava nada dele na cadeira de rodas, exceto pelo cachecol que batia no ar, confuso, e um raio de sol entrecortado pela chuva.

Ele evaporara como fumaça.

A mulher segurava, entre o polegar e o indicador, uma plaquinha velha de prata onde estava gravada uma inscrição microscópica: o código que, por décadas, mantivera um eco ancorado à matéria, e que ela arrancara como uma simples etiqueta.

Tudo acontecera tão rápido que Ophélie não tivera nem tempo de respirar, mas, depois de acabado, não encontrava mais fôlego. Seus pulmões, seu coração e seu sangue estavam congelados.

— Ai, ai, ai — suspirou Lazarus. — Você estragou o código. Era *really* necessário?

Os guardas restantes na sala encaravam pontos imaginários distantes, sem piscar, como se para convencer-se de não terem visto nada.

Com um gesto, os Genealogistas apontaram para Walter.

— Deixem-nos a sós e levem o autômato.

Os guardas obedeceram. No momento de sair dos aposentos com Walter, que se deixou ser levado enquanto jogava perfume para todo lado, os rostos deles revelaram alívio.

Assim que a porta de ébano foi fechada, Ophélie sentiu um contato duro contra cada lado do rosto. Duas pistolas de ouro. Com uma pressão, eles a obrigaram a erguer o rosto para Thorn.

— A guarda de Pólux não é a única autorizada a portar materiais de prevenção da paz — avisaram os Genealogistas.

— Você foi um grão-inspetor familiar muito decepcionante.

— Fizemos vista grossa para seus numerosos segredinhos.

— Desde que estivesse do nosso lado neste Observatório.

— Mas você desertou o posto por essa Animistinha.

Ophélie não tomava consciência das duas armas apontadas para ela, nem da proximidade dos Genealogistas, cujos cabelos dourados se misturavam aos dela, nem mesmo da imobilidade predadora de Thorn. Só via o vazio na outra ponta do cachecol. Ambroise estava lá e, de repente, não estava mais. Ele a acolhera, guiara, alimentara, hospedara, aconselhara... e não existia mais.

Sem diminuir a pressão da pistola, a mulher jogou para Lazarus a placa de código que arrancara.

— É uma honra encontrar o verdadeiro autor do projeto Cornucopianismo.

— Para sermos sinceros, professor, até pouco tempo atrás não o achávamos digno de interesse.

— *Of course*, sabíamos que Eulalie Deos o escolhera como outro servidor.

— Mas em nenhum momento acreditamos que fosse capaz de rivalizar com ela.

— Ultimamente descobrimos a que ponto o subestimamos.

Lazarus desviou o olhar da placa entre as mãos. A sombra de um sorriso continuava ali, presa ao canto da boca. O desaparecimento brutal de Ambroise não o abalara.

— O que os levou a mudar de ideia?

Ophélie não via a expressão dos Genealogistas, que a apertavam. Por outro lado, viu Thorn se contrair até as pupilas quando eles enfiaram com mais força os canos das pistolas contra o rosto dela.

— Essa Animistinha que cruzamos por acaso.

— No censo, em um guichê do Memorial.

— Demos uma olhada nos documentos.

— "Eulalie" não é *really* um nome comum em Babel.

— E tem um significado especialmente pesado.

— Portanto a investigamos um pouquinho.

— E aprendemos que ela estava morando na sua casa em sua ausência.

— E assim descobrimos a existência do seu suposto filho.

— Um filho que não aparece em lugar nenhum da sua árvore genealógica.

— Que você cuida com enorme afinco para esconder em sua sombra.

— Do qual enfim encontramos, por perseverança, sinais nos nossos arquivos.

— Um simples sem-poderes nascido no bairro da sua infância.

— Internado com você aqui mesmo, neste Observatório.

— E que não envelheceu nem o cabelo por quarenta anos.

— Lady Septima, com certeza pouco inspirada, o expulsou sem nos permitir encontrá-lo.

— Muito felizmente — concluíram juntos —, vocês voltaram para nós!

Lazarus dera um aceno plácido a cada afirmação dos Genealogistas.

— E se vocês dissessem o que esperam de mim e de meu modesto Observatório?

As pistolas tremeram de excitação contra a mandíbula de Ophélie. Ela não conseguia mexer uma vértebra sequer.

— A abundância! — responderam os Genealogistas.

— A única que conta de verdade.

— A abundância de tempo.

— A imortalidade.

O cachecol insistia em procurar, no fundo da cadeira de rodas, um corpo que não se encontrava ali. Ela não conseguia desviar o olhar. Aqueles Genealogistas não entendiam nada do que representava a Cornucópia. Tinham destruído Ambroise sem saber o que ele era. Não mereciam a imortalidade.

Não mereciam a vida.

Presa na pressão das pistolas, Ophélie fechou os olhos para se conectar à medula espinhal deles. Não queria afastá-los. Queria machucá-los, enfiar as garras na carne deles com toda a profundidade que o poder familiar permitisse.

Só que não conseguia.

Apertando os dentes para estender ao máximo a percepção, podia sentir os sistemas nervosos de Thorn e Lazarus, mas não dos Genealogistas. A pele deles era uma fortaleza impenetrável.

Ophélie arregalou os olhos e cruzou, lá em cima, o olhar de Thorn, que a encorajava a não fazer nada. Entendeu então por que ele os temia. Matar e ser morto não era uma questão para aqueles dois.

A respiração deles queimava as orelhas.

— Não envelhecemos na aparência, mas é só fachada.

— Sob a pele, nossos corpos morrem a cada segundo.

— Estamos cansados de desperdiçar tempo.

— E estamos cansados de revirar este lugar.

Ophélie foi atravessada por esperança ao ver o aeróstato de LUX surgir por trás das rosetas, mas ele continuou a subir e desapareceu ao longe, na direção do Memorial de Babel. Não via como Elizabeth poderia fazer nada além de obedecer aos Genealogistas, mas ainda assim sentiu-se abandonada.

— Eu me curvo — declarou Lazarus, então, abaixando humildamente a cabeça. — Vou levá-los à Cornucópia. Com uma condição: vamos todos juntos. Não causem problemas para meus parceiros, tudo bem?

Os Genealogistas fizeram sinal para Lazarus guiá-los e Thorn segui-los e empurraram Ophélie com as armas. Ela precisou forçar o cachecol a largar a cadeira de rodas para não deixá-lo para trás. Conter aquela lã que se remexia contra si dava a impressão de segurar o próprio coração por fora do peito.

Não tinha mais ilusão alguma. Assim que tivessem a Cornucópia, os Genealogistas se livrariam deles.

Lazarus não chamou o elevador da antessala. Ele os fez descer pela escada escondida que Ophélie e Thorn tinham usado nos encontros clandestinos. Todos se enfiaram nas entranhas da estátua, para longe do sol e da chuva. As lâmpadas vacilantes misturaram as sombras às teias de aranha.

Lazarus virava para a direita e para a esquerda, sempre assoviando. Estariam se perdendo nos labirintos do Observatório? Ophélie não sabia em quem confiava menos: nele ou nos Genealogistas. Ele alegava que Ambroise era importante, mas o desaparecimento brutal e atroz do adolescente não fedia nem cheirava. Lazarus sacrificaria os parceiros sem arrependimento, se necessário.

A jovem sentia, ainda mais forte do que as pistolas apertadas contra ela, a atenção muda de Thorn, que analisava, calculava, avaliava e retomava a reflexão em um ciclo sem fim.

Depois de meandros intermináveis, chegaram a uma plataforma subterrânea onde um trem parecia estar à espera o tempo todo. Quando Ophélie subiu a bordo, com uma pistola de cada lado do tronco, constatou que eram os mesmos assentos de veludo e abajures do primeiro trajeto. Seria outro o destino, dessa vez?

— Recomendo que sentem-se — disse Lazarus, dando o exemplo. — A descida é íngreme.

Assim que pronunciou essas palavras, a porta do compartimento se fechou e eles começaram a descer pelo túnel. Ophélie vinha de uma arca onde carroças e bondes às vezes faziam o que dava na telha, mas aquele trem era mesmo tomado por vontade própria. Seria também um eco encarnado? Instalada à força entre os Genealogistas, ela se concentrou em vão nas armas que machucavam as costelas. Ouro era um material dotado de personalidade forte, mesmo frente a um Animista; era mais fácil manobrar um dirigível do que argumentar com aquelas engenhocas.

Ao olhar de relance através dos vidros do trem, surpreendeu um sorriso no próprio reflexo. A princípio, achou que tivesse sorrido de nervoso, até entender que não era ela quem sorria, mas o próprio eco. Ele estava lá. Continuava a segui-la. A visão só durou um instante e, rápido, o sorriso sumiu do vidro, mas Ophélie se sentiu surpreendentemente reconfortada.

Abraçou o cachecol com mais força e cruzou o olhar afiado de Thorn, sentado no banco da frente. Ele estava tão ferozmente determinado a sair dali quanto ela. De um jeito ou de outro, encontrariam uma solução. Juntos.

Um sacolejo brusco indicou a chegada do trem.

De início, ao desembarcar, Ophélie não enxergou muita coisa, mas foi atingida por um odor de densidade extrema. Era como inspirar rocha. Não estava escuro ali, muito pelo contrário. Quanto mais piscava, menos identificava os contornos do espaço. Era uma caverna de pé-direito vertiginoso. As paredes eram percorridas por corredores onde iam e vinham sem parar comboios de vagões. O tamanho das estalactites e das estalagmites dava a sensação de ter ido parar na boca de uma Besta.

Ophélie quase esqueceu as pistolas.

Apertou os olhos para os dois espelhos parabólicos montados de cada lado da caverna, de frente um para o outro, imensos como ciclopes, girando como moinhos. Eram caleidoscópios ainda mais loucos do que todos que vira no Observatório e, considerando a grossura dos cabos, eram eles que devoravam quase toda a eletricidade.

— A Cornucópia! — murmuraram os Genealogistas, cada um voltado para um espelho.

Lazarus, cujos olhos tinham sido ofuscados pelo brilho dos óculos, abriu um sorriso indulgente.

— *In fact*, não. Essas máquinas só servem para otimizá-la. A única Cornucópia de verdade é ela!

Com um gesto de velho mágico, ele apontou para a jaula no meio da caverna, na interseção das duas parábolas. Parecia um aviário. Além da considerável envergadura, não era impressionante por si só, mas o que continha era ainda menos.

Não tinha nada lá dentro.

A QUEDA

Foi apenas ao se aproximar da jaula, empurrada pelos Genealogistas, que Ophélie entendeu que não estava assim tão vazia. Uma faísca ínfima, pouco maior que uma ponta de agulha, flutuava no meio. A jovem pensou nas partículas de poeira que seguram o sol nas fendas de persiana, mas aquela ali não se sacudia para todo lado. Era imóvel e imutável. Prisioneira, também: um cadeado trancava a jaula.

Os Genealogistas se contraíram ao redor de Ophélie; ela sentia os músculos, as respirações, o pó, quase os pensamentos.

— Abra.

As vozes tinham perdido toda a lascívia. Eram desejo em estado bruto.

— Paciência, paciência!

Lazarus revirou, um a um, os bolsos do terno, antes de bater na testa com uma gargalhada e tirar uma chave da meia esquerda. Ophélie não conseguia acreditar que escondera uma coisa tão preciosa ali com ele, o tempo todo, ainda mais naquele lugar. Havia com certeza uma cópia com outra pessoa. Ela ergueu os olhos para os trilhos entrelaçados que carregavam vagões através dos túneis mineradores da caverna. Mesmo que não fosse fácil discernir com precisão o que não estava iluminado pelos arco-íris móveis dos dois caleidoscópios gigantes, enxergava o transbordamento de objetos e, ainda mais, ouvia os estalos de mobília, os estrondos de louça, todas as sonoridades quebradas pelos defeitos de fabricação. Uma faísca minúscula criara aquilo?

O clique do cadeado atraiu a atenção dela para Lazarus, que escancarou a porta, da altura dele, da jaula.

— Antes de prosseguirmos — disse ele, em tom grandioso —, gostaria de fazer uma declaração.

Com um movimento perfeitamente simétrico, os Genealogistas desgrudaram as pistolas do tronco de Ophélie para apontá-las para ele. Dois disparos. Duas balas de ouro no peito. Pela força do impacto, Lazarus foi projetado para longe, enquanto os dois tiros ressoavam, intermináveis. Ophélie teve a sensação de que o barulho repercutia dentro dela. Thorn a empurrou para trás de repente quando os Genealogistas, em um impulso infernal, avançaram para a jaula aberta de mãos dadas, as armas fumegando na ponta dos outros braços. Eles nem piscaram para o corpo de Lazarus, largado nas cores flutuantes das parábolas, paralisado em pleno sorriso. Não havia mais ninguém entre eles e a Cornucópia.

— Ele tinha um plano — murmurou Thorn no ouvido de Ophélie. — Logicamente, ele teria um plano.

Os Genealogistas entraram na jaula, como duas fênices prestes a renascer, perfis erguidos para aquela minúscula faísca repleta de infinito. Eles só precisavam estender a mão.

— Nos dê eternidade.

Não era uma súplica. Era um comando.

Os Genealogistas não se mexeram mais. Thorn parara de respirar, o cachecol, de se sacudir. Lazarus era um cadáver no chão. A Cornucópia dilatara a própria trama do tempo, injetando uma superprodução de segundos, minutos, horas, anos. Era o que Ophélie acharia, ao menos, se não ouvisse o próprio coração bater na maior velocidade enquanto esperava que alguma coisa enfim aceitasse acontecer.

Essa tal coisa se manifestou na forma de uma auréola ao redor dos Genealogistas, cujos olhos arregalados de êxtase assistiam à gloriosa metamorfose. A auréola tornou-se uma nuvem dourada invadindo a jaula inteira. Eles arregalaram mais os olhos, a nuvem se avermelhou, e Ophélie entendeu de repente que eram seus corpos – maquiagem, pele, órgãos – que se espalhavam em milhares de partículas. Nenhum grito saiu das bocas abertas e, rápido, nem havia mais lábios. Os Genealogistas tinham se tornado uma névoa que a faísca aspirava pouco a pouco, molécula a molécula, como faria uma grade de ventilação, até a jaula estar vazia por inteiro.

A Cornucópia os devorara.

A faísca começou então a brilhar mais forte. Dissipou uma nova névoa, desta vez prateada. *Aerargírio?*, se perguntou Ophélie, com fascínio mórbido. Para ser visível a olho nu, devia estar em concentração fenomenal. Pouco a pouco, a névoa mudou de aspecto, ganhou cores, se solidificou até materializar homens e mulheres. Ecos encarnados dos Genealogistas. A jaula estava cheia. Os corpos eram disformes, os rostos, irreconhecíveis. Cópias defeituosas.

Ophélie estremeceu até o cachecol. Era aquele, então, o verdadeiro poder da Cornucópia?

— Temos companhia — disse Thorn.

Passos soaram das profundezas da caverna, onde as sombras se sobrepunham. Pessoas se aproximavam. Quando cruzaram a borda da luz elétrica dos caleidoscópios, Ophélie sentiu um choque ainda maior do que qualquer outro que sentira até ali. Ambroise se dirigia até eles. Ele se contorcia mais do que andava, mas estava ali, de pé, vivo, em carne e sorriso. Ele não estava só. Um segundo Ambroise o seguiu na luz, depois um terceiro, um quarto, e logo uma afluência de sósias emergiu da escuridão. Eram todos parecidos, mas cada um sofria de uma assimetria diferente. Eram todos ecos encarnados de um Ambroise original desaparecido quarenta anos antes.

Eles não dirigiram uma palavra a Ophélie e Thorn, mas os cumprimentaram com acenos educados de cabeça ao passar. Muitos autômatos os escoltavam, trazendo placas de código e caixas de ferramentas. Agruparam-se ao redor da jaula e, reproduzindo gestos mil vezes repetidos, evacuaram os ecos sem assustá-los, mas cuidando para não se demorarem entre as grades, e enfim trancaram o cadeado. Assim que um Ambroise prendia uma placa nas costas de um eco, ele mudava de aparência. Os traços dos Genealogistas se apagavam, nariz, olhos, orelhas, cabelos, carne, músculos, até abandonar os últimos resíduos de humanidade.

— Autômatos.

A voz de Ophélie perdera a entonação. Ela pensou na implosão de Hugo no anfiteatro e na fábrica onde tinham se refugiado para fugir da patrulha. Nada daquilo era autêntico. Eram só artifícios para impedir que os cidadãos conhecessem a verdadeira natureza dos autômatos. Lazarus provavelmente nunca criara um autômato. Apenas usara um código para moldar ecos de verdade em máquinas de mentira.

Agora que os olhava por outro ponto de vista, Ophélie percebeu que a morfologia de vários autômatos ali presentes lhe era conhecida. Uns lembravam Mediuna, outros, o Cavaleiro. Alguns batiam na orelha esquerda, imitando uma mania que perdera o sentido. Outros ainda carregavam no ombro reproduções do animal mecânico dos antigos proprietários: um besouro, um macaco, um lagarto... Havia entre eles até o papagaio mecânico, enfim mudo, que acolhera a cristalização de Ophélie na capela.

Se não restava ninguém no Observatório dos Desvios, era porque todos os ocupantes tinham cruzado a porta da jaula. Seria a última etapa do programa alternativo, ou um ato desesperado para escapar do desmoronamento final do mundo?

Ela esgotara a capacidade de surpreender-se. Nem reagiu quando o cadáver de Lazarus se levantou, tossindo e soluçando, ajudado por cópias de Ambroise.

— "Tudo que entra na jaula se transmuta." Era isso que eu ia dizer antes daqueles mal-educados me interromperem.

Ele ajustou o equilíbrio dos óculos cor-de-rosa no nariz e arrancou uma placa de metal escondida sob a roupa. As balas tinham ficado presas ali, sem atravessá-la.

— Você sabia — constatou Thorn, a voz pesada. — Sabia exatamente o que ia acontecer.

Foi ao ouvi-lo pronunciar tais palavras que Ophélie tomou consciência da mudança brusca da situação, que não estava a favor deles. Estavam sob a terra, longe de tudo, frente a uma faísca imprevisível, cercados por um exército de ecos encarnados a serviço de um só homem: o mais temível de todos. O perigo não era mais os Genealogistas, nunca fora. O perigo era Lazarus.

— Só em linhas gerais! — respondeu ele, com uma expressão faceira. — Confiei especialmente no meu mindinho.

Então agitou o dedo mindinho em questão, em sinal para que alguém se aproximasse de trás dele. Seconde avançou pelo oceano de arco-íris. Seria ela a única pessoa do Observatório que não fora transformada em autômato durante a ausência deles? Ficando sozinha, ela perdera o curativo, revelando um corte ainda em cicatrização que dividia o nariz, como um sorriso de sangue. Thorn se contraiu ainda mais, e Ophélie soube que ele se obrigava a não desviar os olhos. Reinava, entretanto, uma harmonia repentina em Seconde, como se, apesar das contradições, todos os traços dela tivessem enfim entrado em acordo para expressar a mesma animação.

Pela primeira vez, não carregava materiais de desenho, nem lápis, nem papel.

Ela passou decidida entre Ophélie e Thorn, obrigando-o a se afastar, mancando, para evitar outro acidente de garras, e se dirigiu a Lazarus. Chegando lá, arregalou o olho pálido.

— A horizontalidade excessiva escapa por todas as veias do corredor...

Sem dar a menor importância ao que Seconde murmurava, Lazarus pôs a mão na cabeça dela, orgulhoso.

— Apesar de eu ser capaz de entrever em sonho alguns ecos adiantados, nada se compara ao olhar dela. Seconde nunca conseguiu entrar em diálogo com os ecos para induzir cristalização, mas os decifra melhor do que ninguém. Lady Septima viu o desvio do poder dela a princípio como vergonha, depois como pretexto para infiltrar-se em meu Observatório. Ela acreditava servir à causa dos Genealogistas, mas era a mim que dirigia um presente *absolutely fabulous*!

— E beijam as cerejas impactando a insônia... — continuou Seconde, imperturbável.

Ele pegou do bolso interno a carteira, cujo couro emanava um fedor pavoroso, e tirou dali uma fotografia desbotada por tempo, calor e umidade. Entregou-a a Ophélie. Era o registro de um desenho pregado na parede. O realismo era perturbador. Representava com toda a distinção a jaula da Cornucópia, onde brilhava a faísca, assim como três pessoas ao lado da porta escancarada: Lazarus, Seconde e uma mulher. Uma mulher baixinha de toga, usando óculos e cachecol.

Ophélie queria infligir àquela foto o que fizera com os outros desenhos – jogá-la no lixo, picá-la em pedaços –, mas Lazarus a pegou de volta para guardar na carteira.

— É graças à minha querida Seconde que nunca perdi esperança no futuro. Sabia que o que vivemos hoje aconteceria, mais cedo ou mais t...

— Você é um hipócrita — interrompeu Thorn. — Acabar com a domesticação do homem pelo homem? Quantas pessoas sacrificou no caminho?

Lazarus esboçou um sorriso indulgente, mas o dirigiu a Ophélie. Thorn era irrelevante para ele.

— Nunca sacrifiquei ninguém. Nenhuma das pessoas que tiveram o privilégio de entrar nesta jaula morreu. Ainda existem, mas de uma forma que seu espírito e seus sentidos não são capazes de conceber.

— E dirige os espaços até contrair a garrafa...

— Elas foram convertidas em aerargírio — acrescentou Lazarus, a voz exaltada abafando a de Seconde. — E os ecos produzidos por tal transmutação foram, por sua vez, convertidos em matéria sólida. É sempre assim, suponho que por questão de equilíbrio.

Ophélie sentia dor nos olhos de tanto arregalá-los. Imaginou as moléculas dos Genealogistas flutuando ao redor em estado gasoso. Talvez ela as respirasse. O que Lazarus descrevia era, de certa forma, pior do que a morte.

A voz do professor de repente tomou a textura de uma historinha.

— Era uma vez, há milhares de anos, em uma Babel antiga, uma cidade imperial construída acima de nossas cabeças. Ao longo das obras, os construtores descobriram uma caverna e, dentro dela, uma minúscula partícula de luz. Há quanto tempo estava lá? Ninguém sabia, mas quem se aproximava era engolido e regurgitado na forma de dois ecos monstruosos. Uma jaula foi construída.

Dois? Ophélie se surpreendeu, em silêncio. Os Genealogistas tinham produzido muito mais ecos.

— Ignoramos o uso que nossos distantes ancestrais fizeram da descoberta, mas eles acabaram interditando a caverna. A Cornucópia se tornou lenda. Um dia, muito mais tarde, em uma Babel dizimada pela guerra, o exército a reencontrou por acidente. enquanto buscava minério no subsolo da antiga cidade imperial.

Lazarus recitou a história como se a contasse para si mesmo, sonhador a ponto de esquecer o Índex.

— Foi o começo de experiências *extremely* insistentes. O exército percebeu que, na proximidade de matérias refletoras, a partícula crescia.

Ele apontou para as parábolas gigantes que faziam girar os caleidoscópios e continuou:

— Quanto mais a partícula crescia, mais ecos surgiam. Eulalie Deos em pessoa esteve aqui! — exclamou Lazarus, contendo a vontade de beijar o chão sob os pés. — Os bombardeios acabaram com as experiências, o Rasgo despedaçou o mundo e a Cornucópia foi esquecida mais uma vez. Até que eu a encontrei! A ideia de transmutação é difícil de aceitar — admitiu. — É o motivo pelo qual construí uma fábrica falsa no centro, assim como um código de autodestruição nos autômatos para proteger o sigilo. O dia em que poderei enfim divulgar minhas pesquisas sem chocar a opinião pública se aproxima. Ambroise!

Os adolescentes ativos ao redor dos novos autômatos viraram-se de imediato para Lazarus.

— Façamos uma pequena demonstração para nossa convidada.
— Sim, professor.

As vozes suaves ressoaram como um coral sob a abóbada alta da caverna. Ophélie sentiu o cachecol se tensionar ao mesmo tempo que ela. Nenhum seria o Ambroise que tinham conhecido. Aqueles ali se contentavam em imitar um modelo desaparecido: os olhares eram vazios, ausentes de si mesmos.

— E o muro é um perfume branco que descarrila... — declamou Seconde.

Um dos Ambroises tirou uma chave que circulou de mão disforme em mão disforme até um outro Ambroise, perto da jaula. O cadeado foi aberto. Em uma sequência de gestos repetitivos, os objetos foram trazidos de um comboio de vagões.

Era sempre o mesmo ritual. Eles punham um objeto em perfeito estado na jaula: uma cadeira, um saco de arroz, um par de chinelos. Esperavam que a matéria fosse decomposta e recomposta pela faísca. Recuperavam em seguida cópias irreconhecíveis que só ganhavam forma definida quando marcadas pelo selo: cadeiras bambas, arroz podre, chinelos inutilizáveis.

Thorn analisou o processo com concentração intensa. Mesmo ali, preso nas entranhas do Observatório, ele só pensava em como utilizar aquela faísca para os próprios objetivos.

Lazarus passou um lencinho em uma das barras da jaula com delicadeza, como se fosse a moldura de um quadro valioso.

— O código só serve para estabilizar o eco na matéria e corrigir as imperfeições, dentro do possível. Sem ele, não duraria muito tempo. Com uma só oferenda, a Cornucópia produz uma grande quantidade de duplicações. É muito vantajoso. *In fact*, ela pode até reproduzir novos ecos a partir de um eco já materializado, mas, infelizmente, quanto mais nos afastamos do modelo original, mais defeitos de fabricação as cópias apresentam.

Para ilustrar o que dizia, ele deu um tapinha no turbante de um Ambroise que tinha olhos no lugar das orelhas e o nariz ao contrário.

— O Ambroise que viveu comigo todos esses anos pertencia à primeira geração de ecos. Vejam, meu velho amigo se voluntariou para entrar na jaula. Ele queria ser transmutado em aerargírio, viver a experiência por dentro. Era de uma curiosidade científica inegável! Na verdade, *my dear* — disse, piscando para Ophélie —, o eco que você conheceu era uma reles imitação. Parecido, claro, comovente até, mas ainda assim, uma imitação. De certa forma, ele foi meu primeiro autômato, muito antes de Walter. Só por isso, sentirei muitas saudades.

— E cortinas chovem atrás de cada cometa...

Ophélie sentiu-se invadida por repugnância, uma repulsa cuja única causa era aquele homem. Lazarus estava tão absorto no próprio discurso que não prestava a menor atenção no discurso sem pé nem cabeça de Seconde.

— Mas são águas passadas! — exclamou ele, esfregando as mãos. — Você está entre nós, agora, *my dear*, você e seu eco. Reproduzirão o milagre que Eulalie e o Outro realizaram aqui mesmo, séculos antes: encarnar ecos que não serão versões mais frágeis dos modelos, mas que, ao contrário, os superarão. Se nossos espíritos familiares eram originalmente humanos comuns, pense nos prodígios que poderemos concretizar. Comida deliciosa à vontade! Terras paradisíacas a perder de vista! Uma sociedade de homens e mulheres que só precisarão se dedicar às artes, à filosofia e ao desenvolvimento pessoal! Nossos nomes estarão para sempre na História, a grande História, com letra maiúscula.

Todo o peso de Ophélie se instalara nas sandálias. Aquele velho sem-poderes apostara tudo nela para se alçar a figura heroica, mas ela não fazia a menor ideia do que deveria fazer. Dialogar com um eco cuja existência só entrevira quatro vezes? Esperar um ensinamento que a iniciasse nas maiores verdades do universo conhecido e desconhecido? Perguntava-se como pudera considerar que a Cornucópia fosse capaz de devolver a humanidade de Eulalie Deos e levar o Outro de volta ao espelho.

Ergueu o olhar para Thorn, que estava ereto entre ela e a jaula. Sua sombra sem fim lembrava uma mancha de tinta que escorria dos pés. Ele analisava em silêncio a minúscula faísca à frente, tão perto e fora do alcance. Não podia pegá-la, nem mesmo se aproximar, mas seu corpo estava teso como um arco incapaz de abandonar o alvo. Procurava uma solução a qualquer custo.

Seconde, por sua vez, se calara.

Ophélie foi, então, atingida por uma evidência brutal. Thorn não estava no desenho que Lazarus mostrara.

— Cuidado!

Era como se Seconde esperasse o sinal. Ela se jogou sobre Thorn, que se virou com um rangido metálico, arqueando as sobrancelhas de surpresa. Duas vezes maior do que a garota, não era um homem fácil de desestabilizar. Se fosse atacado por qualquer outra pessoa, usaria as garras sem escrúpulos, mas Ophélie viu um brilho sob as pálpebras arregaladas – uma escolha imediata. Ele se permitiu ser jogado para trás. A armadura da perna explodiu em um tumulto de aço, parafusos e porcas.

Thorn caíra dentro da jaula.

Ophélie se esticou como uma mola. Parara de refletir, era um reflexo primal. Tirá-lo dali. Agora. *Agora*. Braços a interromperam em pleno gesto. Eram os Ambroises, que, em resposta a um estalar de dedos de Lazarus, a tinham segurado. Ela os atacou com punhos, dentes e garras, mas, assim que se soltava de um, dois outros vinham contê-la.

Agora.

— Levante!

Ophélie via bem que Thorn se esforçava. Ela o via lutar contra o corpo rígido demais, preso em um caos de metal, atrasado por uma perna desobediente. Ela o via, sim, mas gritava mesmo assim.

— Levante! Levante!

Agora.

— Ajude ele!

Lazarus deu de ombros, impotente. Na borda da jaula, muito satisfeita, Seconde encarava com o olho vazio o homem que se retorcia aos pés dela.

— Mas o poço não era mais verdadeiro do que um coelho de Odin.

Thorn se paralisou. Uma auréola se abria ao redor dele; a própria carne se dissolvia. Virou o rosto ossudo e comprido para Ophélie, que se debatia a cotoveladas entre os Ambroises, para tentar, desesperada, oferecer uma mão. Ele mergulhou por completo no fundo dos olhos dela, os penetrando com seu olhar mais intransigente em um último desafio, e se volatilizou em milhares de partículas.

Ophélie parou de lutar, de gritar, de existir. Assistiu sem piscar à aspiração da névoa – uma névoa inteiramente composta por Thorn – pela minúscula faísca e, alguns instantes depois, à difusão de inúmeros ecos, de pé na jaula, segurando relógios. Criaturas deformadas e inexpressivas que não eram Thorn. Nunca seriam.

Os Ambroises se preparavam para aplicar o procedimento habitual, mas Lazarus os interrompeu.

— Não — disse ele, baixinho. — Esses, não.

Os ecos, sem código para estabilizar a matéria, se dissiparam pouco a pouco. Não restava mais nada de Thorn; nem uma lasca de unha ou um fio de cabelo.

Ophélie sufocava. Suas veias queimavam. Estava em brasa. Seu instinto de sobrevivência a mandava respirar, encher os pulmões de ar, mas ela não conseguia. A mecânica vital de seu corpo se quebrara. Sua visão embaçou e ela se sentiu cair dentro de si mesma, longe, muito longe, no passado muito distante, muito antes de seu nascimento, onde tudo era frio, calmo e esquecido.

De pé no meio da caverna, Eulalie limpa os óculos pela sexta vez.

A cada nova bomba que explode no Observatório, lá em cima na superfície, as estalactites derrubam poeira de rocha. Ao redor, não há ninguém, mas o chão está coberto de fuzis, metralhadoras, granadas, lança-chamas e minas terrestres. Com a ponta da bota militar, Eulalie as afasta. Todas aquelas armas são réplicas inutilizáveis, ecos defeituosos. Felizmente, nunca matarão.

Aqueles que queriam utilizá-las estão mortos, lá em cima.

Deveria ter entendido antes a verdadeira finalidade do Projeto, seu absurdo. Deveria saber que os superiores sempre tiveram como única intenção produzir cada vez mais armas. De qualquer forma, as experiências deles estavam destinadas ao fracasso. Os ecos não têm vocação para superar as falhas dos seres humanos.

Eulalie sacode o pó de rocha que cai nos óculos. Sobreviveu à deportação da família, ao exílio do país de origem, à fome, às doenças e aos bombardeios. Toda noite, antes de dormir, repetiu que isso tudo tinha sentido, que estava destinada a atravessar as malhas de todas as catástrofes para salvar o mundo de si mesmo.

Hoje, entende que teve, principalmente, muita sorte. A maior sorte fora de encontrar seu Outro em um aparelho telefônico.

— Você mudou meu ponto de vista sobre as coisas.

— *Mudou as coisas* — crepita o eco no walkie-talkie que carrega na cintura.

Eulalie sorri.

— Que pretensioso.

Ela solta as alças da mochila e tira, com cuidado, um caderno grosso. Seu manuscrito mais pessoal: uma peça de teatro. Entregou-se inteira. Tem seu sangue e seu suor na composição da tinta, e ela usou os próprios cabelos para costurar a lombada. Redigiu a peça ao longo das últimas semanas, sem máquina de escrever, escondida dos superiores. Se tivessem descoberto, o que entenderiam? Ela cifrou o texto com um velho alfabeto que inventara, o preferido, o que tem os arabescos mais bonitos.

Com o caderno apertado contra o peito, avança devagar entre os dois caleidoscópios gigantes cujos movimentos perpétuos espalham cores na pele dela. Na interseção dos raios, entre arames farpados improvisados, encontra, enfim, mal visível a olho nu: a Cornucópia.

"Uma partícula cujo campo gravitacional desestrutura a matéria que se aproxima antes de convertê-la em uma substância modelável à vontade." Era assim que os superiores a definiram. Graças ao Outro, Eulalie sabe a que ponto eles estão errados, sabe por que só produziram cópias defeituosas de armas e soldados, e sabe por que não cometerá o mesmo erro.

Ela deposita o manuscrito entre os arames farpados e recua até estar fora do alcance da faísca. A lombada já começa a se dissolver em nuvem de papel. As páginas escritas com a própria mão, o próprio sangue e o próprio suor contêm o princípio de uma história, de seus futuros filhos. É isso que Eulalie oferece à faísca: palavras. Em troca, espera vida inteligente. Vinte e uma vidas, para ser mais precisa.

Pois os superiores estavam errados: a Cornucópia nunca fora uma partícula.

É um buraco.

Ophélie inspirou profundamente, engolindo ar; lembrara como respirar. Os Ambroises curvavam sobre ela uma variedade de rostos deformados. Entre eles, Lazarus sorria.

— Devo confessar, *my dear*, que quase me preocupou. Achei que fosse um piripaque. Posso até ter uma Cornucópia à disposição, mas você é a única pessoa no mundo que não posso substituir.

Ophélie retomou consciência do chão sob os joelhos, do cachecol agitado ao redor do pescoço, dos estrondos de vagões nos túneis, do cheiro mineral da caverna e do jogo de luzes dos caleidoscópios. Ela estava lá, de novo, e ainda assim lhe faltava o essencial.

Lazarus, solícito, ofereceu o braço para ajudá-la a levantar.

— Tenho certa inveja do seu marido, sabe? Ele está fazendo a experiência que todo explorador deseja viver um dia. Contemplar nossa realidade sob um ângulo que nenhum ser humano poderá adotar! Se não tivéssemos tantos prodígios a concluir, eu, você e seu eco, faria o convite para nos juntarmos a ele.

Ophélie o encarou com intensidade, através dos vidros duplos dos óculos.

— Traga-o de volta.

A voz, rouca de tanto gritar, não soava mais como dela. Nada mais lhe pertencia e ela não pertencia mais a nada.

Lazarus suspirou, compreensível.

— O processo é irreversível. *Honestly*, não sei por que sr. Thorn não era parte de nosso projeto, mas o que fazer? Os ecos antecipados nunca se enganam.

Ophélie não o escutava mais. Ela ignorou o braço que ele insistia em oferecer, abriu caminho através dos Ambroises todos e se dirigiu a Seconde, que continuava na entrada da jaula, na contraluz da faísca.

— Por quê?

A menina sustentou seu olhar sem hesitação, com o olho normal e o olho vazio.

— Mas o poço não era mais verdadeiro do que um coelho de Odin — repetiu.

Ela pareceu fazer um esforço gigantesco antes de acrescentar:

— É... preciso... virar.

A Cornucópia flutuava, indiferente, em meio aos arco-íris. As palavras que Hélène pronunciara na tribuna do anfiteatro voltaram a Ophélie. "Você precisa sair da jaula. Vire-se. Vire-se de verdade. Então, e só então, entenderá."

— Não devemos desperdiçar mais tempo — disse Lazarus, cujas vértebras estalaram ao se empertigar. — Precisamos estabelecer uma comunicação com seu eco o mais rápido possível, para que ele nos revele o verdadeiro modo de funcionamento da Cornucópia. Telefone, *please*!

Um autômato trouxe no mesmo instante um travesseiro sobre o qual se encontrava um aparelho cujo fio se desenrolava interminavelmente até as entranhas da caverna. Lazarus pegou o bocal para entregá-lo a Ophélie. Havia uma ternura infinita em todos seus gestos, todos seus olhares.

— Tenho certeza de que seu eco só aguarda uma palavra sua, *my dear*. Ele lhe contará não só como criar abundância, mas também como ultrapassar as próprias limitações, para que possa ensinar, por sua vez, ao que resta da humanidade. Eulalie não foi suficientemente ambiciosa, contente em nos oferecer os espíritos familiares. Ela deveria ter guiado cada mulher e cada homem na via da cristalização, ensiná-los como acordar a consciência dos ecos e se elevar ao estado de onipotência! Talvez seja esse o motivo para ela ter perdido o controle do próprio Outro. Só há uma pessoa no mundo capaz de impedi-lo agora, e é você.

Ophélie pegou o bocal. Ela o desligou, empurrou Lazarus na jaula e entrou junto.

— Não!

Lazarus se jogou na porta que ela fechava. Tarde demais: ela já trancara o cadeado. Era irônico pensar que, se o Observatório não a tivesse curado da falta de jeito, era provável que nunca fosse capaz de fazê-lo a tempo.

Lazarus revirou o terno em busca de chaves. Os óculos cor-de-rosa caíram do nariz e quebraram no chão.

— Você não pode! O desenho! Você não deve!

Era a primeira vez que Ophélie o via tomado por fúria, mas não era nada em comparação com o que ela sentia.

Foi então a Seconde que dirigiu sua última frase, através das barras:

— Eu me viro.

Um sorriso radiante se desenhou sobre o sorriso da cicatriz. Pela primeira vez, Seconde se sentia compreendida.

Ophélie apertou o cachecol contra o peito, envergonhada e aliviada por tê-lo arrastado para a jaula. Ela se perguntou se sofreria, erguendo o rosto para a faísca que a assomava.

Não, não era uma faísca. Era um buraco.

Ela prendeu a respiração. Uma bruma subia de sua toga e suas luvas. Preparava-se para enfiar o corpo pelo buraco da agulha. Thorn subira naquele dirigível por ela; era sua vez.

Lazarus, que ainda procurava a chave do cadeado em todos os bolsos, congelou ao ver o desenho que Seconde mostrava sob o nariz. Era aquele da carteira. Ela o rasgou.

Foi a última coisa que Ophélie viu antes de ser estilhaçada.

O REVERSO

Uma dor aguda. A sensação de virar do avesso como uma roupa. Então, a queda.

Ophélie cai para cima. Agarrada ao cachecol, atravessa o que lhe parecem os estratos da atmosfera, acelerando quanto mais sobe. Entretanto, é sem choque ou barulho que aterrissa de pé. Está cercada de névoa. Não sente mais dor, mas não sabe se ainda respira.

Cadê Lazarus? Não há mais jaula, nem caverna, nem Seconde: mais ninguém, além dela e do cachecol. Ela olha para os braços e as pernas para confirmar que continuam no lugar. A pele tomou a coloração do azinhavre, como se transformada em uma estátua de cobre desbotado. Puxa os cachos do cabelo. Loiros. Puxa a toga. Preta. Até as cores do cachecol se inverteram. Uma pinta que até então ficava na dobra do cotovelo esquerdo de repente está no braço direito. O mais incômodo é ver, sem usar lentes especiais, a sombra do poder familiar, envolvendo-a como espuma. Ophélie desabotoa uma luva, da cor do céu azul, e vê a sombra aumentar ao redor dos dedos de *leitora*. Pelo menos fora montada na ordem correta e em um só pedaço, o que já é um milagre. A Cornucópia era mesmo uma passagem.

Uma passagem para onde?

Ophélie dá várias voltas em si mesma. Tem névoa para todo lado. Cadê Thorn? Ela quer chamá-lo, mas algo em si se recusa.

Avança ao acaso através da brancura impalpável que não conhece limite algum. Acredita discernir um retângulo ao longe, pálido como uma estrela atrás das nuvens. Assim que Ophélie presta atenção, ele começa a crescer, crescer, como se avançasse na direção dela, apesar de ser ela quem precisa avançar na direção dele. O retângulo é, na verdade, uma porta entreaberta. Ophélie entra.

Penetra um cômodo tão enevoado que mal vê os contornos dos móveis e o brilho das lâmpadas. Fora o nevoeiro, as cores do ambiente são naturais, diferente das dela. A porta pela qual entrou pertence a um guarda-roupa. Sob um caos de pastas bagunçadas e a decoração exagerada, ela tem enorme dificuldade para reconhecer a intendência do Polo. Foi transportada ao extremo de Babel. Nem as Rosas dos Ventos interfamiliares dão pulos tão grandes pelo espaço.

Em meio às camadas de névoa se ergue a enorme mesa que tanto impressionou Ophélie da primeira vez em que sentou do outro lado. Ainda tem a mancha da tinta que derramou.

Um homem está instalado ali. Um homem que não é Thorn. O novo intendente? As cores dele também são normais. Ophélie quer se anunciar, mas, de novo, as palavras travam na garganta. O homem, que usa uma peruca coberta de pó demais, está largado na cadeira. São tantos jornais, tantos mata-borrões e tantas pastas em cima da mesa que o conjunto forma uma fortaleza de papel. Ele nem os olha, assim como não olha para Ophélie, que se curva, intrusa, sobre o ombro dele. Está fazendo cruzadinhas: são só rabiscos para ela.

Não só perdeu a capacidade de falar, mas também de ler.

Por outro lado, desenvolveu um novo sentido que a permite perceber o imperceptível. Alguma coisa ao mesmo tempo infinitamente sutil e poderosa faz ondular a névoa do ambiente. O novo intendente projeta continuamente sua imagem, sua química, sua densidade através do espaço. Ophélie é atravessada por essas ondas, o que não é agradável, nem desagradável. Ela sente a forma daquele homem, assim como a forma do cheiro de pó e da aspereza do lápis contra o queixo. Ele presta mais atenção às cruzadinhas do que ao telefone, que deixa tocar na mesa. O aparelho produz um barulho úmido e distante, mas Ophélie sente cada vibração como se feita da mesma substância. Com um peteleco, consegue produzir um movimento contrário a uma das propagações. O toque do telefone libera então um eco que faz o novo intendente franzir a testa.

Ela agita a mão esfumaçada na cara dele, mas ele não percebe sua presença. Ela existe de forma muito diferente.

De qualquer modo, não é aquele intendente que procura, é um erro de pessoa e lugar.

O espaço se estica no mesmo instante sob as sandálias de Ophélie. O novo intendente, o telefone, as cruzadinhas, a mesa, o guarda-roupa se afastam dela até se perderem na névoa. Essa brancura invasora é aerargírio. A própria Ophélie é feita daquilo, da cabeça aos pés. Não consegue mais falar, mas o espírito dela nunca fora tão límpido. Entende por instinto noções que lhe eram desconhecidas até então. O que Lazarus chama de aerargírio é na verdade matéria inversa. A Cornucópia não converte aqueles que a atravessam: ela os vira do avesso. Os ecos produzidos pela inversão se invertem também; um código só serve para manter artificialmente a estrutura dos átomos; mas, mesmo sem código, o equilíbrio se preserva.

Novas formas emergem ao redor de Ophélie. Carrosséis imóveis. Ela está de volta ao Observatório dos Desvios, no velho parque de diversões do programa alternativo. Aerargírio cobre o céu e o chão.

Ophélie passa na frente da barraca do faquir, onde se refugiara com Thorn. Se soubesse fazê-lo, gritaria seu nome.

Avança até o carrossel de tigres. Enxerga uma silhueta encolhida entre os felinos de madeira. Mediuna! As pedras preciosas incrustadas na pele de azinhavre ganharam cores diferentes. Ela também fora aspirada pela Cornucópia e se tornara, como Ophélie, um negativo de si mesma. A fumaça de seu poder familiar flutua ao redor de seu corpo como o pijama largo demais. Diferente do novo intendente do Polo, Mediuna tem consciência da presença da outra e ergue a cabeça para encará-la. As íris brancas se destacam da córnea preta de seus olhos arregalados. Há quanto tempo se esconde naquele carrossel? Sua boca não consegue articular som algum. Ela estica uma mão que abala Ophélie. Mediuna fora algoz e vítima, mas nunca pedira ajuda.

O aerargírio baixa uma cortina leitosa entre elas. Ophélie não vê Mediuna nem o carrossel. Vaga sozinha de novo. Entrevê, aqui e ali, entre dois vazios, outras silhuetas em negativo. Lazarus. O Cavaleiro. A jovem do macaco. A mulher do besouro. O homem do lagarto. Ela os perde de vista em poucos instantes. Até vê, fugazmente, os Genealogistas, primeiro o homem e depois a mulher, que se buscam mutuamente no nevoeiro sem poder se chamar. Parecem todos perdidos pelos limbos que levam a lugar nenhum. Queria abundância, procuravam a verdade absoluta, e ei-los abandonados a si mesmos, vagando em absurdo.

Por mais que persevere, Ophélie não vê Thorn entre eles. Começa a ser tomada por um medo tão desencarnado quanto ela. O cachecol se contrai em várias voltas ao redor de si e, no mesmo movimento, o aerargírio a aperta com cada vez mais força, engole os últimos restos da paisagem, apaga até as sandálias.

E se estivesse condenada a nunca encontrar Thorn? Se estivesse condenada a nunca encontrar nada?

Uma silhueta aparece de repente através da bruma e se dirige a Ophélie sem a menor hesitação. Conforme a distância diminui, a silhueta fica mais precisa. Costas? O indivíduo que vem até ela anda para trás. Titubeia, torce os joelhos, dobra e desdobra os braços. Sua aparência não para de flutuar e se remexer. Quando enfim dá meia-volta, revela-se uma moça pequena de cachos bagunçados, óculos retangulares e cachecol tricolor.

O eco de Ophélie.

Está tão próximo que quase a toca. As cores, a princípio fiéis às dela antes de ser aspirada pela Cornucópia, pouco a pouco refletem as de agora. De rosa, a pele se torna azinhavre; de castanhos, os cabelos ficam loiros. O eco é tão parecido! A única diferença é que o cachecol dele não parece animado. Também está mastigando alguma coisa.

— Quem é eu.

Ele pronuncia as palavras entre duas mastigações, em uma voz quase inumana; a voz de Ophélie, apesar de tudo. Como consegue falar? Ele espera, impassível. O que quer de Ophélie? O que sente em relação a ela? O que ela sente por ele? Ela queria mais do que tudo poder perguntar onde está Thorn.

Ophélie avança. O eco se esquiva. Quanto mais ela tenta se aproximar, mais ele se afasta pelo aerargírio. Está fugindo? Naquele reino de ecos, ela é provavelmente a única pessoa que tem um guia e não tem a menor intenção de deixá-lo escapar. Anda cada vez mais rápido para não perder de vista a imagem absurda do próprio corpo que se contorce para correr de ré.

Ao fim de um pega-pega interminável, Ophélie sai do aerargírio. Trocou o mundo pálido por uma explosão de cores. Um oceano vermelho se espalha até se perder de vista sob um céu alaranjado. Ela contempla a praia de areia azul onde os pés se afundam. Não é a única que está em negativo, a paisagem inteira também está. Por quê? Não tem oceano em Babel, mas aquilo parece mais verdadeiro do que o Observatório dos Desvios, deixado em estado enevoado atrás dela.

— Quem é eu.

O eco se equilibra na superfície móvel da água. Ele continua a mastigar, como se tivesse na boca uma bala que não derrete. Com o dedo, aponta para uma ilha ao longe, de vegetação violeta. A distância que separa Ophélie da outra margem diminui no mesmo instante até não haver mais distância alguma. Está sobre a ilha, subindo uma trilha, mergulhada na sombra luminosa das árvores. O eco continua a andar de ré na frente dela, como se fosse mesmo uma simples brincadeira. Nada ali é normal, nem as cores inverossímeis, nem os cheiros abstratos, nem os barulhos líquidos, mas Ophélie tem certeza de já ter estado ali. A convicção aumenta quando ela chega a construções majestosas de vidro e aço no meio da selva. Viveu entre aquelas paredes. Se o coração tivesse conservado a lógica orgânica, estaria batendo cada vez mais rápido. Ela tem medo; medo de esperar. É vez do eco segui-la à distância, enquanto ela toma a iniciativa da visita e sobe uma escada. Caiu ali mesmo, lembra, pisando no degrau. Era o primeiro dia.

Ela abre a porta de um semicírculo universitário. Uma centena de aprendizes de uniforme amarelo estão sentados nas arquibancadas, curvados sobre os cadernos, rabiscando freneticamente com as canetas no papel. Estão todos em negativo, como Ophélie, mas nenhum deles presta atenção a ela. Parecem à mercê de um tormento indescritível, rasgando as páginas antes de começar o trabalho do zero. Considerando as bolas de papel que cobrem o chão inteiro, aquele circo já dura um tempo.

Ophélie abre uma folha ao acaso. A tinta branca no papel preto forma rabiscos sem pé nem cabeça: até ela, que se tornou inteiramente analfabeta, vê que não são palavras. Para aqueles jovens, que aspiram todos à integração à elite, não saber falar, ler, nem escrever deve ser um verdadeiro pesadelo.

Ela cai na gargalhada. A voz deformada ressoa caótica pelo anfiteatro, atraindo os olhares furiosos dos aprendizes que desconcentra. Nunca rira tanto na vida. É um transbordamento de alegria em estado puro. Queria tanto declarar, a todos eles, como estão vivos!

A Boa Família não caíra no vazio.

Ophélie sai do anfiteatro, segue pelos corredores e pula por cima dos bancos. O eco tenta segui-la a passos desarticulados, mas ela não pode desacelerar, impulsionada pelo poder da consciência, liberada de um peso que a esmaga faz tempo.

Nunca houve desmoronamento.

Cruza com alunos e professores que perambulam pelo estabelecimento. Todos parecem perdidos, entrando e saindo pelas portas, indo e vindo pelas paredes e pelos tetos, fugindo dos olhares alheios.

Ophélie quer dançar com todos eles. Ela se joga em um passeio entre colunas do qual pode contemplar o oceano vermelho, as ilhas vizinhas e, ao longe, afogado em névoa, um continente coberto de construções. Onde quer que olhe, a terra e a água desenham uma linha do horizonte ininterrupta.

O Rasgo nunca aconteceu, pelo menos não da forma como é contado. O velho mundo não se estilhaçou. Ele ficou intacto esse tempo todo, como a Boa Família, escondido atrás do vazio, atrás dos sonhos de Ophélie. Atrás atrás.

Ele virou sobre si mesmo. Ele se inverteu.

O mar de nuvens? Continentes inteiros em aerargírio! Uma formidável concentração de aerargírio.

Ophélie para de repente. No meio do passeio, frente a um jornaleiro, sob uma longa franja branca, quase não reconheceu Octavio.

Octavio... Ela queria poder dizer o nome em voz alta para se persuadir de que ele está mesmo ali, que nunca deixou de estar. O amigo está tão concentrado no jornaleiro que não presta atenção. Abaixa a alavanca, recupera um exemplar, o rasga, o joga no lixo, abaixa a alavanca de novo, recupera outro exemplar, o rasga, o joga no lixo, e recomeça sem que o jornaleiro se esvazie.

Ophélie segura o ombro dele para interrompê-lo. Ela quase não o sente através da luva, como se estivesse muito longe, apesar da proximidade. Octavio lhe dirige olhos não mais vermelhos, mas turquesas, projetando a sombra dos poderes como dois feixes de fumaça. Espera que ele esteja tão feliz quanto ela, mas o rosto do jovem só expressa dor. Ele oferece um jornal, numa súplica silenciosa para que o ajude a destruí-los, e volta à tarefa, tão absorto que logo esquece Ophélie. Não tem nada impresso no jornal. Não é o conteúdo que importa, mas o que representam: as mentiras de Babel.

Toda a euforia de Ophélie se desfaz.

Octavio e os outros estão vivos, sim, mas a que custo? Foram presos nas armadilhas das próprias obsessões, condenados a repetir em ciclo os mesmos rituais, ignorantes do que de fato aconteceu. Será que ela terá o mesmo destino se demorar ali? Lembrou-se da culpa intolerável que sentiu quando o dirigível entrou no vazio entre as arcas. Sabe agora o porquê: a terra do velho mundo continua ali, no verso da trama espacial. Mesmo que Ophélie tenha sido invertida também, percebe que a própria presença ali é uma aberração.

Seconde sabia. Seconde via.

Por isso mostrou todos os retratos patéticos de Octavio. Não só decifra os ecos antecipados: quer impedi-los. Ela sempre esperou que Ophélie salvasse o irmão daquele lugar – daquele Reverso.

Como? Ophélie não conseguiu encontrar Thorn e não sabe como se salvar. Ela perscruta o passeio de um lado ao outro, em busca do eco, que serviu de guia até ali. Acabou por perdê-lo, também?

Um eco. Repara que conhece um pessoalmente, ali mesmo, na Boa Família.

Dirige um último olhar a Octavio, que joga incessantemente um jornal após o outro no lixo. Ela o abandona, lamentando. Corta caminho pela selva de um jardim onde encontra passarinhos mudos e marsupiais apáticos. Enfia-se em um prédio administrativo e sobe os degraus de mármore. Não sabe se é ela que corre ou a arquitetura que a transporta.

Cruza a porta do escritório da direção.

Hélène é um eco encarnado, como todos os espíritos familiares, mas é também a mais inteligente entre os irmãos. Se alguém pode ajudar Ophélie a desvendar os mistérios do Reverso, é ela. As lâmpadas pretas mal atenuam a penumbra atordoante que reina no escritório. Está deserto. Ophélie fora convocada várias vezes à sala da diretora quando era aprendiz de virtuose; a gigante quase nunca deixava o posto; deveria estar ali.

Ela tropeça em um carrinho e ouve um barulho úmido sob as sandálias. Pisou em vidro. Ao se curvar, reconhece as lentes do aparelho ótico. Quanto ao carrinho em que esbarrou, na verdade é uma anágua de rodinhas sobre a qual está costurado um vestido enorme. O espartilho pende frouxo da estrutura de sustento. Ophélie fica horrorizada. Abre a vitrine da biblioteca onde fica exposto o Livro de Hélène. Nas páginas de carne, a bela escrita de Eulalie Deos se transformou em rasura. Não há língua coerente no Reverso. Ao perder o código, Hélène voltou ao estado original. Sem forma. Tudo que resta é um vestido vazio.

— Quem é eu.

O eco está sentado na cadeira de Hélène, grande demais para ele. Ophélie sente um estranhamento ao ver uma expressão provocadora no próprio rosto. Ele continua a mastigar a bala, impertinente. Assim que ela esboça um gesto, ele foge com um pulo. Ophélie tem a impressão curiosa de que o eco quer ao mesmo tempo ajudá-la e lhe dar trabalho.

O espaço deforma-se ao redor deles como massinha de modelar. Estão agora entre dois céus, um que se desdobra acima das cabeças e outro que se reflete sob os pés. Ela leva alguns instantes para entender que estão sobre a gigantesca cúpula de vidro do Memorial de Babel, no ponto culminante. A vista é vertiginosa. A Boa Família é um simples rastro de terra ao longe; o prédio do escritório de Hélène nem é visível. Ophélie tem uma vista panorâmica do oceano e do porto, da antiga e da nova Babel, das arcas no lugar e dos bairros ao contrário. Sente que observa uma foto mal revelada. Aqui, a paisagem é enevoada e incompleta; ali, é multicolorida e misturada; não é harmoniosa em lugar nenhum.

O que mais a choca são os navios que não via da Boa Família. São inúmeros, todos parados na água, paralisados no tempo e espaço. Uma frota de guerra com séculos de idade, precipitada no Reverso antes de chegar às margens de Babel.

Ophélie ergue a cabeça para o sol que escurece o céu. A luz preta se derrama nos óculos, projeta uma claridade paradoxal em todos os pensamentos, mesmo que não seja capaz de expressá-los em voz alta. Ela está tomada por um entendimento que não precisa de palavras.

O Anverso e o Reverso são dois lados de uma balança.

Cada vez que matéria se inverte de um lado, uma contrapartida se inverte do outro. Para cada matéria transformada em aerargírio, aerargírio se encarna em matéria, e para cada eco encarnado no mundo anverso, o Reverso precisa de uma contrapartida. Uma contrapartida de equivalência simbólica. Eulalie Deos criou uma geração de semideuses a partir de um simples manuscrito, mas na verdade era só o primeiro ato da peça. Naquele dia, ela firmou contrato com o mundo reverso. Anos mais tarde, quando os espíritos familiares cresceram, Eulalie Deos esteve quase no exato lugar onde Ophélie se encontra. Ela viu a guerra voltar a Babel. Era a gota d'água; decidiu honrar o contrato. Jogou no Reverso todas as forças armadas, zonas de conflito, nações incapazes de manter a paz. Sacrificou metade do mundo para salvar o resto. Quantos inocentes, soldados alistados à força, civis presos em batalhas foram invertidos assim sem que ninguém lhes explicasse como e por quê? Como Eulalie conseguira provocar uma inversão de tal amplitude, sem recorrer à Cornucópia? Para enviar tamanha quantidade de matéria ao Reverso, fora preciso extrair uma nova contrapartida, de equivalência simbólica, de poder suficiente para manter o equilíbrio. Não?

Ophélie sente o cachecol se arrepiar. Ela dá as costas ao oceano e à frota de navios fantasmas para ver seu eco erguer um bloco de mármore nos braços esticados.

Pronto para atacá-la.

(SESETNÊRAP)

Thorn caminha na névoa. Aerargírio, ao que tudo indica. Tudo é branco, e a brancura o incomoda (branco, inverno, neve, Polo). Não há nada a calcular ali, nada de distância entre objetos, nada de tempo. O relógio parou (branco, papel, intendência, Polo). Ele não gosta do vazio que se incrusta nos poros da pele, azinhavre demais, e se propaga dentro de seu cérebro na forma de associações descontroladas (branco, Livro, Farouk, Polo). Também não gosta da inversão na simetria do corpo que perturbou a organização das 56 cicatrizes dele. Gosta menos ainda da sombra arrepiada de garras que gruda em si como um espinheiro e lembra a cada gesto a feiura de seu poder familiar.

Thorn acelera o passo através do aerargírio sem se preocupar em entender como ainda consegue andar. Ele não tem armadura nem bengala, e a perna adota a cada passo ângulos inteiramente ilógicos. Não sente dor, mas isso não o alegra em nada (branco, amnésia, mãe, Polo). As dissonâncias ósseas, as inflamações articulares, as enxaquecas mnésicas, todas essas informações orgânicas constituíam contornos desaparecidos junto da paisagem. Sem estes contornos, sua memória transborda como líquido (branco, esmalte, sorriso).

Não.

Thorn recusa categoricamente que aquela lembrança, ainda mais do que todas as outras, se imponha a ele. Recusa a porta em frente à qual esperou 3 horas, 27 minutos e 19 segundos, sem que nunca fosse aberta. Recusa o buraco de fechadura bem à altura de seu olho, antes que seu esqueleto desse um estirão desenfreado. Recusa a risada da mãe que derrama elogios no novo embaixador de Farouk, mal saído da infância, que ela já convida para jantar. Recusa aquele garoto que não é ele e tem tudo que ele nunca terá: uma origem respeitável, um destino planejado, uma beleza marcada em cada milímetro da pele e o sorriso da mãe. Acima de tudo, grudado naquele vergonhoso buraco de fechadura, recusa a solidão que surpreende no olhar de Archibald à luz dos lustres, idêntica à que ele próprio sente na penumbra da antessala.

Branco. Thorn aperta o passo, mergulhando cada vez mais fundo no aerargírio e em sua falta de contorno. Não sabe onde está nem aonde vai, mas continuará a andar até encontrar a última porta que não lhe foi fechada e atrás da qual esperou de verdade.

A porta de Ophélie.

Em mais um transbordamento (porta, quarto, Eulalie Deos, Rasgo), a memória de Thorn carrega sua mente para trás, de modo inversamente proporcional ao movimento produzido por suas pernas. Quanto mais avança no branco, mais recua no tempo, pelo passado de Farouk que sua mãe lhe injetou à força.

No princípio, éramos um.

Mas Deus não nos achava suficientes para satisfazê-lo, então Ele começou a nos dividir. Deus se divertia muito conosco, mas logo se cansava e nos esquecia. Deus podia ser tão cruel e indiferente que me apavorava. Deus também sabia ser carinhoso e eu o amei como nunca amei ninguém.

Acho que todos poderíamos ter vivido felizes, de certa forma, Deus, eu e os outros, sem este livro maldito. Ele me enojava. Eu conhecia o vínculo que me ligava a ele da forma mais repugnante, mas esse horror só veio depois, muito depois. Eu não entendi na época, era ignorante demais.

Eu amava Deus, sim, mas detestava esse livro que ele abria para dizer sim e não. Deus, por sua vez, se divertia demais. Quando Deus ficava contente, ele escrevia. Quando Deus ficava com raiva, ele escrevia. E um dia, quando Deus estava em um péssimo humor, ele fez uma besteira enorme.

Deus quebrou o mundo em pedaços.

Thorn revê, em uma cena mental que já viu mil vezes, a porta que Eulalie Deos bateu atrás de si no dia do Rasgo. Ela se trancou no quarto. Proibiu que a seguissem. Farouk, cuja mão trêmula Thorn visualizava ao redor da maçaneta como se fosse a própria, acabou por desobedecê-la. Ele abriu; ele entrou; ele olhou. Metade do quarto desapareceu.

Thorn anda cada vez mais rápido no branco, torcendo e retorcendo a perna, preso no ciclo daquela lembrança incompleta. Não são só as garras que saem de sua sombra, mas um imbróglio de raízes e galhos correspondentes às ramificações internas de sua memória.

Eulalie estava lá, diante de um espelho suspenso no ar, na parte do chão ainda intacta. (*Guarde seus encantos.*) Por que, então, Farouk se sentira tão abandonado? (*Resguarde seus prantos.*) Por que sentiu o mesmo que Thorn frente à fechadura? (*Deus fora punido.*) Por que Eulalie decidira arrancar a página do Livro, de amputar sua memória, de condenar à amnésia os espíritos familiares e, por conseguinte, toda sua descendência? (*Naquele dia, entendi que Deus não era todo-poderoso.*) Qual é o sentido daquele espelho suspenso no meio do quarto, entre chão e céu? (*Nunca mais o vi.*)

Thorn para no meio do branco e da lembrança, operando um congelamento abrupto da imagem. Do batente da porta, paralisado, Farouk encara as costas de Eulalie Deos, que está à beira do vazio, frente ao espelho suspenso, o longo vestido e os cabelos grossos inflados pelo vento. Ela demonstra menos interesse no apocalipse que desestruturou o mundo do que no espelho. Thorn contempla incrédulo a fotografia mental que a própria memória projeta nas paredes do crânio, através dos globos oculares de Farouk, por cima do ombro de Eulalie Deos. Um reflexo se sobrepõe ao dela brevemente, fugaz como um relâmpago: Ophélie

(Ophélie com os óculos quebrados (Ophélie com a toga ensanguentada (Ophélie mortalmente ferida))).

Um eco antecipado. Thorn acaba de ver o futuro dentro de uma lembrança de séculos antes. O que viu é inaceitável.

Girando 360 graus, ele perscruta o aerargírio a seu redor, em busca de uma saída. Onde quer que esteja, se conseguiu entrar, é matematicamente possível sair. Mesmo que não seja, ele precisa. E forçará todas as portas de todas as arcas e mais que isso, até.

Olha com mais atenção para o que enfim lembra contornos atrás de uma boa espessura de névoa. Ora. Thorn procurava uma porta; acaba de encontrar um poço. É uma construção antiga, a julgar pelo estado deplorável da argamassa e pela proliferação de musgo entre as pedras. Não há água corrente, nem polia, mas Thorn nunca consideraria beber uma água que estivesse em contato com tudo de anti-higiênico que a natureza pudesse produzir. O cheiro que o poço emana é indescritível. Se não fosse o único objeto ali, teria desistido de se aproximar.

Ele se curva por cima da borda, tomando muito cuidado para não encostar. A penumbra que reina lá dentro é paradoxalmente clara, quase ofuscante, e a luz não poupa detalhe algum: cogumelos, miasmas, vermes.

E, lá no fundo, uma menininha.

Está imersa até a cintura na água (é só água?) e sua pele, seus cabelos, seus olhos são tão escuros que Thorn não discerne os traços do rosto que ela ergue. Ela não diz nada. Naquele escuro todo, só se destacam os cílios, de uma brancura anormal, que desenham dois olhos arregalados. Thorn nunca viu aquela criança, mas a reconhece sem hesitação. É a filha de Berenilde.

Ao vê-la, antes mesmo de se perguntar como ela fora parar em um lugar tão improvável, quase nove metros abaixo do chão, naquela parte supostamente inexistente do universo, Thorn é tomado por um sentimento de ódio puro que o surpreende profundamente. Ele não tinha notado a que ponto se esforçara para negar a existência dessa prima que, apenas por vir ao mundo, o fez deixar de ser indispensável para a tia; a que ponto sentiu raiva de Berenilde por não se satisfazer com ele; a que ponto repreendeu a si mesmo por não ser capaz de satisfazer o coração de mãe alguma; a que ponto, enfim, se mostrou exigente com Ophélie por consequência, arriscando arrastá-la ao fundo de seu próprio poço. Agora que cruza o olhar arregalado da prima, ele em cima, ela embaixo, percebe a extensão da própria estupidez.

Precisa correr antes que o futuro revelado pelo eco antecipado do espelho do Memorial se torne passado.

Thorn passa por cima da beirada com movimentos amplos e atrapalhados. Não é porque não sente mais dor que seus ossos não quebrarão em caso de queda. Ele se apoia nas paredes do poço (um metro e vinte e quatro de diâmetro), enfiando as botas e as unhas nos defeitos da argamassa, derrapando no musgo. Cada toque parece abstrato, como se estivesse vestindo um escafandro invisível; mas, quanto mais profundamente desce, mais forte é a repugnância. Várias vezes, a perna ruim o trai e quase o desequilibra. Ele se proíbe de pensar no trajeto inverso.

Chegando lá embaixo, afunda até os joelhos em uma gosma que definitivamente não é água. A sombra espinhenta, expondo o poder vergonhoso das garras, com certeza não contribui para que sua aparência seja mais agradável: sua prima se grudou contra a parede. Lá está ela, sua grande rival (oitenta e nove centímetros). Thorn vê melhor seu rosto, mesmo que isso o obrigue a curvar as costas. Apesar da escuridão da epiderme, é inegável que a morfologia de Berenilde está ali; espera que ela não tenha o quociente intelectual de Farouk. Os olhos que a menina lhe dirige estão abertíssimos.

Como falar com uma criança daquela idade e ser entendido? De repente, Thorn se torna consciente de não ser capaz de fazê-lo, independentemente do desconforto que ela inspira. Ele, que nunca esquece nada, não consegue produzir nenhuma sequência coerente de palavras, seja no plano semântico, seja no sintático. O que diria, de qualquer forma? Que, mesmo que o atrase, além de deixá-lo devastado, não consegue decidir abandoná-la no poço?

Ele pensa em Ophélie, no sangue. Rápido.

Thorn, que jurara a si mesmo que nunca adaptaria o próprio tamanho em benefício alheio, se ajoelha na gosma. Estende os braços. A claridade ofuscante do poço destaca o contraste das cicatrizes; deveria ter abotoado as mangas, porque crianças se impressionam fácil. Ele pega a prima, que não se debate, o que é surpreendente, mas preferível. As garras se arrepiam ao redor dele em resposta ao simples contato, e arrancá-la daquela gosma não é fácil. Thorn é pego de surpresa pelo peso da menina – a falta dele, na verdade. O que mais o choca, além de tudo que esperara, é a impulsividade com que ela se agarra ao corpo dele, como se, apesar das garras hostis e dos gestos bruscos, sua presença naquele poço fosse a coisa mais reconfortante do mundo.

Thorn tem a impressão irracional de que essa ausência de peso contra si se propaga por suas costelas, se comunica através de tudo que ele é e o liberta de um fardo que não sabia carregar.

Quer encontrar Ophélie, mas primeiro precisa devolver a filha de Berenilde.

Assim que Thorn é atravessado por essa impressão, o espaço se deforma ao redor deles. O poço aumenta de repente até tomar o tamanho de uma sala e a gosma evapora em uma camada espessa de aerargírio. Silhuetas se agitam a passos nervosos sem reparar em Thorn e na criança que segura desconfortavelmente no colo. As vozes e cores estão abafadas. Elas lembrariam fantasmas se não estivesse convencido de ser, ele mesmo, um. Qualquer que seja a sala, entende que estão todos na mesma página do tempo, no recto, Thorn no verso, a prima entre os dois, como uma manchinha de tinta que o papel absorvera, mas não o atravessara por inteiro.

O aerargírio engole todo o ambiente, exceto por um grande carrinho de bebê onde descansa outra menina. Ela é branca da cabeça aos pés.

Thorn tinha certeza. O que pescou, no poço, é uma projeção mental. A prima de verdade, o corpo físico, ficou no recto do mundo. Ele contempla com um olhar vidrado a capota do carrinho aberta por cima dela e, considerando a magreza, a menina não deve pesar muito mais do que a sombra que se segura com cada vez mais força a Thorn. Ela não se reconhece? Seria fácil, para não dizer prático, deixá-la no carrinho para obrigá-la a reintegrar o corpo.

Thorn observa as silhuetas fluidas que vão e vêm ao redor deles até localizar a única que se mantém imóvel, ereta dentro do vestido, suficientemente próxima do carrinho para ficar de olho. A névoa não permite que veja o rosto, mas ele não precisa disso. Mostra a silhueta à prima, que de imediato arregala os cílios brancos. Se não reconhece o próprio corpo, pelo menos reconhecerá a própria mãe. Thorn a sente tremer, prestes a se jogar, mas, contra qualquer espera e instinto, ela olha para ele uma última vez. Para ele. Thorn não é nada sensível ao olho humano (aquele órgão externo que produz impunemente remelas, lágrimas e cílios), mas aqueles olhos, pretos e profundos como a noite, parecem detectar algo que ele sempre fora incapaz de ver.

No instante seguinte, a prima desaparece de seus braços como uma bolha de sabão. Não há mais carrinho, nem tia, nem sala, nem nada. Nada além de um espelho que devolve a Thorn uma imagem que ele consegue, pela primeira vez na vida, achar aceitável. A sombra de seu poder familiar conteve todas as garras. Ele tem a certeza imediata, atordoante, de que não precisará mais se render à ditadura delas, porque uma menina ofereceu, a ele, o que um ser pode sentir de mais absoluto. Porque uma outra menina o jogou numa gaiola.

Seconde não se vingou dele. Ela garantiu que ele estivesse no lugar certo, na hora certa. Curou o homem que a machucou.

Thorn contempla os braços vazios, mas cheios de nova força. Braços capazes do impossível. Mais que isso, até.

Ele agora precisa alcançar um eco antecipado.

A CONTRAPARTIDA

No Reverso, todas as percepções são deformadas. As cores, os barulhos, os cheiros, o espaço e o tempo respondem a uma lógica própria. Enquanto seu eco está prestes a atacá-la com um pedaço de mármore, Ophélie se pergunta se será tão desagradável quanto parece. Pergunta-se, ao mesmo tempo, onde ele arranjou aquele mármore no meio de uma cúpula composta exclusivamente de vidro. Ela se pergunta, finalmente, por que ele quer matá-la depois de ter salvado sua vida.

— Quem é eu.

O rosto do eco, um reflexo perfeito do seu, se tornou interrogador sob os óculos, como se esperasse um sinal para decidir se deve quebrar a cabeça dela. Não parou de mastigar por um instante.

Não há sinal. Entretanto, saído do nada, um adolescente magrelo tira com delicadeza o mármore das mãos do eco. Quando ele o deixa cair, o mármore atravessa a cúpula sem quebrar o vidro. Tendo feito isso, o adolescente se inclina para cumprimentar Ophélie e o eco, ambos confusos. A descoloração da pele, de seus olhos e de seus cabelos não têm nada de natural; assim como sua presença no alto do Memorial, além disso.

É Ambroise. Um Ambroise de cores invertidas, sem cadeira de rodas nem deficiência. O Ambroise da urna funerária do columbário.

O primeiro Ambroise.

Os cílios pálidos e compridos cobrem um olhar lúcido; ele não tem a expressão perdida das outras pessoas no Reverso. Acena com o turbante para o eco, como se agradecesse por ter trazido Ophélie, e vira o sorriso para ela. É a mesma doçura de modos, a mesma curiosidade nos olhos. Está aliviada por não poder falar, pois assim ele não saberá nada do sofrimento que causa nela por tal semelhança, nem que só existirá para ela um único Ambroise de verdade. O adolescente à frente é um desconhecido que, ainda por cima, tem quarenta anos a mais do que parece.

Ele fora amigo de Lazarus. Só pode, então, ser inimigo de Ophélie. Ela se retrai até o cachecol ao vê-lo erguer os punhos, mas ele se contenta em levantar os polegares, em um sinal afirmativo brincalhão. Só então o reconhece. Ele é a Sombra. Foi quem ela viu na beira de Babel, quem a guiou à fábrica de autômatos, quem a seguiu no columbário, quem a visitou na capela.

Ambroise I aponta para Ophélie e o eco, faz a mímica de um aperto de mãos conciliatório e os convida, com um gesto alegre, a segui-lo, como se o incidente estivesse resolvido. A estrutura de vidro toma então a consistência de água sob as sandálias de Ophélie. Ela escorrega para o outro lado, como o mármore, mas não chega a sentir uma queda. Os três começam a descer uma escada que penetra o Memorial; uma que na teoria não existe há séculos.

Ambroise I abre caminho a passinhos animados. Para um indivíduo que ficou preso quarenta anos no mundo contrário, está estranhamente relaxado. Ophélie não sabe se pode confiar nele, mas reconhece que é a Sombra e, no momento, isso basta. Ele conseguiu se comunicar com ela a partir do Reverso, várias vezes: provou que a fronteira entre os mundos é permeável. Talvez possa levá-los para o outro lado, ela e Thorn?

Ophélie não contém olhadelas nervosas por cima do ombro para confirmar que o eco, que anda de ré atrás dela, mastigando em silêncio, não tem mais intenção de quebrar sua cabeça. Ela não entende que bicho o mordeu naquela cúpula, mas não consegue escapar de uma sensação de *déjà-vu*.

Nos arredores, a arquitetura do Memorial é ainda mais louca do que no resto do Reverso. Metade do prédio é escondida por vapores de aerargírio atrás dos quais Ophélie identifica as milhares de estantes, transcendiuns e salas inversas que dão voltas nos andares ao redor do átrio. O outro lado do Memorial, em negativo, é desconhecido. São só tábuas velhas, quartos invadidos por vegetação e salas de aula desertas. Foi ali que os espíritos familiares cresceram.

Ela se demora frente a uma janela sem vidro. Claro. Depois do Rasgo, parte da torre fora reconstruída sobre o vazio, pois os arquitetos da época acreditavam que tinha desmoronado com o resto da ilha e do oceano. Eles não sabiam que continuava ali, invertida. Ophélie lembra que nunca se sentiu confortável ao consultar as estantes daquela seção, um desconforto que atribuía ao precipício sob aquela parte das fundações. Entende, então, que na verdade era causado pela coexistência dos dois espaços.

Ambroise I se dirige aonde os espaços são ainda mais sobrepostos: ao coração do prédio. De um lado, o globo suspenso do Secretarium, onde gravita um segundo globo, dentro do qual foi emparedada a sala secreta de Eulalie Deos. Do outro lado, um emaranhado de antigas escadas espiraladas. As duas dimensões se misturam tão bem que as paredes dos globos e os degraus da escada são transparentes como papel vegetal.

Em certos pontos, Ophélie vê sob os pés um chão que se situa duzentos metros abaixo. Ela vê até pessoas no átrio, minúsculas como cabecinhas de prego no meio do nevoeiro. Seria a grande reunião interfamiliar que acontece agora no Anverso, em outro plano de existência?

Ambroise I para em meio a uma reverência. Sem transição lógica de arquitetura, Ophélie vê que eles chegaram à sala de Eulalie Deos. Ela se decepciona. Esperava encontrar Thorn, por um extraordinário golpe do destino, mas não há ninguém. Metade da sala está imersa em uma mistura quase aquática de névoa e teias de aranha. A outra metade é um contraste espetacular: móveis encerados, papel de parede florido e todas as posses de Eulalie Deos, inclusive a máquina de escrever, intactas no Reverso.

Entre as metades, equilibrado na junção dos dois mundos, o espelho suspenso. Quando estava no Anverso, Ophélie o atravessara duas vezes por acidente. Ela vê enfim a parede, invertida junto ao velho mundo, à qual ele nunca deixou de estar pregado. Mais do que uma parede, é uma baia de separação entre o quarto de dormir e o escritório de Eulalie Deos. Quantas horas ela passou sentada ali, conversando com o Outro, literalmente reconstruindo o mundo juntos? Ophélie quase sente a impressão de reviver aquelas horas, como se duas memórias se sobrepusessem, de maneira similar às metades do Memorial.

Enquanto isso, não avançou mais. Ela se vira para o eco, que se diverte tamborilando ao acaso na máquina de escrever, cujas letras sumiram das teclas, e depois para Ambroise I, que aguarda, passivo, em outro canto do cômodo. Era isso que queria mostrar? Uma sala vazia?

Ele aponta o espelho, com um sorriso insistente.

Ophélie se aproxima. Se olha. Se apavora.

Aceitou a ideia de que o Reverso é regido por leis singulares, mais simbólicas do que científicas, mas ver seu reflexo – seu reflexo *autêntico* – lhe causa um choque horrível. Aquela pessoa, no espelho, não tem nada em comum com ela. Não tem seus traços, suas medidas, seus olhos, ou seus cabelos. Entretanto, é a peça que faltava no quebra-cabeça.

Isso explica tudo. Explica absolutamente tudo. Ophélie sabe quem é o Outro, sabe qual foi a contrapartida de inverter o velho mundo, sabe o papel que aquele espelho cumpriu na história e ainda cumprirá. Sabe também por que precisava entrar naquele dirigível de qualquer maneira, com os expulsos de Babel, sem o qual o curso da história teria mudado para sempre.

Ela corre até Ambroise I, mostra o espelho, a porta, o chão e o teto, tenta fazê-lo entender, com gestos amplos, que ele agora precisa ajudá-la a encontrar Thorn, porque precisam fazer algo muito importante lá fora, atrás atrás, juntos!

O velho adolescente envolve suas mãos nas dele para conter sua impetuosidade. Os dentes pretos brilham no sorriso, mas algo no fundo de seu olhar, muito mais experiente que o dela, a incita a se acalmar. A jovem percebe que ele também tem algo de muito importante a transmitir, há muito tempo; antes mesmo do primeiro encontro na beira da arca. Ophélie talvez não tivesse consciência da existência dele, mas ele sabia da sua, mesmo que precisasse esperar a interpenetração dos mundos para aparecer. E explica tudo sem pronunciar uma palavra, só com os olhos.

Ele gira com delicadeza as mãos dela, palma direita para cima, palma esquerda para baixo. Em seguida, em movimento contrário, as vira de novo, palma direita para baixo, palma esquerda para cima. Outra vez, para cima, para baixo, para baixo, para cima, cada vez mais rápido. O eco reproduz os gestos, desarticulando os cotovelos, como se fosse um jogo cujas regras ele não entende.

Ophélie, por sua vez, teme entendê-las.

O cachecol sobressalta-se nos ombros. Um relâmpago cruzou a atmosfera, como se o raio caísse mudo no coração do Memorial. Em um piscar de olhos, metade da sala desapareceu e reapareceu, como se tentasse se juntar à outra metade no mundo Anverso. Ophélie interroga Ambroise I em silêncio e ele aquiesce, confirmando seu medo.

A jovem pensa de repente naquela terra desconhecida onde o dirigível naufragou, na vila sem escrita, nos cidadãos mudos, separados da civilização há séculos, até esquecer o próprio conceito de linguagem. Eles vêm do velho mundo. Eles são o velho mundo. Se arcas estão se invertendo hoje, é porque o velho mundo também se reverte.

Ophélie contempla as mãos ainda suspensas, envolvidas pela sombra do animismo. Palma para cima, palma para baixo.

O equilíbrio entre Reverso e Anverso fora fragilizado por Eulalie Deos quando ela inverteu metade do velho mundo, mas foi Ophélie que lhe dera o golpe de misericórdia, na noite da primeira passagem pelo espelho, ajudando uma criatura a fugir do

Reverso sem oferecer uma contrapartida de equivalência simbólica. No início, o desequilíbrio passara despercebido. Provavelmente uma simples pedrinha invertida aqui, uma graminha revertida lá. No presente — e ela muda a orientação das mãos para ilustrar —, são países inteiros em permuta. Cada vez mais terras e populações serão jogadas no Reverso enquanto outras serão devolvidas ao Anverso, todas submetidas aos caprichos de uma balança desregulada cujos movimentos de amplitude se dão de maneira cada vez mais veloz e aleatória. Uma reação em cadeia que acabará quebrando o próprio equilíbrio e, com isso, tudo que ainda existe.

Ophélie não tem tempo, nem escolha. Precisa voltar ao outro lado e precisa voltar agora, sozinha, mesmo que tenha de retornar para buscar Thorn depois. Se não o fizer, ele estará perdido de qualquer jeito, onde quer que se encontre. Estarão todos perdidos.

Como? Do que adianta saber isso tudo se não puder mudar nada?

Ela ergue o olhar das mãos para questionar Ambroise I em silêncio, que responde em negação. Nunca tivera intenção de tirá-la do Reverso, porque ele mesmo não consegue sair. Em vez disso, aponta para o eco, que roubou um pente velho de uma prateleira.

Ophélie não entende.

Ambroise I faz outra mímica de aperto de mãos e reconciliação. No instante seguinte, com um último sorriso, desaparece. Vai-se como chegou. Talvez se junte a Lazarus no limbo do aerargírio.

Ela se vira para o eco, que tenta pentear, sem muito sucesso, os cachos emaranhados. Será ele a chave de saída? Ambroise I está certo. Há um conflito não resolvido e agora ela lembra o que é. Aquele mármore com que o eco a ameaçou é o que Ophélie quase usou para atacá-lo, quando ele ainda era uma simples voz em um papagaio mecânico.

O eco sem dúvida sente sua atenção, pois devolve o pente à prateleira e, erguendo o queixo, a desafia a se aproximar. Ele mastiga mais rápido.

Para cada passo que Ophélie der, ele se afastará. Portanto, ela não se move. Olha-o bem de frente, bem nos óculos, através da distância que os separa. A imobilidade dura uma eternidade, mas, apesar da pressa, Ophélie se abstém de rompê-la. Quanto mais observa seu duplo, tão familiar e tão estranho, mais entende o que eles são mesmo, um para o outro. Duas entidades separadas que a princípio eram só uma.

O eco e a passa-espelhos que ela deixou de ser.

— Quem é eu.

Ophélie não sabe como ele fala, sendo que ela só consegue produzir sons desarticulados. Talvez seja porque ele nasceu de uma pergunta que precisa de resposta. Muito bem. Com gestos lentos, aponta para ele, depois para si.

Você é eu.

O eco a considera, mastigando.

Ophélie reproduz o gesto, no sentido inverso. Ela, depois ele.

Eu é você.

Assim que ela responde, o eco avança enfim em sua direção, com passos todos tortos, mais confusos do que os que dava para trás. Pela primeira vez, ele para de mastigar e mostra a língua para finalmente expor o que tem na boca: uma minúscula faísca de escuridão.

A Cornucópia.

O eco aproveitou a passagem de Ophélie ao Reverso para levar a porta junto! Ele roubou a pedra angular do Observatório dos Desvios, a fonte de energia a qual permitiu que Eulalie criasse espíritos familiares e Lazarus fabricasse várias gerações de autômatos. Aquela força indomável que inverteu tantos sacrificados, começando por Thorn, está logo ali, na ponta de sua língua.

O eco engole a Cornucópia como uma pílula e, sem deixar Ophélie reagir, a segura pelo cachecol e mergulha com ela no espelho.

A sensação é atroz.

Ophélie sente-se enfiada à força em outra pele. A consciência individual de seu eco se dissolve na dela. De novo, são só um.

Ela tem a impressão contraditória de dobrar de volume, antes de ser achatada da ponta dos pés à franja do cachecol. O espaço não tem frente nem trás, condenando Ophélie à imobilidade. Está presa entre o Reverso e o Anverso. O entremeio. Um véu que impede os mundos de se misturarem e cuja trama, apesar de suas inúmeras passagens por espelhos, ela nunca atravessou; não sozinha, pelo menos. Não tem poder de criar outra Cornucópia. Como, portanto, poderá se reverter? Queria gritar por ajuda, mas sua garganta é fina como papel. Não vê nada, não ouve nada. Só está consciente do pé esquerdo, que dói horrivelmente, como se uma força invisível tentasse arrancá-lo. A dor sobe ao tornozelo e, de repente, ela entende que alguém, lá fora, está tentando tirá-la do entremeio. Ao longe, gritos abafados a alcançam. A voz da família. Ophélie quer se juntar a eles, o deseja com todas as forças, mas há uma resistência que a impede.

A contrapartida.

Para voltar ao mundo Anverso, precisa consentir em ceder ao mundo Reverso uma contrapartida simbolicamente equivalente. Se não respeitar aquela regra, só agravará o ciclo de inversões e reversões.

Negócio fechado.

Ophélie se sentiu rasgada quando, depois de um último puxão, foi expulsa do entremeio. Caiu com força em meio a uma multidão de xingamentos animados. Com os óculos tortos e o cachecol em pânico, arregalou os olhos, chocada. Encarou o rosto salpicado de sardas de sua irmã mais velha, Agathe, caída no chão com ela, agarrada à sua perna; depois sua mãe, vermelha e descabelada, agarrada à cintura de Agathe; depois seu pai, agarrado ao enorme vestido de sua mãe; depois a tia Roseline, agarrada ao pai; e por fim, agarrados à tia Roseline como elos de uma corrente imensa, seu cunhado, Charles, suas irmãzinhas, Domitille, Béatrice e Léonore, seu irmãozinho, Hector, e até seus sobrinhos, cada um agarrado a uma perna de Hector! A junção de todas aquelas mãos permitira que Ophélie voltasse ao mundo certo. Mais um par de mãos a ajuda quando seu tio-avô as estende, os bigodes erguidos sob um sorriso tal que ela nunca vira naquele rosto velho.

— Você não muda mesmo, hein? Continua empacando no espelho?

Ophélie piscou. Estava misturada, atordoada, transtornada e, além do mais, completamente desorientada. Voltara às cores naturais. Reconheceu ao seu redor o banheiro público do Memorial. Tinha saído do entremeio pelo espelho acima da pia, contra o qual batera no caminho. O que não se explicava era o que toda sua família estava fazendo naquele canto específico do mundo. Um bebê pelado berrava no que parecia ser um trocador de fralda improvisado.

Ophélie precisou de tudo que restava de presença de espírito para pegar a mão que o tio-avô ainda oferecia. Tentar, pelo menos; suas luvas, estranhamente moles, não seguravam mais nada. Um vapor prateado escapava delas. O sorriso do tio-avô caiu sob os bigodes. As exclamações alegres se transformaram em berros horrorizados no banheiro do Memorial.

Ophélie não tinha mais dedos.

— Ah, é — murmurou ela, rouca. — A contrapartida.

NOS BASTIDORES

Pronto. Ele cumprira seu papel na história. Ah, claro, não era o papel principal, mas pelo menos ajudou Ophélie a entender o que precisava entender. Ela saiu dos bastidores e o que a espera no palco, nem ele sabe agora.

O fim dos tempos – do tempo – se aproxima. Há só um eco antecipado. Ophélie, a velha e o monstro vão enfim se encontrar. O resto é uma simples folha em branco, recto verso, prestes a rasgar. Tudo e o contrário de tudo são simultaneamente possíveis.

Com certeza, entrar naquela jaula foi uma experiência das mais interessantes.

A IMPOSTURA

— Rápido, sente ela aqui! Não, aí não: aqui, na sala de leitura, na varanda, os assentos são mais confortáveis. Minha filha, você está pálida que nem uma lâmpada... Charles, vá buscar um copo d'água, de preferência potável! Bom, minha filha, vamos tirar essas luvas, talvez não seja tão horrível quanto parece... Pelo amor do trombone! Suas mãos, minha filha, coitada, suas mãos! Agathe, pare de choramingar, não vai fazer os dedos crescerem. Talvez... talvez só... tenham caído? Domitille, Béatrice e Léonore, voltem ao banheiro e procurem os dedos da sua irmã! Ah, minha filha, essas coisas só acontecem com você, né? E o que fez com seu cabelo? Eu queria tanto ter chegado antes, te proteger de todos os perigos, começando por você mesma. Por que, ai, por que você fugiu de casa, minha filha? Nem um telegrama; achei que ia morrer do aborrecimento!

Ophélie via os lábios da mãe se agitarem. Passara de um mundo sem língua a uma tempestade de palavras. Sua mãe questionava, lamentava, brigava e beijava, indo e vindo. Seu pai, mais discreto, mas menos disperso, a ajudou a beber o copo d'água, trazido por Charles, que ela não conseguia segurar sozinha. Agathe soluçava em meio aos berros do bebê, seu filho mais novo, cuja fralda Charles estava trocando quando o pé de Ophélie saíra do espelho. Já Hector, que ficara mais alto do que ela, a observava com enorme seriedade sob a franja loira-arruivada do cabelo de tigela.

— Por que você perdeu os dedos?
— Não tive escolha.
— Por que estava naquele espelho?
— É complicado.
— Por que foi embora de casa?
— Eu precisava.
— Por que não escreveu pra gente?
— Eu não podia.

Cada resposta exigia que Ophélie engolisse em seco várias vezes. Ela lembrava como falar, mas não vinha naturalmente. Hector franziu o nariz e todas suas sardas se moveram no rosto, seguindo o movimento. Havia rancor por trás de cada "por que", mas ele acabou quebrando a própria regra e, com a voz mais baixa, perguntou:

— Está doendo?

Ophélie apertou num impulso as bochechas do irmãozinho com as metades das mãos. Ela contemplou o buraco no lugar dos dedos. A pele estava toda lisa, sem ferida ou cicatriz, como se tivesse nascido assim. Não, não doía, mas era melhor dessa forma? Se tivesse sentido os ossos quebrando ou a pele sendo arrancada, talvez fosse mais fácil processar o que acontecera. Aquelas dez pontinhas, que fizeram dela a melhor *leitora* de uma geração, tinham voltado ao Reverso assim que foram reencarnados. Notou, entretanto, que sua pinta retornara ao lugar inicial, na parte de dentro do cotovelo esquerdo. Fora uma inversão perfeita de volta na passagem transitória pelo entremeio.

Domitille, Léonore e Béatrice, voltando de mãos abanando do banheiro, se jogaram em cima dela. Grandes demais para seus braços encurtados, mas ela as abraçou com força mesmo assim.

A tia Roseline estava sentada à frente. Com olhos tão apertados quanto o coque, os dentes compridos visíveis entre os lábios, a avaliava com um misto de desaprovação e compaixão. Sua pele estava mais amarela do que nunca.

— Eu ainda preferia quando você estragava as luvas.

Foi tudo, mas essas simples palavras bastaram para devolver todas as emoções a Ophélie. Ela foi submersa em alegria e tristeza de repente, e não tinha mais dedos para limpar dos cílios as lágrimas ali grudadas. O cachecol se encarregou por ela, sacudindo os óculos.

Ophélie tinha mil perguntas a fazer, mas se concentrou na mais urgente:

— Onde estão os espíritos familiares?

— Aqui, no Memorial, quase todos. Raposa foi avisar Berenilde da sua chegada — acrescentou a tia Roseline, depois de pigarrear. — Sim, eles estão aqui, mas prefiro avisar que você também os encontrará mudados. Em especial nossa pobrezinha Victoire. Ela não vai nada bem.

O tio-avô fez esforço para abrir caminho até Ophélie.

— Nossa, deixem ela respirar! Não dá pra ver que precisa recarregar as baterias?

Não adiantou nada. Da varanda interna onde fora instalada, Ophélie via os andares enroscados em anel ao redor do átrio, onde reinava uma agitação inteiramente incomum. Os memorialistas corriam entre estantes, esvaziavam vitrines, enchiam carrinhos de livros raros. Alguns gritavam para evacuar, outros para ficar. O santuário do silêncio se transformara em um vasto estardalhaço. Piorando a confusão, a maré alta espalhara um véu de nuvens para todo lado.

Ela ergueu o olhar para o globo do Secretarium, dentro do qual estivera pouco antes, que levitava imperturbável sob a cúpula de vidro. A lembrança que mantinha do Reverso era tão embolada quanto um sonho e junto da sensação de estar que nem barata tonta. A única coisa que sentia com clareza era culpa. Voltara sem Thorn. Sabia por que o fizera, mas a escolha pesava em seu peito. Só tinham passado algumas horas desde que eles entraram na jaula, ele e ela, mas cada segundo aumentava a distância entre os dois.

— Onde estão os espíritos familiares? — repetiu.

Enquanto tentava se levantar, afastando com delicadeza as irmãs e apoiando desajeitada as mãos incompletas nos braços da cadeira, o tio-avô a forçou a sentar-se de novo.

— Eu não quis te trair, minha filha, juro. Sua mãe matraqueou todo dia de toda semana de todo mês desde que você foi-se embora com Seu Chapéu Furado e eu fiquei quietinho, boca de siri.

— Ah, ora, não é nada pra se gabar! — interveio a mãe, com um ar irritado. — Minha irmã se muda para o Polo, minha filha foge para Babel, todo mundo me abandona sem explicação.

— As arcas não giram todas em torno de você, Sophie! — se exasperou a tia Roseline.

— Aí apareceram os buracos — continuou o tio-avô, mais alto, como se não tivesse sido interrompido. — Anima virou uma peneira! Buracos menores que os daqui, claro, mas uns buracos do caramba mesmo assim, tão fundos que nem dá pra ver o fim, que até a Relatora quase caiu na cozinha, o que não teria sido de todo mal.

— Um buraco no campo do titio Hubert — disse Hector.

— Um buraco na adega da vovó Antoinette — disse Domitille.

— Um buraco na rua dos Ourives — disse Léonore.

— Puf — destacou Béatrice.

— Apareceu um na fábrica de renda — disse Agathe, dando tapinhas nas costas do bebê. — Não foi, Charles? Foi ab-so-lu--ta-men-te aterrorizante!

— No Polo também aconteceram desmoronamentos — interveio a tia Roseline. — Uma floresta de pinheiros e um lago de gelo desapareceram de um dia para o outro. Não sei se foi por isso, mas o sr. Farouk decidiu de repente sair do Polo e vir a Babel. Ele não quis escolta, ministro, ajudante de memória. Só Berenilde e, mesmo que não tenha mencionado explicitamente, a filha. São todos mais irracionais do que barômetros — suspirou ela, entredentes. — Uma viagem assim nesses tempos... Mas, bom, não é como se tivesse outro lugar para se refugiar.

— A gente vai morrer? — perguntou a filha mais velha de Agathe.

O tio-avô soltou um palavrão sob o bigode para incitar todos a se calarem e se voltou para Ophélie, sério.

— Ártemis também encasquetou uma ideia. Ela convocou as Decanas no meio da noite para encarregá-las de Anima e inventou de ir ao Memorial de Babel. Bem onde você devia estar nessa tal investigação. Entendi que estava enfiada em confusão, ou estaria em breve. Não pude mais segurar o segredo. Contei pra sua mãe. Metemos bronca e nos convidamos de mala e cuia para o dirigível de Ártemis. Um bote que ela mesma animou, minha filha, quase engoli a dentadura de tão rápido que voou! Quando chegamos ao Memorial de Babel, vimos que você não estava por aqui, mas decidimos nos meter mesmo assim. Fizemos bem, né?

Sem fôlego de tanto falar, o tio-avô mergulhou o olhar no dela, evitando com cuidado as mãos sem dedos; mãos que ele educara pessoalmente e que nunca mais *leriam*.

Ophélie sorriu, para ele e para o resto da família. O último ato de seu eco, antes de se dissolver dentro dela, fora devolvê-la aos parentes. Sem eles, ela teria ficado presa no espelho de vez.

— Obrigada. Por estarem aqui. Por estarem bem.

Todos se entreolharam, quase constrangidos pela declaração, como se não soubesse bem o que acrescentar.

— Onde estão os espíritos familiares? — perguntou de novo, se levantando, decidida. — Preciso vê-los.

Foi naquele instante que Berenilde apareceu na sala. Ophélie a vira beber, fumar, ceder a todo excesso sem nunca perder a compostura. Ela estava irreconhecível. Os cabelos, dos quais cuidara com dedicação sob qualquer circunstância, caíam sobre os ombros emaciados como uma chuva cinzenta. Empurrava um carrinho onde descansava um corpinho pálido, imóvel e silencioso. Com as mãos contraídas, ela parecia não conseguir ficar de pé sem ele. Assim que o soltou, a tia Roseline correu para lhe oferecer um braço, mas Berenilde o recusou com um gesto delicado e, apesar da magreza que esticava a pele sobre os ossos, endireitou a postura. Arregalou os olhos até engolir o rosto, observando todos os Animistas, adultos e crianças, presentes no salão antes de pará-los em Ophélie.

— Como ele está?

Berenilde não se preocupara nem com ela, nem com seus dedos, mas a jovem foi tomada por um sopro de gratidão. Ela era a única a pensar em Thorn e parecia ter certeza absoluta de que Ophélie o encontrara. O que podia responder, entretanto? Que o perdera de novo? Que ele só existia em aerargírio, em algum lugar do Reverso? Que logo não existiria mais Reverso ou Anverso se os dois mundos continuassem a colidir? Que a única pessoa capaz de impedir a catástrofe estava ali mesmo, no Memorial, e que Ophélie precisava falar com ela imediatamente? Eram muitas explicações para pouco tempo.

Um murmúrio ínfimo as dispensou:

— M'a.

Todos os olhares se dirigiram ao carrinho. Victoire se levantara, o rosto esquelético, fundo, ceroso. Sua boca se retorceu ao expirar na voz rouca a mesma palavra, a primeira que Ophélie a ouvira dizer:

— M'a!

Berenilde encarou a menininha no carrinho com incompreensão, como se tivessem trocado a filha por outra, até que seu queixo tremeu e ela soltou um grito abafado que vinha do fundo dos pulmões. Então pegou Victoire no colo, vacilou sob o peso, caiu de joelhos em uma ondulação de vestido e, abraçando-a com um amor furioso, caiu na gargalhada e no choro.

— É incompreensível — cochichou a tia Roseline, a voz vacilante, segurando a barriga. — Há uma hora, a gente mal conseguiu fazer com que engolisse uma colherada de sopa.

A família toda se aglomerou ao redor de Berenilde e Victoire. Ophélie aproveitou a distração para escapar. Mais tarde – se existisse um mais tarde – comemoraria o reencontro adequadamente.

Ela se esgueirou entre a bruma e esbarrou nos memorialistas aterrorizados que enchiam carrinhos de livros por senso de dever. Reconhecia a seção de patentes de invenção que passara horas catalogando com os colegas de divisão. Cruzou vários uniformes da guarda familiar e dos Necromantes da segurança, mas ninguém pediu seus documentos. Era pura loucura.

Ophélie sentia os movimentos atrapalhados pela toga, que se soltara em uma ponta e ela não conseguia ajeitar sozinha. E não queria ver o fim do mundo de roupa de baixo.

Ao se curvar sobre uma borda que dava no átrio, encontrou o vazio lá embaixo. O vazio de verdade, que levara a entrada do Memorial, as portas altas de vidro, um pedaço inteiro de parede, a praça de acácias, a estátua do soldado sem cabeça e até a estação de bondalado. Os dirigíveis interfamiliares voavam à deriva, as amarras rompidas. Ela entendeu melhor o pânico dos memorialistas. As inversões tomavam proporções cataclísmicas e toda sua família estava presa em um pedaço de arca que desmanchava como açúcar. Em breve não restaria solo suficiente para suportar o peso da torre. Do outro lado dessa brecha e de duas ondas de nuvens, ao longe, a cidade de Babel se erguia mais despedaçada do que nunca, corroída por um mal invisível que a mutilava, bairro a bairro.

Ophélie pensou em Seconde lá fora, em algum lugar do subsolo, sozinha em meio a uma multidão de ecos-autômatos, esperando que seu irmão fosse salvo. Com certeza empurrara Thorn naquela jaula por um bom motivo. Qual seria?

Ophélie se curvou mais ainda para a frente. Encontrou os espíritos familiares lá embaixo, no meio do átrio. Reunidos no lar de infância pela primeira vez em séculos, formavam um círculo quase perfeito.

Se ela não tivesse errado o cálculo, a pessoa que procurava estava bem ali, sob seus óculos, entre eles.

Do andar onde se situava, era difícil distingui-los, mas achou Ártemis e sua longa trança vermelha, Farouk e sua brancura imaculada, Pólux e os olhos brilhantes, mesmo à distância. Apesar de nunca ter visto os outros espíritos familiares, estudara seus retratos e soube identificá-los, um a um. Rá, Gaia, Morfeu,

Olimpo, Lúcifer, Vênus, Midas, Belisama, Djinn, Fama, Zeus, Viracocha, Yin, Hórus, Perséfone, Urano...

Só faltava Hélène, perdida para todo o sempre. E Janus.

Ophélie foi tomada por preocupação. Teria se enganado, no fim das contas?

— Eles estão esperando.

Raposa acabara de se apoiar na beirada, perto dela, acompanhando seu olhar. A tia Roseline não exagerara: ele também mudara, mas, enquanto Berenilde e Victoire tinham se fragilizado, ele se solidificara ao extremo. O corpo parecia ter absorvido a substância delas e ainda mais, tornando-se mais musculoso do que nunca, a ponto de estourar os botões da camisa. Ele carregava uma enorme espingarda de caça – um modelo para animais grandes – que lhe renderia prisão imediata em Babel se a situação não fosse tão caótica. Era a primeira vez que Ophélie o via armado. Raposa era mais de usar palavras ou, em casos extremos, os punhos. Foram os olhos dele que a chocaram em especial, profundamente enfiados sob as sobrancelhas franzidas, queimando com uma força que consumia o verde como incêndio florestal.

— Estão assim desde que chegamos a Babel. Um cara a cara interminável. Podíamos supor que eles estão de luto pela morte da sra. Hélène, mas eu sei que ainda esperam alguém nessa reuniãozinha. O chefão.

Raposa pronunciara essa última palavra como se doesse nos dentes.

— Eu também o estou esperando — acrescentou, atento a cada canto do Memorial daquele posto. — Ah, isso, sim, estou esperando. Estará logo entre nós, talvez já esteja.

— Você o encontrou — constatou Ophélie.

Nos olhos de Raposa, a força se intensificou.

— Na Cidade Celeste, em uma esquina. Eu estava de guarda enquanto sr. Archibald visitava a dama Berenilde. Tínhamos acabado de encontrar Arca-da-Terra e o senhor queria convencer a senhora a ir conosco para nos ajudar a influenciar don Janus.

Gaelle... ela tinha ficado lá. Continua lá. Com *ele*. Ele tomou *meu* lugar, *minha* cara, *meu* gato e nem posso me juntar a eles.

O sotaque do Norte rugiu de fúria contida naquela voz.

— E você? — perguntou Ophélie. — Você foi...

— Ferido? Não, pior ainda. Ele tomou a aparência de um Narcótico. Me apagou na hora. Você devia ver a forma como ele me olhou logo antes. Como se... como se eu não fosse uma pessoa de verdade, como se fosse tão insignificante que nem lhe ocorreria se livrar de mim. Eu não era nada para ele, sabe? Nadica. Passei a vida quase toda servindo a nobreza, mas nunca me senti rejeitado àquele nível, mesmo tendo dormido nas masmorras. Assim que ele sair da toca, vou mostrar quem sou de verdade.

Raposa apertou as mãos enormes para se acalmar e observou de repente as de Ophélie. A muralha de raiva formada pelas sobrancelhas se suavizou e, sem comentário, com um carinho meio destrambelhado, ele ajeitou a toga dela, que ameaçava cair sobre as sandálias.

— E você, garoto, vai fazer o quê?

— Reestabelecer uma verdade — respondeu Ophélie, sem hesitar. — Esperando que essa verdade restabeleça todo o resto.

Do átrio se ergueu a voz minúscula, mas distinta, de Elizabeth. No meio do círculo dos espíritos familiares, sua silhueta parecia mais mirrada do que nunca entre aqueles corpões imponentes. Nenhum deles prestou atenção nela, ou em sua insígnia de LUX. Ela mostrava com insistência, mas sem autoridade alguma, o buraco na entrada.

— Minha amiga ficou lá... Ela está em perigo...

Ophélie mordeu o lábio. *Minha amiga*. Elizabeth acreditava que ela ainda estava no Observatório dos Desvios, com Thorn e Lazarus, à mercê dos Genealogistas. Não a abandonara. Elizabeth se preocupava com ela. Sinceramente.

Quando virou o rosto, em busca do transcendium mais próximo para descer os andares, Ophélie congelou.

Thorn se erguia em toda sua altura entre as fileiras de patentes. Bateu com a testa em uma das luminárias suspensas, cujo abajur de cobre oscilava como pêndulo, projetando uma luz tresloucada nas vitrines dos arredores.

Ele estava ali. Também conseguira sair do Reverso.

Ophélie foi incapaz de falar. Tinha uma esponja no lugar da garganta, do nariz, dos olhos; ela se transformava toda em água. Só tinha uma vaga noção de que não era Thorn, ali, naquele momento. Viu-o dentro da jaula, desaparecendo em uma explosão de partículas. Acreditara ter se desestruturado ao mesmo tempo.

Ele a trouxe de volta à realidade com uma só pergunta:

— Você encontrou?

Então mancou na direção dela, se apoiando com dureza nas estantes, arriscando desequilibrá-las. A perna, privada de armadura, parecia deslocada, como se as fraturas tivessem se aberto sob a calça. Ele esticou um braço, o punho magro aparecendo sob a manga inadequada ao tamanho.

— O Outro — falou, com dificuldade. — Você o encontrou?

Ele ia cair. Ophélie estendeu as mãos sem dedos, mas Raposa se adiantou. Girando o braço, empurrou a coronha da espingarda com tal violência que a cabeça de Thorn foi jogada para trás, quebrando as vértebras.

— As vitrines, moleque!

Ophélie estava horrorizada. Pelo pescoço quebrado de Thorn, a princípio. Pela ausência de reflexo no vidro, em seguida. Aquele homem de perna quebrada e camisa curta era uma versão de três anos antes, na época em que Thorn ainda estava preso. Do dia em que "Deus" fora visitá-los.

Ela vira o que queria ver.

Contorcendo o braço com alguns barulhos de osso, o falso Thorn ajeitou a cabeça no lugar. Ele abaixou sobre Ophélie o olhar pálido, desdenhando ostensivamente de Raposa, como se desse a mesma importância à coronhada que daria a uma picada de inseto.

— Eu queria ganhar tempo, mas dane-se. Sendo sincera, nada nem ninguém vai matizar meu falho… facilitar meu trabalho de salvar o mundo.

As formas angulares se arredondaram até adotar a aparência de uma desconhecida que vestia um uniforme muito colorido, com uma dúzia de bússolas penduradas na cintura. Era uma falsa Arcadiana que se erguia entre as estantes de patentes.

— Janus me deu esse presentinho útil, mas um pouco atrasado — falou, apontando para o próprio rosto. — Apresento-lhes Carmen.

Ela se desmaterializou para se rematerializar no mesmo instante à esquerda de Ophélie, grudada na orelha da jovem.

— Eu detenho o último poder...

Então desapareceu e reapareceu contra a outra orelha.

—... que faltava em meu repertório.

— Afaste-se dela! — brigou Raposa, a voz surda.

Ele empunhara a espingarda e dava para ver, pela postura, que treinara aquele gesto milhares de vezes. Sufocava de fúria.

— Se você a tocar. Sequer esbarrar. Eu juro.

Ophélie sabia que não era ela a questão. Raposa só precisava de um pretexto para puxar o gatilho. A falsa Carmen, pouco disposta a levá-lo a sério, apontou para uma placa pregada na qual se lia "SILÊNCIO, PLEASE". Ophélie viu os olhos de Raposa se aregalarem, até que não viu mais nada dele. Não havia mais Memorial. Um céu estonteante refletia-se por quilômetros de arrozais. Entre eles, abrindo a paisagem como uma boca esfomeada, um precipício cuspia ondas de nuvens.

A falsa Carmen estava ao lado de Ophélie, mergulhada, como ela, até o tornozelo na água de um arrozal. Era seu poder familiar que as levara até ali.

— A arca de Córpolis. Era um canto simpático, pouco tempo atrás. Mas poderemos sortear cem... conversar sem interrupção. Até o próximo desmoronamento, pelo menos.

— Até a próxima inversão — corrigiu Ophélie.

A esponja de sua garganta estava completamente seca. Sem dedos, não podia conter os batimentos furiosos do cachecol, contaminado pelas emoções tumultuadas. A falsa Carmen a olhou de lado. As íris, tão pretas quanto as da Madre Hildegarde, não refletiam luz alguma. Nada nela era autêntico, nem a forma grotesca como tilintava as bússolas, nem a voz desprovida de expressividade.

— Está muito distante a época em que eu era, como você, uma simples mulherzinha limitada. Agora posso fazer qualquer coisa e ir a qualquer lugar. Há um só ponto morto em meu novo poder e é lá, nesse Reverso, que você precisou ir se meter. Tive que esperar até você sair do esconderijo. Sinto que está tensa. Prefere um lugar conhecido?

Uma chuvinha de outono pingou no rosto de Ophélie. A mudança de temperatura fora brusca. Ela estava, de repente, em um banco público. A rua à frente estava deserta, mas a reconheceu de imediato. Estava em Anima. Uma carruagem sem cavalo, cocheiro e passageiros se debatia para soltar uma roda presa num buraco. Havia vários objetos nesta situação, através da estrada e dos jardins: inúmeras chaminés subterrâneas de onde subiam vapores prateados. Parecia um bombardeio. Em frente ao banco onde Ophélie se sentara se enfileiravam as casas, todas de tijolo e telha. As luzes acesas atrás das cortinas indicavam que estavam ocupadas, mas ninguém ousava sair, mesmo que tivessem buracos até nos tetos.

— Costumava ser mais animado — comentou a falsa Carmen, sentada no banco a seu lado. — Eu me lembro de ter gostado da visita quando vim com a carnaval do Caravana... Caravana do carnaval.

Ophélie mal a escutava. Uma casa sob a chuva tinha todas as luzes apagadas. O lar onde deixara sua infância. Havia uma cratera em plena entrada. O diâmetro era tal que poderia engolir seu irmão e suas irmãs no primeiro passo em falso.

— Você tem sorte, minha filha, continua um bairro bonito. Eu, por outro lado, cresci em um orfanato militar. Suponho que não seja novidade, investigou a Eulalie Deos que eu era na época. É seu quarto, lá em cima? A janelinha do segundo andar, com a persiana fechada? Foi lá que libertou meu reflexo do espelho?

Ophélie desviou o olhar da cratera em frente à casa para ficar cara a cara com aquela Arcadiana fajuta.

— Você foi incapaz de localizar o Outro apesar de todos seus poderes. Sabe por quê?

A falsa Carmen continuou impassível no banco, mas a jovem sentiu que a contrariara. Estava prestes a fazer muito pior; a arriscar mais do que seus dedos.

— Eu sei — continuou. — Foi inútil tomar a aparência de Thorn para arrancar a informação. Bastava me perguntar.

— Cadê o Outro?

Havia mais do que impaciência por trás da pergunta. Ophélie inspirou fundo a garoa e respondeu:

— Aqui. É você.

A IDENTIDADE

Outro dirigia a Ophélie um olhar vazio. A rotação da cabeça não respeitava em nada o alinhamento do busto e dos ombros, o que provocaria um torcicolo em qualquer pessoa de constituição normal. Os cílios, onde a garoa de Anima se acumulava como pérolas, não se moviam.

— Está insinuando, minha filha — disse ele, forçando cada sílaba —, que você *me* libertou do espelho?

Ophélie tinha uma consciência desagradável da falta de espaço entre eles no banco. Por muito tempo, acreditara que o Outro tinha ficado preso em um minúsculo entremeio. Na época, desconhecia a existência do Reverso, ignorava que o Outro nascera lá e nunca fora prisioneiro.

— Não. A pessoa que libertei do espelho, a pessoa com quem me misturei, é a verdadeira Eulalie Deos. Ela estava aprisionada no Reverso, por vontade própria, desde o Rasgo. Vocês trocaram de lugar esse tempo todo. Para que Eulalie invertesse com ela metade do mundo, era preciso uma contrapartida de equivalência simbólica, alguma coisa que saísse do Reverso para equilibrar. Era você. Um eco dotado de palavra, consciente de si mesmo, saído do ciclo de repetição, mas ainda assim um eco.

— Cadê meu Livro?

O Outro abriu um sorriso impessoal. Ele se levantou e, sem o menor pudor, fazendo tilintar as bússolas, se despiu sob a chuva para exibir o corpo nu de Carmen. Assim que retirado, o uniforme evaporou como fumaça. Ophélie reparou nos rostos de vários vizinhos – todos parentes dela, mais ou menos distantes – grudados nas janelas da rua; o medo de sair ainda era mais forte do que a curiosidade.

— Se eu sou mesmo um mero eco, como você sugere — disse o Outro, dando uma volta lenta para não esconder nada —, onde está o código que me mantém encarnado em matéria?

— Eu me fiz a mesma pergunta — concordou Ophélie. — Acho que é essa a diferença fundamental entre você, os espíritos familiares e de todas as formas de ecos materializados. De tanto dialogar com Eulalie Deos, você se cristalizou. Despertou ainda no Reverso. Desenvolveu *seu* pensamento, com *suas* palavras, dentro de uma dimensão desprovida de linguagem própria. Não precisa de código. Entretanto, você precisa de Eulal...

Ela ficou sem ar. O braço do Outro se esticara de repente, em uma distensão sobrenatural de músculos e esqueleto, para estrangulá-la. Ele continuava no corpo nu da Arcadiana, mas sua pele tomara, a partir do ombro, a consistência borrachuda de um Metamorfo. Não apertava Ophélie a ponto de sufocá-la, mas ainda assim era firme. A força de uma multidão concentrada em um indivíduo.

— Eu sou pacificamente profundo... profundamente pacífico. Sempre lutei contra todo domo de malemolência... todo modo de violência. Então, por favor, minha filha, não me amigue a ofuscá-la... obrigue a machucá-la.

O banco desapareceu; Anima também. Estavam de repente no seio do que parecia um pátio de escola na arca de Ciclope. O lugar fora abandonado às pressas. Aros, bolinhas e mochilas flutuavam pelos ares, deixados para trás. Um abismo do tamanho de um vulcão engolira todos os prédios dos arredores.

Ophélie estava sozinha frente ao Outro, cujas unhas sentia perfeitamente contra o pescoço. Ela precisava se esforçar para ficar de pé sem se desequilibrar. Não sabia como ainda tinha força para falar, mas as palavras saíam quase sem querer:

— Você acredita mesmo que é a verdadeira Eulalie, não é? Se apropriou das ideias dela, das contradições, das ambições, aplica o roteiro dela com perfeição há séculos, mas é só um papel, só atuação. Sabe que, no fundo, essa máscara que usa só esconde o vazio. Você é um reflexo que perdeu a origem. É por isso que o rosto de Eulalie não bastou, que você passou a reproduzir mais rostos, mais máscaras, sempre mais...

O Outro enfiou as unhas no pescoço de Ophélie. Do outro lado do braço elástico de Metamorfo, no alto do corpo de Arcadiana impudicamente curvado sobre as pernas, foi a vez do rosto dele mudar de aspecto. A pele empalideceu até o pescoço, o cabelo cresceu em cachos espessos e óculos brotaram do nariz.

Aquele rosto de mulher, que parecia o dela mas não era; era de Eulalie Deos.

— Quem é você para cindir... decidir quem eu sou e não sou? Ophélie estava ficando sem ar, mas insistiu:

— Pergunte-se onde *ela* está.

Os olhos do Outro se contraíram junto com seus músculos. A paisagem voltou a oscilar, indo de uma pista de patinação olímpica de prestígio a uma loja de departamentos, de um zoológico a uma praia composta por mandalas. Eles se transportavam de arca em arca, mas, aonde quer que fossem, o chão estava perfurado por vazio. Aqueles pedaços de mundo jogados no Reverso só tinham deixado para trás o vapor do aerargírio.

Suspensa pelo punho ao redor da garganta, a visão piscando, Ophélie não respirava mais. O cachecol se debatia em vão para se soltar. Será que ela se transformaria em aerargírio quando morresse? Duvidava muito. Nunca mais veria Thorn.

O Outro acabou murmurando a contragosto, curvando a cabeça para a frente, como se falasse com o corpo nu de Carmen:

— Nos conduza a Eulalie Deos.

Ophélie caiu em uma bagunça do cachecol. O ar invadiu seus pulmões; ela tossiu muito até recuperar o fôlego. A visão voltou ao normal. Acima dela, um globo flutuava sob um céu de vidro. Estava de volta ao Memorial, em pleno átrio, no meio dos espíritos familiares.

Aos pés do Outro.

O polimorfismo se agravara: além do corpo nu de Arcadiana, do braço desproporcional do Metamorfo e da cabeça de Eulalie Deos, ele tinha um nariz comprido de Olfativo, farejando o ar em busca de um odor distinto. Ocupava o centro do círculo formado pelos espíritos familiares, passando um olhar desconfiado por todos eles, como se o culpado que procurava se escondesse dentro daqueles corpos. Eles devem tê-lo reconhecido sob a aparência estilhaçada, apesar das memórias ruins, pois todos recuaram; exceto por Farouk, que, como uma estátua de gelo, encarava seu rosto com fascínio e repulsa.

Como patriarca de Babel, Pólux o acolheu com uma reverência assustada.

— Bem-vinda. Parece que nós a aguardávamos. A respeito de... bom... isso.

Ele apontou, hesitante, o vazio perigosamente próximo que devorara a entrada do Memorial, enquanto dor alterava o ouro dos olhos.

— Nossa irmã... Minha irmã... Já esqueci o nome. Ela nos deixou, mas eu sei, sim, sei que pediria explicações se ainda estivesse aqui.

— Não é ele.

Farouk foi o primeiro a se desconcertar com as próprias palavras, como se nem ele próprio soubesse de onde vinham. Mesmo assim, as repetiu, com uma lentidão extrema:

— Não é ele. Não é Deus. Não o nosso.

Uma mão branca enorme apertara no Livro, escondido em alguma camada do casaco polar. Parte dele, enterrada lá no fundo, se lembrava de ter sido profanada.

O Outro não prestou atenção em Pólux nem em Farouk.

— Cadê ela?

Era uma ordem mais do que uma pergunta, dirigida apenas a Ophélie. Ela tentava se levantar, desequilibrada pelas mãos encurtadas. O pescoço doía. Ao erguer os olhos, cruzou o olhar vagamente interrogador de Ártemis, como se suspeitasse de um vínculo familiar entre elas sem ser capaz de identificá-lo; ao olhar mais para cima, viu as pessoas que tinham se aglomerado nas beiradas dos andares e, entre elas, no último anel, sua família, que a chamava com enormes gestos de desespero.

Fiquem aí, queria gritar.

— Não vejo Eulalie Deos aqui — murmurou o Outro. — Você me pulou anil... manipulou?

Enquanto Ophélie se perguntava se sobreviveria a mais um estrangulamento, estremeceu ao sentir um gato gordo se enfiar entre os tornozelos. Pamonha?

— Ora, ora, a raiva não te cai bem.

Archibald saíra literalmente de lugar nenhum, girando o chapéu na ponta do dedo. Como em toda circunstância, ele sorria. Gaelle, que também não estivera ali no segundo anterior, carregou Ophélie para o mais longe possível do Outro, e levantou o queixo dela sem hesitação. Soltou um palavrão ao ver as marcas de unha sangrando no pescoço.

— Precisava deixar essa vagabunda trancada a sete chaves, não se contentar em espiar pelo binóculo. Você cagou tudo, don Janus.

O ar do átrio farfalhou como tecido e um gigante meio homem, meio mulher, surgiu pousando os pés ao lado dos espíritos familiares, como se o espaço fosse uma simples cortina de teatro. Ophélie entendeu melhor de onde tinham saído Archibald, Gaelle e Pamonha. Compreendeu também por que o Outro não parara de se transportar de arca em arca, fugindo da vigilância.

Com Janus, a família estava enfim completa. O espírito familiar de gênero indefinido fez ressoar os saltos altos no chão e se instalou em frente ao Outro, o dominando à distância.

— Você não respeitou nosso acordo. Deveria demonstrar neutralidade absoluta em troca do poder de meu *Aguja*. Alega ser a única pessoa capaz de evitar os desmoronamentos? Tudo bem. Mas não se meta nos nossos assuntos e, especialmente —

articulou, com um gesto para Ophélie —, nunca faça mal a um de nossos filhos.

Com uma contorção grotesca de pernas, o Outro se virou para Janus. O som inumano que saiu da boca dele reverberou pelos mármores e vidros do Memorial:

— Até hoje, cuidei de votos cortês... todos vocês dos bastidores. Eu acreditava que seriam capazes de preservar o mundo perfeito que eu criei. Fui permissivo demais. Desde que deleguei, vocês se desviaram. As moitas cão voltar... as coisas vão mudar.

Cochichos percorreram os andares do Memorial, mas ninguém podia ser ouvido com clareza. Ophélie reparou que um homem, afastado demais para distinguir, descia um transcendium correndo.

— Eu salvarei o mundo pela segunda vez — declarou o Outro —, depois criarei novas regras. Muitas regras. Partirei gesso e mente... garantirei pessoalmente que todos as cumpram. Nada de intermediários. Estarei em todo lugar, saberei tudo.

Os espíritos familiares se entreolharam, confusos. Farouk estava com visível dificuldade em se manter concentrado no que acontecia. O mais triste, pensou Ophélie, era que logo esqueceriam tudo que viam e ouviam ali. Fáceis de manipular, eles não tinham sido amputados de memória por nada. Era com certeza a primeira coisa que o Outro fizera ao tomar o lugar de Eulalie Deos.

Só Janus parecia ter controle total sobre si. Os olhos pretos brilhavam e um dedo puxava com ironia a espiral do bigode.

— E se nos recusarmos? — riu.

Com as narinas dilatadas, o Outro bufou de forma animalesca. Um terceiro braço irrompeu de uma costela como um jato d'água, enfiou-se no crânio de Janus como uma lâmina e continuou o trajeto sem perder velocidade, até rasgar o corpo inteiro. Tudo que compunha o espírito familiar foi-se em fumaça, deixando no chão um mero Livro cortado ao meio.

De Janus, não restava nada. O Outro só precisara de três segundos para acabar com vários séculos de imortalidade.

O estupor de Ophélie foi compartilhado por Archibald, Gaelle e todo o Memorial. Pamonha apontou as orelhas para trás e silvou baixinho. Os espíritos familiares todos se dobraram com expressões de sofrimento intenso, abraçando a barriga, como se a morte do irmão afetasse sua própria materialidade.

— O que você fez?

Elizabeth deu um passo para sair da sombra de Pólux, que soluçava em silêncio. Comprida e pálida como uma vela, passada desapercebida até ali, ela arregalou as pálpebras pesadas para o Livro rasgado em dois. Avançou na direção do Outro em um ímpeto que fez esvoaçar a barra da capa, bateu as botas levando o punho ao peito, onde brilhava a insígnia de LUX, e encarou a criatura multiforme que não tinha mais nada de humano.

— Eu... Eu não sei quem você é, nem quem foi, mas, em nome do poder que me foi conferido, eu o declaro preso.

Ophélie admitiu que estava impressionada. Nem ela nem o resto do átrio ousavam mexer um cílio, temendo ser cortados em dois. Enfim, via Elizabeth como era, ou, mais precisamente, como poderia ser. O cabelo arruivado, as sardas, a altura, a visão boa, até a idade: nada daquilo pertencia mesmo a ela. Elizabeth tomara de Ophélie como Ophélie tomara de Elizabeth.

Foi ali que soube. Era Elizabeth que vira, no lugar do próprio reflexo, no espelho do Reverso.

O Outro, cujo terceiro braço se retorcia no chão em espasmos de tentáculo, chegou de repente à mesma conclusão. O que restava do rosto de Eulalie Deos sob o nariz proeminente se abriu em um sorriso.

— É você.

Elizabeth sobressaltou-se quando o Outro desapareceu e reapareceu na frente dela, corpo disforme contra corpo sem forma, grudado. Ele estudou com avidez as olheiras, as feridas, a falta de relevo, alimentando-se de toda a fraqueza que percebia nela.

— É você.

— Quê?

A jovem parecia completamente perdida. Ela abraçou os joelhos para conter um tremor. O sorriso do Outro não parava de crescer, rasgando a pele como se fosse uma máscara de pano.

— Você é Eulalie Deos.

Elizabeth parou de tremer de repente. Aquelas quatro palavras, que deveriam devolver sua identidade, produziram nela o efeito contrário. Seu corpo se atrofiou ainda mais, seu rosto vazio de substância. Era como se sua alma se escondesse bem no fundo.

— Não importa quem de nós veio primeiro, não é? — continuou o Outro. — Eu sou superiormente infinito... infinitamente superior. Olha só para você, coitada, nem sabe mais quem é. Vou te dizer, então: você é uma traidora. Seu lugar é com tudo que o velho mundo tinha de corrupto. Ao voltar, rabiscou... arriscou tudo que dizia querer salvar. É meu dever devolvê-la ao espelho do qual nunca deveria ter saído.

Uma terceira perna brotou do Outro para bater o pé com força no chão. As lajes do átrio explodiram sob o efeito de uma irrupção geológica brutal. A terra tremeu. A cúpula fez chover torrentes de estilhaços de vidro. As estantes vomitaram as coleções de livro. Ophélie fora jogada no chão pelo tremor; os estrondos e gritos ressoaram nos ouvidos. Quando acabou, o cachecol esfregou os óculos para limpar a poeira.

Ela não reconheceu o átrio. O chão era mistura de vidro e pedra. As colunas estavam rachadas, se não desabadas. Vários espíritos familiares seguravam no colo homens e mulheres mortos que o terremoto derrubara dos andares. Ophélie não viu ninguém da própria família entre eles, mas berros continuavam a chegar dos quatro cantos do Memorial. Esperava que estivessem todos sãos e salvos lá em cima. De repente, percebeu que estaria também esmagada sob mármore se Ártemis não a tivesse protegido com animismo.

— Obrigada.

No meio do entulho, um casal se abraçava com paixão. O homem que Ophélie vira descer no transcendium era Raposa. Com a espingarda pendurada, ele se agarrava a Gaelle com a mesma força com que ela se agarrava a ele. Ele a cobria de beijos, ela o cobria de insultos. Uma bolha de alegria no oceano de caos.

Ophélie afastou a visão de Thorn, sozinho no Reverso. Não podia fraquejar; não ali.

Ao lado dela, Archibald estava coberto de arranhões. Tinham sido causados em maioria por Pamonha, que abraçara para protegê-lo dos cacos de vidro. Ele soltou um longo assobio impressionado.

Ophélie seguiu seu olhar. Onde o terceiro pé do Outro batera no chão, um amálgama de rocha bruta e pedra entalhada formava uma escada que não estivera ali antes. A inclinação íngreme levava ao globo flutuante do Secretarium, lá no alto, sob uma cúpula agora aberta.

O espelho suspenso, entendeu. O espelho onde Eulalie e o Outro tinham trocado de lugar no dia do Rasgo. Era lá que tudo aconteceria.

O LUGAR

O vazio se espalhava. Tinha engolido a estátua-autômato da recepção e continuava a mastigar o Memorial, mordida a mordida, como se o uso desmedido dos poderes familiares do Outro contribuísse para a inversão do mundo. O vento, cada vez mais forte, causava em Ophélie a sensação de lutar contra a corrente de um rio. Naquele ritmo, não restaria mais nada para salvar.

— Espero que você tenha um plano, sra. Thorn — sussurrou Archibald, contemplando a escada que subia ao céu.

— Eu tenho.

Só que ele dependia inteiramente de Elizabeth. Ophélie ficou aliviada em encontrá-la quase ilesa. Tinha caído de joelhos na frente do Outro, cabelo escorrendo pelo rosto chocado. Sem ela, tudo teria acabado. Com ela, talvez acabasse também. Tudo dependia da disposição para aceitar ou não a verdade. Ela deixou o Outro segurá-la pela mão como uma criança e obrigá-la a subir a escada, sem se preocupar com mais ninguém. A cada degrau, órgãos novos – braços, pés, narizes, olhos, bocas, orelhas – brotavam do corpo dele, acabando com qualquer noção de contorno. Ele se tornava cada vez maior, cada vez mais instável, como se toda identidade que tinha roubado ao longo dos séculos quisesse se sobressair às outras.

Conforme subia, as pessoas nos andares mais próximos recuavam, sem conseguir desviar o olhar. O Outro poderia se transportar direto para dentro do Secretarium, com discrição, para devolver Elizabeth ao outro lado do espelho, mas ele escolhera aquele teatro. A escada, a subida: era uma condenação pública.

Deus saíra dos bastidores e não voltaria.

Ophélie foi percorrida por um calafrio sob a pele. Pensou em Janus, enorme e fugaz, que morrera em um instante, e se dirigiu à escada.

Uma mão gigantesca a reteve com suavidade pelo ombro. Para sua surpresa, era Farouk. Ele fez não com a cabeça. Será que alguma parte dele se lembrava de Ophélie vagamente, ou impediria qualquer pessoa de fazer o que ela faria? A jovem sustentou seu olhar de gelo, apesar da dor psíquica que o contato visual provocava, até que o espírito familiar consentisse em deixá-la ir.

Gaelle, que mordia Raposa mais do que o beijava, o soltou de repente.

— Não vá. Tentei matar aquele troço quarenta e três vezes e, sem ofensa, eu tinha todos os dedos. Vaso ruim não quebra. Você, sim.

Os olhos dela, céu diurno e céu noturno, brilhavam com emoções contraditórias. Ophélie, por sua vez, só tinha uma emoção. Ela sentia medo. Mesmo assim, subiria aquelas escadas.

— Eulalie Deos não sabe mais quem é. Só eu posso ajudá-la a lembrar.

Perplexo, Archibald coçou a barba que cobrira toda a mandíbula.

— É esse seu plano?

— Eu não te pedi para ir comigo.

Ophélie escalou os degraus na maior velocidade que as sandálias permitiam. Era a escada mais íngreme que já subira. Derrapava em cacos de vidro e pedra e não havia corrimão para se segurar. Deixou de olhar para baixo quando o chão ficou distante demais e concentrou-se em Elizabeth, mais alto, cada vez mais alto, tropeçando lamentavelmente atrás do Outro.

— Você nasceu em um país distante, faz muito tempo — disse ela, em voz alta. — Foi recrutada pelo exército de Babel.

Trabalhou em um projeto militar. Cristalizou seu eco com a ajuda de um aparelho telefônico.

As palavras de Ophélie pareciam quicar nas paredes do Memorial sem chegar à destinatária. Arrastada a contragosto de degrau em degrau, Elizabeth estava ainda menos expressiva do que de costume. Era possível acreditar, vendo assim, que era ela o eco.

Ophélie perseverou:

— Você criou os espíritos familiares com suas palavras e seu sangue. Fundou uma escola para eles aqui mesmo.

O Outro paralisou de repente no topo da escada, a uma altura vertiginosa. Frente a ele, imponente como uma lua, o Secretarium emitia rangidos ensurdecedores. Sob a ação dos múltiplos poderes familiares, o revestimento de ouro vermelho se amassou como papel alumínio até o globo se abrir em uma explosão de metal. Ophélie se protegeu como podia. Uma tempestade de vigas, parafusos, cilindros, engrenagens, vasos, prataria e cartões perfurados caiu sobre o Memorial. O grito das coleções de antiguidades. A agonia da maior base de dados do mundo. Inúmeras horas de catalogação, classificação, codificação e perfuração varridas em um instante.

O Secretarium parecia um planeta estripado. Só permanecera no seio dele um segundo globo flutuante, cópia em miniatura do recipiente. Com um simples gesto do Outro, também se abriu em uma eclosão de poeira e teias de aranha, revelando a sala secreta que protegia e, bem no meio, o espelho suspenso.

A escada subiu mais, empurrada por um mecanismo subterrâneo de rochas, até o quarto de Eulalie Deos.

Elizabeth contemplava os cartões perfurados que davam reviravoltas a seu redor. Lutando contra a vertigem que emaranhava seu estômago, Ophélie subiu, um a um, os últimos degraus que as separavam.

— Você inventou o código dos Livros. Você escrevia romances sob as iniciais "E. D.". Você fez amizade com um velho porteiro. Você sofria de sinusite crônica.

— Pare.

O imperativo emanou das bocas do Outro. Eram várias, no rosto, no pescoço, nas costas e na barriga. Esticando a carne, ele segurou Elizabeth pelo cabelo, Ophélie pelo cachecol e as jogou juntas no chão do quarto. Choque duplo, dor dupla. A superfície do espelho suspenso já estremecia; o Reverso reagia à aproximação das duas Eulalies, a verdadeira e a falsa, reinvindicando a excedente.

As tábuas rangeram como uma jangada sob o peso do Outro, que avançava em uma abundância de pernas e braços. Os olhos que floresciam em cada parcela da pele convergiam todos em Ophélie. Através dos óculos quebrados, ela o via ainda mais multiplicado.

Apoiou-se nos cotovelos ralados para se arrastar até Elizabeth, enroscada a seu lado, pálida sob as sardas.

— Era seu quarto. Você passava horas na máquina de escrever. Daqui ouvia as crianças que criou crescerem. Você me disse que vinha de uma família grande, lembra? Eram eles, sua família. Não foi abandonada na casa de desconhecidos. Foi sua decisão partir para o Reverso. Você me pediu liberdade, eu criei uma falha e você saiu pelo espelho que escolheu, em Babel, em uma casa qualquer. Foi sua decisão, então a assuma. É a única que pode fazer seu eco ouvir a razão.

Elizabeth a encarou sob as pálpebras arroxeadas.

— Desculpa — murmurou ela. — É um mal-entendido horrível.

— Isso tudo é em vão — interrompeu o Outro. — Essa traidora vai voltar ao espelho. E você, coitada, vai morrer aqui. Eu visto a dormência... detesto a violência, mas já fugiu do Reverso duas vezes, não permitirei uma terceira.

Quando uma boca dele pronunciava uma frase, as outras a repetiam em ecos. Ophélie não sentia mais medo. Ela passara daquilo; era o próprio medo, em estado bruto. A velha, o monstro, o lápis vermelho... Ergueu os óculos quebrados para as dezenas de braços se elevando acima dela. Qual a despedaçaria?

— Admire-me. Eu represento a imunidade histérica... a humanidade inteira.

Uma explosão poderosa rasgou o ar; a caixa craniana do Outro se estilhaçou. Com a espingarda no ombro, ofegante da subida, Raposa o desafiava do último degrau da escada.

— Você não representa ninguém.

Com um segundo tiro, ele não deu ao Outro o tempo de se recompor. Sorria com ferocidade entre os bigodes vermelhos. Gaelle, que o segurava pela cintura para impedi-lo de se desequilibrar com o coice, transbordava de orgulho.

Eles repetiram juntos:

— Você não representa ninguém.

Raposa deu um terceiro tiro. Archibald aproveitou a distração para se enfiar por entre as numerosas pernas do Outro. Fez uma pirueta até Ophélie e Elizabeth.

— Chegou o reforço, senhoras.

Então esboçou um sorriso de escárnio, como se considerasse a si mesmo completamente louco. Ophélie sentiu-se muito grata por ele arriscar a vida por elas, mas como planejava salvá-las daquilo? O corpo do Outro ia se reconstituindo e Raposa em breve não teria mais munição.

Archibald se curvou para ser ouvido sob os estrondos dos tiros.

— Escutem bem, as duas. Em especial você, senhorita não-sei-mais-quem-sou. Vou tentar, e digo *tentar*, estabelecer uma ponte entre vocês. Não posso impor nada, mas podem me usar para se tornarem transparentes uma à outra. Temos pouquíssimo tempo.

Fez-se então um silêncio ensurdecedor. Raposa não tinha mais munição.

— Correção — disse Archibald. — Não temos tempo nenhum.

Ophélie engasgou. Em um jorro orgânico onde se misturavam línguas, dentes e vísceras, o Outro perdeu toda a homogeneidade. Não era só uma, mas cachos inteiros de cabeças eclodindo. Uma delas se jogou para a frente com o pescoço desmedido, como uma planta crescendo fulgurosamente. Ela atingiu Raposa bem na cara, esmagando a testa e quebrando o nariz; um barulho atroz que Ophélie sentiu até os ossos. Ele perdeu o equilíbrio; levada pelo peso, Gaelle não foi capaz de soltá-lo. Caíram juntos da escada, sem um grito sequer.

Ophélie foi incapaz de fechar os olhos. Não podiam estar mortos. Não eles, não tão rápido, não assim.

Encolhida ao lado dela, Elizabeth repetia sem parar que era só um mal-entendido. Archibald não sorria mais.

— Você não representa ninguém!

Era a voz da tia Roseline. Por causa dos óculos quebrados, Ophélie só distinguia uma mancha colorida do velho vestido verde-garrafa, gesticulando na balaustrada do último andar. Um fosso intransponível a separava do patamar flutuante onde se erguia o Outro, mas ela jogava na direção dele todos os livros que via pela frente – logo ela, que amava todas as formas do papel. A mãe, o pai, o tio-avô, o irmão e as irmãs de Ophélie juntaram as mãos e as vozes às dela.

— Você não representa ninguém! Você não representa ninguém! Você não representa ninguém!

Os livros voaram. Impulsionados por todas aquelas forças animistas, se uniram em um enxame que crescia a olho nu. *Você não representa ninguém!* As palavras de Raposa e Gaelle se propagaram de andar em andar, de boca em boca. *Você não representa ninguém!* Os memorialistas que tentavam salvar as coleções começaram a jogar os carrinhos da borda. *Você não representa ninguém!* O animismo se comunicou de livro em livro, transformando o enxame em tornado. *Você não representa ninguém!* Milhares de exemplares caíram no Outro, cobrindo seus rostos, olhos, bocas, orelhas, mãos de papel. *Você não representa ninguém!*

Ophélie não sabia se sentia orgulho, fúria ou pavor.

— Vão provocar a ira dele.

Archibald levou uma mão ao rosto dela, a outra ao de Elizabeth. "Eles ganham tempo para nós." O pensamento fora impresso sobre todos os outros. Ela já sentira várias vezes o poder da Teia, mas nada tão perturbador quanto esse convite silencioso, poderosamente íntimo, que sentiu vibrar no corpo inteiro. Estava perdendo toda a noção de alteridade, qualquer distinção entre dentro e fora. A algazarra do Memorial ecoava na cabeça dela; os batimentos do coração preenchiam o mundo. A própria trama de sua individualidade ficava cada vez mais porosa. Tinha extrema consciência da pele de Archibald sobre a sua e da pele de Elizabeth sobre a de Archibald, como se os três estivessem envoltos em uma só epiderme. Archibald estava doente. Elizabeth estava velha. Ophélie estava estéril. Soube que, no instante em que se abandonasse ao chamado da transparência, não poderia esconder mais nada deles. Pois era preciso. Havia nela essa memória essa outra memória que devia devolver uma memória cheia de corredores tortuosos e jardins secretos a memória de Eulalie que queria salvar seu mundo mas não pudera salvar sua família das almas fundidas e fendidas para que da fenda nascesse outra alteridade aquele eco que tomou o lugar da família mas que nunca foi sua família que fazia parte de mim que era eu que saudade que saudade dela que saudade de Thorn que saudade de mim.

Liberte-me.

Duas palavras. Duas palavras em excesso. No Reverso, falar é um ato contra a natureza. Eulalie precisou de tempo – muito tempo – e prática – muita prática – para reaprender os rudimentos da linguagem. Ela imaginou um novo alfabeto aos seis anos, inventou uma linguagem de programação aos oito, completou o primeiro romance aos onze, e lá estava: precisando de esforços sobre-humanos para míseras quatro sílabas.

Liberte-me.

Pelo menos enfim chamou a atenção de Ophélie, que se arrastou para fora da cama e olha atordoada ao seu redor. O olhar atravessa Eulalie, mesmo que ela esteja no meio do quarto; a menina não vê sua angústia, nem sua esperança. É a primeira vez há muito tempo – muito, muito tempo – que um habitante do Anverso reage ao chamado dela. Eulalie só tem alguns instantes. É o sono que, no momento, torna Ophélie mais receptiva ao Reverso.

O sono e um espelho.

Liberte-me.

O espelho do quarto estremece como um diapasão sob o contato das palavras e inverte as vibrações até se tornarem quase audíveis:
— Liberte-me.

Na outra cama, a jovem Agathe dorme um sono profundo, cabelos ruivos espalhados pelo travesseiro. Eulalie percebe de repente que outra pessoa está sentada no colchão. Um menino cujas cores estão todas invertidas, como o negativo de uma fotografia. Ele de novo. Aquele jovem Babeliano criou o hábito de seguir Eulalie para todo lado como uma sombra – o que os dois são, no fundo. Seus olhos são cheios de doçura e curiosidade misturadas. Eulalie sabe que ele não pertence à antiga humanidade que ela inverteu. Não, ele fora enviado recentemente ao Reverso, pela Cornucópia que ela acreditava ter enterrado para sempre, e é em parte por causa dele que está ali naquela noite.

Eulalie deve se manter concentrada em Ophélie, que titubeia de sono frente ao espelho. Não pode perder o contato que enfim estabelecera entre elas.

Liberte-me.

— Liberte-me — repete baixinho o espelho, em eco.

Ophélie procura Eulalie, que na verdade está atrás dela. Atrás atrás.

— Perdão?

Toda a matéria inversa da qual Eulalie é composta se contrai. Depois de uma eternidade de silêncio, enfim um diálogo.

Liberte-me.

Ophélie se vira, olha para ela sem vê-la. É tão jovem! Um pé na infância, outro na adolescência, e belas mãos envoltas pela sombra do animismo.

— Quem é você?

A cada movimento, cada palavra, Ophélie propaga vibrações que Eulalie sente no fundo das próprias. Fornecer uma resposta demanda uma energia considerável.

Sou quem eu sou.
Liberte-me.

— Quê?

Há, no rosto sonolento de Ophélie, um pouco da infância de Ártemis. O mesmo sangue corre nas veias dela; a mesma tinta com que Eulalie escreveu o início da história. Tremendo de nostalgia, se lembra do dia em que Ártemis atravessou o primeiro espelho. Era outra vida, outra cidade. Na época em que os filhos estavam aprendendo a usar os poderes, antes de se desviarem.

Antes de serem desviados.

O Outro arrancou a memória deles assim que saiu do Reverso. Eulalie viu a cena dos bastidores. Viu o próprio eco fingir ser ela, falar em seu nome e mutilar o Livro de todos seus filhos – exceto por Janus, que teve o bom senso de estar ausente no dia. Nunca se sentira tão traída. Não era assim que as coisas deviam andar.

Errado.

No fundo, Eulalie sabia. Sabia desde que o Outro cochichara em seu ouvido que ela devia levar ao Reverso todas as guerras, pois ele serviria de contrapeso ao pular para o Anverso. Eulalie queria salvar o próprio mundo; o Outro queria abandonar o dele. Ao dar sua palavra a um eco, lhe conferira o poder de sair do Reverso e tomar o lugar dela. O poder de criar uma fresta, uma espécie de Cornucópia provisória. Bastava um simples espelho. Eulalie demorou a honrar a promessa, porque sabia, no fundo, que nunca deveria ter prometido. O chamado do Outro se tornara tão poderoso, lá, na ilha, que ela já não podia mais se aproximar de superfícies refletoras sem se sentir aspirada. Jogara fora todas as colheres, arrancara os vidros de todas as janelas, escondera até os próprios óculos por medo de ser carregada antes de acabar de educar os futuros espíritos familiares. Só mantivera intacto o espelho do quarto.

Um espelho que acabou por atravessar, no dia em que a guerra voltou a ameaçar a vida dos filhos.

Um espelho parecido com aquele onde a expressão interrogadora de Ophélie se reflete neste momento. Ela ainda traz a pergunta na boca: "Quê?".

Atravesse.

— Por quê?

Porque metade da humanidade ignora que viveu pelo sacrifício da outra. Porque agora todas as guerras enviadas ao Reverso acabaram. Porque milhões de pessoas enfim abaixaram as armas e saíram dos conflitos em ciclo. Porque Eulalie, só ela, não conhece a paz. Porque o Outro não ouve seus chamados. Porque ele não levou reconciliação a coração nenhum, a lar nenhum do Anverso. Porque cometeram o erro, ambos, de se tomarem por Deus. E porque – ao pensar nisso, Eulalie olha para o jovem sentado na cama de Agathe – outras pessoas cometem o mesmo erro naquele instante em Babel.

Porque é preciso.

— Mas por que eu? — insiste Ophélie.

Eulalie não é uma passa-espelhos, ela mesma nunca teve o poder nenhum. Fez muitas visitas aos descendentes de Ártemis na esperança de encontrar um entre eles que estivesse disposto a reabrir o caminho para ela. Não faz ideia se Ophélie pode, mas o importante é convencê-la.

Porque você é quem é.

A menina contém um bocejo. Em breve, acordará de vez e será tarde demais.

— Posso tentar.

Eulalie estremece. Olha uma última vez para o jovem Babeliano que sorri, levantando os polegares em sinal de positivo. Entretanto, algo a retém. Ela tem o dever, aqui, frente a esse espelho, mais do que em qualquer outro lugar, de enfim ser honesta. Com Ophélie e consigo.

> *Se me libertar, mudará tudo:*
> *eu, você e o mundo.*

Teme ter deixado passar a oportunidade, mas Ophélie se decide.

— Tudo bem.

Elas mergulham juntas no espelho. As moléculas se entrechocam, entrecruzam e entrelaçam. Atravessam-se no seio de um interminável interstício. A dor é absoluta. Eulalie sente que se inverte de volta, átomo por átomo, mas não são mais os dela, exatamente. Suas ideias se misturam, sua identidade se dilui. Logo sairá do entremeio. Precisa escolher o destino rápido, qualquer espelho de qualquer Babeliano.

Ela não pode esquecer.

Esquecer o quê?

Ela precisa corrigir os erros.

Que erros?

Ela precisa voltar para casa.

Voltar para onde?

Babel.

A comunhão se rompeu. Ophélie, que penava para se redefinir como entidade distinta, entendeu o porquê ao ver Archibald esticado no chão, o chapéu derrubado ao lado. Ele acabara desmaiando. Ela mesma estava quase lá. Elizabeth, continuava encolhida, gemendo.

No meio do quarto, o Outro rasgava com tranquilidade, usando centenas de dedos, as últimas folhas dos livros que o cobriam.

Ao redor deles não havia mais andares, bibliotecas, nem cúpula; só nuvens rugindo de tempestade e um cheiro atordoante de sal. O vento sacudia o cachecol e a toga rasgados de Ophélie, que avançava até a beira da plataforma, a fronteira entre sólido e vazio. O Memorial desaparecera?

Ophélie girou devagar, incrédula. Um oceano, escuro e tumultuoso como o céu, se estendia até perder-se de vista. Uma frota de encouraçados de centenas de anos de idade vagava à deriva. Ela abaixou a cabeça e apertou os olhos, incomodada pelas fissuras dos óculos. O oceano terminava exatamente onde se encontrava a arca do Memorial, descrevendo uma espiral gritante ao redor do vão sem derramar uma gota, desprezando todas as leis da natureza. A memória planetária.

O Reverso regurgitara um pedaço do velho mundo e engolira, em seu lugar, o pouco que ainda restava de Babel. Levara o Memorial, Farouk, Ártemis, sua família. Toda sua família.

— Eu posso trazê-los de volta — murmuraram as bocas do Outro.

Ophélie virou-se para todos os rostos brotando do corpo disforme. Ele não tinha mais coerência molecular alguma. Os braços desarticulados, lembrando as patas de uma centopeia, apontaram para o espelho suspenso cuja superfície, cada vez mais agitada, não o refletia.

— É tudo culpa de vocês, sua e de Eulalie. Só podem rir gorila... corrigi-la. E o mundo pertence só a mim.

— Você não representa ninguém.

À voz de Ophélie, se sobrepusera à de Elizabeth. Ela se levantara. Os cabelos se esticaram quando ela ergueu o queixo. O corpo sem forma pareceu ganhar peso pouco a pouco e firmar enfim a própria presença na realidade.

— Nem a mim.

Todos os olhos do Outro – e eram muitos – se arregalaram e fecharam igualmente rápido, absorvidos uns após os outros na pele. Os rostos, as pernas, os braços entraram também, como se uma força irresistível os aspirasse por dentro. O corpo se estreitou pouco a pouco, livrando-se da pluralidade e retomando aparência humana até se tornar à força a cópia exata de Elizabeth, inclusive no uniforme de arauto.

Ele contemplou as mãos salpicadas de sardas. Mãos desprovidas de poder familiar.

— Eu lembro, agora — disse Elizabeth. — Lembro porque rompi nosso pacto e saí do Reverso.

Ela se expressava com uma exaustão calma, mas o olhar que dirigia àquela outra versão de si era inflexível.

— A antiga humanidade que inverti comigo não tem mais nada a ver com a que conhecemos. Ela se apaziguou. Muito mais do que a que eu te entreguei. Sacrificar metade do mundo para salvar a outra não faz mais sentido algum. Além disso — suspirou, com a sombra de um sorriso —, quem somos nós para decidir por eles?

Pela primeira vez, Ophélie viu na postura do Outro uma leve hesitação. Não era uma expressão de dúvida, mas de uma sensação de inferioridade, uma incompletude que as palavras de Elizabeth não resolviam. Ele lutava para rejeitar o corpo fraco que ela impusera.

Ophélie não podia de jeito nenhum permitir que isso acontecesse. Ela se jogou, de cabeça baixa. Com toda a força das mãos sem dedos, empurrou o Outro no espelho atrás dele. O olhar arregalado, ao cair para trás, foi horrível. A liga de vidro, estanho e chumbo tomou, ao contato dele, a consistência de um turbilhão. A passagem ao Reverso se abrira para receber enfim a contrapartida que exigia. Pouco disposto a se deixar aspirar, o Outro agarrou as beiradas do espelho. Ele se debatia com ferocidade, voltava à superfície. Ignorando os ataques, Ophélie e Elizabeth o empurraram com todo peso para enfiá-lo de vez.

Não conseguiam. Estavam exaustas. Mesmo diminuído, o Outro resistia.

Ele as mataria, derramaria o sangue delas e cumpriria a profecia do lápis vermelho.

Dois braços irromperam do espelho. Ophélie achou que fosse outra metamorfose do Outro, mas os braços se fecharam ao redor dele como mandíbulas para arrastá-lo ao fundo. Eram marcados por cicatrizes.

Eram os braços de Thorn.

Ele aproveitara a brecha provisória no entremeio. Afundando sob a superfície do espelho, o rosto do Outro se dilatou de surpresa. Perdeu as sardas, as sobrancelhas, o nariz, os olhos, a boca, até não restar rosto algum.

Deixou-se engolir como um fantoche anônimo. Com Thorn.

— Não dessa vez.

Ophélie mergulhou a mão no espelho. Sentiu a de Thorn se agarrar à sua, em algum lugar do entremeio, mas ela não tinha mais dedos para segurar de volta. O chamado do Reverso era tão irresistível quanto um vagalhão. Se Elizabeth não a segurasse pelo cachecol, Ophélie também seria levada. Soltou um grito quando o ombro se deslocou, mas não soltou. Arrancaria Thorn do Reverso, mesmo que precisasse ceder metade do próprio corpo como contrapartida.

Ele não podia soltá-la.

Ele soltou.

Desequilibrada, Ophélie caiu de costas sobre Elizabeth, que caiu sobre Archibald, que estava acordando. A superfície do espelho suspenso foi se alisando até retomar a solidez total. A passagem para o Reverso se fechara.

Ophélie contemplou a própria mão. Pior que uma mão sem dedos, uma mão sem Thorn.

Ao redor deles, a estrutura do Memorial reaparecia pouco a pouco. No começo, era uma imagem em filigrana no fundo de céu e oceano, quase uma ilusão ótica, até que a pedra, o aço e o vidro ganharam densidade. Os destroços do Secretarium, a enorme escada mineral, a entrada principal, o jardim de acácias, os transcendiuns e andares anelados voltavam. A família de Ophélie reapareceu, inteira, trocando olhares incertos com memorialistas.

— Opa, opa — disse Archibald.

Ela também viu. Atrás do espelho suspenso, um velho papel de parede perdia lentamente a transparência. Devolver o Outro ao Reverso quebrara o contrato. O velho e o novo mundo se alinhavam na mesma dimensão. A segunda metade do quarto, até então deixada no Reverso, saía pouco a pouco da invisibilidade e, com ela, a segunda metade do Memorial; uma que os construtores de Babel tinham reconstruído por inteiro, por acreditar que tivesse desmoronado. As duas arquiteturas entrariam em conflito.

Elizabeth pôs as mãos ao redor da boca para amplificar a voz. Cheia de nova autoridade, ordenou:

— Evacuem a área! Todo mundo!

Ophélie se recusava. Com o braço pendendo do ombro deslocado, observava ao redor o quarto que se reconstruía, móvel a móvel. A madeira estalava, a pedra explodia, o prédio rangia. E se Thorn estivesse ali, pertinho, a ponto de ressurgir também? Sentiu que seguravam seus ombros. O olhar de Archibald procurava o dela, no fundo dos óculos quebrados. Ele dizia que precisavam ir embora correndo.

Aconteceu um choque. No instante seguinte, tudo ficou escuro.

OS PASSA-ESPELHOS

Os jardins botânicos de Pólux eram exatamente como Ophélie lembrava. O ar vibrava de calor, perfume, cor, pássaros e insetos, mas se misturava também um novo vento. E ooe vinha do horizonte e cheirava a sal. Ali onde estivera o vazio, além das últimas palmeiras do arvoredo, se estendia um oceano.

Não havia mais arcas; era tudo terra, ou tudo água.

— Eu pressinto uma papelada considerável.

Os olhos de Octavio ardiam sob a sombra da franja. Não eram os jardins que via, mas Seconde. Ela jogava cartas na grama com Hélène e Pólux, assim como uma multidão cada vez maior de estrangeiros que se curvava sobre a partida. Adultos e crianças do velho mundo olhavam para tudo com curiosidade. Estavam em movimento perpétuo, vindo de todo o continente, expressando o mesmo fascínio silencioso, sem perceber o desconforto que causavam nas gerações atuais. O vazio podia ter sumido, mas uma separação persistia.

— Duas humanidades diferentes para uma só terra — comentou Octavio, como se seguisse o pensamento de Ophélie. — Vou me chocar se a coabitação se desenrolar sem estresse. Tudo dependerá das escolhas de cada um, mas prefiro ficar aqui, para escolher com eles, do que lá, sofrendo meu inferno pessoal.

Sorry — murmurou ele, quase imediatamente. — Eu não deveria te dizer isso.

Ophélie dirigiu-se a ele com um sorriso que cresceu ao ver o uniforme que o amigo vestia: sem ouro, sem insígnia, sem prestígio. Exceto pelas asas nas botas, era a roupa de um cidadão como qualquer outro.

— Você tem o direito de dizer o que pensa. Estamos em Nova Babel, afinal, e é em parte graças a você. Lady Septima era uma pessoa difícil — acrescentou, depois de um intervalo —, mas ela o amava, do jeito dela.

Octavio não desviava o olhar do rosto de Seconde, no qual corria a enorme cicatriz. Ela ria. Não era preciso ser Visionário para constatar que ganhava alegremente de Hélène e Pólux. Tinha aposentado para sempre os lápis, sem dúvida porque não havia mais ecos antecipados a desenhar. Impedira que um deles, o mais importante, acontecesse. Se não tivesse jogado Thorn na jaula, ele não poderia arrastar o Outro para o Reverso; também não poderia fazê-lo se não fosse um passa-espelhos.

Seconde e Thorn tinham salvado Ophélie do lápis vermelho. Não só ela, mas muitas outras vidas também.

— Você vai voltar com seus pais?

A pergunta de Octavio era distante; ela escutou, entretanto, a palavra que se escondia ali e apertou seu coração. *Fique*. Observou de longe cada membro de sua família, ocupada bebendo café sob os guarda-sóis que giravam sob efeito do animismo. Eles aproveitavam as últimas horas em Nova Babel, sem pressa de pegar o dirigível e voltar à chuva. O mundo mudara, mas o clima continuava como de costume.

— Não vou voltar agora. Mas também não vou ficar.

Octavio franziu as sobrancelhas.

— Aonde você vai?

Ophélie respondeu com outro sorriso que o deixou mais desconcertado.

— Eles sabem?

— Já me despedi.

— Ah. *Well*... fim do descanso. Licença, mas tenho trabalho até o fim dos meus dias. Se voltar a Nova Babel, você tem o dever de bater na minha porta.

Octavio fez tilintar as asas de arauto e poupou a ele e a Ophélie de qualquer olhar para trás. Seconde parou de imediato a partida para pegar a mão que o irmão estendia. Hélène e Pólux contemplaram as cartas abandonadas na grama, incapazes de jogar sem alguém para explicar as regras.

Ophélie ficou sozinha sob as árvores. Depois da estadia prolongada nos corredores confinados da clínica, tudo a deslumbrava. Ainda sentia uma pulsação dolorosa sob o turbante. Precisara raspar a cabeça, mas o cabelo já voltava a crescer. Ser esmagada por uma viga depois de sobreviver ao lápis vermelho e ao apocalipse seria verdadeiramente irônico. Ela estava bem, de acordo com os médicos. Um galo daqueles, um ombro deslocado, dez dedos a menos e um ventre ainda infértil. Ophélie não sabia se era por causa das inversões sucessivas ou da reabsorção do eco, mas recuperara a boa e velha falta de jeito. Sim, ela estava ótima.

Nem todo mundo tivera sua sorte.

— Você está me abandonando.

Ophélie abaixou o rosto. Archibald deitara sob as samambaias altas, a cartola cobrindo até o nariz, Pamonha enroscado no colo. O comentário era especialmente singular, pois ele não a visitara vez alguma na clínica. Não o culpava. Devia a ele ter saído viva do Memorial e, desde a comunhão, o entendia com mais intimidade do que desejava. Eles conheciam os segredos mútuos. Ela nunca poderia criar vida; ele não poderia manter-se vivo muito tempo.

— Sei que não é da sua filosofia — suspirou ela —, mas se cuide, mesmo assim.

Como todos os dias desde que acordara na cama do hospital, Ophélie pensou, incapaz de se conter, nos vivos, nos revividos, mas em especial nos desaparecidos. Em Raposa. Em Gaelle. Em Ambroise. Em Janus. Em Hildegarde.

Em Thorn.

— Pare — mandou Archibald.
— Quê?
— Pare de pensar. Melhor escutar.

Ophélie escutou, então. Através dos barulhos misturados de papagaios, cigarras e conversas, notou os balbucios sem pé nem cabeça de Victoire. Perto do aviário, a menina jogava uma bola em Farouk, que a quicava na testa. Toda vez, ele levantava os braços com um tempo de atraso. Victoire não se desencorajava, só lhe dirigia recomendações incompreensíveis e trotava atrás da bola. Toda vez que tropeçava, Berenilde se levantava num impulso do banco onde se instalara para vigiar, mas a tia Roseline apertava o ombro dela de leve para convidá-la a sentar-se de novo.

Ophélie já estava com saudade das duas. De todo mundo. Talvez não pudesse fundar uma família, mas a que compusera ao longo do tempo lhe dava a sensação de que tinha várias. Ela dirigiu aos pais, ao irmão, às irmãs e ao tio-avô um último gesto. Apesar das luvas, que animara enquanto convalescia, para darem a ilusão de dedos, era o cachecol que os substituíra de fato. Ele ajudava Ophélie a se vestir, se lavar, segurar os talheres, não porque fora animado para isso, mas porque decidira fazê-lo. A época em que ela e ele eram um só acabara. Agora eram duas entidades distintas, mas juntas por escolha. Era bom.

— Já falei — avisou Archibald, sob as samambaias. — Se você não voltar ao Polo, o Polo virá até você.

— Nós voltaremos.

Archibald levantou a cartola.

— Nós?

Ela se afastou sem responder. Havia uma última pessoa a visitar. Esta a esperava na frente do portão, agarrando a grade como uma velha senhora, as pálpebras mais pesadas do que nunca. Um relógio invisível começara a contar quando sua memória voltara.

— Você não está muito apresentável — disse Ophélie.

— Você também não está lá com uma cara muito boa.

— Como eu devo chamá-la? Elizabeth ou Eulalie?

— Elizabeth. Faz muito tempo que não sou Eulalie. No fundo, meu nome não é tão importante. Quem importa são eles.

Elas se viraram juntas para o jardim onde os espíritos familiares brincavam desajeitadamente. Hélène e Pólux tentavam apanhar as cartas dispersas pelo vento. Farouk não pegava a bola de Victoire de jeito nenhum. Ártemis, visivelmente muito satisfeita, quebrara a xícara de café que o tio-avô de Ophélie servira. Gigantes de volta à infância. Nenhum espírito familiar retornara ileso do Reverso. Depois do grande retorno, só restara deles os Livros apagados. Elizabeth dedicara o que lhe restara de energia para dotá-los de novo código; um código simplificado.

— A tinta que usei desta vez para os Livros não durará para sempre. Nada de imortalidade, nada de poderes, quero para meus filhos o início de uma história inédita. Que eles inventem a continuação sem mim. Eu gostaria de ter trazido Janus de volta, mas seu Livro estava danificado demais.

— E os Livros deles? — perguntou Ophélie. — Onde estão agora?

O rosto de Elizabeth se tornou enigmático.

— Onde ninguém os encontrará.

Onde ninguém arrancará suas páginas, Ophélie entendeu.

Espontaneamente, os dois olhares se dirigiram à distante torre do Memorial, para além das obras da cidade, em parte demolida na ilha. As bibliotecas também não tinham voltado ilesas da inversão. As páginas de centenas de milhares de livros tinham sido apagadas, assim como as letras "PA" do ombro de Ophélie. O Reverso era um mundo sem espaço para a escrita.

Quanto ao espelho suspenso, se estilhaçara em mil pedaços.

— Nada a avisar — respondeu Elizabeth, antecipando a pergunta. — Passo metade dos dias observando meu reflexo e o Outro não se manifesta mais.

Ophélie assentiu. A sombra de Ambroise I também não reaparecera. Ele só conseguira se manifestar graças à colisão entre Reverso e Anverso, onde o véu entre os mundos estava mais tênue, muito provável que concentrando tanto aerargírio quanto era humanamente possível. De certa forma, não vê-lo era prova de que tudo estava em ordem. Quase tudo.

Ophélie observou os cabelos brancos que se misturavam à longa trança arruivada de Elizabeth. Elas estavam conectadas por uma passagem de espelho. Os caminhos tinham deixado de se cruzar e descruzar, como duas trajetórias gêmeas. Agora cada uma tomaria sua própria direção.

Elizabeth fez uma careta sorridente.

— Sabe, minha volta ao Anverso foi mesmo horrível. Perdi metade da minha identidade e aparência. Aterrorizei um casal de Babelianos ao aparecer na sala deles, mas senti ainda mais medo do que os dois. Fugi, vaguei pelas ruas sem lembrar por que estava lá. Sem querer, também, quem sabe. O peso das responsabilidades de Eulalie Deos era esmagador demais, suponho. Suas lembranças, Ophélie, também se sobrepuseram às minhas. A casa animada, a família grande. Não era só meu passado com os espíritos familiares; era um pouco da sua infância também. Eu me convenci de que fui abandonada. Quando as autoridades perguntaram meu nome, também foi impossível lembrar. Murmurei algo como "Euli... Ela...". Decidiram que seria "Elizabeth". Lamento não poder assistir ao resto da sua história — acrescentou, sem transição. — Não estarei mais aqui quando você voltar de viagem. Na verdade, morrerei ainda hoje.

Ophélie a considerou com seriedade.

— Brincadeira. Ainda estou contando com algumas semanas.

Satisfeita com a brincadeira, Elizabeth foi se juntar aos espíritos familiares, mancando e gargalhando como uma velha.

Sem Ophélie, ela já estaria morta. Se o trem do Observatório dos Desvios tivesse conduzido a jovem *leitora* direto ao terceiro protocolo, não teria sido entregue a Lady Septima junto com Elizabeth. Não teria entrado no dirigível com ela. Não teria recorrido ao animismo para salvá-la do naufrágio. Não teriam descoberto juntas a vigésima-segunda arca. Não teriam voltado a Babel no lazaróptero. Elizabeth nunca estaria pronta para ganhar vantagem contra o Outro. O Reverso e o Anverso estariam desequilibrados até o caos final.

Em suma, a história teria acabado um pouco pior.

Ophélie cruzou a ponte, agora acima do mar, e atravessou a feira. Havia muito mais gente ali do que nos jardins. Aos Babelianos do presente se mesclavam os Babelianos do passado. Eles olhavam, cheiravam, provavam tudo que estivesse ao alcance, para a mais profunda exasperação dos vendedores. A guarda familiar era chamada de todo lado. Octavio estava certo, a coabitação não seria simples.

Simples, não; mas saudável. Ophélie se lembrou da menina encontrada naquela terra distante, na vila abandonada. Os revividos do Reverso tinham aquele mesmo olhar. Era um olhar de total aceitação, sem etiquetagem, que não comparava nada, em que cada coisa ganhava um valor especial. Um olhar que redefinia a diferença. Lazarus dissera muitas besteiras, mas tinha razão em pelo menos uma coisa: *Temos tanto a aprender com eles.*

Ela olhou o mais longe que a multidão e a cidade permitiram, abrangendo o oceano de um lado, o continente do outro, o novo e o velho mundos. O peito pulsava. Havia tanto a ver, tanto a descobrir!

Atravessou os trilhos do bonde e só parou ao entrar na loja cuja placa dizia:

VIDRAÇARIA: VIDROS & ESPELHOS

O cachecol fechou discretamente a porta atrás dela. A loja estava quase deserta. O vendedor estava no telefone com um cliente. No balcão, o rádio transmitia uma musiquinha conhecida cujo nome Ophélie sempre esquecia:

O pássaro que quis pegar
Bateu asas e voou
Que longe o amor, pode esperar
Não o espere mais que já chegou

Não havia mais ecos interrompendo a melodia; o fenômeno se tornara raro. Enquanto percorria um corredor de espelhos, tentando não quebrar nada, a imagem dela se multiplicou ao infinito. O Reverso era o reflexo do Anverso, mas e se seu Anverso fosse o Reverso de outra pessoa?

Ainda no telefone, o vendedor não a vira. Era melhor assim. Ophélie chegou ao fundo da loja, onde ele não poderia vê-la. Avançou até o maior espelho, quase duas vezes o tamanho dela. Sua aparência estava engraçada, com o turbante enorme na cabeça, o cachecol nervoso, a toga remendada pela irmã e as luvas que se remexiam impacientes, animadas pela agitação. Mãos incapazes de pegar, incapazes de *ler*. Incapazes de segurar Thorn.

Ela mergulhou o olhar no fundo do próprio, mas o que buscava estava muito além. Atrás atrás.

— Você soltou minha mão de propósito, não foi? — sussurrou. — Não queria me arrastar para ao outro lado.

Thorn, Lazarus, os Genealogistas, Mediuna, o Cavaleiro, Ambroise: tinham ficado todos no Reverso, pois tinham entrado pela Cornucópia. Eles não eram parte da contrapartida, nunca estiveram envolvidos no acordo entre Eulalie e o Outro. Estavam portanto fora do alcance dela, nem mortos, nem vivos.

Assim que Ophélie pisara fora da cama, mergulhara no espelho do banheiro. Saíra pelo do corredor. Fizera o mesmo de novo e de novo, tentando se esgueirar pelo entremeio, sem sucesso. Tudo acontecia como se a fronteira entre os mundos se escondesse dela. Os enfermeiros acabaram amarrando-a à cama para obrigá-la a descansar. Assim que saíra da clínica, voltara ao subsolo do Observatório dos Desvios, mas, como esperava, a Cornucópia sumira. O próprio eco a engolira para que ela, e só ela, pudesse voltar.

Não havia mais passagens ao Reverso, nem comunicação entre os mundos, para o bem e para o mal.

Thorn devolvera os dados à humanidade, mas quem os devolveria a ele?

— Nós — disse Ophélie. — Você e eu.

Não era uma promessa. Era uma certeza. Não desistiria nunca. Se precisasse atravessar todos os espelhos do mundo, ela o faria. Não havia mais passado a compreender, nem futuro a conquistar. Era ali e então que encontraria Thorn.

Fechou os olhos. Respirou. Esvaziou-se de qualquer expectativa, desejo, medo. Esqueceu, como numa *leitura*. A última de todas.

— Porque somos passa-espelhos.

Ela mergulhou no reflexo.

Mais que isso, até.

AGRADECIMENTOS

Para você, Thibaut, por viver comigo – às vezes até mais do que eu – a história toda dessa história, até o ponto final; e além. Você está presente em cada letra de cada palavra de cada frase que escrevo.

Para vocês, minhas famílias preciosas e inspiradoras, da França e da Bélgica, de carne e caneta, de prata e ouro. Vocês são parte mais íntima dos meus livros do que as próprias páginas.

Para vocês, Alice Colin, Célia Rodmacq, Svetlana Kirilina, Stéphanie Barbaras, por tudo que me ensinaram e trouxeram através das palavras. Grouh.

Para você, Camille Ruzé, que me alegrou com seus desenhos e seu humor, e sem a qual este último volume não seria o que é. Mais que isso, até.

Para vocês, Evan e Livia, por serem quem são. Emoção em estado puro.

Para Gallimard Jeunesse, Gallimard e todos meus editores interfamiliares, por levar a Passa-espelhos de arca em arca.

Para você, Laurent Gapaillard, por elevar minhas paisagens.

Para toda a Clique de L'écharpe, pela incrível criatividade e pelo bom humor inimitável que propagaram ao redor da Passa--espelhos.

Para vocês, Émilie Bulledop, Saefiel, Déborah Danblon, assim como todo livreiro, bibliotecário, arquivista, professor, colunista que passou e fez passar meu espelho.

Para você, Carole Trébor, por sua amizade e por seus livros.

Para você, Honey, por criar o Plume d'Argent e por acreditar em mim.

Para você, Laetitia, que primeiro me incentivou a escrever.

Para vocês, *leitoras* e *leitores*, por atravessarem meu espelho e compartilharem esta aventura ao longo das páginas.

Para você, finalmente, Ophélie, por me acompanhar de maneira tão íntima da primeira à última travessia de espelho. Já estou com saudades.

ÍNDICE

Lembranças do terceiro volume   6

Personagens   9

Recto

    Nos bastidores   26
    O vazio   30
    A assinatura   39
    A casa   48
    A mensageira   56
    Solidão   70
    O branco   80
    Os escolhidos   94
    A confecção   105
    Nos bastidores   116
    A armadilha   117
    Os óculos   128
    A diversão   136
    Comunhão   150

O desvio	159
O encontro	171
A sombra	184
Os colaboradores	198
O erro	211
(Parênteses)	222
O roubo	228
Nos bastidores	241

Verso

O inominável	244
O ciclo	254
O papel	265
A plataforma	275
A negação	291
Nos bastidores	299
O dirigível	303
Turbilhão	310
A deriva	318
A arca	329
Os estrangeiros	340
A conta	351
A reunião	364
A abundância	374
A queda	384
O reverso	400
(Sesetnêrap)	410
A contrapartida	417
Nos bastidores	426
A impostura	427

A IDENTIDADE   440
O LUGAR   449
Os passa-espelhos   464

AGRADECIMENTOS   475